W0407840

L'ÉCHIQUIER DES ÉLÉPHANTS

ANDREW WATTS

SEVERN RIVER
PUBLISHING

L'ÉCHIQUIER DES ÉLÉPHANTS

Titre de l'édition originale *The Elephant Game* publiée par Point Whiskey Publishing.

Severn River Publishing

ÉGALEMENT PAR ANDREW WATTS

Série Planificateurs de Guerre
Les Planificateurs de Guerre
Le Théâtre de Guerre
Les Pions du Pacifique
L'Échiquier des Éléphants
Une Force Écrasante
Frappe Mondiale

Série Max Fend
Glidepath
La Connexion Oshkosh

The Firewall Series
Firewall
Agent of Influence
A Future Spy
Tournament of Shadows

severnriverbooks.com/foreign-language

Laissez donc la Chine dormir, car lorsque la Chine s'éveillera, le monde entier tremblera.

—Napoléon Bonaparte

1

"Ils viennent vous chercher", dit le commandant de la base en reposant le combiné du téléphone.

Natesh regarda la réaction de Lena. Rien. Stoïque. Mais il savait qu'il se passait quelque chose derrière ces yeux sans émotion. Lena faisait encore moins confiance à son entourage que d'habitude après le fiasco de ces derniers jours.

C'était probablement fini, Natesh en était conscient. Le moment décisif de sa vie — et sa plus grande erreur — touchait à sa fin. Cheng Jinshan avait été placé en garde à vue. Et un avion rempli de policiers militaires chinois était désormais secrètement en route pour Manta, en Équateur, avec l'ordre d'appréhender la criminelle Lena Chou.

Criminelle.

C'était étonnant de voir à quelle vitesse les choses pouvaient basculer. Lena était le meilleur agent secret que la Chine possédait. Natesh avait vu les résultats de ses propres yeux. Et cela n'avait pas toujours été facile à voir.

Lena se tenait à ses côtés. Ses longs cheveux noirs tombaient sur son grand corps musclé. Elle n'attachait plus ses cheveux depuis quelque temps. Natesh pensait que c'était pour cacher les cicatrices des brûlures qui allaient de son oreille droite à sa jambe. Il l'avait vue regarder ses cicatrices dans le miroir lorsqu'elle pensait que personne ne la regardait. C'était un spectacle remarquable en soi. Cela prouvait que même une personne capable de tuer de sang-froid n'était pas à l'abri de ressentir des émotions humaines.

Que se passait-il derrière ces yeux ? Réfléchissait-elle la tournure qu'avaient récemment pris les événements et à la façon dont cela allait l'affecter ? Retournerait-elle sa veste contre Jinshan comme d'autres en Chine avaient dû le faire pour sauver leur peau ?

"Quand Jinshan a-t-il été arrêté ?" demanda Lena au commandant de la base.

"Il y a plusieurs heures."

Elle se tourna vers Natesh. "Des nouvelles de l'île ?"

"Rien depuis que les Américains ont attaqué nos navires. Silence radio de la part de l'amiral Song."

Leur cuisant échec était encore tout frais. Un navire et un sous-marin chinois avaient été coulés dans le Pacifique Est. Trois navires de la marine chinoise se dirigeaient vers un port du Panama la queue entre les jambes.

La marine américaine avait riposté rapidement lorsque l'un de ses destroyers, l'USS *Farragut*, avait été attaqué par un sous-marin chinois. Trois navires de la flotte américaine avaient été coulés, mais le *Farragut avait* survécu. Le *Farragut* avait ensuite récupéré une équipe de commandos des opérations spéciales qui avait fait un raid sur la base chinoise en Équateur et volé un dispositif de chiffrement chinois, qui avait ensuite été remis à la NSA.

Natesh savait que c'est ce qui avait conduit à l'arrestation de Cheng Jinshan. La clé de chiffrement avait permis de découvrir les mouvements militaires secrets de Jinshan et de l'amiral Song. Les Américains s'étaient servis de cette preuve irréfutable pour prouver au président chinois et à quelques hauts dirigeants que Jinshan préparait une guerre contre les États-Unis. Si les dirigeants chinois avaient probablement été horrifiés d'apprendre que l'un de leurs citoyens les plus puissants avait pu orchestrer une opération militaire chinoise dans leur dos, ce n'était pas ce qui les avait le plus effrayés. Les politiciens chinois étaient surtout terrifiés par les implications de leur *exclusion du* cercle restreint de Jinshan. Cela signifiait qu'il devait préparer un coup d'État. Et il n'y a rien de tel que de menacer quelqu'un de lui voler son trône pour l'inciter à passer à l'action. Cheng Jinshan et l'amiral Song avaient été arrêtés en quelques heures.

Lena laissa échapper un soupir de frustration par le nez en regardant le sol. Elle tourna lentement la tête en réfléchissant. "Colonel, savez-vous quand l'avion de la police militaire arrivera ?"

"Ma source me dit qu'il devrait arriver dans la journée. Cette information n'est pas venue par les canaux habituels. C'est probablement une question d'heures."

Elle hocha la tête, ses yeux passaient d'un côté à l'autre pendant qu'elle réfléchissait. "Très bien. Merci. Nous allons devoir vous dire au revoir alors. Quand ils arriveront, faites comme si cette conversation n'avait jamais eu lieu."

"Bien sûr."

Natesh suivit Lena en dehors du bureau. Il se garda bien de lui poser des questions. Il savait que ce n'était pas le moment. Natesh l'avait déjà vue avec ces yeux. C'était quand elle partait en guerre.

Leur premier arrêt fut dans l'un des bâtiments de la caserne. Ce n'était rien d'autre qu'une série de modules préfabriqués, récemment aménagés pour accueillir l'afflux de militaires chinois venus de Guangzhou.

Celui-ci ne contenait qu'un seul résident. D'après son

uniforme, Natesh comprit qu'il s'agissait d'un officier. Lorsqu'il vit Lena et Natesh entrer, il s'assit sur sa couchette, avec des yeux surpris et effrayés. Lena et l'officier commencèrent à parler rapidement en mandarin. Natesh ne comprenait rien, mais l'officier chinois se leva et commença à protester. Lina plissait les yeux et avait un petit sourire au coin des lèvres. Natesh fit quelques pas en arrière.

Le duel ne dura pas longtemps. Dès que l'officier chinois comprit pourquoi elle était là, il essaya de sortir, mais elle lui barra la route en se glissant gracieusement devant lui et en penchant la tête sur le côté.

Il devrait lui passer sur le corps s'il voulait sortir.

Le visage de l'officier devint rouge écarlate. Il la regarda fixement un instant puis tenta de lui mettre un coup de poing. Un crochet du droit qui l'aurait touchée à la tête si elle n'avait pas esquivé. Le fait d'avoir raté son coup le mit dans une colère noire. Il se mit à crier en se jetant sur elle.

Les mouvements de Lena étaient rapides et contrôlés. Ses poings s'abattirent en une série de coups rapides sur son torse et son cou. Le capitaine se plia en deux et tomba à genoux en se tordant de douleur. Il fit le bruit de quelqu'un qui s'étrangle, une main sur sa gorge et l'autre sur son estomac.

Lena sortit un couteau de sa ceinture.

"Lena", dit Natesh, "qu'est-ce que tu..."

Elle enfonça le couteau dans la poitrine de l'officier. Les yeux de l'homme s'écarquillèrent à mesure que la lame rutilante pénétrait dans son cœur. Il s'effondra sur le sol et un flot continu de sang s'écoula de la blessure. Lena l'attrapa par la chemise et le pantalon et le traîna jusqu'à son lit. Elle rassembla toutes ses forces pour le soulever sur le matelas. Elle se dirigea ensuite vers un évier pour nettoyer le sang qu'elle avait sur les mains. Le couteau resta dans la poitrine de l'homme.

Natesh assista à la scène en silence, les yeux écarquillés. Pendant un instant, le seul bruit fut celui de l'eau qui coulait dans l'évier.

Elle frottait le sang avec de l'eau et du savon et s'adressa à Natesh sans lever les yeux. "Tu te demandes pourquoi j'ai fait ça ? Je vais te répondre. Je connaissais cet homme. J'avais une histoire de longue date à régler avec lui. Et je soupçonne que c'est peut-être lui qui a informé les autorités de ma présence ici. Je ne voulais pas qu'il nous voie sortir du camp."

Natesh ne répondit pas immédiatement. Il se contenta de la regarder, ainsi que le cadavre avec le couteau planté dans la poitrine derrière elle.

Tout un tas de questions vint à l'esprit de Natesh. Voulait-il être impliqué là-dedans ? Dans quoi était-il tombé ? Cela ne faisait pas partie du plan dont il avait convenu avec Jinshan. Cette guerre moderne devait être rapide et décisive. Jinshan avait attiré Natesh en lui faisant miroiter l'opportunité de concevoir une société nouvelle et meilleure. Mais il devait d'abord l'aider à orchestrer une guerre. L'attrait du pouvoir et l'opportunité d'écrire l'histoire étaient ce qui avait séduit Natesh, même si cette histoire commençait par une guerre. Mais maintenant qu'il voyait la violence de ses propres yeux... ce n'était pas du tout ce qu'il avait imaginé.

Elle le regarda. "Est-ce que ça va ? Je suis désolée que tu aies dû être témoin de ça, Natesh."

Il hocha la tête. "Ça va aller."

Elle sécha ses mains et ses bras avec une serviette. "Allez, viens. Suis-moi."

En sortant du préfabriqué de l'officier mort, Lena remarqua que Natesh était bouleversé. Il avait tout à fait le droit de l'être.

Quelques semaines auparavant, c'était encore un entrepreneur prometteur de la Silicon Valley. Le PDG de sa propre société de conseil qui travaillait avec certaines des plus grandes entreprises du monde pour résoudre des problèmes et créer de nouveaux produits.

Il avait maintenant été témoin de plusieurs meurtres, tous plus sanglants les uns que les autres. Il remettait sans doute ses choix en question. Natesh Chaudry était l'un des principaux architectes de l'invasion chinoise aux États-Unis. Un esprit brillant et un atout précieux. Un atout que Jinshan estimait beaucoup. Elle ne pouvait pas le laisser se débiner.

"Attends ici, s'il te plaît." Elle passa dans ses propres quartiers et le fit patienter dehors. Elle fouilla sous son lit. Il y avait un compartiment caché sous un faux plancher. Elle l'ouvrit et en sortit un téléphone satellite avec une connexion chiffrée qui acheminait les appels via un réseau spécial de satellites militaires chinois. Lena alluma le téléphone et composa un numéro de mémoire.

L'opérateur sur l'île décrocha en quelques secondes.

Après avoir donné son mot de passe, Lena fut transférée à l'officier de service. Leur conversation dura cinq minutes. Lena reçut ses instructions et n'interrompit son interlocuteur que deux fois pour clarifier les informations. Lorsque l'appel fut terminé, elle resta un instant les yeux fixés sur le téléphone, surprise par ce qu'elle venait d'entendre, puis elle mit le téléphone dans son sac. Elle fouilla dans une cantine et en sortit d'autres objets, comme des vêtements, un pistolet avec silencieux, de l'argent et de faux passeports pour Natesh et elle.

Elle retourna dehors et lui remit son passeport. "Tes affaires sont prêtes ?"

"Oui."

"Allons dans ta chambre les récupérer. Dépêchons-nous. Je veux être partie d'ici quelques minutes."

Natesh hocha la tête et ils se rendirent tous les deux vers sa chambre. Il entra et en ressortit quelques secondes plus tard. Ils se dirigèrent ensuite vers la zone clôturée où étaient garés les véhicules militaires. Le garde vit Lena et lui fit un signe de tête. Tout le monde la connaissait et la craignait. On ne lui poserait pas de questions. Pas avant que l'équipe n'arrive de Pékin.

Lena avait envisagé de demander aux commandos de Leishen d'arrêter les policiers militaires et de les faire prisonniers, mais elle ne voulait pas abuser de leur loyauté. De plus, elle avait désormais reçu de nouveaux ordres.

Elle jeta son sac à l'arrière d'une jeep. "Mets tes affaires là-dedans."

Natesh s'exécuta. "Où est-ce qu'on va ?"

"On va à Portoviejo. C'est une ville à environ une heure d'ici. Allez, monte."

Elle démarra la jeep et sortit de la base. Les gardes lui firent un signe de tête lorsqu'elle passa la barrière. Lena aurait pu demander au jet privé de les récupérer à Manta, mais le risque qu'ils soient repérés par les Américains ou les Chinois non fidèles à Jinshan était trop grand.

Le chemin de terre était ombragé par la jungle tropicale des deux côtés.

Lena jeta un coup d'œil à Natesh. "Tu es inquiet ?"

"Oui."

"Détends-toi. On avait pensé à cette éventualité."

"Comment ça ?"

"L'éventualité que Jinshan se fasse arrêter. L'éventualité que... les choses tournent mal."

"Lena, quatre navires de la marine chinoise ont été vaincus par les Américains. Un sous-marin chinois a été coulé. Et à l'heure qu'il est, le gouvernement chinois est en route pour Manta pour t'appréhender." Il avait l'air exaspéré. "Si Jinshan a été arrêté, cela signifie que le gouvernement américain a vu clair dans son jeu. Le président chinois doit être au courant de la Cellule Rouge à présent..."

"Oui." Elle le regarda en conduisant. "Et alors ?"

Il soupira en regardant la forêt sombre qui défilait.

"Aie confiance, Natesh."

"Lena, tu dois réfléchir à ta propre vie aussi. *Il faut qu'on réfléchisse à...*"

"Arrête et écoute ce que je te dis. On a tout *prévu.*"

Natesh secoua la tête. "Il faut qu'on trouve un moyen de nous cacher. On devrait peut-être envisager de faire la chirurgie plastique. J'ai de l'argent dans une banque à la Barbade. C'est un compte intraçable. J'ai mis de l'argent de côté depuis que Jinshan m'a parlé de..."

"Natesh, s'il te plaît. Rien n'a changé."

Elle lui mit la main sur l'épaule, le regarda dans les yeux, juste le temps nécessaire pour le rassurer, et remit sa main sur le volant.

"Comment peux-tu dire ça ? Il y a tellement de choses qui ont déjà foiré."

Elle décida de changer de tactique. "Est-ce que c'est *vraiment la* capture de Jinshan qui te met dans cet état ?"

"Qu'est-ce que ça pourrait être d'autre ?" dit-il d'un ton irrité.

"Je sais que certaines choses t'ont mis mal à l'aise."

Il fit la moue et ne répondit pas immédiatement. "Cette guerre était censée être une *mise en scène.*"

"C'est bien le cas."

"Jinshan m'avait promis qu'il y aurait un minimum de victimes. Ces derniers jours, je t'ai vu exécuter un commandant militaire équatorien devant des milliers de personnes, et tu viens de poignarder un officier chinois."

Ses mains serrèrent le volant un peu plus fort. "Je comprends ta frustration."

Il la regardait pendant qu'elle conduisait. "Les choses ont dérapé et sont hors de contrôle."

"Je suis désolée que tu aies cette impression. Mais tu savais que ce ne serait pas facile. De grands accomplissements nécessitent de grands sacrifices."

Ils ne parlèrent plus pendant tout le reste du trajet.

Une heure plus tard, ils traversèrent une petite ville dont la plupart des habitations étaient des cabanes. Elle gara la jeep devant l'aéroport et ils sortirent tous les deux de la voiture.

"Cet aéroport n'a pas l'air ouvert", déclara Natesh. De l'herbe poussait entre les segments du revêtement de la piste. Les hangars et le parking étaient vides, et le terminal central semblait abandonné.

"Il ne l'est pas."

"Pardon ?"

"Il n'est pas ouvert."

Elle s'approcha en face de lui et lui prit les mains. Il fronçait les sourcils, toujours en colère.

"Je suis désolée, Natesh. Tu as raison. Les choses sont devenues incontrôlables. Ce n'est pas ce que monsieur Jinshan ou moi avions prévu. Mais tu dois continuer à lui faire confiance. C'est un visionnaire. Et je suppose que tu l'as rejoint pour les mêmes raisons que moi. Pour sa vision de ce que le monde pourrait devenir, si on parvient à l'emporter."

"Merci de l'admettre enfin."

Lena hocha la tête, faisant de son mieux pour exprimer de l'empathie. "Ce qui est attrayant dans cette vision... pour des gens comme toi et moi, Natesh, c'est la possibilité de façonner le monde selon nos valeurs."

Natesh croisa les bras.

Lena poursuivit : "Je sais que tu m'as vue faire des choses horribles. À vrai dire, je ne suis pas fière de tout ce que j'ai fait. Mais je ne vais pas te mentir et te dire que tout ça va s'arrêter. *Beaucoup d'*autres personnes vont mourir. C'est nécessaire. Le monde est ancré dans des systèmes politiques et des castes de pouvoir qui ne céderont pas sans qu'on les combatte. On a dû te le dire quand tu as accepté l'offre de Jinshan de nous rejoindre."

Natesh prit une profonde inspiration et hocha la tête. "J'étais optimiste. Peut-être naïf."

"Natesh, quand j'ôte la vie à quelqu'un, c'est que j'ai une raison de le faire. Ce général équatorien par exemple, représentait un obstacle à notre progression. Et sa mort, aussi horrible fût-elle, servira d'exemple pour les autres. Ils seront de meilleurs soldats maintenant qu'ils ont compris qu'ils doivent prendre leur travail au sérieux. Maintenant qu'ils ont compris la réalité de cette guerre."

"Et l'officier chinois ?" Natesh avait l'air sceptique. "Pourquoi devait-il mourir ?"

"Je te l'ai dit, j'avais peur qu'il nous dénonce. Il y avait des antécédents entre nous, et..."

"Lena, tu n'avais pas besoin de le tuer."

Son visage s'assombrit. "Écoute. Ce militaire chinois que je viens de..." Elle détourna le regard un instant. "Si tu savais ce qu'il m'a fait quand j'étais jeune... Natesh, je n'étais qu'une adolescente. Crois-moi, si tu savais ce qu'il m'a fait, tu serais d'accord pour dire qu'il le méritait."

L'expression de Natesh changea. "Je ne savais pas. Je suis désolé."

Elle hocha la tête. "Il y a beaucoup de choses que tu ne sais pas, Natesh. Cheng Jinshan est un homme bon. Il œuvre pour un monde meilleur. On est ses instruments. Tu dois lui faire confiance. Tout cela en vaudra la peine à la fin."

Leurs yeux se croisèrent et Natesh hocha la tête.

Un avion à hélice apparut au-dessus d'eux à basse altitude, en fit le tour de la piste.

"Les voilà. Pile à l'heure."

"Ce panneau indique que l'aéroport est fermé. Et il y a des tentes et des conteneurs au milieu de la piste. Où est-ce qu'il va atterrir ?" demanda Natesh.

"J'ai parlé avec eux avant notre départ. Ils m'ont assuré que tout irait bien."

"C'est qui eux ?"

"Des Colombiens. Ils vont nous emmener par avion sur la côte colombienne. De là, on continuera en bateau."

"Pour aller où ?"

Elle ne répondit pas.

Le petit avion à hélice se posa sur le côté de la piste le plus proche d'eux qui n'était pas obstrué. L'avion roula jusqu'à la jeep. Lena et Natesh prirent leurs affaires et les jetèrent dans l'avion.

Quelques instants plus tard, l'avion avait décollé et se dirigeait vers le nord.

Natesh parla à l'oreille de Lena, assez fort pour couvrir le bruit du moteur. "Tu peux me dire où on va maintenant ?"

Lena se pencha vers lui pour lui répondre. Ses longs cheveux noirs couvraient le bras et l'épaule de Natesh pendant qu'elle lui parlait. "On retourne aux États-Unis."

2

Sous-marin de classe Han
90 milles à l'ouest de Panama

Le commandant Ning lisait l'e-mail pour la troisième fois et secouait toujours la tête. Ning avait fait traverser le Pacifique à son sous-marin aussi vite que possible, sur ordre de l'amiral Song. Leur mission initiale avait été de soutenir les autres forces navales chinoises dans la région.

Mais beaucoup de choses pouvaient changer au cours d'une traversée du Pacifique.

Une semaine auparavant, les Américains avaient coulé un sous-marin et un destroyer chinois et avaient gravement endommagé trois autres navires de guerre chinois dans le Pacifique Est. C'était le groupe naval auquel le commandant Ning devait porter assistance. Ning *connaissait* les hommes à bord du sous-marin qui avait sombré. La femme du commandant était amie avec la sienne. Il serra le poing, en pensant à toutes les vies qui avaient été perdues.

L'e-mail provenait du commandant supérieur de la marine de l'APL. Il s'agissait d'un addendum aux ordres officiels qu'avait reçus le sous-marin. Les ordres officiels étaient de battre en retraite et de cesser toute activité hostile envers les navires de guerre de la marine américaine. Il n'avait reçu aucune instruction sur ce qu'il devait faire après cela.

Mais l'e-mail de l'amiral contenait désormais des informations supplémentaires. Ning devait continuer à se diriger dans le Pacifique Est et attendre de nouvelles instructions. Il n'était pas sûr de la raison de cette décision, mais il pensait qu'il pouvait s'agir d'escorter les navires de la marine chinoise endommagés jusqu'au Panama, mais après avoir discuté de la question avec son commandant en second, il était convaincu qu'il devait y avoir une autre raison. Ning avait une cargaison précieuse à bord de son sous-marin — des commandos navals très bien entraînés.

Le commandant Ning se leva de son bureau et se dirigea vers la passerelle.

"Rapport de situation."

"Commandant, le groupe de transporteurs américains est au nord. Nous n'avons détecté aucune activité sonar au cours de la dernière journée. Une trace submergée inconnue apparaît par intermittence à proximité du groupe aéronaval américain. Nous pensons qu'il s'agit d'un sous-marin d'attaque de classe Los Angeles ou de classe Virginia."

Le commandant hocha la tête. "Continuez à essayer de l'identifier. Nous devons être très prudents. Nous ne pouvons pas nous permettre d'être détectés."

"Oui, commandant."

L'officier de communication entra sur la passerelle. "Un message en provenance de l'île, commandant."

L'île. Le mot avait été prononcé avec une sorte de révérence réprimée. Ou était-ce dû à l'inquiétude dans la voix du jeune officier ?

Le commandant hocha la tête et le suivit jusqu'à la salle

des communications, où il se pencha sur l'ordinateur en mettant ses lunettes de lecture. Il lut le message et soupira. "Veuillez aller chercher le second."

"Tout de suite, monsieur", dit le jeune officier avant de partir en courant.

Le commandant n'était pas sûr de ce qui se passait à Pékin à ce moment, mais ce message avait au moins le mérite de répondre à l'une de ses questions. Son second avait raison au sujet de leur cargaison spéciale.

L'amiral Song l'avait prévenu que quelque chose comme ça pourrait arriver. Le brouillard de la guerre s'était répandu dans les couloirs du gouvernement. La confusion et la désinformation étaient les sous-produits d'un projet aussi radical. L'opération de Jinshan avait dû être récusée par les dirigeants chinois.

Un coup d'État était-il en cours ? Mais si l'amiral Song était derrière les barreaux... Ning serait-il emprisonné lorsqu'il rentrerait à son port d'attache ? Peut-être y avait-il encore un moyen de sortir de cette conspiration. Il balaya cette idée de son esprit. Ning avait déjà choisi son camp.

L'amiral Song avait choisi une douzaine de ses commandants les plus fidèles et les plus compétents, et Ning en faisait partie. Song les avait fait entrer dans le cercle restreint de Jinshan et leur avait expliqué ce qui arriverait à la Chine s'ils ne faisaient pas la guerre aux États-Unis.

Les opérations auxquelles ils devaient participer seraient classifiées au plus haut niveau. Même les membres du Politburo ne connaîtraient pas la vérité. Les officiers loyaux et patriotes de la flotte de la mer du Sud s'étaient engagés à faire le nécessaire, et l'amiral Song avait commencé à les déployer dans des opérations clandestines dans le monde entier, en préparation de la guerre de Jinshan.

Le sous-marin du commandant Ning s'était entraîné près

de l'île avec des commandos navals d'élite avant de traverser l'océan Pacifique. Bien que le commandant Ning ne connaissait pas Cheng Jinshan personnellement, il faisait implicitement confiance à l'amiral Song. L'amiral Song était un brillant stratège et un officier exceptionnel.

Il se demandait quand même comment cette mascarade pouvait encore se poursuivre à Pékin. Les dirigeants politiques et militaires étaient-ils encore si confus qu'ils ne savaient pas où se trouvaient leurs unités militaires, ni ce qu'elles faisaient ? Si Song et Jinshan avaient été arrêtés, pourquoi l'île leur envoyait-elle encore des ordres ? Des ordres étaient donnés comme si rien ne s'était passé.

Était-ce un test pour voir si Ning était fidèle à Pékin ou à l'île ?

Ou peut-être que Jinshan et l'amiral Song n'*avaient pas* vraiment été arrêtés. C'était peut-être aussi une ruse. Mais alors pourquoi est-ce que Pékin aurait envoyé son message la semaine passée après les batailles navales — le message qui ordonnait à toutes les forces militaires chinoises de battre en retraite et de cesser les hostilités ?

Il lut à nouveau ce qui était affiché sur l'écran de l'ordinateur et secoua la tête. L'île venait de lui envoyer des ordres qui étaient en contradiction directe avec les ordres de cesser le feu. Il devait maintenant décider quelles instructions il allait suivre.

"Commandant, vous vouliez me voir ?"

Le commandant fit un signe de tête en direction de l'écran. "Lisez ça."

Le commandant en second était le deuxième homme le plus gradé du sous-marin. C'était son subordonné, mais aussi son plus proche et unique confident. Le commandant Ning tenait cet homme en haute estime.

"Qu'en pensez-vous ?"

Le second le regarda dans les yeux. "Très étrange, après ce que le haut commandement de la marine de l'APL nous a envoyé la semaine dernière."

"Je trouve aussi."

Le commandant se tourna vers la cloison du navire et se mit à réfléchir. "Dites au capitaine de nous diriger vers ces coordonnées. Voyez si le sonar détecte quelque chose qui correspond à cette description. Si c'est le cas, nous suivrons ces ordres."

"Oui, commandant."

Le second quitta la salle des communications et commença à donner des ordres aux différents membres de l'équipage.

Le commandant décrocha le téléphone et composa un numéro à trois chiffres. Le responsable du détachement des opérations spéciales de la flotte de la mer du Sud répondit depuis sa cabine.

"Ici le lieutenant Ping."

"Lieutenant, veuillez préparer vos hommes pour un déploiement immédiat."

L'homme hésita un moment. Après deux mois en mer, le jeune officier avait été aussi surpris que tout le monde en apprenant les nouvelles de la semaine précédente. "Oui, monsieur, à vos ordres."

"Et venez me voir quand vous serez prêt. Je vous donnerai des instructions. Nous avons reçu un message urgent de l'île."

Les forces d'opérations spéciales chinoises sont très différentes de leurs homologues américaines. L'APL compte près de deux millions et demi de personnes en service actif, et environ trente mille membres des opérations spéciales. L'armée américaine en service actif est environ deux fois moins importante, mais le nombre de membres des opérations spéciales est comparable.

Les forces spéciales chinoises sont nombreuses, mais assez peu expérimentées. Les forces spéciales américaines ont été aguerries par des décennies de conflits dans le monde entier. Leurs unités sont composées de vétérans expérimentés et sont souvent intégrées à des unités d'aviation spécialisées.

Les forces d'opérations spéciales chinoises, en revanche, sont composées principalement de conscrits et de lieutenants pour qui c'est le premier déploiement. Les commandos chinois sont connus pour être extrêmement résistants et compétents, mais jeunes et inexpérimentés.

Le lieutenant Ping était l'un de ces jeunes lieutenants. Il avait quatre ans de service en tant qu'officier de marine. Diplômé de la toute nouvelle Académie des opérations spéciales de Guangzhou, il était l'un des cinquante officiers du Régiment d'opérations spéciales de la flotte de la mer du Sud, l'une des rares unités des forces spéciales de la marine chinoise.

Alors que son unité passait la plupart de son temps à s'entraîner, les dirigeants militaires chinois avaient récemment intensifié les déploiements des forces spéciales. Le régiment du lieutenant Ping avait envoyé des équipes dans différentes parties du monde afin de mieux répartir leur puissance et de protéger les intérêts chinois. Ping et son groupe d'hommes s'étaient livrés une concurrence acharnée pour être sélectionnés pour l'un de ces déploiements convoités. Lorsque Ping avait été choisi, il avait considéré cela comme l'occasion de faire ses preuves dans une situation de combat réelle.

Ping avait été déployé à bord d'un destroyer de la marine

de l'APL et envoyé au Moyen-Orient pour un déploiement de lutte contre la piraterie dans le golfe d'Aden. Leur mission était d'escorter les cargos transitant par le couloir de transit international entre la Somalie et le Yémen. Les compagnies maritimes marchandes avaient tiré les leçons de la vague d'attaques de pirates de la décennie passée et faisaient souvent appel aux services d'entreprises de sécurité privées pour escorter leurs navires et leurs précieuses cargaisons. Malgré cela, des actes de piraterie se produisaient toujours.

Le lieutenant Ping avait dirigé une équipe de commandos navals dont la mission avait été de reprendre le contrôle d'un navire marchand sous pavillon chinois à une bande de criminels somaliens. Ping avait reçu les honneurs de ses supérieurs et avait gagné le respect de ses hommes. Les hommes de Ping avaient admiré son calme et ses prises de décision rapides. Mais au-delà de cela, le jeune officier était respecté et admiré, car il veillait sur ses troupes et exigeait de lui-même un niveau de performance supérieur à celui de ses hommes. Il était toujours celui qui travaillait le plus, le premier à arriver aux réunions et le dernier à quitter les zones d'entraînement.

Mais Ping avait de nombreuses questions après avoir entendu ces ordres. Il en poserait certaines au commandant et garderait les autres pour lui. Dans la marine de l'APL, poser quelques questions bien choisies était un signe d'intelligence et de préparation. En poser trop, en revanche, pouvait être considéré comme un manque de compréhension, ou pire... comme une remise en question du bien-fondé des ordres.

"Les ordres disent d'abattre tout le monde."

"Vous avez bien lu", répondit le commandant du sous-marin.

"Qui sont ces hommes ?"

"Des criminels. Des trafiquants de drogue, d'après la description."

Ping regarda sa montre, puis revint sur les ordres à l'écran. "Nous avons deux heures pour nous préparer."

"Correct."

Ping relut les instructions une fois de plus. "Puis-je utiliser le carré pour briefer mes hommes ?"

"Bien sûr. Faites-moi juste savoir ce dont vous avez besoin."

"Très bien. Nous allons étudier cela et passer l'heure qui vient à planifier l'opération. C'est un délai inhabituellement court, mais nous serons prêts, commandant."

"Excellent, lieutenant Ping. Je vous souhaite bonne chance."

Ping se dépêcha de se rendre dans les différentes parties du sous-marin où se trouvaient ses hommes pour leur dire de se rassembler. Certains faisaient de l'exercice, d'autres dormaient. Dans les cinq minutes qui suivirent, ils étaient tous habillés et dans le carré. Ils étudièrent la carte. La planification prit une heure. Ils avaient étudié le type de navire qu'ils allaient attaquer, le nombre de personnes à bord, le niveau d'armement et de compétence attendu des forces ennemies, et les points d'entrée optimaux.

Les préparatifs de leur sortie sous-marine prirent quarante minutes de plus.

Ils se divisèrent en quatre groupes de deux et utilisèrent les deux sas du sous-marin pour sortir.

Les portes extérieures étaient de niveau avec la coque du sous-marin. La chambre située juste à l'intérieur de l'écoutille extérieure était le sas. Deux personnes à la fois pouvaient tenir dedans. Un opérateur de l'équipage du sous-marin était là pour s'assurer que les portes intérieure et extérieure étaient toutes deux verrouillées, que la pression était égale à celle de l'océan à l'extérieur, et que le sas était rempli d'eau ou rempli d'air aux moments appropriés.

Quelques instants plus tard, les huit hommes nageaient à l'extérieur du sous-marin, respirant à l'aide d'une bouteille de plongée. Ping et son équipe nagèrent sur plus de deux cents mètres jusqu'au bateau. Ils firent surface à une cinquantaine de mètres du bateau, pour vérifier leur cap.

La lune et la lumière des étoiles créaient des reflets blancs à la surface de l'océan. Le bateau des contrebandiers n'était qu'une silhouette noire qui tanguait et roulait au rythme de la houle. Le bateau était immobile et moteur coupé. Ping pouvait parfois entendre des voix par-dessus le bruit du clapot.

Ses hommes restèrent silencieux et nagèrent rapidement avec leur équipement de plongée et leurs mitraillettes silencieuses attachées à leurs combinaisons de plongée. Une fois qu'ils furent sous le navire, Ping eut une décision à prendre. Ils pouvaient soit utiliser des grappins et escalader les deux mètres de coque au-dessus de la ligne de flottaison. Le problème est que cela risquait d'être bruyant et que cela prendrait un peu plus de temps que l'autre option. La seconde option pour monter à bord était une petite échelle à l'arrière du navire. L'inconvénient était sa proximité avec l'endroit où l'équipage du bateau était susceptible de se trouver et qu'ils ne pourraient monter qu'un homme à la fois. Si les contrebandiers étaient armés et nombreux, cela pouvait mal se terminer pour les hommes de Ping.

Sans compter qu'il y avait une hélice juste à côté de cette échelle. Le moteur était éteint pour l'instant, mais Ping ne savait pas dans combien de temps arriverait le hors-bord avec lequel ils avaient rendez-vous. Le commandant du sous-marin avait estimé qu'ils disposaient d'une heure. Le bateau commencerait-il à se déplacer lorsque l'autre serait à portée de radio ? Ou resterait-il silencieux, de peur d'attirer l'attention des gardes-côtes et des navires de la marine qui patrouillaient dans la région ?

Les hommes de Ping suivraient son exemple. Le succès d'une opération dépendait parfois plus de la rapidité d'exécution que du fait de faire le bon choix. Il choisit de monter à l'échelle par l'arrière du navire et fit signe à ses hommes. Ils commencèrent à enlever leurs poids et leurs bouteilles et les attachèrent à l'échelle.

Ping se saisit de l'échelle métallique et grimpa rapidement malgré le poids de son équipement tactique gorgé d'eau. Il détacha son arme une fois arrivé sur la poupe du navire. Il fit ensuite glisser son masque autour de son cou, et regarda autour de lui à la recherche de tout signe d'opposition.

Ses hommes suivirent quelques secondes plus tard et l'imitèrent. Ils pointaient leurs armes vers l'avant et faisaient de leur mieux pour rester silencieux malgré leurs encombrantes combinaisons noires.

Toutes les lumières étaient éteintes sur le navire et ils pouvaient entendre des voix venant de la timonerie. Ping et ses hommes sortirent chacun des lunettes de vision nocturne d'une poche étanche de leur combinaison. Ils les mirent en marche et la nuit se transforma instantanément en jour teinté de vert. Ses hommes se répartirent en équipes comme convenu au préalable et chacune d'elles se dirigea en silence vers une partie différente du navire.

Ping était du côté bâbord du bateau. Il y avait un pont couvert devant lui. Une autre équipe marchait du côté tribord, et une autre encore descendait l'échelle qui menait aux cabines. Ce n'était pas un grand bateau. Cela ne prendrait que quelques secondes.

Il entendit un cri en espagnol, puis le cliquetis familier du silencieux de la mitraillette d'un de ses hommes. Puis il y eut de nombreux autres cris.

Ça bouge devant.

Un homme apparut devant lui et recula en le voyant. Ping appuya sur la détente et tira une rafale. Le corps de sa cible fut pris de convulsions et tomba sur le pont.

"La voie est libre", dit un de ses hommes sur le pont.

De nouveaux tirs. Cette fois-ci depuis les ponts inférieurs. Des impacts de balles venant d'en dessous apparurent sur le sol devant lui. Ping courut à reculons pour sortir de la ligne de tir, son cœur battant à tout rompre. Une nouvelle salve. Ping vit deux de ses commandos avancer dans les escaliers, leur arme à l'épaule, tirant des rafales courtes et contrôlées. Puis, le silence total.

"C'est bon en bas."

Ping se rendit dans la timonerie et vérifia la radio. Il appuya trois fois rapidement sur le bouton d'émission. Le sous-marin, qui était à profondeur de périscope, entendrait ce signal et saurait que la première partie de la mission avait été un succès.

Il se tourna vers ses hommes. "Rangez votre équipement de plongée et préparez-vous. Le hors-bord devrait arriver d'un moment à l'autre. Quand ils arriveront, il faudra faire le plein et on se dirigera vers la côte. Il faut qu'on soit à terre avant l'aube. C'est bon pour tout le monde ?"

"Oui, monsieur", dirent ses hommes en hochant la tête.

Jusqu'à présent, tout s'était bien passé. Ping se demandait ce que l'île lui réservait une fois qu'ils auraient atteint le continent américain.

Elle le saurait.

Lena Chou. Ping avait entendu parler d'elle, comme la plupart d'entre eux. Ping l'avait même vue lorsqu'il avait suivi une formation sur l'île un mois auparavant. Mais il ne lui avait jamais parlé.

C'était une ombre. Un mélange d'agent de renseignements d'élite et de guerrière des forces spéciales. Une des espionnes du réseau de Jinshan. La rumeur disait qu'elle avait fait partie d'une agence de renseignement américaine jusqu'à récemment. Elle avait été démasquée, elle faisait désormais partie du service de nettoyage personnel de Jinshan. Elle était le fer de lance de son service d'espionnage et d'opérations spéciales.

"Je les vois, lieutenant. Le télémètre indique deux mille mètres", annonça un de ses hommes dans une lunette de vision nocturne télescopique.

Ping regarda sa montre. "Excellent."

Lorsque la longue barque rapide arriva à proximité pour se mettre à couple, les hommes de Ping jetèrent des pare-battage et l'amarrèrent. Ils se mirent immédiatement à pomper du carburant du navire principal dans le go-fast.

Lena Chou monta à bord. "Qui est le responsable ?"

"Je suis le lieutenant Ping, mademoiselle Chou. Mes hommes et moi sommes désormais à votre service."

"Merci, monsieur Ping. Nous devons arriver à terre avant l'aube. Une fois là-bas, vous vous changerez en tenues civiles et nous remonterons vers le nord. Que vous a-t-on dit sur cette mission ?"

"Je sais que nous allons passer par le Mexique et les États-Unis. Mes hommes sont préparés pour toute éventualité."

"Je n'en doute pas monsieur Ping. Ce ne sera pas difficile. Mais nous devrons faire profil bas. Combien de vos hommes parlent espagnol ou anglais ?"

"Ils parlent tous anglais, madame. Certains mieux que d'autres. Deux d'entre eux parlent couramment l'espagnol."

Elle hocha la tête. "Ça fera l'affaire."

Ping remarqua une silhouette sombre recroquevillée dans le hors-bord. Il semblait gémir.

"Qui est-ce ?"

"Il est avec moi."

"Qu'est-ce qu'il a ?"

"Le mal de mer."

Ping sourit.

Un des hommes de Ping s'approcha d'eux en se tenant au bastingage pour ne pas être déséquilibré par la houle qui les balançait d'avant en arrière. "Le ravitaillement est terminé, monsieur."

Lena se dirigea vers la radio dans la timonerie. Elle changea la fréquence et se mit à émettre. Elle répéta quelque chose plusieurs fois, mais Ping ne comprenait rien de ce qu'elle disait. C'était du charabia. Ou peut-être un code.

"Mademoiselle Chou ?" Ping savait qu'il valait mieux éviter d'émettre sur la radio, car l'armée américaine pourrait trianguler la transmission et les localiser. Grâce à leurs bases de données, les logiciels des services de renseignements américains pourraient l'identifier au son de sa voix...

Lena continua à parler pendant une minute entière. Puis elle éteignit la radio et se tourna vers Ping. "Quand ils trouveront ce bateau, les enquêteurs relèveront probablement les empreintes digitales et verront que j'étais ici. Les agences de renseignement feront le rapprochement avec la voix de l'appel radio que je viens de passer et connaîtront donc le lieu de transmission. Cela mettra ceux qui sont à nos trousses sur une fausse piste."

"Je vois. Ne perdons pas de temps, alors."

Lena hocha la tête et Ping ordonna à ses hommes : "Tout le monde dans le hors-bord". Il demanda ensuite à Lena : "Que pensez-vous que nous devrions faire des corps ?"

"Jetez-les par-dessus bord. Cela devrait suffire", répondit-elle.

Ping transmit les ordres à ses hommes qui jetèrent les cadavres dans l'océan noir sans aucune forme de cérémonie. Le ronronnement du moteur hors-bord annonça leur départ imminent, et tout le monde sauta à bord.

Lena poussa la manette des gaz et ils se dirigèrent vers le nord-est.

3

Destin, Floride

David Manning était assis sur la plage sous un grand parasol. L'eau turquoise limpide du golfe du Mexique venait lécher le rivage de sable blanc. Sa fille de trois ans était en train de construire un château de sable près de l'eau avec sa femme, Lindsay. Leur bébé dormait à l'ombre à côté de lui.

Henry Glickstein s'approcha et se barbouilla le visage d'une épaisse couche de crème solaire. Il portait un chapeau de paille de jardinier, des lunettes de soleil surdimensionnées et une chemise hawaïenne.

"C'est dommage que vous soyez venus alors que l'eau est encore un peu fraîche. Vous devriez revenir quand il fera un peu plus chaud. Mais ne venez pas en avril, si vous voulez éviter les hordes d'étudiants en vacances."

David dit : "Ne t'inquiète pas, c'est génial quand même Henry. Je ne te remercierai jamais assez de nous avoir invités ici quelques jours. Il fait assez chaud pour que Maddie puisse jouer dans le sable. C'est tout ce que nous voulions."

"Désolé pour le drame d'hier soir. J'aurais pas dû laisser entrer cette fille quand vous étiez là."

La veille au soir, Henry avait reçu une visite inattendue chez lui. Apparemment, c'était une serveuse dans l'un des établissements les moins respectables de Pensacola.

Lindsay, la femme de David, l'avait prise pour une strip-teaseuse d'entrée de jeu. Elle avait des cheveux blonds décolorés et des faux... des faux tout. Bien que sa présence ait diverti David, Henry s'était senti gêné par ses interventions souvent inappropriées et peu intelligentes lorsqu'elle voulait participer à la conversation. Mais David soupçonnait que ce n'était pas son intellect qui intéressait Henry. Les sourcils de Lindsay avaient passé une grande partie de la soirée en position haute.

La jeune femme était restée pour le barbecue qu'ils avaient organisé, mais était partie brusquement après le dîner, quand Henry lui avait annoncé qu'il ne pourrait pas sortir avec elle ce soir-là.

"Elle était... gentille." C'était le seul compliment que David avait réussi à trouver. Elle ne devait pas avoir plus de trente ans.

Henry sourit. "Oui, elle m'adore depuis que je suis passé aux infos." Glickstein haussa les épaules et prit place dans la chaise longue à côté de David. "Tu as des nouvelles du groupe ? Le groupe de la Cellule Rouge, je veux dire."

Les Américains qui avaient été libérés de l'île de la Cellule Rouge avaient été transportés dans une base militaire américaine.

"Ils passent des examens médicaux et des entretiens avec des représentants du gouvernement. J'ai vu certains des rapports de débriefing."

"Des entretiens avec le vrai gouvernement américain cette fois-ci ?" dit Henry en souriant.

"Espérons que oui. On a fait venir leurs familles en avion pour être auprès d'eux. Ils devraient tous bientôt rentrer chez eux."

"*Tu dis on maintenant* ?"

"Oui, monsieur. Je suppose que j'ai le droit maintenant." David travaillait désormais à plein temps comme analyste pour la CIA. Il ne travaillait à ce poste que depuis quelques semaines et commençait à s'y habituer. Il avait été affecté à l'équipe interagences SILVERSMITH, un programme créé en réponse à l'hostilité croissante de la Chine envers les États-Unis.

David était en partie à l'origine de la création de l'opération SILVERSMITH. Il avait participé involontairement à une opération d'espionnage chinoise. Vingt Américains — dont Henry Glickstein et lui — avaient été amenés à croire qu'ils rejoignaient une Cellule Rouge organisée par la CIA. La Cellule Rouge était composée d'experts américains des domaines de la défense, du renseignement et de la technologie, dont la mission était de créer un plan d'invasion des États-Unis par la Chine.

Mais David avait rapidement découvert que la Cellule Rouge faisait en réalité partie d'une opération orchestrée par les services de renseignements chinois dans le but de découvrir des secrets américains classifiés et de renforcer les plans d'attaque de la Chine qui devaient bientôt être mis à exécution. La Cellule Rouge avait été l'idée de Cheng Jinshan.

Cheng Jinshan portait plusieurs casquettes. De nationalité chinoise, il avait pris la tête de plusieurs entreprises chinoises liées à l'Internet et aux médias. Ses entreprises constituaient une grande partie des départements de la cybersécurité et de la censure de l'industrie technologique chinoise. Mais tout au long de sa carrière dans les affaires, il avait également été employé comme agent au sein du ministère de la Sécurité d'État, l'équivalent chinois de la CIA. Au début, ses entreprises lui servaient de couverture, mais le pouvoir de Jinshan s'était considérablement accru au fil des ans.

L'influence qu'il exerçait à chacun de ses postes — dans le secteur privé et dans le monde du renseignement chinois — l'avait propulsé dans la stratosphère de l'élite chinoise. Le président chinois s'était même montré cordial avec lui en le plaçant à la tête du Comité central pour l'inspection disciplinaire du parti communiste chinois, un poste normalement réservé à un politicien.

Le CCID était l'agence chinoise destinée à éradiquer la corruption au sein du gouvernement. Mais Jinshan avait utilisé le CCID pour consolider son pouvoir, en installant des loyalistes à des postes clés au sein du gouvernement chinois. Ses opinions politiques étaient tout à fait uniques. Jinshan était obsédé par la domination chinoise sur l'Occident et envisageait de créer une forme de gouvernement idéaliste, dirigée par un petit cercle de technocrates.

Jinshan avait tenté de concrétiser sa vision par le biais d'une conspiration mondiale. L'amiral Song, loyaliste de Jinshan et commandant de la flotte de la mer du Sud de la marine de l'APL, avait été chargé d'organiser en secret l'aspect militaire de la campagne de Jinshan. Grâce à un réseau complexe d'espions et de communications secrètes, Jinshan et l'amiral Song avaient mené des opérations secrètes contre les États-Unis dans différentes parties du globe, dans le dos du gouvernement chinois.

Cette conspiration avait culminé dans une série de conflits navals dans l'océan Pacifique oriental, au large des côtes d'Amérique centrale. La sœur de David, Victoria Manning, avait commandé le USS *Farragut* pendant les hostilités et avait mené la marine américaine à la victoire.

Le directeur de la CIA et le président américain avaient

contacté le président chinois après avoir recueilli des preuves irréfutables de la trahison de Jinshan et de l'amiral Song. Ils avaient informé le président chinois qu'ils n'étaient qu'à quelques jours d'une tentative de coup d'État et que Jinshan et l'amiral Song en étaient les principaux instigateurs.

Le président chinois, aussi embarrassé que surpris par les agissements de Cheng Jinshan, avait immédiatement réagi en appelant toutes les forces militaires chinoises à se retirer et avait promis de ne pas se livrer à des représailles contre la marine américaine. Les Chinois avaient été les premiers à ouvrir le feu et les actions américaines avaient été de nature défensive. Les membres de ces unités navales chinoises avaient l'impression de suivre des ordres légitimes et avaient donc été considérés comme innocents. Jinshan et l'amiral Song étaient les criminels. Et Lena Chou aussi, où qu'elle se trouve...

Pour l'instant, les deux nations avaient déclaré une trêve. Mais les citoyens des deux pays étaient furieux de la perte de vies humaines, et les deux nations se sentaient victime d'une grave injustice. La paix était fragile.

Henry se pencha sur la glacière et en sortit une bouteille d'eau gazeuse. "Tu en veux une ?"

"Non, merci."

Il ouvrit la bouteille et en prit une gorgée. "J'ai l'impression que la tension est retombée assez rapidement, tu ne trouves pas ?"

David le regarda. "Comment ça ?"

"Notre pays a été attaqué. Je sais que les Chinois se sont excusés publiquement et tout, mais..."

"Ne me dis pas que tu fais partie de ces tarés qui pensent qu'on devrait entrer en guerre contre la Chine maintenant. Je pensais qu'on ne lisait ça que sur les sites politiques. Où est-ce que ça nous mènerait à ton avis ?"

Une grande partie du pays était encore en émoi suite à la bataille navale sino-américaine qui venait de se dérouler. David savait qu'il n'était pas juste de qualifier Henry de taré et avait immédiatement regretté ses paroles.

Henry dit : "Eh bien, tu dois admettre qu'ils ont raison, David. Des centaines de vies ont été perdues. Combien au total ?"

"En comptant le navire chinois, je crois qu'ils ont dit que huit cent dix-sept personnes étaient mortes. Principalement dans l'attaque initiale du sous-marin chinois."

Henry leva les mains en secouant la tête. "Ils ne peuvent pas s'en tirer comme ça. Ils s'excusent et ça nous suffit ? Notre président fait comme si ce n'était rien. Comme si on pouvait enterrer la hache de guerre et tout mettre sur le dos d'un seul homme."

"Je ne pense pas que c'est ce que le président essaie de faire. Mais il n'a pas vraiment le choix. Apparemment, ils travaillent sur un nouvel accord bilatéral qui fera payer la Chine pour ce qu'elle a fait."

"Ouais, c'est ça. Le nouvel accord bilatéral. Que va faire le président ? Leur imposer des taxes ? Ils vont nous faire la même chose. Je ne veux pas que d'autres vies soient perdues, mais c'était un *acte de guerre*. Ce n'était pas seulement Jinshan. C'est l'armée chinoise qui a fait ça. Ils sont tout aussi responsables."

"Ces attaques n'avaient pas été autorisées par l'armée."

Henry croisa les bras et pencha la tête en signe de protestation. "Arrête un peu."

On entendait le même argument dans toutes les émissions de radio, les podcasts et les salles de presse du monde entier.

La conclusion était que la Chine avait dépassé les bornes et que le peuple américain voulait qu'ils paient.

"Tu as vu les images des funérailles ? Il y a eu une grande cérémonie à Bogota, en honneur du sous-marin de la marine colombienne qui a été coulé. Et tous les pauvres enfants de ces hommes de la Navy. Ceux du bateau de ta *sœur, bordel.*"

David regarda sa fille qui commençait à se réveiller de sa sieste à côté de lui. Elle avait moins d'un an. David posa un doigt sur ses lèvres pour dire à Henry de parler moins fort.

Henry comprit le message et se mit à chuchoter. "Tout ce que je dis, c'est que les gens sont en *colère*. Ils se sentent lésés. La bourse s'est effondrée depuis ces attaques. Le réseau GPS ne fonctionne plus, et l'Internet tourne au ralenti..."

"Les choses sont en train de revenir à la normale. Et des marins chinois ont aussi perdu la vie."

"Tu les défends maintenant ? Tout ça n'était qu'un gros malentendu, c'est ça que tu veux dire ?"

"Henry, qu'est-ce que tu veux ? La troisième guerre mondiale ?"

Henry fronça les sourcils. "Je t'ai déjà dit que ce non. Mais ils méritent de payer. Des excuses ne suffisent pas."

"Jinshan et l'amiral avec qui il travaillait sont en procès. Ils vont payer."

"Qui a dit ça ? Le président chinois ? Tu les crois après ce qu'ils ont fait ?"

"J'ai l'impression d'entendre parler un de ces consultants, soi-disant experts, que l'on voit à la télé."

"Et moi j'ai l'impression d'entendre parler un hippie utopiste qui veut juste faire la paix dans le monde. Ne sois pas si naïf, David. Tu as vu comment ils sont. *Tu* étais sur l'île toi aussi. Tu devrais le savoir, plus que quiconque."

"Qu'est-ce que tu veux dire par là ?"

Henry prit une autre gorgée d'eau gazeuse. "J'ai du mal à

croire que tout ça ait été orchestré par une seule personne, et que personne d'autre ne soit à blâmer. Et Lena alors ? Qu'est-ce qui lui est arrivée ?"

"Ils la recherchent. Ils vont l'attraper. Ce n'est qu'une question de temps."

"Tu penses que la Chine ne sait vraiment *pas* où elle se trouve ? Ils le savent, crois-moi."

David ne pouvait pas être complètement sûr qu'Henry n'avait pas raison sur ce point. La CIA avait longuement débattu sur le cas de Lena. Si le gouvernement chinois la trouvait avant eux, le ferait-il savoir aux Américains ? C'était un agent double, infiltré dans la CIA depuis plus de dix ans. Elle leur serait précieuse, même si elle *avait fait* partie de l'opération non autorisée de Jinshan.

Lindsay et Maddie revinrent sous le parasol où les deux hommes étaient assis.

"Papa, maman a dit que je pouvais avoir un goûter."

"Bien sûr, chérie. Tu veux un sandwich à la confiture et au beurre de cacahuète ?"

"Oui, s'il te plaît", répondit-elle en tendant ses mains pleines de sable. David lui essuya les mains et lui donna un sandwich.

Lindsay montra le verre d'Henry du doigt. "Je peux avoir la même chose ?"

"Bien sûr." Il lui tendit une bouteille d'eau gazeuse.

"Elle dort encore ?" demanda Lindsay en regardant le bébé.

"Elle commence à bouger, mais oui."

Lindsay s'assit sur la serviette à côté de David et dit : "Henry, depuis combien de temps as-tu cette maison ?"

Sa maison de plage sur trois étages était magnifique. Il y avait de grands espaces et une vue magnifique. Cela faisait des années que Lindsay parlait d'acheter une maison à la plage.

"Je l'ai acheté il y a quelques années. Après m'être mis à

mon compte. C'est bien de pouvoir venir ici dès que j'en ai envie."

"C'est magnifique."

"Ouais. C'est bien la retraite."

"Tu continues à être interrogé par toutes sortes d'agences avec des noms à trois lettres, ou ils en ont fini avec toi ?"

Henry jeta un coup d'œil à David. "Je ne suis pas sûr d'être censé dire ça, mais je reçois encore des appels de temps en temps. Mais je crois qu'ils estiment avoir extrait de mon cerveau tout ce qui pouvait les aider pour l'instant. Je n'ai pas reçu d'offre d'emploi, comme certains", dit-il en souriant à David.

"Certains n'ont pas de maison sur la plage et ont toujours besoin de travailler", répondit David en souriant lui aussi.

"Vous êtes les bienvenus ici quand vous voulez. Même si je ne suis pas là."

Ils restèrent allongés sur la plage à discuter pendant encore vingt minutes, jusqu'à ce que le bébé se réveille. Ils ramassèrent ensuite leurs affaires et rentrèrent à la maison. Maddie regarda des dessins animés sur un iPad. "C'est les vacances", dit Lindsay pour justifier le temps passé devant l'écran.

Henry alluma la télé sur la chaîne Fox News dans la cuisine, et ils se mirent à préparer le déjeuner avec les restes de la veille. Le volume de la télé était faible, mais David pouvait lire le titre qui était affiché en bas de l'écran. Tout le monde ne parlait que de ça.

LES TENSIONS AVEC LA CHINE RESTENT VIVES APRÈS LES AFFRONTEMENTS EN HAUTE MER.

L'un des invités était le conseiller à la sécurité nationale récemment évincé. Il plaidait en faveur de quelque chose qu'il appelait "la patience stratégique".

L'autre invité était un expert de la Chine d'un think tank

de Washington. Il affirmait que la scène politique chinoise était comme le roman et la série télévisée *Game of Thrones*, avec des luttes de pouvoir intestines et des trahisons. Il faisait valoir que seul le temps permettrait de dire qui était réellement aux commandes et ce que ferait la Chine. David était d'accord.

Henry donna une bière à David. David l'ouvrit et en prit une gorgée.

"David, quelque chose me dérange et j'aimerais avoir ton avis sur la question."

"Qu'est-ce que c'est ?"

"Jinshan est un stratège, n'est-ce pas ? Un milliardaire. Un génie. Tout le monde est d'accord."

"Ouais."

"Alors pourquoi n'avait-il pas toutes ses cibles alignées comme des petits canards quand il a attaqué notre marine au large des côtes de l'Équateur ?"

David fronça les sourcils. "Je pense qu'il a agi dans la panique. Sa base en Équateur a été surprise par une équipe que nous avons envoyée là-bas, mais je ne peux pas en dire plus."

"Je sais. J'ai lu un article en ligne à ce sujet. Un groupe d'opérations spéciales a infiltré leur base à Manta. Cligne deux fois des yeux si j'ai bon."

David sourit. "Je ne peux pas te le dire."

Henry poursuivit. "Mais ce que je veux dire, c'est que... Jinshan devait préparer un coup d'État, non ? Le président chinois n'était pas dans le coup, sinon, il n'aurait pas fait arrêter Jinshan quand les États-Unis lui ont montré leurs preuves de ce que Jinshan manigançait. N'est-ce pas ?"

David hocha la tête. "Je pense qu'il est maintenant admis que Jinshan préparait un coup d'État, oui."

"*Et* ?"

"Et quoi ?"

"La chronologie des événements ne te paraît pas étrange ? Un grand stratège comme Jinshan, était en train de préparer un coup d'État, mais n'a pas frappé le fer tant qu'il était chaud ? Qu'est-ce qu'il attendait ? Il doit avoir une tonne de soutien pour faire ça. Jinshan ne planifie pas quelque chose sans une grande préparation en amont. Il suffit de regarder l'histoire de l'île."

David sentit son cerveau le chatouiller. Henry était sur une piste. "Continue."

Henry regarda les cubes en bois avec lesquels jouait la fille de David âgée de trois ans. Elle les avait empilés pour en faire une tour. "Jinshan construit son château. Il y travaille depuis des années. Il le construit pièce par pièce. Il commence à envoyer des forces militaires à l'étranger. Il a des plans pour mobiliser nos forces au Moyen-Orient et nuire à notre économie. Ses cyberforces commencent à paralyser les communications américaines, comme elles l'ont fait avec nos satellites GPS. Jinshan est sur le point d'achever son château. Mais il semble qu'il lui manque une pièce majeure. *Il n'est pas aux commandes de la Chine.*"

David l'écoutait en buvant sa bière. "Ce que tu dis c'est qu'il devait être prêt à exécuter son coup d'État, s'il était déjà aussi loin dans tous ses autres plans ?"

"Exactement. Ce qui m'amène à ma vraie question : pourquoi ne l'a-t-il pas fait ? *Pourquoi n'a-t-il pas* exécuté son coup à temps ?"

"Je vois ce que tu veux dire." David regardait l'océan. "Je suppose que si Jinshan préparait un coup d'État et qu'il avait tout prévu, il pourrait encore le mettre assez facilement à exécution. Mais il ne l'a pas fait. Pourquoi ?"

Henry pointa sa bière vers David. "Exactement. Ça me travaille vraiment cette histoire. D'après ce que j'ai vu dans cette Cellule Rouge, tout était prêt. S'ils s'en sont tenus à leur planning, leurs exercices militaires ont préparé une attaque qui devrait avoir lieu à peu près maintenant. Et toutes leurs industries devraient être contraintes à l'effort de guerre. Les porte-conteneurs devraient être spécialement équipés pour un usage militaire. Les câbles sous-marins devraient être coupés. Les attaques IEM et tout ce dont on a parlé sur l'île. Mais quand on était dans la Cellule Rouge, on n'a jamais vraiment beaucoup parlé de la phase consistant à convaincre les *dirigeants* chinois."

"C'est vrai", admit David. "On a considéré que ça allait de soi."

"Au lieu de ça, on a parlé de comment convaincre le peuple chinois. Comment conquérir leurs cœurs et leurs esprits pour qu'ils soutiennent cette guerre. C'est ce dont le psy et ce connard de Natesh parlaient sans cesse."

David jeta un regard à sa femme qui les écoutait avec les enfants juste à côté.

Henry dit : "Quoi ?"

Lindsay s'approcha en souriant et murmura : "Tu as dit *connard.*"

"Désolé. Je n'ai pas l'habitude d'avoir des petits chez moi", dit Henry en rougissant.

Elle chassa cela d'un revers de la main. "On te fait marcher. Vous voulez des sandwichs ?"

"Volontiers. Merci, chérie", dit David.

Lindsay fit un signe de tête et les laissa seuls.

David se retourna vers Henry. "Et si ces deux choses étaient liées d'une manière ou d'une autre ? Si Jinshan n'avait pas pu prendre le contrôle de la Chine tant qu'il n'avait pas réussi à motiver les citoyens chinois à soutenir la guerre contre les États-Unis ?"

"Cela pourrait être un début de réponse", dit Henry en se

frottant le menton. "Et donc, un gros événement qui ferait que toute la Chine déteste les États-Unis ? On a coulé leurs navires. Ça pourrait être ça le catalyseur ?"

David secoua la tête. "Non. Je ne pense pas. On surveille leurs médias et Internet. Ils n'essaient pas de rejeter la faute sur les États-Unis. Ils disent que c'était un accident lié à Jinshan et à l'amiral Song. Les médias chinois disent qu'ils ont été arrêtés pour des crimes contre l'État. Mais ils ne dressent pas la liste de ces crimes."

"Tu plaisantes ?"

David secoua la tête. "Non."

"Le peuple ne sait rien ? Les médias n'en parlent pas ?"

"Tous les médias sont contrôlés par l'État à présent. Ils censurent les sources d'information à la télévision et sur Internet encore plus que d'habitude. Même dans des endroits comme Hong Kong, qui sont traditionnellement plus tolérants sur ce point. Le grand Firewall de Chine dans toute sa splendeur."

"Mais leurs dirigeants coopèrent avec nous, non ?", demanda Henry.

"Dans une certaine mesure. Mais ils se soucient avant tout d'eux-mêmes. Cela paraît dur à croire, mais les agences de presse gouvernementales ont déclaré que le procès de Jinshan et de l'amiral Song serait retransmis en direct."

"T'es sérieux ? Pourquoi ils feraient un truc pareil ?"

"Quelqu'un au sein du gouvernement chinois doit vouloir s'assurer que le coup d'État est totalement anéanti."

"C'est une bonne nouvelle. Il faut se débarrasser de ces barjots une bonne fois pour toutes."

David ramassa un bloc en bois et le plaça soigneusement au sommet de la tour de sa fille. "Tu sais, mon grand-père était à Pearl Harbor."

"Sans blague ?"

"Je sais. C'est incroyable, non ? Il était en service sur un des navires quand les bombes ont commencé à pleuvoir. J'ai toujours trouvé ça incroyable qu'une grande puissance puisse en surprendre une autre à ce point. Je me souviens lui avoir posé une question quand il était encore en vie, quand j'étais enfant. Je lui ai demandé s'il savait *que le* Japon allait attaquer. Je n'étais qu'un gamin. Je ne savais pas que je n'étais pas censé poser ce genre de questions."

"Et qu'est-ce qu'il a répondu ?"

"Il a dit qu'il y avait beaucoup de signaux indiquant que la guerre avec le Japon était imminente, mais il a dit que les gens qui avaient la meilleure vue sur un tsunami étaient généralement ceux qui étaient assis sur la plage."

Ils restèrent silencieux pendant un instant. Puis David ajouta : "Henry, tu sais ce qui me dérange le plus ? Si Jinshan préparait un grand événement qui inciterait toute la nation chinoise à vouloir entrer en guerre avec les États-Unis, qu'est-ce qui nous dit que cet événement n'est pas encore d'actualité ?"

Susan Collinsworth n'avait pas un bon pressentiment en lisant le message qu'elle venait de recevoir. Elle était la responsable des opérations de la CIA dans le cadre du programme SILVERSMITH, le groupe de travail interagences mis en place pour contrer la recrudescence d'actes d'agression de la Chine. Susan était au courant des renseignements récoltés dans la zone d'opérations du Pacifique occidental.

Son inquiétude venait du dernier message envoyé par un agent de l'Agence infiltré dans les hauts cercles du gouvernement chinois et donc le nom de code était GIANT. GIANT était l'assistant de longue date du secrétaire Zhang, l'un des puissants membres du Comité central chinois. Son vrai nom était Dr Jin Wang. Citoyen chinois, il avait étudié à l'université de San Diego à la fin des années 1980. Il avait été autorisé à rester aux États-Unis pour terminer ses études et avait obtenu un doctorat en économie à Berkeley, juste avant de retourner en Chine.

Pendant son doctorat, GIANT s'était lié d'amitié avec un autre étudiant américain de Berkeley dans un programme similaire au sien. GIANT n'en savait rien, mais cet étudiant américain était également un agent de la CIA. Les recruteurs de la CIA recherchaient des étudiants chinois ayant le potentiel de devenir des sources de qualité.

En 1989, juste avant que GIANT ne termine son doctorat, les troupes chinoises avaient tué plusieurs centaines de manifestants sur la place Tiananmen avec des fusils d'assaut et des chars. GIANT avait suivi les événements via les médias américains et avait été profondément perturbé.

Lorsque GIANT rentra en Chine, la différence de couverture médiatique entre les médias américains et les médias chinois concernant les événements de la place Tienanmen le motiva plus qu'elle ne le choqua.

Son ami de Berkeley lui rendit visite à Pékin quelques mois après son retour. Cette visite, bien qu'elle sembla être une coïncidence pour GIANT, avait été méticuleusement planifiée par la CIA. GIANT apprit plus tard que son ami avait été engagé par le Département d'État américain et qu'il serait en poste à Pékin pendant plusieurs années.

L'amitié entre les deux hommes suivit son cours. À l'occasion de plusieurs repas entre eux, l'agent de la CIA attisa les forts sentiments de dégoût et d'amertume de GIANT pour le gouvernement chinois. L'homme de la CIA finit par proposer à GIANT de travailler avec lui en lui disant que des hommes comme lui étaient nécessaires. L'Amérique avait besoin d'hommes de l'ombre qui puissent servir de fenêtres sur l'esprit des dirigeants chinois. GIANT pourrait aider la Chine à devenir une nation libre et juste en devenant un conseiller confidentiel des communautés diplomatiques et de renseignement américaines. Il contribuerait à bâtir une Chine dans laquelle une autre place Tiananmen ne pourrait jamais se produire, lui avait-on dit.

GIANT commença à espionner pour le gouvernement américain peu de temps après, et continua à le faire à mesure qu'il gravissait les échelons.

Du fait qu'il avait atteint un niveau aussi élevé au sein du gouvernement chinois — il était directeur de cabinet de l'un des plus puissants décideurs politiques — et en raison des féroces opérations de contre-espionnage menées en Chine, ses rapports étaient limités à une poignée de personnes au sein du gouvernement américain. Ce niveau de classification le protégerait, et protégerait également le flux ininterrompu d'informations provenant d'une source fiable et bien placée.

"Merde", marmonna Susan à elle-même en lisant le dernier message de GIANT.

Le secrétaire Zhang et le président Wu craignent que le coup d'État de Jinshan et les opérations hostiles ne soient toujours en cours. La lutte pour le pouvoir se poursuit, car de nombreux loyalistes de Jinshan occupent encore des postes importants. Des rumeurs parlent d'entraînements militaires secrets dans les provinces de Guangdong et de Liaoning. Ceux de Liaoning sont particulièrement intéressants. J'ai récemment appris que ce camp secret abrite des unités d'opérations spéciales qui dispensent un entraînement unique. Les communications interceptées ont révélé que ce camp était un élément crucial des plans de Jinshan.

Susan réfléchissait en tapotant les doigts sur son bureau. Les informations de GIANT étaient toujours utiles pour comprendre ce qui se passait réellement au sein du Comité central. Mais ce n'était pas ce qu'elle voulait entendre. Jinshan était en prison. Il n'était pas censé être capable d'influencer qui que ce soit. La situation s'était-elle détériorée au point que le président Wu perdait son influence politique ? Ce n'était pas ce à quoi ses analystes s'attendaient. Mais ils ne s'étaient pas non plus attendus à l'opération chinoise qui avait berné vingt experts américains de la défense, et avait réussi à leur extirper des secrets d'État. Mais *cela s'était* bel et bien produit...

Elle consulta son programme de réunions de la journée. Elle devait assister à un briefing de la commission du renseignement du Sénat au cours duquel le directeur adjoint des opérations clandestines ferait le point sur l'opération SILVERSMITH. Son rôle était de lui fournir des informations sur les questions auxquelles il ne pouvait pas répondre.

Le monde du renseignement pétait les plombs de devoir travailler avec des capacités satellitaires aussi réduites. Des satellites de secours étaient lancés et les réseaux de liaison de données chiffrées étaient toujours en cours de réparation. Le processus était lent et limité par le rythme auquel les nouveaux satellites pouvaient être lancés. Et de nombreux réseaux de liaison de données étaient encore considérés comme présentant des risques pour la sécurité. Les Chinois avaient paralysé la reconnaissance et les communications spatiales pour des mois, voire des années. Les critiques et les pointages de doigts entre les différents services allaient bon train. Et puisque SILVERSMITH était le "programme spécial de la CIA concernant la Chine", comme l'avait dit un sénateur, c'était à *Susan* que revenait la lourde tâche de combler les lacunes dans la collecte de renseignements.

Son téléphone de bureau se mit à clignoter. C'était le voyant correspondant au directeur.

Et merde.

Depuis qu'elle avait été chargée de l'opération SILVERS-

MITH, le directeur l'appelait à tout bout de champ pour qu'elle lui fasse un point sur la situation. C'était compréhensible, vu la gravité de la situation. Mais après des décennies passées sur le terrain, Susan se sentait comme un poisson hors de l'eau lorsqu'elle était au bureau. Elle détestait devoir informer sa direction en personne, devoir s'inquiéter des ramifications politiques, ainsi que les parties d'échecs entre tous ces bureaucrates égocentriques carriéristes.

"Directeur Buckingham, que puis-je faire pour vous, monsieur ?" dit-elle en décrochant le téléphone.

"Susan, si vous avez un moment, montez me voir s'il vous plaît."

"J'arrive."

Il lui fallut cinq minutes pour atteindre le septième étage.

Le directeur se tenait debout derrière son bureau. "Vous avez lu le dernier message de GIANT ?"

"Oui, monsieur. J'étais en train de me pencher dessus."

"Je dois parler avec le directeur du renseignement national et le président cet après-midi. Je vais inclure une partie de ces informations dans le dossier. Vous avez besoin d'aide avec quelque chose ?"

Susan aimait beaucoup le directeur de la CIA. C'était le genre de leader qui faisait tout son possible pour valoriser le travail de ses différentes équipes et faire tomber les murs entre elles.

Elle n'hésita pas une seconde. "RSR sur Liaoning, monsieur". Renseignement, surveillance et reconnaissance. Elle demandait des photos du camp militaire chinois que GIANT avait mentionné.

"En avez-vous déjà fait la demande ?"

"Oui, monsieur. Cela fait des semaines que je le demande pour différents sites chinois, mais je me heurte à des murs. Le camp de Liaoning est l'une de mes nouvelles priorités. Techniquement, je n'ai pas encore demandé de surveillance sur ce site, mais je sais déjà quelle réponse je vais recevoir. Aucun satellite disponible et les drones sont vulnérables aux contre-mesures et aux cyberopérations chinoises. J'ai même mentionné le SR-72 au général Schwartz. Il en a parlé au Pentagone, mais ils ont dit que ce ne n'était pas adapté et qu'il n'était pas encore prêt."

Le directeur boutonna sa veste en fronçant les sourcils. "Je suis d'accord sur le fait que nous devons collecter des renseignements sur ces camps. Et je suis d'accord sur le fait que nous sommes à court d'options de RSR. J'en ferai part. Mais si le Bureau national de reconnaissance et le Pentagone rejettent notre demande, nous devrons trouver une alternative. Réfléchissez à d'autres options avec le général Schwartz. Soyez créatifs."

"Oui, monsieur", répondit-elle en suivant le directeur dans le couloir. Il fut rejoint par deux hommes de son escorte et Susan se retira.

Génial. Comment était-elle censée recueillir des renseignements sur un camp secret chinois à cent-cinquante kilomètres à l'intérieur des terres, sans aucune aide RSR ?

4

USS Farragut
Océan Pacifique Est

Alors que les réparations auraient normalement dû avoir lieu au port, la marine américaine avait décidé qu'il s'agissait de circonstances exceptionnelles. Le *Farragut s'était* arrêté à Panama City pendant seulement soixante-douze heures, puis était reparti en mer pour continuer sa patrouille dans le Pacifique Est. Des équipes de maintenance sous contrat étaient restées à bord pour réparer les parties à l'avant du navire qui avaient été endommagées par le shrapnel d'un missile lancé par un sous-marin chinois.

Le lieutenant-colonel Victoria Manning se tenait sur le pont d'envol et regardait Panama City disparaître sous l'horizon. Leur seul hélicoptère se trouvait dans le hangar bâbord et une équipe en faisait l'inspection de maintenance quotidienne.

Le lieutenant Bruce McGuire, que l'on surnommait Plug, s'approcha d'elle. "Vous savez pourquoi ils nous ont fait repartir, n'est-ce pas ?"

"Pourquoi ?"

"Les navires chinois — les trois qu'il reste — sont censés arriver demain."

Victoria lui jeta un regard sceptique. "Où avez-vous entendu ça ?"

"Des bruits de couloir."

"Les bruits de couloir ne sont pas toujours très fiables. Est-ce que ces rumeurs proviennent de la même personne qui disait que nous allions rentrer chez nous par le canal aujourd'hui au lieu de retourner en mer ?"

"Peut-être."

"Je vois", dit-elle triomphalement.

"Ça sera aux infos, vous verrez", répliqua Plug qui semblait sûr de lui. "Ils ne pourront pas se cacher. J'ai entendu dire qu'ils ne pouvaient pas rentrer en Chine, alors le gouvernement américain les a autorisés, mais ils ne voulaient pas que cela cause des problèmes au port."

"Vous pensez vraiment que nos marins auraient osé faire quelque chose ?"

Plug haussa les épaules. "Quatorze de nos hommes ont perdu la vie, dont le commandant et le second. C'est assez dur de pardonner après quelque chose comme ça."

Victoria déclara : "C'est incroyable si c'est vrai. Tout ça semble si irréel. Rien n'a de sens. Je ne peux pas croire que la Chine connaisse de tels dysfonctionnements au point qu'un milliardaire et un amiral aient pu faire tous ces dégâts à eux seuls."

Le lieutenant J.G. Juan "Spike" Volonte sortit du hangar de tribord vêtu d'une tenue de sport trempée de sueur. Il vit Victoria et Plug et s'approcha d'eux en les saluant.

"Salut Spike", répondit Plug.

"Quels sont les derniers ragots ?"

"J'ai parlé avec le commandant", répondit Victoria.

"Le nouveau ?" demanda Plug.

"Le *commandant du* navire, *lieutenant"*, ajouta Victoria.

Plug pointa son pouce vers elle et dit à Juan : "Elle a souvent souligné mon grade ces derniers temps. Depuis que j'ai crashé un de ses hélicoptères. J'ai parfois l'impression qu'elle ne m'aime pas beaucoup."

Victoria le regardait fixement. "On a l'autorisation de décoller demain soir. Je voudrais en profiter pour faire des exercices d'appontage. Ça fait un moment."

"Combien d'heures ?" demanda Plug.

"Pourquoi ?"

"Ce serait bien de faire encore cinq heures avant la prochaine maintenance."

"Je ne suis pas sûre que le commandant accepte que l'on fasse des appontages aussi longtemps, mais je peux demander."

"Sinon, est-ce qu'on pourrait faire un autre vol après ça ?"

"Je n'y vois aucune objection", dit Victoria en souriant.

Le lendemain soir, Juan eut l'impression qu'il commençait à maîtriser sa machine. L'hélicoptère Seahawk, qui pesait près de neuf tonnes, était en vol stationnaire au-dessus du pont d'envol du USS *Farragut*. Il bougeait le manche beaucoup plus finement qu'auparavant et avait donc besoin de faire des corrections plus petites quand il dépassait l'endroit où il était censé être en vol stationnaire.

"Bon travail. Tout en douceur. Vous avez bien progressé, Spike", dit Victoria telle une mère fière de son fils.

"Merci, boss." Juan avait du mal à parler de manière détendue sous l'effet du stress. Il était toujours très tendu et transpirait abondamment.

L'aviateur de seconde classe à l'arrière dit : "Doucement, deux... un... au-dessus du plot."

Juan abaissa le collectif de sa main gauche et fit de petits ajustements rapides avec le cyclique de sa main droite, faisant de son mieux pour maintenir l'hélicoptère au même endroit à l'arrière du destroyer qui roulait au rythme de la houle. L'hélicoptère descendit les deux mètres qui le séparaient du pont à un rythme régulier et toucha le pont en acier en rebondissant légèrement. Juan savait que les suspensions étaient conçues pour résister à des appontages un peu brusques. Il avait appris qu'il devait descendre plus rapidement pour éviter de glisser au moment de l'appontage à cause du roulis.

"En plein dans le mille. Bravo."

Une vague de soulagement déferla sur Juan.

Caveman, l'autre pilote junior qui était dans la cahute du Batman — le responsable des décollages et des appontages — contrôlait l'engin métallique à commande hydraulique qui permettait de maintenir l'hélicoptère en place sur le pont. Une tige métallique de trente centimètres de long dépassait sous l'hélicoptère. Le pilote devait apponter de sorte que cette tige tombe dans un carré d'un mètre de côté sur le pont d'envol. L'homme que l'on surnommait le Batman, devait alors actionner un interrupteur pour verrouiller la tige avec un système de dents métalliques.

"Cales et chaînes", ordonna Victoria en faisant des signes codifiés avec les mains à l'attention des hommes sur le pont, afin de sécuriser davantage l'hélicoptère. Une houle assez forte pouvait provoquer un mouvement de roulis qui pouvait faire basculer l'hélicoptère par-dessus bord, ce qui justifiait de l'arrimer solidement dès qu'il avait atterri.

Ils procédaient désormais à un échange d'équipage.

"Bon vol, Juan. Beaucoup mieux que le mois dernier. Vous décrocherez votre qualification sans problème."

"Ne me portez pas la poisse, boss."

Elle lui sourit en se détachant de son siège. "Je me déconnecte", dit-elle avant de débrancher le câble noir de communication qui allait du plafond à son casque.

Plug allait la remplacer, et ce n'était pas pour déplaire à Juan. Bien que Juan aimait voler avec sa supérieure qu'il l'admirait en tant que pilote et officier, elle était très stricte avec lui. Ses vols avec elle étaient des tests permanents. Elle essayait constamment de faire de lui un meilleur pilote et de lui apprendre à prendre rapidement les bonnes décisions en imaginant différents scénarios pour voir comment il réagirait.

Voler avec Plug n'avait rien à voir.

"Salut Dugland", le salua Plug après avoir branché son casque. "T'es prêt à jouer au jeu des citations de films ce soir ?"

"Ouais, pourquoi pas..."dit Juan en souriant. "Ça te dérange si je vais pisser d'abord ?"

Plug s'installa dans le siège droit du cockpit. "Ouais, attends que je m'attache d'abord." Il attacha son harnais et ajusta la position de siège à la longueur de ses jambes. "Mec, la boss est vraiment toute petite. Comment est-ce qu'elle peut avoir le droit de voler ? Elle devait porter des talons compensés le jour de la visite médicale, c'est pas possible. C'est bon, j'ai les commandes. Va pisser."

Juan se détacha et sortit de l'hélicoptère. Il retira son casque trempé de sueur et traversa le navire, alourdi par son équipement. Il passa dans le carré où quelques personnes étaient en train de manger.

"Hé, vous avez mangé ?" lui cria un quartier-maître de première classe qui se trouvait dans la cuisine du carré.

"Pas encore."

"Vous voulez que je vous prépare une boîte à emporter ?"

"Ça serait sympa. Merci."

Quand Juan revint des toilettes, deux boîtes en carton l'attendaient. "Il y a des fourchettes et des couteaux en métal dedans, faites gaffe de ne pas les jeter à la poubelle."

"Merci, CS2."

"C'est le moins qu'on puisse faire pour le mec qui a coulé le sous-marin."

Juan le regarda et hocha la tête, ne sachant pas trop quoi répondre. Il sortit et emprunta la coursive principale du navire qui menait au hangar. Après avoir remis son casque et être sorti sur le pont d'envol sombre, il entra dans l'arc du rotor et donna la nourriture à l'homme d'équipage à l'arrière de l'hélicoptère.

Juan ouvrit la porte gauche du cockpit, connecta le câble de communication à son casque et s'attacha dans son siège.

"C'est le CS2 qui vous a donné ça, monsieur ?", dit AWR1 Fetternut.

"Oui, pourquoi ?" dit Juan en baissant ses lunettes de vision nocturne et en ajustant son équipement.

"J'étais dans le mess avec lui tout à l'heure. Vous avez un fan-club maintenant, vous savez."

Plug dit : "Bon, on parlera de ça après avoir décollé. Je ne veux pas énerver les gars sur le pont. Ça fait déjà un moment qu'ils attendent. Check-lists."

L'équipage fit ses vérifications et demanda l'autorisation de décoller. Quelques instants plus tard, ils décollaient en marche arrière et regardaient le navire s'éloigner lentement d'eux.

"Nez à gauche."

"Roger", dit Juan qui avait désormais les yeux sur les instruments. Il ne faisait attention à rien d'autre. Même l'image verte de ses lunettes de vision nocturne ne lui était d'aucune utilité.

. . .

Juan augmenta la puissance pour prendre de la hauteur. Il sentit le nez de l'hélicoptère s'incliner légèrement et regarda attentivement l'altimètre radar, l'altimètre barométrique et le variomètre qui lui confirmèrent qu'il montait bien. Lors d'un vol de nuit au-dessus de l'eau comme celui-ci, le pilotage se faisait presque entièrement aux instruments. Il n'y avait tout simplement pas assez de repères visuels.

"Radioaltimètre allumé", déclara Juan, en actionnant l'interrupteur à bascule.

"Roger", dit Plug. "Stabilisation à mille pieds."

"Roger", répondit Juan.

"Alors, est-ce que la boss t'a interrogé sur les limites et les procédures d'urgence ?"

"Oh que oui", dit Juan.

"Elle a été impitoyable comme d'habitude", ajouta AWR1 Fetternut.

Plug dit : "Je tourne à droite dans le zéro-quatre-cinq."

"Roger, zéro-quatre-cinq."

"OK, bon, si la boss s'est déjà occupée de t'interroger, on va juste taper la discute alors."

"Ça me va."

Juan savait que même si Plug essayait de justifier le fait de ne pas l'interroger sur ses connaissances, c'était simplement parce qu'il préférait se détendre et passer un bon moment en faisant des ronds dans le ciel pendant quelques heures. Chaque pilote était différent. Leur façon de piloter reflétait généralement leur personnalité. Plug était insouciant quand il pouvait l'être, et extrêmement minutieux quand il devait l'être. Tout comme Victoria, c'était un pilote très talentueux. Juan se demandait parfois s'il arriverait un jour à leur niveau. Certains avaient ça dans le sang alors que d'autres devaient travailler dur pour y parvenir. Juan estimait qu'il faisait partie du deuxième groupe.

Plug dit : "OK, on va jouer à 'tu préfères'. Tu préfères être en avance de vingt minutes à chaque réunion pour le reste de ta vie, ou dix minutes en retard ?"

"Vous avez déjà toujours dix minutes de retard", dit Fetternut.

"OK, Fetternut, tu passes ton tour. Spike ?"

"Sans hésiter, je préfère être en avance. On ne peut pas être dans l'armée sans être en avance pour tout. C'est quoi le dicton déjà ? Quinze minutes en avance, t'es à l'heure ; à l'heure, t'es en retard ; et en retard, il vaut mieux ne pas venir du tout."

Plug dit : "OK, celle-là était facile. Tu préfères être seul pour le reste de ta vie ou toujours entouré de gens chiants ?"

"Chiants comment ?" demanda Fetternut.

"Pense à la fille la plus chiante avec qui tu es sorti."

"OK. Hmm. C'est gérable. Je préfère être entouré de gens chiants dans ce cas. En plus d'être seul, tu ne pourrais jamais baiser. C'est une double punition..."

"Spike ?"

"Seul."

"J'ai un contact radar dans le un-cinq-cinq à soixante milles. C'est le seul truc aux alentours."

Juan tapa quelques touches sur son écran. "Je viens de mettre un waypoint. T'as plus qu'à suivre l'aiguille."

"Compris, j'y vais." L'hélicoptère vira à droite et se mit en palier sur le nouveau cap. "Bon, vous préférez avoir un boulot horrible qui permet de prendre votre retraite au bout de dix ans, ou avoir le boulot de vos rêves, mais devoir travailler jusqu'à la fin de votre vie ?"

"C'est pas ça de s'engager dans l'armée ?"

"Allez, dis pas ça. T'aimes pas ce que tu fais ?"

"Piloter, oui. Mais être coincé sur un bateau avec vous..."

Tout le monde éclata de rire.

"Fetternut, qu'est-ce que tu disais à propos de ces types dans le mess ?" demanda Juan.

"Ah oui. Vous avez un fan-club sur le bateau, monsieur. Ils connaissent tous votre nom maintenant. Ils parlent de vous comme le mec qui a coulé le sous-marin. Vous êtes célèbre. Vous êtes comme le gars qui a buté Ben Laden."

Juan pouvait voir que Plug le regardait. Ses yeux étaient illuminés par la lueur verte des lunettes de vision nocturne. Plug ne disait rien, mais semblait préoccupé.

Juan ne se sentait pas bien depuis ces événements. Regarder des films et lire des livres sur la guerre était une chose, mais appuyer sur le bouton en était une autre. Lâcher une torpille et voir la gerbe d'eau monter en l'air suite à l'explosion du sous-marin. Savoir que toutes ces personnes avaient péri. Il dormait beaucoup moins bien depuis ce jour-là. Il recommencerait s'il avait à la faire. Mais il espérait que cette situation ne se représenterait jamais.

Plug tourna la tête et regarda par la verrière, balayant de droite à gauche à travers ses lunettes. "Fetternut, à quelle distance est ce contact radar ?"

"Encore assez loin, monsieur. C'est à plus de quarante milles."

"OK. Laissez-moi réfléchir à une autre question..."

"Et si on se racontait des blagues à la place ? J'en ai une", proposa Juan.

"Spike à une blague ? Seigneur, ayez pitié de nous. T'es sûr que tu te sens bien ?"

Juan l'ignora et se lança. "OK, alors c'est un groupe de combattants de Daech en Irak qui se cachent dans une hutte en terre. Le chef dit : 'OK, les gars, les Américains se rapprochent de nous, et il y a des rapports qui disent que la

CIA pourrait même avoir infiltré nos rangs. Alors, ce qu'on va faire c'est qu'on va doubler les effectifs de surveillance.'"

"On dirait un de nos officiers de surface..." dit Plug.

"Deux hommes par unité au lieu d'un. En premier, Omar et Mohammed. En deuxième, Rahim et Ahmed. Et en troisième, Hamid et Bobby."

AWR1 Fetternut éclata de rire.

Juan regarda Plug et le vit sourire sous ses lunettes de vision nocturne. "Ah, j'ai pigé. Parce que c'est Bobby qui est de la CIA. Pas mal." Il laissa échapper un rire. "Bon, 2P, trouvez-moi ce bateau. C'est le seul dans le coin ce soir."

Juan plaça ses mains sur les commandes de la caméra infrarouge frontale, plus communément appelée FLIR. Il appuya sur quelques boutons et son écran afficha l'image de la caméra.

On y voyait une mer verte avec un horizon plat et quelques nuages. Juan utilisa son pouce pour tourner la caméra. "Quel azimut ?"

"Il devrait être à environ dix degrés à droite de l'endroit où vous la pointez, monsieur."

"OK. Je crois que je le vois."

Un petit point blanc sur l'horizon de l'écran était le seul élément qui venait perturber la symétrie de l'image.

"À quelle distance est-ce qu'on est de Maman ?", demanda Plug.

"On est à environ soixante-dix milles de *Farragut*."

"OK, allons voir ce que c'est. Dis-leur qu'on risque de perdre la communication pendant un moment."

Juan vérifia son sélecteur de communications pour s'assurer qu'il était sur la bonne fréquence puis appuya sur l'interrupteur au niveau de son pied qui lui permettait de parler sur la radio UHF. "Contrôle Farragut, Cutlass 471."

"471, Contrôle."

"471, vérification d'un contact de surface à soixante-dix milles dans votre nord. Nous pourrions perdre les communications pendant un moment, mais nous devrions être de retour dans cinq minutes."

"Reçu, 471."

"Descente à deux cents pieds", dit Plug.

"Roger, je descends de mille à deux cents."

"Mille à deux cents."

Les yeux de Juan rebondissaient d'une source d'informations à une autre. Il regardait dehors à travers ses lunettes de vision nocturne pour voir s'il y avait d'autres contacts aériens ou de surface dans la zone. Il n'y avait rien. Il vérifiait également ses instruments pour surveiller la descente de Plug à deux cents pieds au-dessus de l'eau. Il était crucial que tout le monde dans l'hélicoptère vérifie la hauteur. Même s'il s'agissait d'une manœuvre simple, être si bas au-dessus de l'eau pouvait être très dangereux si le pilote était distrait et continuait à descendre. Il vérifia le radioaltimètre, l'altimètre barométrique et le variomètre.

Puis, alors qu'ils s'approchaient de leur hauteur de mise en palier, il dit : "Cinquante pieds avant."

"Roger". L'altitude s'arrêta à deux-cents. "Deux-cents pieds, radalt en marche."

"Roger, deux cents pieds", dit Juan en jetant un coup d'œil au radioaltimètre, la fonction de pilotage automatique qui servait à maintenir la hauteur de manière précise.

"On dirait un chalutier ou quelque chose comme ça."

"Ouais", dit Plug. "Je vais faire le tour par la droite."

"Roger."

Juan sentit qu'ils s'inclinaient sur la gauche avant de revenir sur la droite, en faisant un large arc de cercle autour du bateau. Il manipulait le FLIR pour que la caméra reste focalisée et verrouillée sur le bateau pendant toute la manœuvre.

"Vous en pensez quoi ? Bateau de pêche ou trafiquants de drogue ?"

"On a des infos sur la présence de trafiquants ici ?"

"Non."

"Je ne vois pas de mouvement sur le pont."

"Moi non plus. Est-ce que tu vois le nom ?"

"Nan. Je ne vois rien. Il fait trop sombre."

"Il n'a pas l'air de bouger."

Fetternut dit : "Oui, il avance à un nœud sur le radar. Ils sont peut-être moteur coupé."

Juan zooma et fit la mise au point de la caméra. "Est-ce que c'est quelqu'un qui est allongé à l'arrière du bateau ?"

Plug jeta un coup d'œil sur l'écran sous ses lunettes. "On dirait bien. Il bouge ?"

"Non."

"Il est vivant ?"

"Je sais pas. C'est flippant."

"Montons et envoyons ça à Maman."

"Roger."

"Je monte à deux mille."

"Roger, deux mille pieds."

Juan eut un haut-le-cœur et vit les chiffres de son tableau de bord défiler rapidement alors que Plug mettait les gaz pour grimper. À cette hauteur, il serait plus facile d'établir une liaison avec leur lointain destroyer.

"Contrôle Farragut, 471. Nous avons une vidéo du contact de surface. On dirait un bateau de pêche, un chalutier. Mais il ne bouge pas, et il y a une...euh, personne...allongée à l'arrière du pont. Elle ne bouge pas."

Le contrôleur aérien du *Farragut* dit : "Bien reçu, 471, on vous met en liaison maintenant."

"OK, ils veulent qu'on fasse quelque chose ?"

"Stand by."

Juan dit : "On est assez loin des côtes. C'est un peu bizarre pour un bateau de se laisser dériver ici, non ?"

"Ils n'ont pas l'air de pêcher non plus", ajouta Fetternut.

Le contrôleur aérien du *Farragut* déclara : "Nous avons la vidéo et avons pris quelques captures d'écran. Nous les faisons remonter pour voir s'ils veulent que nous allions vérifier."

"Roger, contrôle. Nous allons bientôt devoir repartir si nous voulons revenir à temps. Dites-nous si vous voulez qu'on attende ici ou non."

"Stand by." Au bout d'une minute, il ajouta : "Négatif. Le TAO dit de revenir et d'atterrir à l'heure."

"Roger."

"Ils s'en foutent ? Et si c'était un cadavre ?" dit Juan.

"Si c'est le cas, il ne va pas s'enfuir", répondit Plug.

Ils retournèrent au navire sans incident. Pendant le débriefing du vol, Juan vérifia auprès des personnes de quart au centre d'information de combat. On leur avait dit d'enquêter sur le bateau de pêche dans la matinée.

Victoria était debout depuis l'aube. Elle avait fait de l'exercice pendant que ses hommes rinçaient l'hélicoptère à l'eau douce sur le pont d'envol. Ils utilisaient des grosses éponges et du savon pour enlever le sel et ainsi ralentir la corrosion. Le pont du navire était parsemé de petites flaques avec des bulles de savon.

Elle buvait son café dans un thermos en métal. "Bonjour, senior."

"Bonjour, madame."

"Vous allez le mettre en pièces aujourd'hui ?"

"Ouais. On commence l'inspection de maintenance aujourd'hui. Et parce que je sais que vous allez nous le demander, on espère avoir fini dans sept jours environ."

Victoria lui sourit. "Ne vous inquiétez pas, votre officier de maintenance a déjà réduit mes attentes concernant les délais."

Le maître principal sourit. "Il apprend vite." Il posa ses mains sur ses hanches et cria quelque chose à l'un des hommes qui lavaient l'hélicoptère. Puis il demanda à Victoria : "Vous avez entendu des rumeurs disant que le *Ford* allait nous donner un de leurs hélicos ?"

"Je me suis renseignée, mais je ne pense pas que ça va arriver."

Il hocha la tête. "Hmm. Et vous avez des infos sur notre date de retour ? Ça fera six mois demain."

"Je sais", dit-elle en soupirant. "Mais la situation est tendue en ce moment. Personne ne veut réduire la présence de la marine dans la région. Vous vous rendez compte qu'on est ici en ce moment, après avoir été touchés ?"

"Je ne sais plus quoi penser. Cette situation est complètement dingue. J'ai entendu dire que les navires chinois allaient au port de Panama City."

"Oh, c'est donc de *vous que* Plug tient ses informations."

"Le mess a des oreilles", dit-il avec un large sourire.

Un sifflet retentit dans les haut-parleurs du navire, indiquant qu'il était sept heures du matin et que le petit déjeuner était servi. "Allez, à l'attaque."

"Bon appétit madame."

"Vous aussi. Et arrêtez de répandre vos rumeurs à mes hommes."

Le maître principal rit et Victoria se dirigea vers le hangar tribord. Elle emprunta la coursive très fréquentée où flottait l'odeur du petit déjeuner qui provenait des ponts inférieurs. Les officiers et l'équipage se précipitaient pour aller manger.

Certains avaient les cheveux mouillés, tout juste sortis de la douche. D'autres finissaient leur quart de nuit et avaient les yeux rouges. Tout était réglé à la minute près. Ils se dépêchaient de manger, de préparer leurs réunions matinales et de prendre leur quart. Les emplois du temps chargés donnaient l'impression que le temps passait plus vite. La répétition de ces tâches ne faisait qu'affiner leurs compétences.

Victoria aimait la marine. Elle était convaincue qu'elle était faite pour cette vie. Son père, et son grand-père avant elle, avaient servi dans la Navy américaine.

Elle n'avait jamais imaginé devenir ce qu'elle était aujourd'hui, à savoir un officier au combat sur un navire en mer. Mais lorsqu'elle voyait la fierté dans les yeux des hommes et des femmes qui passaient devant elle, elle était heureuse d'avoir choisi cette voie.

Elle ouvrit une porte sur laquelle un panneau indiquait que seuls les officiers avaient le droit d'entrer. Elle se souvenait de la première fois qu'elle avait vu ce panneau, de nombreuses années plus tôt, alors qu'elle était aspirante de l'académie navale, sur un destroyer dans le cadre de son entraînement d'été. Elle était restée cinq minutes devant la porte, trop effrayée pour l'ouvrir sans autorisation. Il s'agissait de la partie du navire où se trouvaient les quartiers et le carré des officiers. Lorsqu'un enseigne avait fini par la voir, paralysée par la peur, il avait eu un petit rire en lui expliquant qu'elle faisait partie du club. Le panneau était plus une tradition qu'un véritable avertissement. Et d'ailleurs, personne n'y prêtait attention, sauf les aspirants qui venaient d'arriver.

Victoria ouvrit la porte du carré et entra pour prendre son petit déjeuner. Elle balaya du regard la pièce qui était pleine et croisa les yeux du nouveau commandant du navire, le commandant James Boyle. Elle l'aimait bien jusqu'à présent. Bien qu'elle respectait la mémoire du précédent commandant, récemment décédé, cela aurait été difficile de faire pire que lui. Et il y avait toujours une période de tâtonnement lorsque l'on commençait à travailler avec quelqu'un de nouveau. Seul le temps pourrait dire comment cela se passerait avec le commandant Boyle.

"Permission de rejoindre le mess, commandant ?"

"Bonjour. Asseyez-vous." Toutes les conversations du carré baissaient de quelques décibels à chaque fois que le commandant prenait la parole.

"Bonjour, monsieur", répondit-elle.

"Vos hommes se préparent pour la maintenance de l'hélico ?"

"Oui, monsieur, j'étais dans le hangar à l'instant. Ils vont commencer à la démonter ce matin."

Il y avait une seule longue table dans le carré du destroyer et une table plus petite, avec seulement quelques sièges, sur le côté. C'était la salle où les officiers mangeaient et où se tenaient de nombreuses réunions.

"Un café, madame ?" demanda le quartier-maître en lui donnant des couverts et une serviette.

"Non, merci. Juste un verre d'eau, s'il vous plaît."

Il posa un verre d'eau glacée devant elle. "Que désirez-vous manger, madame ?" demanda le marin qui avait un papier et un crayon à la main.

"Est-ce que je pourrais avoir des œufs brouillés et des toasts ?"

"Bien sûr. Des saucisses ? Nous en avons ce matin."

"Non, merci. Vous avez des fruits ?"

"Nous avons encore des pommes."

"Des oranges ?"

"Non, madame. Nous n'en avons plus depuis hier, mais nous devrions en recevoir lors du prochain ravitaillement."

"Pas de problème. Merci."

Le quartier-maître hocha la tête et se dirigea vers le passe-plat au fond de la salle, où un autre soldat attendait de prendre les commandes. C'était comme dans un restaurant. Le service était rapide et poli. Il fallait que tout le monde mange rapidement pour retourner au travail. Il y avait encore des vestiges des traditions navales d'antan dans les carrés modernes. Les couverts étaient un peu plus raffinés que ceux du mess des soldats à l'étage du dessous, et les nappes étaient de meilleure qualité. Les officiers y prenaient la plupart de leurs repas. Les règles de la bienséance y étaient respectées. Tout le monde devait demander au commandant ou à la personne la plus haut gradée la permission de se joindre et de quitter le mess. Le mess des soldats, un pont en dessous, était de type buffet. Des centaines de marins y faisaient la queue à chaque repas. L'équipe en cuisine et l'équipe de nettoyage ne s'arrêtait jamais. Tout comme l'épaisse odeur de graisse qui flottait dans l'air. Mais tout le monde à bord, officiers comme engagés, mangeait la même chose.

Victoria discuta avec le commandant et les autres officiers présents à la table. Aucun de ses pilotes n'était encore là. Ils avaient pour habitude d'arriver cinq minutes avant la fin de l'heure du repas, avec les cheveux en bataille et des traces d'oreiller encore sur le visage.

Ils ne firent pas exception à la règle ce matin-là.

Plug arriva en premier, suivi de Juan, puis de Caveman. Tous en combinaisons de vol vertes froissées. Les cheveux de Plug étaient complètement ébouriffés et il avait besoin de se raser. Victoria lui en toucherait un mot plus tard. Elle ne voulait pas énerver le nouveau commandant. La première impression était importante, et il venait de tout gâcher. Ses pilotes prirent des boîtes de céréales et les restes que les cuisiniers leur donnaient. Ils eurent des saucisses, des toasts et des œufs durs. S'il y avait un groupe à bord du navire avec lequel ses aviateurs entretenaient de bonnes relations, c'était bien les cuisiniers.

La relation entre Victoria et le commandant Boyle était un peu étrange. Elle avait été commandant par intérim de l'USS *Farragut* pendant près d'une semaine avant son arrivée. Elle avait pris le commandement après que le précédent commandant et le second aient été tués dans l'attaque de leur navire. Bien qu'elle aurait donné tout ce qu'elle avait pour les ramener à la vie, elle devait admettre que les joies du commandement étaient conformes à tout ce que son père lui avait raconté. L'amiral Manning avait occupé de nombreux postes de commandement au cours de sa carrière. Et même s'il était officier de l'aéronavale, ce qu'il avait préféré avait été de commander des navires. Il avait été le commandant de deux navires à fort tirant d'eau, dont un porte-avions.

Victoria comprenait maintenant ce qu'il voulait dire. Détenir ce pouvoir et cette responsabilité énormes n'était comparable à rien d'autre. Le commandant d'un navire en mer était à la fois le maire de la ville, le chef de la police, le propriétaire d'un restaurant et le chef des armées. C'était le poste ultime convoité par de nombreux officiers militaires.

Le carré commença à se vider. Le commandant s'excusa. La table commençait à être débarrassée et les pilotes de Victoria se précipitaient pour finir, en prenant à peine le temps de mâcher et en avalant leurs jus de fruits à grande gorgée.

"Vous comptez rester pour la réunion de renseignements ?"

"Oui madame."

"Bien. La prochaine fois, assurez-vous de vous raser avant de vous présenter devant le commandant, d'accord ?"

Plug fit un sourire penaud. "Désolé, madame."

Le quartier-maître qui était responsable du carré dit :

"Pourriez-vous vous lever pour que nous puissions débarrasser la table avant la réunion s'il vous plaît ?"

"Bien sûr. Désolé."

"Pas de problème. C'est juste que je vois l'enseigne là-bas dans le coin qui attend pour mettre en place sa présentation PowerPoint."

L'officier des communications fit signe de la main. Il tenait un ordinateur portable avec un autocollant rouge vif sur lequel on pouvait lire "Classification : SECRET." Les pilotes retournèrent dans leurs cabines respectives pendant que la pièce était nettoyée. Victoria rinça son thermos et le laissa près de son évier. Elle prit son carnet de notes et retourna dans le carré. Les sièges étaient maintenant disposés en rangées, et des dizaines de personnes étaient entrées dans la salle. Beaucoup se tenaient debout, se balançant au rythme du roulis du navire, ne voulant pas prendre la place de quelqu'un plus gradé qu'eux.

À 8 h 15 précises, le commandant et le second entrèrent.

"Garde-à-vous", cria l'un des officiers supérieurs.

La plupart s'étaient déjà mis au garde-à-vous dès qu'ils les avaient vus entrer. Plug se leva de sa chaise dans le coin et se mit au garde-à-vous un peu trop lentement au goût de Victoria.

"Repos", répondit le commandant. Ceux qui avaient des chaises s'assirent. Tous les responsables qui n'étaient pas en service et un grand nombre de hauts gradés étaient présents.

"Qu'avez-vous pour nous, COMMO ?"

"Monsieur, il s'agit du briefing matinal concernant les renseignements. OS2 va commencer par nous donner la météo."

"Bonjour commandant. La température devrait être d'environ vingt-quatre degrés et le ciel devrait être partiellement nuageux pendant la majeure partie de la semaine. État de la mer niveau deux jusqu'à vendredi. Un front dépressionnaire devrait arriver dans la région et nous passerons alors en niveau trois, avec quelques pluies possibles."

"Merci, OS2."

Le briefing se poursuivit avec le programme des jours suivants. Victoria regarda l'écran et prit note de la date du REM. Le ravitaillement en mer leur apporterait les pièces et les fournitures dont ils avaient tant besoin. Avec son seul hélicoptère restant qui était en maintenance, il y avait toujours une chance qu'un problème surgisse et que la seule façon de le résoudre soit avec une pièce d'hélicoptère qui pourrait être livrée par ce ravitaillement.

L'officier des opérations prit ensuite la parole. Il montra une carte du théâtre du Pacifique Est. Il y avait des dizaines de navires bleus avec des identifiants à trois lettres éparpillés dans toute la zone.

Trois icônes de navires rouges se trouvaient près de Panama City, avec une flèche pointant vers le port.

"Monsieur, la Troisième Flotte nous a informés que les navires chinois seront au port de Panama demain."

Il y eut quelques grognements dans l'assemblée. Le commandant ne dit rien. Il leur aurait peut-être dit de se calmer dans d'autres circonstances. Mais il n'était pas à bord lorsque les Chinois les avaient attaqués et tués certains de leurs compagnons de bord, et était donc plus permissif.

"Le groupe aéronaval Bush mène actuellement un exercice d'entraînement au large de San Diego."

"Déjà ?"

"Oui, monsieur. Ils ont avancé leur déploiement de six mois. Et ils ont modifié les plannings de maintenance de certains destroyers et croiseurs pour renforcer le groupe. De plus, des P-8 sont envoyés au Salvador pour travailler avec nous ici."

Victoria se disait que c'était trop tard maintenant. La bataille était terminée. *Mais l'était-elle vraiment ?*

La flotte du Pacifique se renforçait-elle en réponse à la récente agression chinoise ? Ou en prévision d'autres événements ? Elle préféra balayer cette pensée de son esprit. Trois navires de guerre chinois endommagés se dirigeaient vers la ville de Panama. Ce n'est pas là qu'ils se rendraient si de nouvelles hostilités se profilaient à l'horizon.

Le commandant dit : "D'accord. Des infos sur où ils veulent que nous allions après cette semaine ?"

"Non, monsieur, mais les gars du Desron ne me lâchent pas à ce sujet. Ils veulent que nous rentrions à la base pour notre prochaine inspection de maintenance."

"Quel Desron ?"

"Pas celui du porte-avions, monsieur. Celui de Mayport."

"Ils s'appellent Surfron maintenant", dit quelqu'un.

"C'est nouveau ça ?" demanda quelqu'un d'autre.

"Ces gars du Surfron peuvent aller se faire voir", déclara le commandant. "Nous avons des choses plus importantes à régler ici. Nous sommes sur un navire de guerre prêt au combat. Notre inspection de maintenance attendra."

Des membres de l'équipage hochèrent la tête. Le commandant saurait rallier ses troupes s'il gardait cette attitude. Il donnait l'impression d'être du côté de ses hommes.

Le commandant regarda autour de lui et leva les mains. "Ne dites à personne que j'ai dit à Surfron d'aller se faire voir. C'est toujours eux les patrons quand on rentre à Mayport."

Il y eut quelques rires dans la salle.

Le commandant pointa le doigt sur la carte à l'écran. "La Navy nous veut ici, en patrouille dans le Pacifique Est. Une nation ennemie vient de nous attaquer et c'est donc ici que nous devons être. Notre raison d'être n'est pas de passer des inspections de maintenance. Nous faisons des inspections de maintenance et des entraînements pour pouvoir défendre efficacement notre pays."

"Oui, monsieur", déclara OPS.

"Ceci étant dit, s'ils nous prolongent ici, voyons l'impact que cela aura sur le personnel, la formation et la maintenance. CHENG, OPS, veuillez identifier les risques que vous voyez et présentez vos conclusions au second."

"Oui, monsieur", répondirent les deux officiers. Le second hocha la tête. Comme le commandant, il était également nouveau à bord.

Le commandant dit : "Bien, maintenant, qu'en est-il de ce mystérieux bateau que l'équipage de l'hélicoptère a trouvé la nuit dernière ?"

"Il est à une quinzaine de milles maintenant. Notre équipe VBSS se tient prête au cas où nous devrions intervenir."

Le commandant approuva d'un signe de tête. "Bien. Des nouvelles de la Troisième Flotte ?"

"Nous n'avons pas encore l'autorisation d'effectuer une inspection de sécurité, monsieur. Je pense qu'ils sont occupés avec les Chinois et que c'est pour ça qu'ils sont lents à répondre à nos demandes. Mais nous avons vu un message concernant des renseignements électromagnétiques dans cette zone. On suppose que le bureau des renseignements de la marine est maintenant impliqué. Ils veulent que nous leur signalions tout ce qui sort de l'ordinaire."

"Eh bien, je dirais que notre bateau mystère fait partie de cette catégorie."

"Oui, monsieur."

"Très bien, relancez-les, s'il vous plaît. Je veux la permission de monter à bord de ce bateau d'ici à ce que nous arrivions là-bas."

Ils finirent de regarder les derniers slides de la présentation. Le calendrier des réunions, les entraînements de la semaine et la blague du jour, une tradition lancée par l'officier des communications, qui était l'enseigne avec le plus d'ancienneté et que l'on surnommait le "Bull Ensign". Les enseignes étaient les officiers les moins gradés. Ce n'était pas une grande distinction, mais c'était un poste plein d'humour et de tradition, très apprécié des carrés du monde entier. Il était censé servir de mentor à ses camarades de grade inférieur.

"Très bien, voyons la blague du jour."

"Tout d'abord, je tiens à préciser que cette blague ne s'applique pas à notre Airboss."

Les pilotes avaient maintenant hâte d'entendre la blague. Plug souriait. "Vas-y, balance."

L'enseigne devint tout rouge.

"Allez-y, COMMO", l'encouragea le commandant.

"Quelle est la différence entre un pilote et son hélicoptère, monsieur ?"

"Dites-nous."

"L'hélicoptère arrête de gueuler quand on coupe les moteurs."

Des rires éclatèrent dans tout le carré.

Victoria resta stoïque. "COMMO, vous passerez me voir plus tard, même si la blague ne s'applique pas à moi."

Le commandant étouffa un rire et se leva pour partir.

"Garde-à-vous", cria quelqu'un du fond de la salle.

Le commandant prit congé, et les officiers et l'équipage de l'USS *Farragut commencèrent* leur journée. Alors que tout le monde sortait, Victoria donna une tape sur l'épaule de Plug. "Vous avez une minute ?"

"Bien sûr, qu'est-ce qu'il y a, boss ?"

"Allons prendre un café."

Victoria se dirigea au fond du carré, désormais vide, et prit une tasse vide qu'elle remplit d'un café noir épais qui, selon elle, ne pouvait être servi qu'à bord des navires de la marine et à des animaux dans le cadre d'expériences scientifiques.

Plug se remplit lui aussi une tasse et ils s'assirent à la table vide, recouverte d'une nappe étanche bleue avec l'emblème du navire au centre.

"Qu'est-ce qui ne va pas ?" demanda Plug sur un ton qui semblait vouloir dire "Qu'est-ce que j'ai encore fait ?"

"Rien. Mais cela risque d'être une conversation difficile."

"Pour qui ?"

"Surtout pour vous". Elle prit un air sérieux. "Vous n'avez pas été sélectionné pour être un instructeur du RAG." Le Groupe Aérien de Remplacement était techniquement un terme qui n'existait plus. L'acronyme "RAG" était jugé moins politiquement correct, car c'était également un terme d'argot péjoratif pour désigner une femme, et que de plus en plus de femmes occupaient les rangs de l'aéronavale. L'unité pour laquelle Plug avait postulé était désormais connue sous le nom de FRS - Fleet Replacement Squadron. Mais tout le monde appelait encore ça le RAG. Les habitudes avaient la vie dure.

Le RAG était l'escadron qui formait de jeunes pilotes fraîchement sortis de l'école de pilotage sur les appareils de leur flotte, en l'occurrence l'hélicoptère MH-60R Seahawk. Seuls les meilleurs pilotes de chaque escadron de la flotte étaient sélectionnés pour ce qui était considéré comme la première étape du "chemin doré" qui menait au grade de commandant.

Victoria le regardait fixement. C'était un poste qu'il convoitait vraiment, et il était donc très déçu par cette nouvelle. L'avantage avec Plug, c'est qu'il était très rapide pour exprimer ses émotions. Il traversa les cinq étapes du deuil d'un coup.

Il laissa échapper un grand soupir. "Et merde !"

"Désolée", répondit Victoria.

Il la regarda. "Vous n'étiez pas instructrice du RAG, pas vrai ?"

"C'est exact. J'étais instructrice HT." Les HT étaient les escadrons de l'école de pilotage où les élèves aviateurs de la marine apprenaient à piloter des hélicoptères pour la première fois et gagnaient leurs ailes dorées. HT était l'indicatif de la Navy pour l'escadron *Helicopter Training*.

Plug but une gorgée de café noir dans sa tasse et essaya de faire une blague. "Et pourtant vous avez déjà été commandant."

Victoria sourit. "Techniquement. Bien que ça n'ait duré qu'une semaine..." Il faisait référence à son bref passage en tant que commandant du destroyer après que l'ancien commandant et son second aient tous deux été tués lors d'une attaque de missile chinois. Elle reprit son sérieux. "J'ai vérifié, et tous les pilotes ont déjà été sélectionnés pour les HT."

Une deuxième défaite en autant de minutes se lut sur son visage. "OK. D'autres mauvaises nouvelles ?"

"Nous allons continuer à chercher. J'ai tapé un brouillon d'e-mail que je vais envoyer au skipper. Nous avons encore quelques options. Mais si vous voulez vraiment obtenir un de ces postes d'instructeur, vous pouvez envisager de prolonger votre présence dans l'escadron, ou de prendre d'autres ordres pour une courte période."

Plug secoua la tête. "Merde. OK. Merci de m'avoir informé. Dites-moi juste ce que je dois faire."

"Continuez à vous concentrer sur votre mission ici pour l'instant. Et continuez à avoir une bonne attitude. On va vous trouver quelque chose."

Quelques minutes plus tard, Victoria se tenait sur l'aileron de la passerelle, à côté du commandant et de l'officier de pont. Le capitaine et l'OOD – l'officier de pont – regardaient le bateau de pêche à travers leurs jumelles.

"Ti-bu-ron Panama." L'OOD se tourna vers le capitaine. "Ça veut dire quoi *Tiburon ?* C'est de la mythologie grecque ou quelque chose comme ça ?"

"Euh, monsieur, ça veut dire requin en espagnol", dit le quartier-maître à côté de lui.

"Ah. Merci."

Le commandant dit : "L'équipage de l'hélicoptère a dit avoir vu quelqu'un allongé sur le pont la nuit dernière. Je ne vois personne."

Victoria déclara : "Cela fait environ huit heures qu'ils l'ont survolé. Ils ont eu le temps de bouger."

Le commandant lui tendit ses jumelles. Plug avait raison. Il y avait quelque chose de bizarre avec ce bateau. Il était à plus de cent milles des côtes. Il n'y avait personne sur le pont. Les moteurs étaient coupés. Il devait faire une vingtaine de mètres de long.

La voix du TAO se fit entendre à la radio accrochée à la ceinture du commandant. "Il est immatriculé à Panama City, monsieur. On vient de vérifier."

Il décrocha sa radio. "Compris, merci. Dites à l'équipe VBSS d'effectuer une inspection de sécurité."

"Compris, monsieur."

Le commandant regarda Victoria. "Votre hélicoptère est déjà démonté ?"

"Oui monsieur, ils ont probablement déjà commencé. Je suis désolée. Si j'avais su que nous ferions ça aujourd'hui, j'aurais essayé de repousser la maintenance à demain."

"Ne vous inquiétez pas." Il commença à faire les cent pas dans la passerelle. "Venez. Allons au centre de combat et commençons à mettre la pression à la Troisième Flotte pour qu'ils nous laissent faire notre travail."

L'enseigne Adam Kidd, comme tout le monde à bord d'un navire de la Navy, avait plusieurs responsabilités. Son rôle principal était d'être l'officier de communication de l'USS *Farragut.* C'est pourquoi presque tout le monde à bord l'appelait COMMO. Mais l'une de ses missions secondaires était d'être le chef de l'équipe VBSS chargée de l'abordage, de l'inspection, de la détention et de la saisie d'autres bateaux. C'était l'équivalent naval d'une équipe du SWAT. C'était ce rôle qu'il préférait.

L'enseigne Kidd inspecta son équipe. Ils étaient vêtus d'un équipement tactique noir, par-dessus leur uniforme. Ils avaient des gilets pare-balles en kevlar et des casques noirs. De petits casques de communication étanches et des lunettes de protection. Ils étaient armés de carabines M-4 et d'armes de poing M-9.

Un par un, ils descendirent l'échelle de corde qui allait du pont du USS *Farragut* au bateau pneumatique à coque rigide — le RHIB — qui les attendait. Le RHIB était attaché au destroyer, son moteur tournait, et les deux personnes en charge de le conduire étaient déjà à bord.

"Attention", cria le conducteur du RHIB alors que son petit bateau montait et descendait au rythme de la houle et que l'échelle de corde se balançait. Tous les membres de l'équipe VBSS furent conduits vers le chalutier à vive allure, alors que des embruns leur fouettaient le visage. Un petit drapeau américain flottait à l'arrière du RHIB.

"On a la permission d'aborder ?"

"Oui, monsieur. Le centre de combat vient de confirmer."

L'OSı — le spécialiste des opérations de première classe — était le membre le plus expérimenté de son équipe.

"Le bateau de pêche n'a toujours pas répondu ?"

"Non, monsieur. Personne ne répond."

Ils regardaient tous vers l'avant, une main sur leur arme et l'autre sur le RHIB. Ils étaient assis sur la partie gonflable qui faisait le tour de l'embarcation. Leurs casques noirs rebondissaient à chaque vague qu'ils traversaient.

Les six hommes et la femme de l'équipe VBSS de l'enseigne Kidd étaient bien entraînés. Ils étaient déjà intervenus deux fois lors de ce déploiement, pour inspecter des bateaux de trafiquants de stupéfiants présumés. Bien que ce bateau puisse très bien être lui aussi un bateau de contrebandiers, le fait que personne ne semble être à bord ou ne réponde était très étrange. Il ne faisait aucun doute dans l'esprit de Kidd que son équipe serait à la hauteur. Un bon nombre de ses hommes avaient participé à plusieurs déploiements et avaient effectué des arraisonnements dans le monde entier pour des inspections liées à la piraterie. Leur formation et leurs capacités n'avaient rien à voir avec celles des Navy SEAL ou d'autres unités d'opérations spéciales, mais les équipes VBSS étaient généralement composées de marins qui comptaient parmi les meilleurs de la Navy. Et ils prenaient leur travail très au sérieux.

Dès que le RHIB fut à couple du *Tiburon Panama*, l'équipe se précipita sur le pont, les armes pointées en avant. Le bateau n'était pas très grand.

Il ne leur fallut pas longtemps pour trouver les taches de sang... et le corps.

"Monsieur, venez voir ça !"

Kidd se dirigea dans la timonerie.

"Il n'a pas de pouls. Il est mort. Mais les taches de sang

semblent indiquer qu'il a rampé sur tout le bateau. Il devait chercher quelque chose."

COMMO acquiesça et prit sa radio. "Commandant, ici l'enseigne Kidd."

"Je vous écoute, Kidd. Quelle est la situation ?"

"Il y a un cadavre à bord et des taches de sang un peu partout sur le pont principal et dans les cabines."

Le garde-côtes *James* arriva plus tard dans la journée. Il était en patrouille à seulement cinquante milles au nord lorsque l'équipe VBSS du *Farragut* avait procédé à l'arraisonnement. La mission principale du *James était la* lutte contre le trafic de stupéfiants. C'était l'un des nouveaux bateaux de sécurité nationale de classe Legend que les gardes-côtes américains avaient à leur disposition. Ils étaient plus grands et plus performants que leurs prédécesseurs et permettaient aux garde-côtes d'accomplir une plus grande variété de missions liées à la défense nationale.

Une équipe d'enquêteurs des garde-côtes avait rejoint l'équipe VBSS de la Navy à bord du bateau de contrebande. Le lieutenant des garde-côtes avait passé des décennies sur ce type de missions. Il parlait à son capitaine et au commandant de l'USS *Farragut par* radio.

"On dirait bien un vaisseau mère. Il y a des fûts de carburant vides et des armes à bord. Nous venons de faire des tests et il y a des traces de plusieurs produits chimiques indiquant un trafic de stupéfiants. Mais il s'est passé quelque chose ici. C'est plutôt étrange comme situation. On ne voit pas ce genre de choses en mer d'habitude. Si c'était une bande rivale, ils s'affrontent normalement sur la terre ferme. Quoi qu'il en soit, nous pensons qu'il y a eu cinq ou six personnes tuées ici. Nous avons déjà ramassé soixante-quatorze douilles et nous venons juste de commencer. Nous les enverrons au labo une fois que nous serons à terre."

Le commandant du garde-côtes répondit : "Et le cadavre ?"

"Il semble que cette personne faisait partie de l'équipage de ce vaisseau mère. Nous pensons qu'il essayait de se cacher dans un petit compartiment de stockage. Il y a des impacts de balles dedans. Il a dû être abattu alors qu'il se cachait dans ce compartiment et est sorti quand les assaillants sont partis. Puis il a dû se vider de son sang. Les autres corps ont dû être jetés par-dessus bord. Ils doivent probablement flotter dans le coin, si les requins ne les ont pas déjà trouvés."

Le commandant Boyle dit : "Très bien. Merci d'être venus, messieurs. Je suppose que vous prenez le relais ? Nous venons d'être informés que nous devons rejoindre le porte-avions *Ford*."

"Nous nous en occupons, commandant", répondit le capitaine du bateau des garde-côtes.

Le commandant Boyle rappela son équipe VBSS à bord du *Farragut*. Dans l'heure qui suivit, le destroyer s'éloignait alors que le *James des* garde-côtes remorquait le vaisseau mère des trafiquants de drogues jusqu'à Panama City. Là-bas, des équipes d'enquête spéciales le passeraient au peigne fin à la recherche d'indices et transmettraient leurs résultats à diverses agences internationales.

Il faudrait plusieurs jours avant que les experts médico-légaux n'établissent une correspondance entre certaines munitions retrouvées et des armes militaires chinoises.

5

Le général Chen lança sa casquette à travers la pièce avec une telle force qu'elle fit tomber plusieurs livres d'une étagère. Le bruit fut suffisant pour que sa secrétaire ouvre la porte pour voir ce qu'il se passait. Dans l'entrebâillement qu'elle osa créer, elle put voir que le général était énervé, mais qu'il ne s'était pas fait mal. Elle referma la porte en silence.

Chen savait que trois membres de son état-major se trouvaient dans la salle d'attente. L'humeur du général était le principal indicateur de la qualité de vie des membres de son état-major. Le général Chen avait cinquante-six personnes sous ses ordres, mais il ne s'adressait qu'aux officiers les plus hauts gradés. Les autres ne méritaient pas son attention. Ceux qui étaient en contact avec lui devaient subir ses assauts verbaux quotidiens.

Le général savait qu'il avait une certaine réputation parmi ses officiers d'état-major, mais il s'en moquait éperdument. Ils les considéraient comme de simples outils à sa disposition. Un bon jour pour eux était quand le général leur confiait une mission impliquant d'être loin de lui, généralement pour enquêter sur le statut d'une de ses unités.

Aujourd'hui n'était pas un bon jour.

Cheng Jinshan et l'amiral Song avaient été arrêtés plus d'une semaine auparavant. À sa connaissance, personne dans le cercle restreint du président ne savait que lui aussi avait aidé Jinshan. Mais on lui avait dit que deux membres du Comité central se penchaient sur son cas. Leur état-major avait contacté le sien, pour lui poser des questions sur son emploi du temps.

Et s'ils prévoyaient une enquête ? Compte tenu de son grade élevé, ils voudraient être sûrs de son implication avant de porter des accusations.

Le général Chen avait *dit à* Jinshan que les choses allaient trop vite. La Chine était un pays immense, et les organisations immenses ne pouvaient pas se déplacer à la vitesse de l'éclair. Mais Jinshan était connu pour être obstiné. Il avait exigé que l'armée chinoise soit prête pour entrer en guerre au printemps. Comment cela était-il censé être possible compte tenu de la situation politique actuelle ? Quand Jinshan avait-il l'intention d'installer une marionnette au pouvoir ? Si le coup d'État échouait, ils pouvaient tous être arrêtés et fusillés sur le champ pour trahison. Ils se trouvaient désormais tous dans une position plus que précaire...

Au cours des quinze à vingt dernières années, le général avait atteint une position si élevée qu'il s'était habitué à ce que ses idées reçoivent un soutien indéfectible. Sa conviction qu'il était suprêmement intelligent et omnipotent était renforcée par l'attitude de ses subordonnés qui tremblaient à l'idée de s'opposer à lui. Il gouvernait d'une main de fer. Tout subordonné qui exprimait une opinion en désaccord avec les siennes subissait les affres de sa colère et ne s'avisait plus jamais de recommencer. Ces années de traitement royal avaient renforcé sa confiance en lui-même.

La déception pouvait être dévastatrice pour sa psyché. Sa

réaction était généralement l'incrédulité et une flagellation thérapeutique de sa cible favorite : son état-major.

Où étaient-ils ? S'attendaient-ils à ce qu'il vienne *les chercher* ? *Ils l'auront cherché.* Il marcha d'un pas lourd jusqu'à la porte de son bureau et l'ouvrit violemment. La porte heurta le mur et fit sursauter la secrétaire sur son siège pour la deuxième fois en autant de minutes. Le général lança un regard noir à ses hommes.

"Et alors ?", fulmina-t-il. "Venez ici !"

Ils se hâtèrent, la queue entre les jambes, tels des chiens effrayés. Le général claqua la porte derrière eux, fit le tour de son grand bureau en bois et s'assit lourdement sur son siège. Ses hommes restèrent debout. Ils étaient eux-mêmes des officiers supérieurs, mais la façon dont le général les traitait était révélatrice de la place qu'ils occupaient à ses yeux. Ils étaient les derniers des crétins. Ils se tenaient debout parce qu'ils lui étaient soumis. Il s'asseyait parce qu'il était leur roi.

"Eh bien ? Qu'avez-vous à dire pour votre défense, monsieur Li ?"

Le colonel Li, le chef d'état-major du général depuis deux ans, ne savait pas *quoi* dire. Le général craignait de tomber avec Jinshan et l'amiral Song. Les officiers supérieurs de l'état-major connaissaient les plans de Jinshan. Ils devaient savoir. C'était l'état-major supérieur qui avait fait tout le travail. Pour eux, il était très risqué d'être loyaux envers le général Chen. Leur loyauté était à sens unique. Le général était vindicatif lorsqu'il était contrarié, et le gouvernement chinois n'était pas connu pour son surplus de lanceurs d'alertes. Le dernier officier d'état-major qui avait tenté de porter plainte contre le général Chen avait été rétrogradé sur-le-champ. Il avait ensuite été envoyé à la frontière russe et n'avait plus jamais été revu.

Li pouvait soit tenter de prouver qu'il n'avait rien à voir

avec la situation actuelle, soit en assumer la responsabilité. Dans les deux cas, l'état-major subirait les foudres du général qui était d'une humeur pire que d'habitude.

Li se lança : "Monsieur, je m'excuse sincèrement que nous n'ayons pas pu vous apporter un assez grand soutien. Je vais faire tout mon possible pour rectifier..."

Le général leva la main. Son visage était déformé par le dégoût. "Li, vous savez comme cela s'appelle ? Un échec. Vous avez tous échoué. Pour une fois, *rien qu'une fois,* j'aimerais avoir le soutien de mon état-major. Mais au lieu de cela, vous me décevez. Si on m'accuse de quoi que ce soit de... " — il ne pouvait pas se résoudre à prononcer le mot *criminel* — "ce sera de votre faute."

Les trois hommes, qui transpiraient et ne savaient pas sur quel pied danser, se tenaient en silence, en essayant de ne pas établir de contact visuel avec leur supérieur. Aucun indicateur ne permettait de prédire quand le général serait dans une de ses humeurs. Chaque fois que l'état-major s'approchait de lui, c'était comme enfoncer la tête dans la gueule d'un lion pour savoir s'il avait faim ou non.

"Un échec", murmura le général. Il secouait la tête. "Combien de fois ai-je dit que nous ne devions pas nous mêler des opérations de l'amiral Song ?"

Les trois hommes hochèrent la tête.

"Sortez d'ici."

Les trois membres de l'état-major ne demandèrent pas leur reste. Ils se pressèrent de sortir et fermèrent la porte derrière eux.

Le général Chen se prit la tête dans les mains. Un nuage sombre se forma au-dessus de lui. Il avait soixante-deux ans. Il avait passé plus de quarante ans dans l'armée chinoise, et vingt ans comme officier général. Rien de tout cela n'était de sa faute. Son talent et ses qualités de leader étaient scandaleusement sous-estimés. Ces salauds de politiciens ne comprenaient pas ce que c'était que d'être un guerrier comme lui.

Il était confronté à sa propre mortalité pour la première fois de sa vie. Au fil des ans, chaque promotion avait été un nouvel échelon gravi sur l'échelle qui le mènerait au plus haut grade de l'armée chinoise. Il en était maintenant si proche. Jinshan lui avait fait des promesses.

Mais celles-ci ne se concrétiseraient pas maintenant.

Le général Chen réfléchissait à ce qui pourrait lui arriver. Si les politiciens qui enquêtaient sur lui le jugeaient coupable de conspiration, il pourrait être emprisonné ou même exécuté. Même s'ils ne pouvaient rien prouver, sa retraite en serait probablement affectée.

Il regardait une photo sur le mur de son bureau. On l'y voyait devant un défilé militaire à Pékin composé de dizaines de milliers de soldats et de chars. Le président chinois était à côté de lui.

Il secoua la tête. Cela ne pouvait pas se terminer ainsi...

Jinshan lui avait promis le pouvoir et le titre de commandant suprême du théâtre asiatique. Le général Chen devait prendre le commandement des cinq branches de l'APL pendant la guerre. L'histoire devait se souvenir de lui comme le plus grand chef militaire de toute la Chine. Peut-être même du monde entier.

L'interphone de son bureau vint interrompre ses pensées.

"Monsieur, je suis vraiment désolée, mais vous avez un appel de Qincheng."

"Qincheng ?"

"Oui, général. De la prison." *Qu'est-ce que c'est ?* "Bien", aboya-t-il en appuyant sur le voyant qui clignotait sur son téléphone et en décrochant le combiné.

"Ici le général Chen, qui est à l'appareil ?"

"Bonjour, général. Ici Cheng Jinshan. J'espère que vous allez bien."

Quelques heures plus tard, le général Jin Chen était assis derrière son bureau et feuilletait un dossier sur le planning de déploiement de l'armée américaine dans le Pacifique. Il ajustait ses lunettes en lisant. Ses trois membres d'état-major étaient de retour dans son bureau, soulagés du soudain changement de situation.

"Quand partons-nous ?" demanda-t-il à son chef d'état-major sans prendre la peine de lever les yeux.

"Votre voiture attend, monsieur. Le trajet ne prendra que dix minutes, mais les politiciens vont bientôt arriver. Nous pourrions donc y aller maintenant", répondit le chef d'état-major, le colonel Li.

Le général hocha la tête et regarda le colonel. "Que vous disent vos amis de l'Ouest ?" Il faisait référence aux autres chefs d'état-major auxquels le colonel Li avait parlé à la demande de son supérieur.

"La même chose que ce qu'a dit monsieur Jinshan, général. Les roues continuent de tourner. Et les collaborateurs des politiciens qui se sont renseignés sur votre emploi du temps l'ont fait pour s'assurer que vous seriez présent à cette réunion."

Le général Chen secoua la tête et sourit, ce qui arrivait très rarement. "Cheng Jinshan est un homme remarquable. Même en prison, il reste maître de la situation."

"Où aura lieu la réunion ?"

"Monsieur Jinshan se joindra à vous et aux politiciens dans le bureau du directeur de la prison."

"Et Song ?"

"L'amiral Song sera également présent."

Chen hocha la tête. "Excellent. Je dois dire que je suis soulagé et que je suis heureux de voir la tournure positive qu'ont pris les événements."

Le colonel Li fit un geste en direction de la porte. "Monsieur, si vous êtes prêt, il serait bon que nous partions maintenant."

Le général remit le dossier à l'un de ses assistants et sortit du bâtiment en direction d'une berline noire. Trois véhicules d'escorte le suivaient, dont deux faisaient partie d'un détachement de sécurité des opérations spéciales chinoises assigné directement au général. Les hommes de la sécurité avaient des mitrailleuses légères en bandoulière. Ils étaient sur le qui-vive. Les autres escortes transportaient de petites mallettes avec des ordinateurs portables sécurisés à l'intérieur. Ils avaient accès à toutes les informations dont le général pouvait avoir besoin pendant le briefing.

Le cortège du général s'arrêta devant la porte de la prison de Qincheng. Un gardien commença à vérifier les papiers d'identité et reconnut le général. Il lui fit un salut militaire et leur fit signe d'entrer. Les voitures passèrent sous l'arche traditionnelle chinoise appelée *païfang*. Puis elles se garèrent dans la cour, où plusieurs autres gardes militaires les attendaient.

La prison de Qincheng avait été construite dans les années 1950 avec l'aide de l'Union soviétique. Elle était située dans le quartier de Changping à Pékin, à une heure du centre de la ville. Le bâtiment était très secret, et c'était la seule prison qui appartenait au ministère de la Sécurité publique. Des prisonniers politiques, notamment ceux qui avaient participé aux manifestations démocratiques de la place Tiananmen, y étaient emprisonnés. Mais plus récemment, Cheng Jinshan et le CCID l'avaient utilisé pour y enfermer l'élite "purgée" de la Chine. Elle était cyniquement considérée comme une prison "de luxe". L'ironie du sort était que c'était la prison où Cheng Jinshan lui-même avait fait enfermer des politiciens qu'il avait jugés déloyaux. Jinshan versait un salaire au directeur de la prison depuis des années. C'était l'un de ses partisans les plus dévoués.

Plusieurs semaines auparavant, Cheng Jinshan et l'amiral Song avaient été placés en détention par la police militaire de l'APL dans la prison de Qincheng en attendant leur condamnation.

Leur séjour n'avait pas été inconfortable. On leur avait donné un numéro d'identification, comme à tous les autres prisonniers. Des gardes les surveillaient et ils n'étaient pas autorisés à quitter les lieux. Mais ils pouvaient téléphoner quand ils le souhaitaient. Et leurs cellules étaient très confortables. Jinshan avait une chambre, un bureau et un canapé. Sa secrétaire personnelle avait même commencé à travailler dans un bureau proche de celui du directeur.

Le personnel de l'amiral Song, en pleine panique au lendemain de son arrestation, avait rapidement appris qu'il devait poursuivre ses opérations sur l'île et le tenir informé plusieurs fois par jour par téléphone.

Les roues continuaient en effet de tourner.

"Par ici, général." Le commandant qui les attendait portait l'uniforme de la flotte de la mer du Sud. C'était l'un des hommes de Song. Le Général Chen le reconnut immédiatement.

Quelques minutes plus tard, le général était assis dans un élégant fauteuil en cuir, une tasse de thé à la main. Deux hommes politiques — ceux qui l'avaient à moitié effrayé avec leurs enquêtes sur lui — étaient assis en face de lui. Ils discutaient de leurs familles respectives.

Cheng Jinshan entra dans la salle, vêtu des vêtements ternes d'un prisonnier. Il avait des cernes sous les yeux et sa peau avait une teinte jaunâtre. Le général Chen se souvint alors des rumeurs selon lesquelles Jinshan était en mauvaise santé.

Jinshan regarda le garde qui l'avait escorté et lui fit signe de disposer. Le garde s'exécuta et quitta la pièce. C'était probablement la réunion de plus haut rang qui ait jamais eu lieu dans cette pièce.

"Désolé d'être en retard, messieurs. J'espère que je ne vous ai pas fait attendre trop longtemps."

Ils secouèrent tous la tête.

"Nous sommes heureux de voir que vous allez bien", répondit le général Chen sans sourire.

Il avait rencontré Jinshan des années plus tôt, alors que Chen n'était qu'un simple colonel. Chen s'interrogeait encore parfois au sujet de sa fille et de cette situation malheureuse à laquelle elle s'était retrouvée mêlée. Mais il n'avait jamais posé de question. Cela faisait partie de son pacte avec le diable.

La femme de Chen n'avait plus jamais été la même depuis lors. Li était partie en se contentant de leur passer un coup de téléphone pour leur dire au revoir. Avec l'aide de Jinshan, Li avait été choisie pour participer à un programme prestigieux, mais secret. On avait dit au général et à sa femme qu'ils ne verraient pas leur fille pendant longtemps. Peut-être même jamais. Mais c'était de loin l'issue la plus favorable.

Les actions de Li au Junxun étaient inexcusables. Criminelles, même. Elle avait mutilé un autre étudiant en réponse à une dispute qu'ils avaient eu. En discutant avec sa fille, Chen réalisa que c'était plus grave que cela, mais les détails n'avaient pas d'importance. C'était sa parole contre la leur, et personne ne voulait croire sa fille. De plus, une opportunité s'était présentée...

Cheng Jinshan avait prétendu être une sorte de *recruteur* pour le ministère de la Sécurité d'État. Il avait expliqué que, de temps en temps, il pouvait aider les candidats indisciplinés à surmonter leurs malheurs, à condition que cela soit dans l'intérêt de l'État, bien entendu.

Li était une candidate exceptionnelle, avait fait remarquer Jinshan à Chen. Ses compteurs pouvaient être remis à zéro. Elle serait placée dans un programme spécial. Un programme dans lequel une personne aussi talentueuse qu'elle pourrait exercer une profession honorable. Qui sait jusqu'où elle pourrait aller avec un tel talent. Elle rendrait un grand service à son pays. Et surtout, Jinshan se souviendrait du sacrifice que *le colonel* avait fait. Il devait être promu et Jinshan avait de bonnes relations avec le corps des officiers généraux de l'APL.

Un recruteur... Ce titre faisait bien rire le général Chen à présent. Chen savait qu'un simple recruteur pour le ministère de la Sécurité d'État n'aurait été capable d'accomplir ce que Jinshan avait accompli.

Une partie du général Chen était triste que Li les ait quittés, même s'il devait bien reconnaître qu'il n'était pas vraiment du genre paternel. Cet arrangement avait été la meilleure chose pour tout le monde, il le savait. Jinshan avait non seulement permis à sa fille de conserver son honneur et avait également fait en sorte que le colonel Chen devienne le général Chen.

La carrière de Chen avait rapidement évolué après cela. Il avait été nommé colonel de justesse avant de rencontrer Jinshan. C'était le plus haut grade qu'il atteindrait, lui avait dit le personnel des ressources humaines de l'APL.

Ils ne l'avaient pas jugé à sa propre valeur. Ces événements avaient eu lieu quatre promotions et trois décennies plus tôt. Le général Chen était désormais l'un des cinq militaires les plus gradés de toute la Chine. Il avait fallu un homme avec la sagacité de Cheng Jinshan pour déceler son talent pour qu'il puisse gravir les échelons d'une échelle semée d'embuches politiques.

La politique était la force de Jinshan, pas celle du général Chen. Chen avait continué à recevoir des visites de Jinshan au fil des ans. Ils avaient rapidement réalisé qu'ils avaient deux choses en commun : la persévérance et une ambition sans limites. Des empires avaient été bâtis par des hommes comme eux.

Le général Chen regarda les deux politiciens assis en face de lui. Le fait qu'ils étaient là signifiait qu'ils étaient loyaux envers Jinshan. Il ne les aurait pas invités autrement.

Mais ces politiciens ne savaient pas encore *pourquoi* ils étaient là. Avaient-ils l'ambition nécessaire pour devenir des bâtisseurs d'empire ? Ou bien seraient-ils trop faibles pour faire face à une proposition aussi radicale ?

Pourquoi pensaient-ils que Jinshan les avait invités ? Peut-être s'attendaient-ils à ce que Jinshan fasse pression sur eux pour sa libération ou pour que sa peine soit commuée ? Les deux hommes politiques étaient des membres influents du cercle restreint du Politburo — le Comité permanent. Ils avaient probablement dû prendre de nombreuses précautions pour venir ici sans être vus. Le général Chen pensait qu'ils devaient se dire — comme lui — que le retour sur investissement l'emportait sur le risque.

Le Comité permanent du Bureau politique central du Parti communiste chinois était probablement le groupe d'hommes le plus puissant du monde. Son rôle *officiel au sein du* gouvernement chinois consistait à prendre des décisions lorsque le Politburo était hors session.

Mais leurs rôles étaient bien plus importants que cela. Les membres du Politburo du Comité permanent étaient *toujours* les véritables décideurs. Ces sept hommes, dont le président chinois était le membre le plus haut placé, étaient les principaux influenceurs des décisions du gouvernement.

Le rôle de Cheng Jinshan à la tête du Comité central d'inspection disciplinaire lui avait permis de se rapprocher de ces personnalités politiques. Même s'ils ne se sentaient plus redevables envers lui pendant qu'il était dans cet ersatz de prison, ils savaient encore combien il pouvait leur être utile, si on lui donnait les bons outils. Jinshan avait éliminé leurs ennemis et les avait aidés à consolider leur pouvoir. Que pouvait-il faire d'autre si on lui laissait le temps ?

Une autre pensée vint au général. Tout le monde savait combien Cheng Jinshan faisait de recherches sur ses activités commerciales. Jinshan devait trouver les failles de ces hommes politiques pour pouvoir les exploiter si jamais leur relation devait tourner au vinaigre.

Le général réfléchissait à tout cela en étudiant les visages de ces hommes. Comment allaient-ils réagir ? Que s'attendaient-ils à entendre ? Il doutait beaucoup qu'ils sachent ce que Jinshan allait proposer.

La guerre.

6

La camionnette de Lena entra dans la propriété rurale en début d'après-midi, les pneus crissant sur le gravier de la longue allée. Elle avait emmené quelques membres de l'équipe d'opérations spéciales chinoise avec elle. Ceux qui parlaient le mieux l'anglais. Ils n'étaient pas entraînés pour ce genre d'opérations, mais elle n'aurait besoin que de leur bras, le cas échéant.

Un vieux pickup était garé devant une grange vide. Il lui manquait deux de ses pneus, qui avaient été remplacés par des parpaings. Des jouets d'enfants sales étaient éparpillés dans toute la cour. Une étoile noire géante ornait un mur de la maison et il y avait des rocking-chairs sous le porche.

Il y avait des pancartes dans l'herbe qui bordait l'allée. Lena en lut une :

REPENTISSEZ-VOUS PÉCHEURS. LES FLAMMES DE L'ENFER ATTENDENT CEUX QUI FERMENT LES YEUX.

Lena frappa à la porte et entendit du mouvement à l'intérieur. C'était un dimanche, et l'homme leur avait demandé de ne pas venir avant la fin de leur service religieux. Sa femme était à l'intérieur et regardait la télévision. Pour l'instant.

Il ouvrit la porte, en regardant avec suspicion le groupe d'Asiatiques qui se trouvait à sa porte. Puis son visage se détendit lorsqu'il comprit de quoi il s'agissait.

"Bonjour. Content de voir que vous êtes bien arrivés."

"Merci de nous recevoir", déclara Lena.

Natesh jouait le rôle du cameraman. Elle devait garder un œil sur lui. Sa nervosité était préoccupante. Il faudrait qu'elle en parle à Jinshan lorsqu'ils arriveraient en Chine.

L'Américain demanda : "Comment m'avez-vous dit que s'appelait votre programme déjà ? J'ai essayé de chercher sur mon iPad, mais j'ai dû..."

"Nous sommes avec l'Alliance Chrétienne Chinoise. Nous n'avons pas de programme ou de chaîne de télévision spécifique, mais notre organisation produit des documentaires comme celui-ci pour les chaînes de télévision. Notre objectif est de montrer aux téléspectateurs la persécution à laquelle sont confrontés les chrétiens chinois. Et nous voulons montrer aux chrétiens qui partagent les mêmes idées qu'eux qu'ils peuvent faire quelque chose. Nous voulons faire connaître des histoires comme la vôtre au plus grand nombre de personnes possible, dans l'espoir d'aider les chrétiens chinois", lui répondit Lena en souriant.

Charles Beulah laissa échapper un grognement pour toute réponse. "Vous avez raison. Ces Chinois ont tué des gens sur la place Tiananmen et persécutent des gens comme nous, les chrétiens, depuis bien trop longtemps. Vous avez vu aux infos ce qu'ils ont fait aux navires de la marine ? C'est complètement fou. Je n'arrive pas à croire que nous ne sommes pas déjà en guerre après ça. Et maintenant le président dit que nous savons que ce n'était pas *vraiment la* Chine. Et bien, c'est..." Il regarda par-dessus son épaule. "Vous m'excuserez mon langage, mais c'est juste des *conneries* si vous voulez mon avis."

Lena acquiesça. "C'est incroyable la façon dont le gouvernement chinois a blessé nos pauvres frères et sœurs chrétiens. Mais, monsieur Beulah, nous sommes très heureux d'avoir l'opportunité de parler avec vous. Nous aimerions perdre le moins de temps possible. Je voudrais entendre votre histoire et filmer tout ça. Où pouvons-nous nous installer ?"

"Vous voulez dire, pour filmer ?"

Elle hocha la tête en souriant et en réprimant une envie de le frapper pour la lenteur de ses capacités cérébrales. "Exactement."

"Eh bien, on pourrait aller dans la grange si ça vous convient."

"La grange ?"

"Ne vous inquiétez pas, elle est propre. Nous venons de vendre nos trois vaches. Il y a beaucoup de place là-dedans. Betsy ne veut pas que je fasse ça à l'intérieur. Que Dieu la bénisse. Elle ne se sent pas bien depuis quelque temps. Elle essaie d'arrêter de fumer. Elle met des patchs. Ça la rend un peu irritable, si vous voyez ce que je veux dire."

"Bien sûr, pas de problème, monsieur Beulah. Nous pouvons faire ça la grange." Lena regarda Natesh. "Est-ce que ça va aller pour l'éclairage ?"

"Bien sûr, pas de problème", dit Natesh sur un ton mal à l'aise.

"Vous pouvez m'appeler Chuck. Tout le monde m'appelle comme ça. Chuck Beulah, star de la télé", dit l'homme en rigolant. Puis il reprit son sérieux en se rappelant pourquoi l'équipe de télé était venue aujourd'hui. "C'est vraiment dommage ce que les Chinois ont fait."

Puis il regarda Lena en plissant les yeux. "Excusez-moi de vous demander ça, mais vous êtes Chinois, n'est-ce pas ?"

"Oui, mais nous faisons partie des bons. Nous sommes chrétiens, comme vous", dit-elle en espérant qu'il ne testerait pas ses connaissances de la Bible.

Il eut une expression qui laissait entendre que cette réponse le satisfaisait pleinement. "Ah, d'accord. Je comprends maintenant."

Le "cameraman" de Lena prit environ cinq minutes pour installer les éclairages, le fond et les chaises pliantes pour leur interview. Elle savait que les deux soldats des forces spéciales chinoises les surveillaient depuis l'arrière de la camionnette, et qu'au moindre signal ils seraient là en quelques secondes, prêts à faire le ménage.

"OK, on est prêts", dit Natesh en faisant un geste en direction des chaises pliantes. Une fois qu'ils furent tous les deux assis, Lena dit : "Ça va ? N'oubliez pas, ne soyez pas nerveux. Parlez lentement et de manière sincère."

"Pas de problème."

Elle regarda la caméra. "Je suis ici aujourd'hui en compagnie de monsieur Chuck Beulah, qui est un fervent chrétien et un Américain patriote. Il estime que les gens du monde entier devraient pouvoir pratiquer leur religion sans craindre l'ingérence de leur gouvernement. N'est-ce pas, monsieur Beulah ?"

Lena avait quelques noms sur sa liste. Chuck Beulah était le premier qu'ils essayaient. Il était un peu hésitant au début, mais une fois qu'il fut lancé, Lena était sûre que les images seraient exploitables. C'était bien. Cela lui éviterait d'avoir à faire du travail supplémentaire.

"Oui, madame. C'est bien vrai. Mon église — et mon pays — sont les choses les plus importantes dans ma vie. Je crois en Jésus-Christ et au Dieu tout puissant. Mais quand on voit ce que ces Chinois font là-bas, c'est un vrai foutoir. Ce sont des communistes tueurs de bébés. Et je trouve ça vraiment horrible."

Lena dit : "Et que ressentez-vous quand vous entendez des histoires de chrétiens qui n'ont pas le droit d'aller dans l'église de leur choix et qui ne sont pas libres de pratiquer leur christianisme librement ?"

"Le gouvernement chinois devrait permettre à tous les Chinois de pratiquer le christianisme. Ce n'est qu'alors, avec l'aide de notre Seigneur Jésus-Christ, que la Chine pourra trouver son salut."

"Et que pensez-vous du président chinois ? Il a déclaré que la religion pouvait être néfaste et que seules les églises subventionnées par l'État devraient être tolérées."

"Le président chinois se trompe complètement. Il est contre Dieu et le peuple."

"Seriez-vous favorable à la destitution du président chinois ?"

"Absolument. Si le président chinois est contre Dieu, il ne devrait pas diriger ces gens."

"Avez-vous entendu parler des avortements autorisés par le gouvernement dans la loi chinoise ?"

Le visage de l'homme se déforma légèrement, comme s'il cherchait ses mots. Il finit par trouver.

"J'ai entendu parler de tous ces avortements en Chine. Et j'essaie d'en parler à tout le monde. C'est terrible. Ils tuent des petites filles juste parce qu'ils veulent un garçon."

"Que pensez-vous qu'il faille faire à ce sujet ?"

"Quelqu'un devrait arrêter ces types, pour l'amour de Dieu ! Ils tuent des bébés !"

"Que feriez-vous si vous voyiez quelqu'un essayer de prendre une de ces pauvres femmes et de la forcer à avorter, contre sa volonté ?"

"Je les tuerais. Je pense que ces salauds de communistes chinois qui font ça méritent de crever."

"Merci pour la passion qui vous anime, monsieur Beulah. Quelqu'un devrait mettre un terme à cette folie. Parlez-nous de ce que vous faites pour aider les chrétiens chinois et protéger les personnes persécutées."

Chuck se gratta la barbe. "J'ai un site web où je parle de ces choses-là. Et tous les deuxièmes mardis du mois, avec quelques membres de ma paroisse, nous allons en centre-ville avec un mégaphone et des pancartes et nous disons au monde entier ce que nous savons à ce sujet. Et je crois que cela fait bouger les choses. Peut-être pas pour tout le monde, mais même si nous parvenons juste à ouvrir les yeux à quelques personnes, c'est déjà bien."

"Et quelle est votre religion ?", demanda Lena.

"Je suis baptiste, madame."

"Vous êtes donc chrétien."

Chuck lui lança un regard étrange. "Oui, madame, je suis chrétien."

"Et que pensez-vous des athées en Chine qui veulent persécuter les chrétiens ?"

"Je pense que tous les athées brûleront dans les flammes éternelles de l'enfer. Surtout en Chine, parce qu'ils tuent tous les bébés chrétiens. Il n'y a qu'un pas entre l'athéisme et le satanisme."

Lena réfléchit. Elle n'était pas sûre qu'il dise cela exactement comme elle l'espérait. Mais la magie du montage rectifierait cela si nécessaire. "On rapporte que le président chinois serait athée. Que pensez-vous qu'on devrait lui faire ?"

Elle ne fut pas déçue par sa réponse.

"Si le président chinois est athée, alors il est l'ennemi de tous les chrétiens. Il mérite de mourir, tout comme les autres suppôts de Satan. Il fait partie du problème. Il répand l'athéisme et tue des bébés. Et maintenant, ils essaient de couler nos navires de la marine et de tuer nos courageux soldats. Qu'ils aillent au diable ces salauds. Pardonnez mon langage."

Lena se retourna vers le cameraman qui acquiesça. "On est bons."

Lena fit claquer ses mains sur ses genoux. "OK. Je pense qu'on a fini. Merci pour votre témoignage, Chuck. Vous avez été *excellent*."

Elle se retourna vers la camionnette et fit un signe de la main. Les portes s'ouvrirent et les deux soldats des forces spéciales chinoises se dirigèrent vers eux.

"Qui est-ce ?" demanda Chuck, déconcerté.

L'avion affrété volait des États-Unis au Mexique, puis continuait en Chine. Les hommes des forces spéciales chinoises étaient restés sur place pour rencontrer d'autres agents du réseau de Jinshan. Ils seraient très occupés dans les mois à venir.

Des dizaines d'équipes d'opérations spéciales seraient stationnées dans tous les États-Unis. Elles s'entraîneraient uniquement la nuit, dans des zones rurales isolées. Elles étaient chargées de repérer des positions et des cibles. Les gazoducs, les intersections d'autoroute, les radars, étaient autant de cibles non défendues. Il s'agissait seulement de savoir lesquelles devaient être visées en priorité. Mais Jinshan avait déjà pris cette décision. Les soldats du camp de Liaoning s'entraînaient déjà pour détruire leurs cibles.

Lena ne s'inquiétait pas de cela. Elle avait d'autres préoccupations. Elle soupira en regardant Natesh, assis sur le siège à côté d'elle. Plusieurs rangées devant l'Américain sous sédatif. Chuck Beulah était ce qu'on appelait un cinglé, mais il allait servir à quelque chose.

Lena avait vu à quel point Natesh avait été bouleversé après que ses hommes aient tué la femme de Beulah. Mais

Lena n'avait pas pu faire autrement. La femme les avait *vus* quand elle était sortie après que son mari ait crié à la vue des mitraillettes des hommes de Lena. Elle avait dû être éliminée.

Natesh était un homme brillant, mais l'intelligence n'avait aucune corrélation avec la force mentale. Tout le monde avait ses limites, et Natesh avait atteint les siennes. Il fallait qu'elle détermine à quel point cela pouvait mettre la mission en péril. De là, elle déciderait quelle serait la meilleure option pour la suite des événements.

Lena aborda le sujet avec délicatesse. Mais c'était comme appuyer une aiguille sur un ballon de baudruche rempli d'eau. Natesh était en sanglots au bout de cinq minutes. Lena essayait de trouver les mots justes. Elle alla même jusqu'à le prendre dans ses bras un court instant. Une étreinte froide et forcée pour essayer de lui faire croire qu'elle se souciait de lui.

"Il *faut que tu* m'emmènes ailleurs. Je ne peux pas continuer à faire ça. Je ne peux pas continuer à voir toute cette violence. Ce n'est pas ce que je voulais. Je ne suis pas comme ça."

Lena regardait la poitrine de Natesh se soulever. Il essuya ses yeux rouges et essaya de retrouver son calme, réalisant sans doute qu'il avait l'air d'un enfant colérique.

"Natesh, laisse-moi te demander quelque chose. Crois-tu toujours que nous œuvrons pour le bien ?"

Il la regarda avec une lueur d'inquiétude dans les yeux. Puis il hocha rapidement la tête et eut des mots rassurants. "Bien sûr. Lena, je sais que Jinshan essaie de faire le bien. C'est juste que... je ne suis pas *fait* pour ce genre de travail. Mets-moi à un poste où je peux aider à planifier la logistique et à gérer les équipes. Donne-moi une équipe et j'optimiserai l'efficacité de la main-d'œuvre. Mais ce que nous avons fait à la femme de cet homme..."

Elle réprima une envie de lever les yeux au ciel. Ils avaient mis deux balles dans la tête de la femme de Chuck Beulah. *Reprends-toi, c'est pas la fin du monde.* Lena était heureuse de voir que les hommes du lieutenant Lin obéissaient à ses ordres. Quand Lena en avait donné l'ordre, ils n'avaient pas hésité à tuer la femme. Puis ils avaient rapidement quitté les lieux.

L'équipe de Lin devrait faire attention à ne pas se faire remarquer dans les rues américaines. Lena n'était pas sûre du moment que choisirait Jinshan pour lancer la première vague d'attaques sur les États-Unis. Mais d'ici là, elle devait supposer que les enquêtes des forces de l'ordre américaines se dérouleraient normalement. Et elle ne voulait pas que le FBI recherche les groupes des forces spéciales chinoises qui tuaient les épouses d'évangélistes tarés.

Lena défroissa sa chemise. "Natesh, nous devons tous faire des choses que nous n'avons pas envie de faire parfois."

"Je comprends."

"Natesh, laisse-moi en parler avec quelques personnes. Peut-être même à monsieur Jinshan. Je suis sûre qu'il y aura toujours une place pour toi, tant que tu veux encore être avec nous. Une place sans lien avec les aspects les moins nobles de notre travail. D'accord ?"

Il hocha la tête. "Merci, Lena. Je suis désolé d'avoir demandé, mais merci."

7

Cheng Jinshan commença d'une voix douce. "Messieurs, je vous souhaite à tous la bienvenue. Nous sommes sur le point d'entreprendre un grand voyage, et j'espère que vous garderez un esprit ouvert et de fortes valeurs morales." L'écran plat derrière lui montrait une série de graphiques.

"Il s'agit de données classifiées. Vous y trouverez les indicateurs économiques les plus précis de l'avenir probable de notre nation. Vous *ne* verrez *pas* ces chiffres dans les journaux et n'en entendrez pas parler dans vos réunions politiques. Ces rapports ont été commandés de manière anonyme par l'une de mes entreprises privées. Ces chiffres ne sont entachés d'aucun parti pris ni d'aucune crainte de répercussions. Ces chiffres, messieurs, sont aussi proches de la vérité que possible. Et notre estimé secrétaire général du Parti communiste chinois ne souhaite pas que vous les voyiez."

Jinshan fit une pause et vit les deux politiciens froncer les sourcils en assimilant ces informations. Les chiffres montraient une très forte baisse de la production et du PIB chinois. Les graphiques montraient également une très forte hausse de l'inflation et de la dette nationale.

La Chine était en train de changer. À mesure que l'argent affluait dans le pays, une énorme classe moyenne s'élevait dans une prospérité financière. Ce phénomène nuisait à ce qui avait été jadis le plus grand atout de la Chine, à savoir une source inépuisable de main-d'œuvre bon marché. L'augmentation de la prospérité économique s'accompagnait d'une augmentation de l'espérance de vie. Les avantages subventionnés par le gouvernement devenaient plus chers.

Les besoins des gens augmentaient.

À partir du moment où les pauvres étaient passés d'un régime alimentaire à base de riz bon marché à un régime plus coûteux à base de volaille, il n'était pas envisageable de leur demander de faire marche arrière.

La Chine obtenait ce qu'elle avait toujours voulu — la richesse — mais cela s'accompagnait de tous les problèmes que connaissaient les nations plus riches. Cheng Jinshan savait pertinemment ce qui les attendait. Avec un ralentissement économique et une population qui voulait un meilleur train de vie, le système communiste était en danger. Et des citoyens malheureux n'auguraient rien de bon pour la vie politique des membres du Comité central ici présents.

Une nouvelle diapositive apparut à l'écran. Elle montrait la dette américaine et le pourcentage que le pays devait à différentes nations. La Chine était en tête de la liste, et de loin.

Ce n'était un scoop pour personne. Il y avait un très grand déséquilibre commercial avec les États-Unis en faveur de la Chine. La Chine disposait d'énormément de liquidités et avait acheté des bons du Trésor américain à un rythme effréné. C'était le placement le plus sûr lorsque les marchés s'affolaient. Et cela leur donnait un avantage stratégique dans la guerre froide économique avec la seule autre superpuissance du monde.

"Notre pays a racheté une grande partie de la dette américaine au cours de la dernière décennie. Nous avons épargné pour les jours de vaches maigres. Maintenant, si vous regardez ceci..." — l'écran montrait désormais les indicateurs économiques américains et européens et leur impact prévu sur la valeur des obligations américaines au cours de la prochaine décennie — "...vous pouvez voir que cette période difficile arrive bientôt. Dans un système de marché libre, le dicton est 'acheter au plus bas, vendre au plus haut'. Eh bien, il est peut-être temps de vendre".

Le premier homme politique prit la parole. "Monsieur Jinshan, nous apprécions vos informations et vos conseils, comme toujours. Ces chiffres sont pour le moins inquiétants. C'est un sujet dont notre parlement doit discuter avant de prendre des mesures rapidement. Mais je croyais que nous étions ici pour discuter de votre... situation *personnelle.*"

"Nous allons y venir, mon ami."

Le deuxième politicien déclara : "Je remarque que le général Chen nous a rejoints. Je soupçonne que vous ayez une autre raison de nous montrer ces chiffres, qui expliquerait peut-être la raison de la présence de notre estimé représentant militaire."

"Oui, vous avez raison", dit Jinshan, en jetant un rapide coup d'œil à Chen. La diapositive suivante montrait une comparaison des capacités militaires chinoises et américaines avec des prévisions tous les cinq ans pendant les trois décennies suivantes. Jinshan déclara : "Les données en matière de défense sont difficiles à prévoir avec certitude. Les armées nationales sont soumises aux budgets nationaux. Lorsque nous faisons ces comparaisons militaires entre les États-Unis et la Chine, nous devons le faire en tenant compte des prévisions économiques que nous venons de voir."

"Pouvez-vous expliquer ce que vous entendez par là ?" demanda le premier politicien.

Jinshan but une gorgée de thé. Son visage avait l'air grave. "Au cours des deux dernières décennies, la Chine a renforcé sa puissance militaire. Nous avons réduit l'écart de capacité militaire qui nous séparait de l'Amérique. Nous avons construit des dizaines de sous-marins, des avions furtifs, des satellites militaires, et..." — il fit une pause pour faire un plus grand effet — "...surtout des cyberarmes. Nous possédons aujourd'hui certains avantages. Mais je ne peux pas promettre que nous les aurons toujours dans cinq ans. Et je peux presque garantir qu'avec nos contraintes budgétaires, nous commencerons à prendre du retard sur nos ennemis en ce qui concerne la puissance et la modernité de nos systèmes d'armes conventionnelles."

Une nouvelle image apparut à l'écran, illustrant comment des attaques informatiques en ligne pouvaient être utilisées contre une puissance étrangère.

Jinshan poursuivit : "Nous avons atteint un nouveau niveau de sophistication avec notre cybertechnologie. Les récentes cyberattaques contre les États-Unis — qu'ils appellent les 'attaques du black-out' — ont considérablement réduit leur capacité de communication par satellite et ont complètement détruit leur réseau de satellites GPS. Ils tentent de passer sur les réseaux GPS européens, mais ce n'est pas une tâche facile."

"Et les Américains veulent voir nos têtes sur des pieux. Une certaine tête en particulier", ajouta l'un des responsables politiques.

Jinshan acquiesça. "Je comprends votre frustration, étant donné le climat politique actuel. Nous y viendrons, mais permettez-moi de terminer, je vous prie." Il y avait une certaine dureté dans sa voix.

Le politicien tendit la main. "Mes excuses. Continuez, s'il vous plaît."

"Nous avons la capacité de frapper les infrastructures

américaines de communication et de services publics et de faire passer la précédente cyber attaque pour une attaque *mineure en* comparaison. Nous avons implanté des logiciels dans plusieurs sociétés de services publics clés de leur pays qui nous permettent de perturber la grande majorité de leurs réseaux électriques, oléoducs et pompes à eau. De nombreux nœuds clés de ces réseaux ne peuvent pas être désactivés avec ces seuls logiciels. J'ai donc fait en sorte d'avoir des ressources humaines sur le terrain, chargées de les détruire si nécessaire. En substance, nous pouvons désactiver les communications et les réseaux électriques des États-Unis, qui est un pays qui dépend entièrement de la technologie.

"Les lignes d'approvisionnement logistique en nourriture, eau, essence et gaz — des lignes qui sont devenues trop dépendantes de la technologie — seront coupées. Nous estimons que leurs supermarchés seraient vides dans les quarante-huit suivant notre attaque. Les hivers froids et les étés chauds deviendraient mortels. La population civile des États-Unis commencerait à piller et à créer des émeutes dans les rues, et les forces de l'ordre et les hôpitaux seraient débordés. Nous estimons qu'il faudrait des *mois* avant qu'ils puissent remettre leurs systèmes en état de marche. *Si* ces systèmes étaient réparables."

L'image suivante était une photo satellite des États-Unis de nuit où l'on voyait l'illumination des grandes villes.

"Comme je l'ai déjà dit, la plupart des satellites GPS et de communication américains — aussi bien militaires que commerciaux — ont été touchés par les cyberattaques du mois dernier. Mais nous disposons de plusieurs armes que nous n'avons pas encore utilisées. Les plus importantes sont nos armes IEM très avancées."

Jinshan cliqua et plusieurs cercles rouges apparurent sur la carte des États-Unis. Les lumières commencèrent à s'éteindre sur la carte, simulant l'effet des armes IEM sur le réseau électrique américain. "Ces bombes IEM amplifieraient les effets de notre attaque sur les infrastructures de services publics et de communication."

"Très impressionnant", déclara le premier homme politique.

"Messieurs, pour la première fois de notre histoire, trois choses sont en train de se produire simultanément. Nous avons un avantage militaire indéniable sur notre principal adversaire ainsi qu'un net avantage économique et le soutien de la population. J'étudie les tendances. Et celles-ci indiquent des changements dans notre santé publique. Si rien n'est fait, notre chômage augmentera et notre revenu par habitant, ajusté à l'inflation, diminuera. Et nous *perdrons* le soutien de notre peuple. Le citoyen chinois exigera des changements. Et quand cela se produira, l'histoire nous dit qu'une révolution violente s'ensuivra rapidement."

Les politiciens se tortillèrent sur leurs sièges. "Est-ce vraiment si grave ?"

Jinshan hocha la tête. "Le monde des relations internationales est comparable à la vie dans la jungle. Comme le dit le proverbe, c'est *tuer* ou *être tué*. Nos dirigeants doivent faire preuve de fermeté et d'agressivité lorsque c'est la meilleure option pour notre survie. La Chine a besoin d'un changement de *stratégie*."

Jinshan examina attentivement leurs visages. Les politiciens avaient l'air inquiets, mais ils étaient attentifs.

"L'un d'entre vous joue-t-il au Xiangqi ?" Prononcé Shyahng chi, ce jeu était parfois appelé "échecs chinois".

"Bien sûr. J'y jouais beaucoup quand j'étais enfant", déclara l'un des hommes. L'autre politicien, et le général, restèrent silencieux, attendant d'entendre où Jinshan voulait en venir.

"J'y ai aussi joué quand j'étais jeune. J'aime beaucoup ce

jeu. Il permet d'affiner ses compétences stratégiques. Savez-vous quelle est la traduction occidentale ? Ils appellent le Xiangqi "le jeu des éléphants". En partie pour des raisons évidentes, car le premier caractère du mot signifie éléphant. Et en partie parce que les pièces originales étaient sculptées dans de l'ivoire. Pris sur des créatures de la jungle qui savaient comment survivre dans la nature."

Il fit une pause pour accentuer ses propos.

"Mais quand j'explique le jeu à des Américains, j'appelle toujours ça les échecs chinois", dit-il en secouant la tête. "Je trouve que ce nom ne rend pas honneur au jeu. Le jeu des éléphants est beaucoup plus nuancé qu'un simple jeu d'échecs. Je parle de cela, car cela représente bien la situation actuelle. Dans ce jeu, les soldats ne se soutiennent normalement pas les uns les autres au début, car ils sont vulnérables à ce stade. Mais au fur et à mesure que la partie progresse, il devient avantageux de former de nouvelles alliances."

Il les regardait dans les yeux.

"Nous avons toujours été vos amis proches, Jinshan", déclara le premier homme politique.

"J'en suis conscient. Mais nous devons renforcer nos liens encore davantage. Laissez-moi vous poser une question. Que pensez-vous qu'il se passera dans dix ans, lorsque notre inflation sera de vingt pour cent et notre PIB de moins quatre, comme l'indique le graphique précédent ? Plus important encore, qu'arrivera-t-il à vos fils ?"

Jinshan n'attendit pas de réponse. "Pensez-vous que notre système politique survivra si le chômage touche plus d'une personne sur quatre ? Et si les salaires diminuent de plus de moitié ? Ce sont les prévisions dans moins de dix ans. Vous n'entendrez pas ces chiffres dans les couloirs du Parlement, mais je vous assure qu'ils sont exacts. En tant qu'homme d'affaires, c'est mon métier d'étudier ces chiffres pour le bénéfice de mes entreprises. Mais en tant que serviteur de la Chine, il est de mon *devoir de* recommander des actions basées sur ces chiffres, pour le bien-être de notre pays."

Les politiciens réfléchissaient à ce qu'il leur disait. Ils semblaient tous les deux préoccupés.

Jinshan parlait désormais sur un ton plus doux. Ses yeux semblaient percer ceux de son auditoire. "Notre nation a besoin d'être guidée. Nous sommes la plus grande nation du monde et notre pays est rempli de gens pacifistes. Mais notre population a besoin de plus de ressources afin de maintenir sa prospérité croissante. Les États-Unis déploient leur armée dans le monde entier, tuant des civils au nom de la paix. Leurs citoyens ont, eux aussi, besoin d'être guidés. La politique et le droit chinois ont transformé notre nation en une force dominante. Aujourd'hui, messieurs, nous avons la capacité de transformer le monde en une planète unifiée et prospère. Imaginez un monde sans frontières, sans menace de guerre, sans besoin de constituer des stocks d'armes et n'ayant pas besoin de s'inquiéter de savoir si notre charge financière pourra soutenir notre capacité potentielle à tuer. Vous êtes-vous déjà demandé à quoi ressemblerait un monde uni ? Cela *pourrait* ressembler à la *Chine...*" Sa voix n'était plus qu'un murmure.

Ce n'était pas de la langue de bois. Jinshan ressentait réellement de la fierté et de l'enthousiasme à l'idée des grandes choses qu'ils pourraient accomplir avec un seul ensemble de lois qui s'appliquerait au monde entier. Il voulait cimenter son héritage avant qu'il ne soit trop tard. Avant que sa maladie ne l'emporte dans la tombe. C'était le seul choix qui s'offrait à la Chine si elle voulait continuer à prospérer. Et cela permettrait de guérir non seulement la Chine, mais aussi le monde entier. Jinshan savait qu'ils devaient agir maintenant pour assurer l'avenir de la Chine en ayant recours à des mesures audacieuses. Dans le cas contraire, leur navire continuerait à sombrer lentement.

Jinshan invoquait l'altruisme pour justifier son action. Il le faisait non pas parce que les politiciens étaient motivés par l'altruisme, mais parce qu'ils voulaient qu'on les *considère* comme altruistes. Même dans ce petit groupe, il savait que c'était la meilleure façon de les manipuler. Lorsqu'il eut fini d'énumérer les façons dont la "propagation" de la Chine améliorerait le monde, Jinshan passa à la vraie raison de son discours : flatter leur vanité et leur ambition.

"Chacun de nos nouveaux États chinois aurait besoin d'une *gouvernance chinoise*. Et un nouveau gouvernement chinois mondial aurait besoin de nouveaux dirigeants plus puissants, capables de diriger et de parer à toute éventualité. Ces dirigeants seraient sans doute les mêmes que ceux qui ont eu le courage de prendre des mesures audacieuses lorsque d'autres se complaisaient dans le statu quo. Vous voyez, messieurs, alors que nous réalisons le changement radical de stratégie que notre nation doit opérer pour assurer sa prospérité, nous réalisons également la réorganisation interne qui doit avoir lieu. Ce n'est donc pas seulement de votre soutien que nous avons besoin, mais aussi de votre *leadership.*"

Ils avaient désormais des étoiles dans les yeux en imaginant leur avenir personnel. Les quatre hommes furent ramenés à la réalité par quelqu'un qui frappa à la porte. Le général appuya sur un bouton de sa télécommande pour éteindre l'écran. Il se dirigea vers la porte et laissa entrer deux domestiques qui poussaient des chariots à roulettes. Le déjeuner était servi.

Jinshan reprit la parole. "Mangeons, messieurs. Nous pourrons continuer notre discussion après le déjeuner."

Il était satisfait.

Il vit le général Chen se retourner vers lui, un sourire

complice sur le visage. *Si nous arrivons à convaincre ces deux-là, les autres suivront,* avait dit Jinshan au général par téléphone. Jinshan prit place à la table et se versa une tasse de thé. Ils avaient réussi. Autour d'une tasse de thé, ils venaient de renverser le gouvernement chinois et de cimenter le début d'une guerre mondiale.

La réunion se poursuivit pendant encore une heure. Puis les politiciens et les conseillers militaires chinois partirent. Jinshan se tourna vers son assistant et hocha la tête pour faire entrer ses invités suivants.

Les Russes n'étaient que trop désireux de mettre la pression aux Américains. Jinshan s'entretenait avec eux depuis plus d'un an via des canaux secrets.

L'ambassadeur russe avait un message de son propre président, qui proposait une coopération militaire avec la Chine dans le Pacifique. Mais cela ne faisait pas partie de la stratégie de Jinshan. Il avait besoin que le gros des ressources militaires russes reste près de l'Europe pour forcer les Américains à maintenir une présence importante en Europe et au Moyen-Orient. Jinshan avait besoin que les Russes servent de dissuasion.

La Russie n'avait plus qu'une fraction de la puissance militaire que détenait jadis l'URSS. Mais elle possédait toujours plus d'ogives nucléaires que toute autre nation dans le monde. Et même aujourd'hui, sa puissance militaire était très impressionnante comparée à celle de la plupart des pays occidentaux.

"Bonjour, monsieur l'Ambassadeur."

L'ambassadeur de Russie en Chine était tout sourire. Il s'approcha du bureau de Jinshan et lui serra la main en commentant la solidité des plans militaires proposés. Jinshan préférait ne jamais montrer ses cartes, mais il connaissait l'obsession du président russe pour les détails militaires et de renseignement, et il avait besoin de le convaincre. Il leur avait donc donné un aperçu de ses plans.

"Moscou est très impressionné. Et nos dirigeants souhaitent vous adresser une fois de plus leurs plus chaleureuses salutations. La Russie et la Chine sont des partenaires stratégiques forts, et nous souhaitons poursuivre cette relation prospère."

"Bien sûr", répondit Jinshan en buvant son thé. Il faisait froid et sa voix devenait rauque à force de parler. "C'est pourquoi je vous ai fait venir ici. Je ne peux pas délivrer ce message par téléphone ou par écrit. J'ai besoin que vous retourniez à Moscou et que vous remettiez ce message directement à votre président."

"Que dois-je lui dire ?"

"J'ai besoin que la Russie prenne contact avec tous les pays de l'Union européenne et du Moyen-Orient. J'aimerais que votre président exprime sa neutralité dans cette guerre, une fois qu'elle aura commencé sérieusement. Mais je veux aussi qu'il pose un ultimatum à ces pays. S'*ils* entrent en guerre, ou s'ils prêtent allégeance aux États-Unis, la Russie fera de même avec la Chine. Et la Russie occupera l'Europe."

L'ambassadeur l'écoutait avec joie. Ses bajoues remuaient lorsqu'il hochait la tête. "Je comprends. Vous souhaitez que cela reste entre les États-Unis et la Chine. Et vous voulez que la Russie soit la force de dissuasion neutre prête à intervenir au cas où l'une des nations européennes se joindrait au conflit. Ai-je bien résumé ?"

"Oui, monsieur l'ambassadeur. Je voudrais que vous fassiez passer le message dans les prochaines vingt-quatre heures, si possible."

"Le peuple de Russie ne souhaite rien de plus que votre réussite, monsieur Jinshan."

Jinshan hocha la tête. Il savait que les Russes coopéreraient. Il leur avait dit que l'Europe serait leur récompense, que l'une des nations de l'UE se joigne au conflit ou non.

8

David croqua dans sa tartine de pain beurré en faisant défiler les titres des articles de journaux sur son téléphone.

Il se remettait dans le bain après ses vacances en Floride. Même s'ils n'étaient restés que quelques jours, cela lui avait fait du bien de partir. Mais il devait désormais se remettre au travail.

Il faisait sombre dehors, et la lumière tamisée de la cuisine était sur le réglage minimum. Il était assis à la table ronde de la cuisine, en face de sa femme. Elle portait un peignoir violet usé. Taylor, leur petite fille de six mois, dormait dans sa chaise à bascule posée sur le sol. Des formes en plastique de couleur vive se balançaient au-dessus de sa petite tête. Elle venait de s'endormir après sa tétée, une expression de plénitude sur le visage.

Lindsay vola une gorgée de café dans la tasse de David et murmura : "Entre Maddie et elle, je me suis levée cinq fois cette nuit."

Il leva les yeux de son téléphone. "Je suis vraiment désolé."

"Je vais être un zombie aujourd'hui."

"Désolé."

"Arrête de t'excuser."

"Bon... D'accord."

"Vous l'avez facile, vous les hommes."

David regarda sa montre. "J'ai une réunion tôt ce matin."

"Vas-y. Abandonne ta femme. Elle t'aura préparé un repas chaud quand tu reviendras."

"Une belle femme et un repas chaud. Que demander de plus ?" Il se leva et l'embrassa sur la joue qu'elle lui tendait.

Il prit ses clés et lui dit à nouveau au revoir de la main, en prenant soin de fermer la porte délicatement pour ne réveiller aucun des deux enfants. Le trajet jusqu'au siège de la CIA ne lui prenait qu'une vingtaine de minutes lorsqu'il partait aussi tôt le matin. Le fait que David habite aussi proche était un gros avantage.

Alors qu'il conduisait, des flashs des événements des semaines passées lui revenaient en tête. Bien qu'il ne savait toujours pas encore très bien ce qu'était une semaine normale maintenant qu'il était officiellement analyste à temps plein pour la CIA, son travail jusqu'à présent lui plaisait beaucoup. Les dernières semaines avaient été tout sauf ordinaires.

En tant que technologue pour In-Q-Tel, la société de capital-investissement de la CIA, il avait parcouru le pays pour évaluer de nouveaux logiciels et matériels informatiques susceptibles d'avoir des applications militaires ou de renseignement. Il évaluait désormais la technologie chinoise, ainsi que les renseignements géopolitiques et militaires, au sein de l'équipe SILVERSMITH.

David passa les points de contrôle de sécurité du siège de la CIA et se dirigea vers son bureau. Il n'était pas sûr de voir son frère aujourd'hui. Bien qu'il faisait aussi techniquement partie de l'équipe SILVERSMITH, Chase faisait partie d'une autre catégorie d'employé de la CIA. Il était l'un des employés *spéciaux*.

Chase Manning était un ancien Navy SEAL et était entré à la CIA deux ans auparavant comme membre du groupe d'opérations spéciales d'élite. Mais suite au succès de quelques missions récentes de premier plan, Chase était très demandé. Il n'était pas responsable des opérations — il n'avait ni la formation ni l'expérience requise pour cela — mais il était devenu une sorte d'agent hybride, travaillant avec les responsables des opérations et le groupe d'opérations spéciales. Chase apprenait rapidement, et sa capacité à résoudre rapidement les problèmes et à s'intégrer sans problème dans les unités d'opérations spéciales avait fait de lui un atout précieux du programme SILVERSMITH.

Son bureau était vide. Ils avaient dû l'envoyer en mission. David s'attendait à recevoir un e-mail ou un rapport d'informations qui lui permettrait d'en savoir plus sur les activités de son frère.

"Bonjour, David."

"Bonjour, Susan."

Susan Collinsworth approchait la cinquantaine et ses cheveux blancs commençaient à l'emporter sur ses cheveux bruns. Elle avait l'air d'une bibliothécaire sévère d'école primaire — elle portait des lunettes rectangulaires et un pull en cachemire sur un chemisier blanc à boutons.

Pour autant que David savait, elle n'avait pas d'enfants et n'avait jamais été mariée. L'Agence était toute sa vie. Elle arrivait toujours au bureau avant lui et travaillait d'arrache-pied.

Susan avait pris David sous son aile depuis son arrivée à Langley. Leurs conversations avaient permis à David d'en savoir un peu plus sur son histoire. Bien qu'elle avait été très modeste lorsqu'elle avait parlé d'elle-même, David avait appris que Susan s'était fait un nom au début de sa carrière. Dans les années 90, elle avait dirigé des agents dans différents bureaux européens. Plusieurs d'entre eux étaient d'anciens agents du

KGB qui avaient eu du mal à s'adapter aux nouvelles règles du jeu de l'espionnage russe moderne.

David était fasciné par cet aspect de son travail. Bien que son frère y était désormais habitué, ce monde était encore tout nouveau pour David. Dans sa partie du monde du renseignement, il était relégué à la recherche et à l'analyse. Ses petites victoires venaient de l'identification d'indices techniques qui permettaient d'y voir plus clair dans le puzzle géopolitique.

À l'occasion de quelques déjeuners en privé, Susan l'avait régalé avec des histoires d'agents étrangers et de boîtes aux lettres mortes dans des ruelles sombres. Des opérations de surveillance sur des diplomates. La chasse aux taupes au sein de leur propre agence. "Dans une ville européenne, j'étais l'officier traitant de cette fille — une jolie petite secrétaire — qui couchait avec l'ambassadeur ukrainien..."

Elle faisait attention aux détails qu'elle lui révélait, même des décennies plus tard. Mais cela avait suffi pour convaincre David que Susan avait roulé sa bosse. Grâce à ses récits, David avait réalisé que les véritables mines d'or de renseignement n'étaient pas le fruit de piratages informatiques ou des lentilles télescopiques. Les renseignements les plus précieux provenaient de longues nuits à prendre des notes auprès d'agents compétents. Des agents étrangers ayant accès de l'intérieur aux connaissances et aux plans de leur propre organisation nationale de renseignement. Ces informations permettaient aux services de renseignement américains de débusquer les taupes, de protéger leurs propres agents et de continuer à transmettre des informations précieuses aux décideurs politiques.

David suivit Susan dans leur salle de réunion et s'assit à la longue table de conférence. Environ six autres personnes étaient déjà assises à la table. La plupart d'entre elles tapaient à l'ordinateur et buvaient du café, en essayant d'atteindre le niveau de caféine qu'il leur fallait.

Susan alla droit au but, comme d'habitude. "Bien, commençons."

Ils firent un tour de table. Chacun était responsable d'une partie différente de la mise à jour hebdomadaire. Ce groupe comprenait un expert militaire chinois, un analyste de la NSA, un représentant spécialisé dans l'Amérique du Sud et un expert en armes nucléaires.

"Nous n'avons toujours pas vu de changement en Équateur."

"*Toujours pas* ? Comment ça se fait ?

"Les troupes chinoises ne sont pas retournées en Chine, comme promis. Les avions ont arrêté d'en amener d'autres, donc leur nombre n'augmente pas. Mais les effectifs sont toujours d'environ deux mille hommes."

"Qu'est-ce qu'ils font ?" demanda David.

"Ils sont toujours en formation, pour autant qu'on puisse en juger. Entraînements au tir et exercices de terrain avec les unités militaires locales."

Susan dit : "Rafraîchissez-moi la mémoire. Le Département d'État a inscrit cela dans les termes de notre accord avec la Chine, n'est-ce pas ? Le retrait complet de toutes les forces militaires en Équateur. Je n'invente rien, pas vrai ?"

Le spécialiste de l'Amérique du Sud hocha la tête. "C'est exact."

"L'État est-il conscient qu'ils ne sont pas encore en conformité ?"

"Nous l'avons signalé à notre représentant du Département d'État dans l'équipe SILVERSMITH."

"Bien. Tenez-moi au courant de ce qui se passe là-bas, s'il vous plaît. Quel est le statut de leurs navires ?"

"Nous avons le nom de celui qui a été coulé. C'était le..." —

il consulta son écran d'ordinateur — "le *Lanzhou*. Les trois autres navires se sont soit rendus par leurs propres moyens ou ont été remorqués à Panama City pour y être réparés. Ils y sont en ce moment même."

La bataille navale dans le Pacifique Est n'avait eu lieu que deux semaines auparavant. Il en avait résulté un véritable chaos diplomatique.

Jinshan et Song étaient en prison, et la Chine battait en retraite en implorant le pardon des nations alliées en privé. Ils avaient inventé une histoire acceptable pour leurs citoyens qu'ils diffusaient sur les médias d'État. Les citoyens chinois avaient appris que les navires coulés étaient le résultat d'un tragique accident d'entraînement international *non autorisé,* et dont les seuls responsables étaient un homme politique (Cheng Jinshan) et un amiral de la marine (Song) et qu'ils avaient tous deux été emprisonnés.

Les diplomates étaient encore en train de régler les détails des réparations et des sanctions chinoises. Mais les États-Unis avaient immédiatement annoncé certaines exigences relatives aux unités militaires chinoises dans le Pacifique Est.

"Nos inspecteurs sont au Panama ?"

"Oui. Ils sont arrivés le week-end dernier. Comme prévu, le personnel du Département d'État et du Département de la Défense surveille les navires de la marine chinoise pendant qu'ils sont au port. Aucun marin chinois n'est autorisé à débarquer, sauf pour se rendre à l'aéroport, car ils sont rapatriés en Chine par avion."

La porte s'ouvrit et le général Schwartz entra, vêtu de son uniforme. "Bonjour tout le monde."

Susan se leva de son siège en tête de table. "Général, je ne pensais pas que vous viendriez ce matin. Voulez-vous vous asseoir ici ?"

"Ma réunion a été annulée. Merci, mais je vais plutôt

prendre la chaise la plus proche de l'écran pour que mes yeux fatigués puissent voir ce dont nous parlons."

Le général Chester Schwartz était un trois étoiles de l'armée américaine, un Ranger, et désormais le directeur associé de la CIA pour les affaires militaires. Le directeur Buckingham lui avait demandé d'être le "sponsor" de l'équipe SILVERSMITH. Il était censé être informé de tout ce qu'ils savaient et les aider à surmonter les obstacles bureaucratiques au fur et à mesure qu'ils se présentaient.

Au cours des dernières semaines, il avait également envoyé Chase Manning dans plusieurs commandements militaires pour leur remettre des ordres en main propre. Le général Schwartz avait travaillé avec le Pentagone pour déployer de manière préventive plusieurs équipes d'opérations spéciales et des unités militaires de haute technologie au cas où elles seraient nécessaires pour une réponse immédiate aux activités chinoises.

C'était une bonne initiative. Chase avait travaillé en étroite collaboration avec une unité MARSOC en Équateur pour voler une clé de chiffrement chinoise qui avait permis de prouver au président chinois que Jinshan commandait bel et bien des unités militaires de l'APL sans son consentement. Le général Schwartz avait également contribué à activer le groupe aéronaval du porte-avions Ford, qui avait joué un rôle essentiel dans la défense du USS *Farragut* contre les quatre navires de guerre chinois dans le Pacifique Est.

Susan sourit et se rassit. "Nous parlions de la situation en Amérique latine."

"J'ai lu un rapport hier disant que les effectifs de l'APL à Manta n'ont pas changé. Est-ce toujours le cas ?" demanda le général Schwartz

"Oui, mon général. Les Chinois rapatrient le personnel naval de leurs navires endommagés, qui sont désormais à quai à Panama City. Mais il n'y a pas de changement pour les troupes terrestres en Équateur."

Le général fronça les sourcils. "Pourquoi suivraient-ils les termes de l'accord concernant les navires de la marine de l'APL, mais ne rappelleraient-ils pas leurs troupes stationnées à Manta ?"

David dit : "Ces navires de la marine ne valent plus rien maintenant. Ils ont subi de graves dommages. Et il y a des inspecteurs américains qui les surveillent au Panama. Ce n'est pas le cas en Équateur. Ces troupes de l'APL sont toujours en formation. Et les effectifs n'ont pas bougé au cours des deux dernières semaines."

"Que suggérez-vous ?" demanda l'analyste de la NSA. "Qu'ils préparent toujours quelque chose ? La sonnette d'alarme a été tirée, David. Ils ne peuvent plus jouer sur l'effet de surprise."

Susan n'avait pas l'air convaincue. "Quel est le niveau de préparation du reste de l'armée chinoise ?"

L'expert militaire chinois déclara : "L'activité navale côtière s'est calmée. Des sous-marins et des navires sont rentrés dans les ports. C'est le plus faible niveau d'activité de la marine de l'APL que nous ayons vu au cours des cinq dernières années. Les unités de l'armée de terre et de l'armée de l'air sur la côte se sont également repliées. Les vols de l'armée de l'air ont pratiquement cessé. Nous *avons* cependant remarqué une plus grande activité des bombardiers stratégiques plus à l'intérieur des terres, près de Chengdu. Nous pensons qu'il s'agit d'exercices."

"N'oubliez pas de lui parler des 41", intervint l'expert en armes nucléaires.

"De quoi parle-t-il ?" dit Susan.

L'analyste militaire chinois expliqua : "Avant que vous n'arriviez, nous examinions les mouvements terrestres des armes nucléaires chinoises. Le Dongfeng-41 est leur tout dernier missile balistique intercontinental. Ils ont récemment commencé à les déployer le long de la frontière russe."

David dit : "N'est-ce pas une bonne chose ? Ils gardent la Russie sous contrôle, et les ogives sont plus loin de nous, non ?"

L'expert en armes nucléaires secoua la tête. "Ce n'est pas comme ça que ça marche."

L'analyste militaire chinois ajouta : "Les Chinois ont des missiles capables d'atteindre *toute* la Russie depuis plus d'une décennie. Mais ces Dongfeng-41 sont nouveaux. Et le fait qu'ils les aient déplacés à la frontière russe les rend en réalité *plus* vulnérables à une attaque russe. Mais cela les rend beaucoup plus difficiles à atteindre pour une unité *américaine*. Oh, et qu'est-ce qui rend les 41 spéciaux ? Eh bien ils sont capables de frapper n'importe où aux États-Unis."

"Les Chinois n'avaient-ils pas déjà cette capacité ?"

Le général Schwartz dit : "Les Dongfeng-5, c'est ça ? N'est-ce pas comme ça que s'appellent les missiles balistiques intercontinentaux chinois qui pourraient frapper n'importe où aux États-Unis ?"

L'analyste répondit : "Le Dongfeng-5 existe depuis les années 1970, et oui, il pourrait atteindre les États-Unis. Mais il utilise une propulsion à ergols liquides, ce qui signifie qu'il devrait passer par un long processus de ravitaillement avant d'être tiré. Nous aurions le temps de le remarquer et de réagir en conséquence. Le Dongfeng-5 n'est donc pas une bonne arme de première frappe. Puis, dans les années 1980, ils ont mis au point le Dongfeng-31, dont la version alpha pouvait frapper les États-Unis. Mais il avait une faible capacité de charge utile. La plupart des membres de mon équipe pensent que le 41 est le premier missile pouvant vraiment changer la donne. Il met leurs missiles intercontinentaux terrestres sur un pied d'égalité avec les missiles américains. Ils peuvent désormais frapper n'importe où aux États-Unis, dans un délai très court grâce à sa propulsion par propergol solide.

Le général Schwartz se tourna pour regarder la carte à l'écran. On y voyait une carte de la terre, avec des lignes courbes montrant les différentes portées des missiles lancés depuis la Chine. "Donc, vous dites que le récent déploiement de ce Dongfeng-41 à la frontière russe représente une plus grande menace nucléaire pour les États-Unis."

"Oui, monsieur, assurément. Il nous faudrait beaucoup plus de temps pour les atteindre près de la frontière russe."

"Qu'entendez-vous par 'plus longtemps' ?"

"Cela dépend de la méthode de frappe, mais en supposant que nous utilisions nous-mêmes des missiles balistiques, cela prendrait plus de vingt minutes pour atteindre la cible."

"Et on considère cela comme long ?"

"C'est un temps assez long pour qu'ils se rendent compte que nous attaquons et qu'ils réagissent en conséquence, monsieur. Surtout avec leurs bases insulaires et les défenses aériennes qu'ils ont accumulées. Ils ont trois îles dans les Spratleys, et une dans les Paracels, qu'ils ont converties en bases militaires, avec des pistes assez longues pour faire atterrir n'importe quel avion de leur arsenal, du carburant, des munitions, et des batteries de missiles surface-air. Leur capacité antiaérienne domine la mer de Chine méridionale."

Le général Schwartz regarda Susan. "J'ai l'impression de retourner au bon vieux temps de la menace soviétique. Merci à tous, cela me fait chaud au cœur."

Susan regarda les analystes. "C'est *un* des aspects de leur triade. Qu'en est-il de leur capacité nucléaire sous-marine et aérienne ? Avons-nous remarqué un changement dans leur activité de missiles stratégiques aériens et sous-marins ? Et quelle est l'ampleur de la menace que représentent ces moyens ?"

L'analyste des armes nucléaires déclara : "Leurs bâtiments dotés de missiles nucléaires ne sont pas aussi performants que les nôtres. Ils n'ont que quelques sous-marins de type 94. C'est ce qui se rapproche le plus de nos sous-marins de classe Ohio. Mais les leurs sont bruyants. Nous savons généralement où ils se trouvent à tout moment. Quant à la composante aérienne, ils ont plus de cent vingt bombardiers stratégiques. Mais ils ne sont pas capables d'atteindre le continent américain. Les Chinois travailleraient sur un concurrent du B-2 Spirit, mais nous ne l'avons pas encore vu voler."

L'expert militaire chinois ajouta : "Comme nous l'avons déjà dit, l'activité militaire près de la côte a été réduite au minimum. Mais l'activité de l'armée de l'air de l'APL reste élevée dans de nombreuses bases intérieures. Ils s'entraînent toujours vingt-quatre heures sur vingt-quatre là-bas. Peut-être que les ordres du président chinois ne leur sont pas encore parvenus, ou..."

"Ou peut-être qu'ils ont reçu d'autres ordres", intervint David.

David était assis seul à une table de la cafétéria de la CIA. Il avait apporté son propre déjeuner. Un sandwich au jambon et au fromage, un sachet de chips de maïs et un Tupperware de bâtonnets de carottes.

"Monsieur Manning, comment trouvez-vous votre nouveau travail ?" demanda le général Schwartz qui se tenait à côté de lui. En bon Ranger qu'il était, il s'était approché avec rapidité et furtivité.

David commença à se lever.

"Je vous en prie, restez assis. Je peux me joindre à vous ?"

"Bien sûr, monsieur. Et le travail se passe bien, merci monsieur". David se demandait s'il n'en faisait pas trop avec les "monsieur". C'était probablement sa formation dans la marine, ou la discipline de son père amiral qui ressortait.

Le général s'assit sur la chaise vide en face de David. Ils étaient les seuls à leur table.

"Susan parle de vous en termes très élogieux. Et vous n'êtes pas passé inaperçu auprès du directeur. Je ne suis peut-être pas de la CIA, mais j'ai appris une chose ou deux sur l'ascension sociale à mon époque. C'est probablement une bonne chose d'impressionner le directeur de votre agence."

David rougit. "J'espère qu'ils sont satisfaits de mon travail. Pour être honnête, c'est relativement similaire au type de recherche que je faisais chez In-Q-Tel."

"Vraiment ? Je croyais que vous faisiez des recherches sur la technologie là-bas." Le général prit une bouchée de son repas, une salade de printemps avec des raisins, des noix et des croûtons. Tout le monde mangeait sainement de nos jours.

"C'est exact, monsieur. Je faisais des recherches sur la technologie. Sur les armes et les systèmes d'armement. Parfois sur des cyberarmes. Parfois sur des avions ou des missiles. C'était intéressant. J'ai un peu touché à tout. Pour bien faire le travail, nous devions également faire des recherches sur les capacités de nos adversaires et sur ce sur quoi ils travaillaient."

Le général hocha la tête. "Je vois."

"D'une certaine manière, je fais la même chose maintenant. La seule différence, ce sont les délais."

"Comment ça ?"

"À In-Q-Tel, je m'intéressais à ce que nos ennemis potentiels pourraient faire dans les cinq à dix prochaines années. Ici, j'étudie ce qu'ils pourraient faire dans les prochains jours ou les prochaines semaines. C'est la même chose, mais avec une échelle de temps différente."

Le général Schwartz sourit. "Stratégie contre tactique. Certains disent que c'est la même chose, mais à une échelle différente."

Ils mangèrent leur déjeuner et discutèrent pendant un moment. David parla au général de sa sœur, Victoria, et de son déploiement dans le Pacifique Est. "Elle ne sait pas quand ils vont rentrer."

"Je veux bien le croire. Je pense que très peu de gens connaissent la réponse à cette question en ce moment."

"Je ne peux pas m'empêcher de penser que nous nous préparons tous à quelque chose, monsieur."

"À ce que ça nous tombe dessus ? Je pense que beaucoup d'entre nous ont le même pressentiment. Nous venons d'être attaqués par la seule armée de la planète qui soit plus grande que la nôtre. Quoi qu'en disent les politiciens, l'histoire démontre que les hostilités risquent d'augmenter, et non de diminuer, après une série d'événements comme ceux que nous venons de vivre."

"Je suis d'accord, monsieur. Au cours de mes recherches, j'ai vu quelques indicateurs qui me préoccupent."

"Comme quoi ?" L'officier général regarda sa montre. "Vous voulez me montrer ?"

Le général était très abordable. Il ne parlait pas de manière guindée et condescendante comme pouvaient le faire de nombreux hauts dirigeants. Il s'exprimait de manière posée. Parfois même un peu bourrue. Mais il était surtout amical et terre à terre. Comme s'il n'avait pas oublié ce que c'était que de travailler dans les tranchées.

David ne voulait pas outrepasser son autorité. Susan était sa supérieure directe, et elle rendait compte au général. Mais comme le général et lui se parlaient déjà...

Schwartz sourit. "Qu'est-ce qu'il y a ?"

"Rien, Général. J'aurais juste préparé quelque chose pour vous si j'avais su..."

"Oui, je sais ça. Mais si je peux vous épargner ces conneries et vous éviter d'avoir trois réunions de préparation avant d'avoir une réunion avec moi ou le directeur. Nous n'avons tout simplement pas le temps". Il s'essuya les mains avec une serviette et se leva. "Allons-y."

Ils marchèrent dans les couloirs du quartier général de la CIA jusqu'aux bureaux de l'équipe SILVERSMITH. David prit place dans son box, et le général tira une chaise du bureau vide à côté du sien.

"Vous dites que vous pensez que les Chinois pourraient ne pas se conformer entièrement à leurs ordres de retrait. C'est bien ça ?"

"Oui, monsieur."

"Comment pourrions-nous savoir quelles sont leurs véritables intentions ?"

"J'ai examiné plusieurs choses. J'appelle ça des indicateurs principaux."

"Des indicateurs principaux de quoi ?"

David avait l'air mal à l'aise. "Je ne voudrais pas m'avancer, monsieur."

"Écoutez, ces dernières semaines, vous avez été victime d'une opération d'espionnage chinoise, et notre nation a été ouvertement attaquée par l'armée et par des cyberattaques chinoises. Vous ne vous avancez pas. Au contraire, je dirais que nous sommes à la traîne."

David se tourna vers son ordinateur et ouvrit un dossier. Il pointa son doigt sur l'écran. "Voici une des choses que j'ai examinées. Quand Susan et moi vous avons informé, nous vous avons dit que nous voyions des messages contradictoires provenant de l'analyse militaire chinoise. Certaines troupes sont déconsignées alors que d'autres augmentent leur niveau d'activité."

"Jusqu'ici, d'accord."

"J'ai donc voulu vérifier certains indicateurs avancés qui pourraient être *plus difficiles* à dissimuler. Des indicateurs qui nous diraient s'ils se préparaient à une guerre à grande échelle."

Le général se pencha en avant sur sa chaise, en regardant l'écran de David. "Qu'est-ce que vous me montrez là ?"

"Des poches à sang, monsieur."

"Des poches à sang ?"

"Oui, monsieur. Des commandes de poches à sang." David déplaça sa souris et cliqua sur un autre fichier. "Et ici une commande pour une unité de réfrigération. Une unité spécialement conçue pour conserver le sang et le plasma à une température spécifique. La NSA m'a fourni des documents internes d'une entreprise qui a passé commande auprès de l'usine de fabrication. Ils ne correspondent pas aux chiffres de vente de la société."

"Cela signifie donc qu'ils essaient de dissimuler quelque chose ?"

"Peut-être. C'est mon hypothèse. Il s'agit d'une entreprise chinoise de matériel médical qui fabrique une énorme quantité de poches à sang et d'unités de réfrigération, et qui ne le signale pas. Et qui plus est, ce modèle spécifique de poches à sang est un de ceux qui ne sont pas utilisés par leurs hôpitaux civils, mais uniquement par les hôpitaux *militaires*, et sur le terrain."

"Pouvez-vous dire qui a passé les commandes ?"

"Non, monsieur. Ces commandes ne se trouvent que sur le

réseau interne de l'usine de fabrication. Aucun acheteur n'est répertorié."

"Ça semble louche."

"Oui, monsieur."

"Est-ce que je lis ces chiffres correctement ? Il semble que les commandes aient augmenté de façon spectaculaire au cours de la semaine dernière."

"Oui, monsieur, c'est exact."

"Comment avez-vous eu cette idée ? Qu'est-ce qui vous a donné l'idée de vous pencher sur les poches à sang ?"

"Nous avons fait un brainstorming avec mon équipe pour déterminer ce que les Chinois prépareraient s'ils étaient sur le point de mettre à exécution les plans de la Cellule Rouge. Lorsque l'armée américaine a commencé à mobiliser ses troupes en Irak, et lorsque nous avons renforcé nos troupes à grande échelle au cours des dernières décennies — durant les périodes pendant lesquelles ce type de technologie de transport médical était disponible — les commandes de poches à sang ont augmenté considérablement. Nous avons demandé à des mathématiciens d'examiner nos données — les données militaires américaines — et nous avons abouti à une équation. Il y a plusieurs variables dont nous ne sommes pas sûrs, mais nous pouvons extrapoler pour obtenir une fourchette..."

"Une fourchette de quoi, Manning ?"

"Du nombre de soldats qu'ils ont l'intention de déployer sur les zones de combat, monsieur."

Le général se redressa sur sa chaise et eut soudain l'air beaucoup plus intéressé. "Et quel résultat avez-vous obtenu ?"

David baissa la voix, un peu gêné par le fait que cette estimation puisse paraître complètement folle. "Lorsque nous utilisons les données des mouvements militaires américains et que nous introduisons ces récentes commandes chinoises de matériel médical dans l'équation, nous arrivons à dix, monsieur."

"Dix ?"

"Oui, monsieur."

Le général semblait confus. "Dix mille soldats, ça ne semble pas..."

"Dix *millions*, monsieur. Ces chiffres correspondent aux préparatifs pour déployer dix millions de soldats chinois dans des zones de combat."

Le général fronça les sourcils. Il se pencha en arrière sur sa chaise et resta silencieux un instant.

"Général, je ne dis pas que cela signifie que la Chine est sur le point d'envoyer dix millions de soldats ici. Je dis simplement qu'il y a des entreprises qui fabriquent des équipements médicaux militaires en quantités astronomiques. Et que ces quantités correspondent à ces niveaux de mouvements de troupes."

"Peut-être que cela faisait partie de leurs plans précédents, et que les achats n'ont pas encore été annulés ? Ils n'ont peut-être pas encore pris en compte le fait que Jinshan soit derrière les barreaux. Ou peut-être qu'ils les fabriquent en gros ? J'essaie juste de me faire l'avocat du diable, avant que nous commencions à diffuser cette information."

"Je suis d'accord avec vous. C'est possible. Mais ce qui est curieux, c'est que ces achats ont vraiment augmenté la semaine dernière. *Après que* Jinshan ait été placé en détention. Je pense donc que ces commandes pourraient être notre première indication des intentions militaires *actuelles.* Notre première fenêtre sur l'état d'esprit de l'APL après les récentes hostilités."

Le général hocha la tête. "OK. J'arrête de me faire l'avocat du diable et je vais maintenant me mettre dans la peau du diable lui-même. Disons que c'est réel. Qu'est-ce qui pourrait arriver ?"

"Vous voulez dire ce qu'on pourrait s'attendre à voir ensuite ?"

"Oui."

David n'hésita pas. "Des conteneurs d'expédition."

Le général hocha la tête. "C'est ce dont je vous entends sans cesse parler. Mais plus précisément, que cherchez-vous à savoir sur ces conteneurs d'expédition ?"

"Les plans de la Cellule Rouge prévoyaient d'équiper des navires marchands avec des conteneurs maritimes spécialement conçus pour servir de transport de troupes. Cela permettrait également de transporter rapidement et facilement les troupes par voie ferrée une fois à l'étranger."

"Vous vous êtes donc penchés sur la question des conteneurs maritimes ?"

David hocha la tête d'un air sérieux. Quelques clics de souris supplémentaires firent apparaître un autre fichier. "Un autre indicateur principal. Nous avons des rapports de renseignement humain qui indiquent que plusieurs compagnies de conteneurs maritimes annulent maintenant des commandes."

"Pourquoi ces commandes annulées sont-elles un mauvais signe ?"

"Nous pensons qu'ils doivent augmenter la capacité de leurs lignes de production et les adapter à ces conteneurs *sur mesures*."

"Et est-ce que vous savez combien de conteneurs ont été commandés ?"

"Nous travaillons toujours sur ce point, monsieur. Pour l'instant, on nous signale que certaines de ces modifications pourraient être en cours."

"Compris. Que devez-vous confirmer ?"

David fit une grimace. "Cela ne relève pas vraiment de mon domaine de compétence, monsieur."

"Qui est l'expert sur la question, alors ?" Le général regarda autour de lui dans le bureau en open space. "Susan ! Venez nous rejoindre un instant s'il vous plaît."

L'officier des opérations de la CIA s'approcha en jetant un regard à David qui semblait vouloir dire : "*Pourquoi parlez-vous à mon patron seul* ?"

"Merci, Susan. Petite question. J'ai demandé à David de m'expliquer votre travail sur les..." Il regarda David. "*Indicateurs principaux*. De quoi avez-vous besoin pour confirmer si les Chinois équipent effectivement des conteneurs maritimes pour le transport massif de troupes ?"

Son visage se détendit immédiatement lorsqu'elle comprit de quoi ils discutaient. "Nous y travaillons, monsieur. Comme vous le savez, nous avons eu des difficultés avec nos sources de renseignement en Chine ces sept dernières années..."

Voyant le regard curieux que lui adressait David, elle ajouta : "Le gouvernement chinois a découvert plusieurs de nos réseaux en 2010. Ça a été une période très sombre pour nos bureaux chinois. Ils ont commencé à perdre des agents de tous les côtés. Plus d'une douzaine de sources de la CIA ont été tuées. L'un de nos agents a été exécuté sur la place publique devant le bâtiment du gouvernement où il travaillait. Ses collègues ont été forcés de regarder pour leur faire passer un message. C'était en 2012. Cela a été repris par le *New York Times*. Vous avez peut-être lu des articles à ce sujet."

"Que s'est-il passé ? Comment..."

"Il y avait une taupe. Peut-être plus. Un piratage assez sophistiqué des bases de données gouvernementales leur a permis de déterminer qui étaient nos agents là-bas. À partir de là, ils ont fait ce que toute bonne agence de renseignement aurait fait. Ils n'ont rien dit et ont commencé à surveiller tous nos agents. Ils ont posé des pièges. Ils ont regardé à qui ils parlaient et où ils allaient. Quand certains de nos agents ont été faits prisonniers, ils ont commencé à parler. Une fois qu'ils ont commencé à assembler quelques pièces du puzzle, tout est devenu plus clair pour eux. Et nous ne nous en sommes pas encore complètement remis, David."

Le général Schwartz déclara : "Susan, je compatis avec les problèmes auxquels vous avez été confrontés, mais nous n'avons peut-être pas beaucoup de temps. Alors, de quoi avons-nous besoin pour confirmer ces indicateurs que votre équipe commence à découvrir ? En particulier en ce qui concerne les conteneurs d'expédition."

"Nous avons des sources qui pourraient nous aider dans ce domaine. Mais nous devons encore trouver une solution à notre autre problème."

David fronça les sourcils. "Quel autre problème ?"

Le général et Susan se regardèrent. Le général Schwartz hocha la tête, et Susan les conduisit dans l'une des salles de réunion insonorisées, en fermant la porte derrière eux. Elle regarda David. "Des ROHUM nous suggèrent que Jinshan a un centre d'entraînement militaire secret à quelques centaines de kilomètres au nord de la baie de Liaodong."

David hocha la tête. "J'ai lu votre rapport à ce sujet, mais cela restait assez vague. Cela disait que Jinshan considère cet endroit comme important."

"C'est exact. Mon rapport était volontairement vague pour protéger la source, et parce que nous ne savons pas ce qu'il y a à cet endroit. Mais la source qui nous a fourni l'information est très fiable. Si cette personne est convaincue qu'il s'agit d'un site d'intérêt, alors nous devons nous en préoccuper. Le message que nous avons reçu disait que Jinshan considérait que ce site était d'une importance vitale pour ses projets. Et d'après tout ce que nous savons, je ne peux que supposer que ces plans étaient de faire la guerre aux États-Unis."

Elle jeta un coup d'œil au plafond en essayant de se remémorer la formulation exacte. "Un camp secret avec des unités d'opérations spéciales qui se livrent à un entraînement unique. Si Jinshan exerce toujours son influence et son pouvoir en Chine, et que ces unités militaires se préparent toujours à quelque chose, il est crucial que nous découvrions pour quoi elles s'entraînent."

Le général Schwartz déclara : "Susan et moi avons travaillé sur la mise au point d'un plan pour infiltrer une équipe là-bas. Nos capacités satellitaires étant affaiblies et l'emplacement géographique n'étant pas adapté au survol de drones ou de vols de reconnaissance, nous pensons qu'une petite unité commando pourrait être la meilleure solution. Idéalement, il s'agirait d'un ou plusieurs agents déjà présents dans le pays."

"Mais comme je vous l'ai dit", rappela Susan, "les ressources humaines de la CIA en Chine sont loin d'être probantes."

Schwartz dit : "J'ai un petit groupe d'opérateurs Delta qui pourrait faire l'affaire, mais le problème est leur insertion. Nous pensons avoir un moyen de les faire sortir du pays. Mais les faire entrer est plus problématique."

David dit : "Le camp est censé se trouver à une centaine de kilomètres à l'intérieur des terres, n'est-ce pas ? Et vous cherchez une méthode d'insertion secrète pour une équipe de forces spéciales ?"

"Correct."

David sourit. "Quand j'étais encore chez In-Q-Tel, j'avais travaillé sur un projet intéressant. C'était la DARPA qui avait eu l'idée. Je pense qu'ils travaillent peut-être encore dessus."

9

Chase sortit de la gare de Kyoto. Le ciel était bleu, l'air était frais et rempli des bruits de nombreux bus touristiques. C'était l'heure de pointe un jour de semaine, mais il n'était pas sûr que cela change quelque chose à la fréquentation du lieu, étant donné que Kyoto était une destination très touristique. Cette belle ville japonaise était connue pour ses temples historiques. Certains d'entre eux se trouvaient dans la ville, tandis que d'autres étaient cachés dans les montagnes, accessibles uniquement par des chemins de randonnée sinueux à travers des forêts de pins paisibles.

La foule faisait la queue dehors pour acheter des billets pour des visites guidées en bus. Il y avait un flot incessant de bus qui se garaient le long du trottoir, embarquaient les passagers et repartaient aussitôt en direction des temples.

Chase s'approcha d'une carte sur un panneau d'affichage. Dieu merci, les inscriptions japonaises étaient traduites en anglais. Il chercha la rubrique des restaurants dans la légende.

Il trouva ce qu'il cherchait. Le café Ogawa.

Après quelques minutes de marche, il arriva dans le minuscule café. Chase se délecta de l'odeur du café en entrant.

De nombreuses boîtes en bois remplies de grains de café étaient alignées sur des étagères. Les boîtes avaient de petites fenêtres transparentes pour que l'on puisse voir leur contenu. Il y avait des petites pelles et des sacs en plastique pour se servir soi-même. Cela lui rappelait le café haut de gamme où sa mère aimait aller quand il était petit.

"Monsieur Manning ?"

Chase se retourna et vit un Japonais qui se tenait derrière lui. Il était de taille moyenne et avait des cheveux noirs comme du jais. Il ressemblait à l'homme sur la photo qu'on lui avait montrée deux jours plus tôt à Langley. Mais la moitié des hommes ici ressemblait à cette photo. Était-ce raciste de penser cela ?

Chase lui tendit la main. "Je suis désolé. Je vais massacrer votre nom si j'essaie de le prononcer."

"Hiramatsu. Hi-ra-ma-tsu. C'est mon nom de famille. Mais appelez-moi Tetsuo, c'est mon prénom."

Son anglais était excellent. Aucun accent. Ce qui était logique, puisqu'il était né aux États-Unis et y avait passé la majeure partie de sa vie. C'est la CIA qui avait renvoyé cet Américain de deuxième génération au pays de ses ancêtres.

Tetsuo Hiramatsu travaillait à l'ambassade des États-Unis à Tokyo. Il était officiellement conseiller économique, mais il s'agissait d'une couverture. Il travaillait au bureau de la CIA de Tokyo depuis quatre ans maintenant. C'était sa troisième affectation à l'étranger avec l'Agence.

Originaire de Seattle, Hiramatsu était fan de l'équipe de football américain des Seahawks, il était ceinture noire troisième dan de karaté Shotokan, et pratiquait, depuis peu, un type de course automobile connu sous le nom de "drifting". Il prenait des leçons lorsque son travail le lui permettait.

L'antenne de la CIA de Tokyo était l'une des plus importantes du monde. Toutes sortes de politiciens et d'hommes d'affaires se rendaient à Tokyo pour des raisons légitimes. C'était un endroit idéal pour y avoir des agents. Et Tetsuo était l'officier traitant de plusieurs agents importants pour l'Agence.

"Vous pouvez m'appeler Chase."

"Ravi de vous rencontrer, Chase. Je dois admettre que j'étais un peu inquiet. Il y a beaucoup de touristes à Kyoto. Je suis revenu ici il y a si longtemps que vous commencez tous à vous ressembler."

Chase rigola. Il avait trouvé quelqu'un qui pensait comme lui.

"Vous voulez un café avant d'y aller ?"

"Volontiers."

Ils commandèrent deux cafés à emporter. Chase y ajouta un sachet de sucre en suivant Tetsuo hors du café. Une berline Toyota arriva et s'arrêta juste devant eux. Tetsuo ouvrit la portière arrière pour Chase, et il s'installa à l'avant.

Le chauffeur travaillait pour Tetsuo. C'était l'un des experts techniques de la CIA. Son travail consistait à placer des dispositifs d'écoute dans les hôtels lorsqu'ils surveillaient des personnes d'intérêt.

"Où allons-nous ?"

"Dans l'une de nos maisons sécurisées. Susan veut que vous soyez présent", répondit Tetsuo en regardant Chase depuis le siège passager. "On m'a dit que vous vous étiez fait une réputation en peu de temps. Vous étiez membre du groupe d'opérations spéciales jusqu'à récemment, n'est-ce pas ?"

Le groupe d'opérations spéciales — le SOG — était un groupe d'élite des services clandestins de la CIA. C'était les tireurs. Les gars qui apportaient un niveau de sécurité plus élevé lorsque c'était nécessaire, et qui étaient envoyés pour les missions les plus mouvementées. Ils étaient considérés comme un élément de soutien aux agents du Groupe d'action politique, les agents plus traditionnels qui opéraient dans le monde entier pour le compte de la CIA.

"C'est exact", répondit Chase.

"Et que faites-vous maintenant ? Vous faites toujours partie du SOG ?"

"Je ne suis pas sûr que cela soit aussi bien défini que ça. Ils me disent juste où aller, et j'y vais."

"Intéressant."

Tetsuo semblait être un bon gars. Beaucoup d'agents avaient un énorme ego. Mais il fallait des couilles pour faire ce qu'ils faisaient. Les hommes comme Tetsuo étaient comme des chercheurs d'or au dix-neuvième siècle. Ils faisaient une prospection minutieuse pour trouver leur précieuse marchandise. Ils prenaient de nombreuses précautions pour ne pas être observés par leurs rivaux. Et une fois qu'ils trouvaient un filon, ils l'exploitaient et en extrayaient tout ce qu'ils pouvaient, jusqu'à ce qu'il soit à sec. Mais la concurrence était dangereuse et omniprésente.

Les agents de renseignements comme Tetsuo n'exploitaient pas de l'or, mais des informations, des accès et de l'influence. Tetsuo travaillait sous légende, une couverture officielle. Et conformément au code des agences de renseignement du monde entier, toute violence à son encontre était interdite, tant qu'il respectait les règles.

C'était la vie des agents qu'il dirigeait qui était vraiment en jeu. Si les Chinois, les Nord-Coréens, les gangsters ou les hommes d'affaires véreux découvraient que les informateurs de Tetsuo lui fournissaient des secrets, les choses risquaient de mal se terminer pour eux.

Tetsuo était l'officier traitant de GIANT depuis quatre ans. GIANT avait eu une myriade d'officiers traitants au cours de sa longue carrière d'espion pour les Américains. Mais la réputation débrouillarde et disciplinée de Tetsuo avait fait de lui le candidat idéal pour cette mission. GIANT faisait fréquemment des déplacements professionnels en dehors de Chine. Depuis son bureau à Tokyo, Tetsuo pouvait le rencontrer rapidement et discrètement lorsqu'il était en ville. Tous les six mois environ, ils passaient de longues soirées dans des chambres d'hôtel, au cours desquelles GIANT fournissait à Tetsuo des informations de première main sur la scène politique et les avancées militaires chinoises.

C'était le travail de Tetsuo de protéger ses agents. Et pas seulement pour leur sécurité, car s'ils étaient démasqués, la CIA pouvait dire adieu à la mine d'informations à laquelle ils leur permettaient d'accéder. Sans parler du fait que la carrière de Tetsuo serait anéantie. Non pas que Tetsuo courait après les promotions. Il avait rejoint la CIA pour servir son pays, pas pour devenir un bureaucrate. Mais si un de ses agents se faisait prendre et que sa carrière en pâtissait, Tetsuo ne décrocherait plus aucune mission de premier choix — celles qui faisaient vraiment la différence. Et c'est ce qui lui importait le plus.

C'est pour cela que lorsque Susan Collinsworth lui avait envoyé un message deux jours auparavant, lui demandant de permettre à son agent le plus précieux de rencontrer Chase Manning — un gars qui travaillait au siège de Langley depuis peu — il lui avait répondu, à juste titre, d'aller se faire voir.

Le directeur de la CIA était rarement impliqué dans les affaires de Tetsuo — il ne l'était jamais, en fait. Mais peu après que Tetsuo ait envoyé promener Susan Collinsworth, le patron de Tetsuo, le chef du bureau de la CIA à Tokyo, avait reçu un appel du directeur Buckingham lui-même. Le directeur leur avait ordonné d'aider Susan en accédant à toutes ses requêtes. SILVERSMITH était le point de mire de tout ce qui concernait la Chine. Le message était clair : *rejoignez le mouvement.*

Tetsuo avait fait ses recherches sur Manning. Il réalisa de qui il s'agissait. *Oh, c'est ce mec-là*. Le type de Dubaï. La rumeur disait que Chase avait couché avec une certaine Lisa Parker, la taupe chinoise qui avait fait trembler le monde du contre-espionnage avant de disparaître sans laisser de trace. Le pauvre Chase n'avait aucune idée qu'elle était un agent double chinois. Personne ne le savait. Un autre élément intéressant dans le dossier de Chase Manning était sa situation géographique au cours des dernières semaines. Il avait été en mission temporaire en Amérique latine. Juste au moment où toute cette merde en Équateur avait eu lieu.

Tetsuo avait vu les rapports. Une équipe de SOCOM s'était infiltrée dans le camp chinois de Manta, en Équateur. SILVERSMITH, le nom de code de la CIA pour l'opération visant à contrer la récente agression chinoise, avait assisté l'équipe de SOCOM. Susan était la responsable de l'opération SILVERSMITH.

Si Tetsuo avait dû miser de l'argent, il aurait parié que Chase Manning avait fait partie de ce groupe SOCOM. D'autant plus que Manning était un ancien du groupe d'opérations spéciales de l'Agence. Tous ces types étaient recrutés parmi les SEAL et l'Army Delta. Tetsuo décida d'accorder le bénéfice du doute à Chase.

Chase regardait Tetsuo alors que la voiture slalomait dans des rues étroites de la ville. Ils passèrent devant des rangées interminables de petites maisons mitoyennes avec un garage pour une seule voiture attenant à chacune d'elles. Une piste cyclable occupait une grande partie du trottoir.

"Depuis combien de temps vous occupez-vous de cette source ?" demanda Chase.

Tetsuo lui jeta un regard méfiant. "Disons juste qu'il a eu plusieurs officiers traitants au fil des ans."

Quelques instants de silence s'écoulèrent avant que Tetsuo

ajoute : "Quand nous lui parlerons, je veux que vous vous souveniez d'une chose. Il a confiance en moi, pas en vous. Je vous demanderai donc de ne rien dire pendant que je lui parle. Ne nous interrompez pas. Il risque sa vie en travaillant avec nous. Le contre-espionnage chinois est très actif au Japon, et ils essaient généralement de surveiller leurs propres dignitaires lorsqu'ils sont en visite. En d'autres termes, il se peut que des agents chinois soient à sa recherche. Si quelque chose tourne mal, nous partons dès que j'en donne l'ordre. Restez avec moi, ne dites rien, et partez. Compris ?"

"Compris."

"Si le ministère de la sécurité d'État découvre qu'il travaille pour nous..."

Chase se contenta de dire : "Je comprends." Il savait à quel point la relation entre l'officier traitant et l'agent était délicate. C'était la première fois qu'il travaillait avec Tetsuo. Il devait gagner sa confiance. Et ce type, GIANT, était un agent important.

La voiture ralentit devant l'une de ces nombreuses maisons identiques et s'arrêta sous le petit auvent pour voiture. Chase était presque sûr qu'ils avaient fait au moins deux tours complets avant de se garer.

Chase et Tetsuo sortirent, mais le chauffeur resta dans le véhicule. Tetsuo commença à marcher sur le trottoir pour faire le tour du bâtiment. Chase le suivit. "Nous n'entrons pas dans la maison ?"

"Pas celle-là."

Il voulait s'assurer que personne ne les surveillait, réalisa Chase en voyant les yeux de Tetsuo qui balayaient discrètement la rue. Ce gars savait ce qu'il faisait.

Chase continua à suivre Tetsuo le long d'un chemin parallèle à un canal d'une dizaine de mètres de large. Un chemin identique se trouvait de l'autre côté de l'eau. Des branches de cerisiers les recouvraient et se reflétaient dans l'eau calme. Ils étaient encore à un mois de la floraison, mais la vue qui s'offrait à eux était magnifique. Le chemin de promenade était couvert de pavés carrés et de gravier. Des ponts en bois enjambaient le canal tous les cinquante mètres environ. Il y avait beaucoup de touristes qui posaient pour des photos.

"Joli quartier."

"C'est ce qu'on appelle la Promenade du Philosophe. C'est un endroit très connu. Vous devriez revenir au printemps ou à l'automne. C'est vraiment très beau."

Tetsuo continuait à travailler tout en parlant. Il scrutait chaque passant, chaque personne sur un banc, chaque touriste avec un téléphone, à la recherche de toute personne pouvant les observer.

"On est bons ?" demanda Chase.

"Je pense que oui. Nous allons faire cela pendant encore vingt minutes. J'ai une équipe locale qui aide aussi à la contre-surveillance."

Chase suivit Tetsuo dans un quartier voisin. Les maisons et les magasins étaient collés les uns aux autres, comme dans tous les quartiers urbains du Japon. Les rues étaient pleines de toutes petites voitures et de piétons. Nombre d'entre eux se déplaçaient à bicyclette. Les deux hommes s'approchèrent d'une maison à deux étages tout à fait ordinaire. Les lignes électriques bourdonnaient légèrement au-dessus de leur tête.

Ils entrèrent dans la maison par une porte arrière, non visible depuis la rue. Un homme les attendait. Tetsuo le présenta à Chase. C'était un membre de son équipe. L'un des seuls à avoir accès à cette maison sécurisée et à connaître l'identité de son agent. L'homme ne sourit pas et se contenta de faire un geste en direction d'une pile de chaussures près de la porte. Chase fronça les sourcils et quitta ses chaussures. L'homme, qui était japonais ou nippo-américain à première vue, leva les yeux au ciel et ramassa les chaussures de Chase pour les ranger méticuleusement à côté des autres. Encore un truc de la culture japonaise. C'était un pays rempli de gens souffrant de troubles obsessionnels compulsifs.

"Intransigeant."

Tetsuo sourit. "Il y a beaucoup de règles de bienséance ici."

"J'en ai bien l'impression."

Tetsuo fit signe à Chase de se diriger dans le couloir étroit. "Première porte à gauche."

Tetsuo ouvrit la porte, et un petit homme asiatique en costume se leva et inclina la tête devant eux. GIANT.

"Dr Wang." Tetsuo inclina la tête et lui adressa une rafale de mots en mandarin. Il fit un geste pour présenter Chase, qui inclina maladroitement la tête avant de tendre la main.

L'homme avait l'air d'avoir la fin de cinquantaine, voire début de soixantaine. Un visage émacié. Des yeux vifs. Il fit une nouvelle courbette et serra la main de Chase, puis regarda Tetsuo avec impatience.

"Asseyons-nous", dit Tetsuo.

Sur quoi ? se demanda Chase. La pièce était vide, à l'exception d'une petite table basse d'une quinzaine de centimètres de haut et d'une petite plante verte dans le coin.

Ils s'assirent à même le sol. Chase réalisa que c'était un tatami. Tetsuo et le Chinois vieillissant s'assirent gracieusement en repliant leurs genoux sous eux-mêmes et poursuivirent leur conversation en mandarin en souriant presque imperceptiblement.

Chase, qui était un homme très musclé, se força à s'asseoir en tailleur. Il gigotait pour essayer de trouver une position confortable, mais abandonna rapidement et décida de se mettre sur ses genoux. Il était désormais beaucoup plus haut que les autres. Il finit par s'asseoir sur ses fesses, les pieds à plat sur le sol, en tenant ses genoux contre sa poitrine pour soulager son dos. Il avait l'impression d'être un enfant de maternelle.

Tetsuo le regarda, visiblement agacé par tant de gigotements. "Vous allez bien ?"

"Très bien", mentit Chase.

Tetsuo soupira et reprit la conversation en mandarin. Il devait surement s'excuser pour son idiot d'ami américain. Quel genre de peuple s'asseyait par terre ? Ils avaient inventé les toilettes avec jet d'eau intégré et lunette chauffante, mais ne connaissaient pas les chaises ? Et comment pouvaient-ils tous les deux plier les jambes aussi facilement ? N'avaient-ils pas des muscles et des tendons au niveau de l'entrejambe ?

À quelques reprises au cours de la conversation, Tetsuo modifia le ton de sa voix de manière notoire, pour exprimer sa surprise et son intérêt. Chase commençait à devenir fou de ne pas savoir de quoi ils parlaient. Cela faisait quinze minutes maintenant, et il n'avait pas encore daigné lui traduire quoi que ce soit. Tout ce que Chase pouvait comprendre, c'était lorsqu'ils utilisaient des acronymes anglais et une fois — il n'en était pas complètement sûr — il pensait les avoir entendus dire "Jinshan".

Tetsuo finit par se tourner vers Chase en plissant les yeux. "Vous parlez chinois ?"

"Non", dit Chase. "Bien sûr que non."

Tetsuo se pencha vers Chase et lui dit à voix basse : "Alors pourquoi n'avez-vous rien dit ? Qu'est-ce que vous faisiez pendant tout ce temps ?"

"Vous m'avez dit de me taire", répondit Chase en chuchotant.

Tetsuo regarda le Dr Wang qui souriait. Tetsuo avait l'air peiné. "Pardonnez-nous. Nous allons continuer en anglais."

Chase rougit.

"Le Docteur Wang est ici au Japon avec un émissaire

chinois, et accompagne le secrétaire Zhang, pour qui il travaille. Le président Wu a décidé de rendre public le procès de Cheng Jinshan et de l'amiral Song, afin de réduire au maximum le pouvoir de Jinshan."

"Il espère que ce procès public servira de modèle", déclara le Dr Wang.

"Ils sont tous les deux en prison", dit Chase.

"Oui, mais malheureusement, Jinshan exerce toujours une influence. Les prisons pour l'élite chinoise ne sont pas les mêmes que celles des classes populaires. Jinshan a beaucoup d'amis, même maintenant. Mais le secrétaire Zhang et le président Wu s'efforcent de limiter le pouvoir qu'il lui reste."

Tetsuo regardait tout à tour Chase et GIANT. "Dr Wang, le fait que certains des plans militaires de Jinshan puissent toujours être en cours nous préoccupe. Que voyez-vous de votre côté ?"

Le Dr Wang répondit : "Le secrétaire Zhang et le président Wu ont été contraints d'envoyer des équipes d'inspection à divers endroits. Des hommes en qui ils ont confiance. Parce que, comme vous, nous recevons aussi des rapports indiquant que les hommes de Jinshan continuent à opérer en suivant ses instructions."

"Qu'ont vu les inspecteurs ?"

"Aucune preuve de conspiration. Partout où ils vont, des équipes fidèles à Jinshan ou à l'amiral Song sont déjà là. Les dossiers ont été nettoyés. Les usines et les bases militaires ont été remises en ordre. Tant que Jinshan n'est pas jugé et condamné, il est trop puissant pour être piégé. Tout ce que nous avons, ce sont des rumeurs et des rapports de seconde main."

"Et que disent ces rapports ?"

Le visage de GIANT s'assombrit. "Que l'île est toujours opérationnelle. Que les usines de Guangzhou sortent des containers militarisés à la chaîne. Que l'armée de l'air s'entraîne pour une mission classifiée. Que certains de nos groupes d'opérations spéciales d'élite sont dans une base secrète à Liaoning et s'entraînent pour une mission commanditée par Jinshan."

Chase avait lu les rapports quand il était à Langley. C'était ce qu'ils espéraient découvrir.

"Que font-ils à Liaoning ?"

"Nous ne savons pas. Mais mes sources me disent que c'est très important pour Jinshan. Il y a deux endroits qui semblent être des centres de planification pour son opération. Le premier est l'île. Le deuxième est le camp d'entraînement des opérations spéciales de Liaoning."

Tetsuo dit : "Dr Wang, comment se fait-il que vous ne sachiez pas si tout cela est vrai ou non ? Pourquoi vos inspections n'ont-elles pas permis d'identifier..."

Chase vit une pointe de frustration dans les yeux de Wang. "Excusez-moi, jeune homme, mais les choses ne sont pas si simples en ce moment. Les Chinois sont en colère, tout comme beaucoup de politiciens. Certaines personnes disent que Jinshan était celui qui protégeait la Chine des hostilités occidentales. De nombreux chefs militaires et politiciens soutiennent ouvertement Jinshan, même encore aujourd'hui. Il y en a d'autres qui jurent fidélité à Wu, mais que nous soupçonnons de travailler secrètement pour Jinshan. Il est difficile de savoir à qui l'on peut faire confiance dans ce contexte. En tant que chef du Comité central d'inspection disciplinaire, il a contribué à placer bon nombre de ces politiciens à leurs postes actuels. Et n'oubliez pas que Cheng Jinshan contrôlait une grande partie de la censure des médias d'État."

"Contrôlait ou contrôle ?"

GIANT haussa les épaules. "Qui pourrait le dire avec certitude ? Mais si vous contrôlez l'organisme de censure, vous contrôlez le message. Vous façonnez les opinions. L'opinion publique est très défavorable à l'occident en ce moment. Il n'est pas facile de choisir la voie la moins populaire dans un État communiste. La population reçoit ses informations et ses opinions par le biais des réseaux sociaux sur leurs téléphones et des journaux télévisés de l'État sur leurs télévisions. La 3PLA — l'équivalent chinois de la NSA — dispose de programmes qui contrôlent les articles qui sont postés et partagés sur ces plateformes. Devinez qui contrôle ces programmes ?"

"Jinshan."

Wang acquiesça. "Le président Wu a eu tort de lui faire confiance. Le Comité central a permis à Jinshan de devenir trop puissant. Maintenant, nous en payons tous le prix." Il fit une pause. "Mais il y a autre chose. Une autre raison pour laquelle il est difficile de savoir si les opérations de Jinshan sont toujours en cours."

"Et quelle est cette raison ?"

"Cheng Jinshan pratique le cloisonnement à l'extrême. Il segmente ses équipes et décentralise le commandement. À part Jinshan, l'amiral Song et Lena Chou, il n'y avait presque personne — du moins à notre connaissance — qui connaissait toutes les opérations quotidiennes de Jinshan."

"Vous détenez donc Jinshan et l'amiral Song."

"Ils ne coopèrent pas."

"Et Lena Chou ? Savez-vous où elle se trouve ?" demanda Chase en se penchant vers l'avant.

Le Dr Wang avait l'air confus. "Vous n'avez pas entendu la nouvelle ? Lena Chou est morte."

Chase se sentit comme engourdi. Bien qu'il n'avait plus les mêmes sentiments qu'auparavant pour Lena Chou, cette nouvelle était choquante.

Tetsuo jeta un coup d'œil à Chase avant de déclarer : "C'est la première fois qu'on entend cela. Pourriez-vous développer ?"

Le Dr Wang expliqua qu'un satellite chinois avait intercepté une transmission radio dans le Pacifique Est. L'organisation de renseignement avait conclu que Lena Chou avait tenté d'échapper à la police militaire chinoise en quittant la région avec des trafiquants de drogue colombiens.

"Il y avait une sorte de guerre des gangs entre narcotrafiquants rivaux. Il y a eu une fusillade sur un bateau et nous pensons que Lena a été tuée à bord. Ce sont les informations que nous avons reçues des Colombiens, et..." — il avait l'air embarrassé — "...et en examinant les rapports de vos propres agences. Vos garde-côtes enquêtent sur l'affaire."

Tetsuo et Chase se regardèrent. Les cyberopérations chinoises examinaient les rapports du gouvernement américain pour localiser Lena Chou.

Tetsuo dit : "Avez-vous un moyen de vérifier qu'elle est vraiment morte ?"

"Les services secrets chinois sont sur l'affaire. Le secrétaire Zhang et le président Wu considéraient Lena Chou comme un 'témoin clé' potentiel dans le procès contre Jinshan. Bien qu'il soit peu probable qu'elle témoigne contre lui, les informations dont elle a connaissance pourraient être très utiles pour mettre un terme aux plans de Jinshan."

"Et maintenant ?"

"Si Lena Chou est vraiment morte, ce sera beaucoup plus difficile, pour les raisons que vous connaissez."

Tetsuo avait l'air frustré. "Pourriez-vous nous obtenir des informations plus solides sur ces rumeurs d'opérations d'entraînement militaire ?"

GIANT semblait troublé. "J'y ai beaucoup réfléchi. Si je pouvais y aller moi-même, sous l'autorité du secrétaire Zhang, je pourrais peut-être inspecter l'un des deux sites — soit le camp du Liaoning, soit l'île."

Tetsuo secoua la tête. "Cela semble trop dangereux. Ce ne devrait pas être vous qui—"

GIANT leva la main. "Les inspecteurs que nous envoyons ne trouvent rien. Personne ne veut prendre de risques, car Jinshan est encore trop dangereux. Mais il sera bientôt jugé. Son pouvoir va se réduire. Si je pouvais effectuer une inspection surprise pendant le procès de Jinshan, je pourrais vous fournir les informations que vous souhaitez. Je pourrais vous dire jusqu'où s'étend cette conspiration, et si des plans militaires sont toujours en cours."

Tetsuo regarda Chase, qui hocha la tête. "D'accord. Merci, Dr Wang. Je vais en parler à mes supérieurs pour savoir ce qu'ils en pensent. Je vous reverrai à nouveau demain soir."

Après avoir transmis leurs rapports à Langley ce soir-là, Chase et Tetsuo dînèrent à Osaka.

"Vous buvez ?" demanda Tetsuo dont l'humeur était beaucoup plus légère maintenant que le travail était terminé. Ils s'assirent sur des coussins au sol. De minces murs de bois sur trois côtés leur donnaient un peu d'intimité. Il y avait des dizaines de tables similaires. Des hommes et des femmes d'affaires japonais bien habillés, qui avaient terminé leur journée de travail à vingt-deux heures, étaient de sortie pour boire des cocktails et savourer une bonne cuisine.

Les jambes de Chase étaient à nouveau coincées sous la table à des angles impossibles. Elle ne devait pas être à plus de trente centimètres du sol. Pourquoi n'utilisaient-ils de chaises nulle part dans ce pays ?

"Je crois qu'un peu d'alcool m'aiderait à surmonter la douleur due à tout ce yoga que vous me faites faire."

Tetsuo sourit. "J'en déduis que c'est votre premier voyage au Japon."

"C'est mon premier voyage en Asie, en fait. Enfin, dans cette partie de l'Asie en tout cas."

"Mais vous avez été au Moyen-Orient, non ?"

"Ouais. J'ai passé beaucoup de temps là-bas avec les équipes et ensuite avec l'Agence."

"Les équipes ? Les équipes de SEAL, vous voulez dire ?"

"Oui."

"Et alors ? J'imagine que votre boulot n'a plus rien à voir."

"Mon boulot actuel est très différent, mais ça reste intéressant. Et j'essaie d'apprendre aussi vite que je peux."

Une serveuse s'approcha et Tetsuo commanda pour eux. Chase avait regardé le menu, mais tout était en japonais. Une minute plus tard, elle revint avec deux grandes chopes givrées qu'elle remplit de bière blonde mousseuse. C'était une bouteille d'Asahi. Chase prit une gorgée et hocha la tête en signe d'approbation.

"À la vôtre. Bienvenue au Japon."

"Merci. J'avais peur que vous me fassiez boire du saké. J'ai déjà goûté. Ce n'est pas ce que je préfère."

"On commence toujours par la bière au Japon."

La serveuse revint un instant plus tard et posa une pierre cubique qui ressemblait à une tour de château miniature. Elle alluma le gaz au centre de la pierre et plaça une grille métallique dessus. Elle posa ensuite un plateau de différents fruits de mer crus sur la table. Puis elle sourit, inclina la tête et repartit.

Tetsuo expliqua : "Vous mettez ce que vous voulez sur le grill avec vos baguettes. Vous laissez cuire une minute, et puis vous mangez. Plusieurs autres plats vont suivre, alors gardez de la place. Le meilleur arrivera à la fin. Le bœuf de Kobe est incroyable ici. Ils servent juste des petits morceaux, mais la qualité et la façon dont ils le cuisinent sont incroyables."

Chase batailla un peu avec les baguettes, mais finit par réussir à mettre quelques morceaux d'une viande blanche translucide sur le grill. "Qu'est-ce donc ?"

"C'est de l'aile de raie."

"Vraiment ? Comme une raie manta ?"

"Ouais. Ou peut-être une petite raie. Je ne sais plus. Mais c'est vraiment bon."

Chase sirotait sa bière en attendant que la raie soit cuite. "Et vous ? C'est quoi votre parcours ?"

"Je suis entré à l'Agence dès la sortie de l'université. Ma maîtrise du japonais et du chinois m'a aidé. Je ne savais pas trop à quoi m'attendre, mais j'adore ça. Je ne pourrais pas rêver mieux."

Chase saisit un morceau de raie cuite avec ses baguettes, le porta à sa bouche et prit une bouchée. "Merde alors, c'est plutôt bon. On dirait un peu du bœuf séché salé."

"Très bonne comparaison. Je ne l'avais encore jamais entendue." Il prit une autre gorgée de bière et finit son verre. Il fit signe à la serveuse de venir et commanda une autre tournée.

Quand la serveuse fut partie, Tetsuo baissa la voix et dit : "Maintenant qu'on a envoyé nos rapports à Langley, on n'a plus qu'à attendre et voir ce qu'ils veulent qu'on fasse ensuite. Mais je parie qu'ils vont vouloir exactement ce qu'on a demandé à Wang. Des détails et des vérifications."

Chase hocha la tête. "Laissez-moi vous demander quelque chose. Vous avez fait des recherches sur Cheng Jinshan, et vous connaissez la scène géopolitique asiatique. Qu'est-ce que vous pensez qu'il se passe à Pékin en ce moment ? Comment va se passer le procès de Jinshan ?"

La serveuse revint avec deux autres bières. Ils attendirent qu'elle reparte pour poursuivre leur conversation.

Tetsuo déclara : "Je n'ai jamais vu ça avant. Mes sources en Chine disent qu'ils sévissent comme jamais contre les groupes religieux et les informations qui filtrent vers leur peuple. Ce mouvement antiaméricain et antireligieux est assez effrayant. Ils ont toujours été plutôt athées, à cause de leurs racines communistes. Mais la Chine a beaucoup de religions traditionnelles qui influencent aussi son peuple. Le taoïsme, le bouddhisme. Ce truc antireligieux est différent. C'est plus un sentiment nationaliste qu'autre chose. Nos analystes disent qu'une grande partie de ce sentiment provient d'une grande campagne de propagande sur les réseaux sociaux et dans les médias d'information. Mais il est difficile d'évaluer la prévalence de ce sentiment sans être sur place."

"Mais on doit avoir beaucoup d'agents là-bas, non ?"

"Oui. Et on reçoit des rapports. Des trucs anecdotiques. Mais honnêtement, la Chine a passé la dernière décennie à chasser nos agents là-bas. La situation a vraiment été dramatique pendant quelques années. On a dû reconstruire notre réseau en repartant de zéro. Et ce n'est vraiment pas évident de comprendre leur mentalité en matière de politique et de renseignement."

"Quelle est votre opinion ?" demanda Chase.

"Mon opinion ?" Il prit une autre gorgée de bière. "Ça pourrait être le conflit qui va façonner les prochaines décennies. L'Amérique et la Chine coexistent et bénéficient mutuellement l'une de l'autre. Mais maintenant que la Chine devient plus riche et plus puissante..."

"Et Jinshan ?"

"Je ne sais pas. Mais s'ils le traînent dans un procès public, je pense qu'il est foutu."

Chase sentit un bourdonnement dans sa poche. Il sortit

son téléphone. C'était un smartphone de la CIA, qui ne pouvait pas faire grand chose de plus que d'envoyer et de recevoir des appels et des textos chiffrés.

CONTACTEZ SILVERSMITH À PARTIR D'UN LIEU SÉCURISÉ DÈS QUE POSSIBLE

Tetsuo vit à son regard qu'il se passait quelque chose. "Qu'est-ce qui se passe ?"

"Dites-leur de se dépêcher et d'envoyer le bœuf de Kobe. Il faut qu'on y aille."

Susan et le général Schwartz donnèrent à Chase et Tetsuo les détails du dossier par vidéoconférence. Chase, qui était légèrement éméché, remarqua que son frère David était également à la table. Un signe de tête presque imperceptible entre les deux frères fut transmis à des milliers de kilomètres par des câbles à fibres optiques spécialement posés par la NSA plus de dix ans auparavant.

Chase trouvait que David avait bonne mine.

Susan avait l'air inquiète. "Je suis consciente que certaines choses que je vais vous dire vont vous sembler très inhabituelles. Mais nous vous félicitons tous les deux pour vos récents succès opérationnels et nous sommes convaincus que vous serez en mesure de mener cette mission à bien."

L'élaboration du plan prit un peu plus d'une heure. Cela impliquerait une coordination entre un équipage de B-2 Spirit de l'armée de l'air stationné à Guam, des membres du premier détachement opérationnel des forces spéciales Delta (plus connu sous le nom de Delta Force) stationné en Corée, et Chase.

Susan déclara : "Nous avons évalué la proposition de GIANT de lui confier l'inspection du camp. Nous avons estimé que c'était trop risqué. Nous ne ferons appel à GIANT qu'en dernier recours."

"Compris", répondit Tetsuo.

Ils parlèrent quelques minutes de plus, en passant en revue le timing et certains détails du plan. Lorsque la vidéoconférence fut terminée, Chase se tourna vers Tetsuo. "Bon, je suppose que je vais en Chine."

Peu après leur appel vidéo avec Chase et Tetsuo, Susan confia une nouvelle mission à David Manning.

"Les Chinois pensent que Lena Chou est morte."

David hocha la tête. "J'ai lu le rapport qu'ils ont envoyé ce matin."

"Et si vous y croyez, j'ai une voiture d'occasion à vous vendre."

"De quoi parlez-vous ?" demanda David.

"Venez, je vais vous montrer." Elle entra dans l'une des salles de réunion du quartier général de la CIA. L'un des analystes y était déjà.

"La semaine dernière, nous avons reçu un rapport de la NSA. Ils ont intercepté une transmission radio correspondant à l'identification vocale de Lena."

David dit : "Oui. Près de l'Équateur. Je me souviens."

L'analyste secoua la tête. "Pas près de l'Équateur. Plus au nord. Plusieurs centaines de kilomètres au nord."

David regarda Susan, confus.

Elle hochait la tête. "Il s'avère que la source la plus probable de la transmission radio était un navire de transport de stupéfiants colombien saisi. La marine l'a repéré quelques jours après la transmission radio et a procédé à son arraisonnement. Un bateau des garde-côtes est venu prendre en charge l'enquête."

"Quelle enquête ?"

"D'après le rapport de GIANT et ce que disent nos partenaires de la NSA, cet incident a convaincu au moins *une partie du* gouvernement chinois que Lena Chou est morte. Les Chinois savaient qu'elle se trouvait sur le bateau des contrebandiers, grâce à leurs relations en Colombie. La NSA a fait correspondre sa voix à des appels radio dans la zone. S'ils y sont parvenus, vous pouvez être sûr que la 3PLA chinoise a fait la même chose. Nous pensons également que la 3PLA a piraté et lu notre rapport d'enquête des garde-côtes. Le voici. Il y a eu une fusillade. Plusieurs morts. La plupart ont été retrouvés flottants dans la mer. Personne n'était vivant à bord. Mais il y avait beaucoup de sang."

"Alors, Lena était vraiment à bord ?" demanda David.

L'analyste déclara : "Nous pensons que Lena Chou a transmis depuis ce bateau. Oui."

"Mais qu'est-ce qu'elle faisait là ?"

"Nous ne savons pas. Mais comme l'a rapporté GIANT, le gouvernement chinois la considère désormais comme officiellement morte."

"Mais *qui* au sein du gouvernement chinois ?"

"Exactement. Ce rapport provient d'une source proche du président chinois. Nous pensons que cela signifie que les personnes qui s'alignent sur lui sont amenées à croire que Lena a été tuée sur ce bateau de trafiquants de drogue alors qu'elle essayait de s'échapper."

"Mais vous n'y croyez pas ?"

"Non. Ça ressemble à une supercherie. Règle numéro un : s'il n'y a pas de corps, considérez votre cible comme vivante", dit Susan en se levant.

"Que voulez-vous que je fasse ?" demanda David.

Elle sourit. "Trouvez où Lena est allée, et ce qu'elle fait maintenant."

David hocha la tête. Ce jour-là, il prit contact avec différents membres de l'équipe SILVERSMITH, dont des représentants du FBI, de la sécurité intérieure et de la NSA. Il leur présenta les faits, recueillit leurs réflexions et leur demanda d'alerter leurs agences respectives.

Le lendemain, la chance leur sourit. David réunit Susan et le général Schwartz pour leur montrer ce qu'ils avaient trouvé.

"La semaine dernière, la marine américaine et les garde-côtes ont procédé à l'arraisonnement d'un navire à une centaine de milles des côtes d'Amérique centrale. Un lieu de passage standard pour les trafiquants de drogue en provenance d'Amérique du Sud et à destination du Mexique, et nous pensons qu'il s'agissait d'un navire mère. Ce navire était vide, à l'exception d'un cadavre. Mais l'analyse médico-légale montre maintenant qu'au moins cinq personnes y ont été tuées. Des renseignements suggèrent que Lena Chou a transmis un message radio depuis ce navire."

Susan lui fit signe pour lui signifier d'en venir au vif du sujet. "Oui, on sait. Et donc..."

David leva la main. "Voici les dernières nouvelles. Avez-vous entendu parler d'un homme du nom de Charles Beulah ?"

Le général Schwartz et Susan secouèrent tous les deux la tête. "Jamais entendu parler de lui."

"Avez-vous entendu parler d'un fanatique religieux en Oklahoma qui a disparu après que sa femme ait été retrouvée morte chez eux ?"

Le général Schwartz fronça les sourcils. "Je crois que j'ai vu passer quelque chose à ce sujet. J'ai juste vu le titre..."

L'analyste de la NSA présent dans la salle prit la parole.

"Les fermes de bots des réseaux sociaux chinoises ont mis en évidence le nom de ce type..."

David l'interrompit. "Pouvez-vous expliquer ce que c'est, pour ceux qui ne connaissent pas ?"

"OK. Des gouvernements comme la Russie et la Chine financent des fermes de bots..."

"Commencez par expliquer ce qu'est un bot", interrompit à nouveau David.

L'analyste avait l'air agacé. "Bot est un diminutif de robot. Un bot est un logiciel qui exécute automatiquement une certaine tâche. Comme une réponse automatisée à vos e-mails. Mais les bots peuvent être beaucoup plus avancés que cela. Les services de renseignement étrangers créent de faux profils sur les réseaux sociaux. Ils programment ces robots pour qu'ils postent ou partagent des informations à partir de ces faux comptes sur les réseaux sociaux afin d'amplifier un certain message."

Le général Schwartz dit : "Pardonnez le vieux soldat que je suis et qui n'a pas, et ne veux pas, de compte Facebook. Ce n'est pas mon genre de poster des choses en ligne pour que tout le monde les voie, mais est-ce que cela fonctionne vraiment ?"

David déclara : "Les fermes de robots peuvent contrôler des millions de faux profils de réseaux sociaux. Pour répondre à votre question, monsieur, oui cela fonctionne. Nous avons fait des études qui montrent l'influence que cela a réellement sur l'opinion des gens. Ces faux comptes ressemblent et se comportent comme de vraies personnes. Et de la manière dont ces réseaux sociaux sont faits — en particulier en Chine, où le gouvernement contrôle tout — plus une publication est populaire, plus l'utilisateur moyen croit qu'elle est vraie. Cette idée de popularité est très importante pour façonner l'opinion des gens. Sinon, pourquoi les entreprises dépenseraient-elles des milliards de dollars par an en marketing, si cela ne marchait pas ?"

Susan ajouta : "Ce sont les bases du marketing. Si vous voulez influencer les gens à penser d'une certaine manière, convainquez-les que tout le monde aime ce que vous vendez. C'est donc à cela que servent ces robots en Chine si je comprends bien ?"

L'analyste de la NSA hocha la tête. "Oui, les publications anti-occidentales, et en particulier antireligieuses, ont la côte ces derniers temps. Cet homme, Charles Beulah, est une cible très populaire."

"Pourquoi ?"

"Parce qu'il est cinglé. Ou du moins, c'est ainsi que les sites web chinois le dépeignent. Il est devenu très connu. Il se proclame proaméricain et prochrétien. Mais il est un peu extrémiste dans ses propos, et il est obsédé par la Chine. Son site web parle, par exemple, de la façon dont il voudrait que les États-Unis utilisent des drones pour tuer des politiciens chinois."

"OK. Et ce type vient de disparaître ?"

David dit : "Oui. Un membre de sa famille s'est rendu chez lui et a trouvé sa femme morte à l'intérieur de la maison. Beulah n'a pas été revu depuis. L'équipe SILVERSMITH reçoit toutes les nouvelles et les bulletins de renseignements qui pourraient être liés à la Chine. Cette information nous a été transmise, mais nous ne l'avons pas jugée pertinente à l'époque."

"Mais ?"

"J'ai demandé à la NSA de focaliser leurs programmes de surveillance sophistiqués sur cette zone, pour voir si quelque chose apparaissait en rapport avec Lena Chou."

L'analyste de la NSA tapa sur son ordinateur et une image apparut à l'écran. C'était une photo d'une camionnette blanche. La résolution était bonne, mais la camionnette était un peu floue. "Désolé que l'image ne soit pas parfaite. Elle provient d'une caméra de surveillance à un kilomètre de la résidence des Beulah, le jour même où la femme a été tuée d'après la date donnée par le médecin légiste."

Une femme était assise sur le siège passager de la camionnette, avec de longs cheveux noirs qui couvraient la moitié de son visage. Elle avait l'air asiatique.

"Vous croyez que c'est Lena Chou ?"

"Oui."

"Ce ne sera jamais une preuve suffisante devant un tribunal. La photo n'est pas assez nette."

"Je ne savais pas que nous avions les mêmes standards."

"Vous avez raison. Bon travail."

Le général Schwartz se pencha en avant, les mains sur la table. "Est-ce que je suis votre raisonnement ? On pense que c'est Lena Chou qui a assassiné la femme de cet activiste religieux ?"

David répondit : "C'est exact. Et elle n'a pas agi seule. Les balles retrouvées sur le bateau des trafiquants de drogue ont été tirées avec des armes généralement utilisées par les unités d'opérations spéciales de la marine chinoise. Et le conducteur de la camionnette a aussi l'air d'être un homme asiatique, d'environ 20 à 30 ans."

"Lena et une *unité d'opérations spéciales* chinoise auraient donc assassiné des gens sur un bateau de trafiquants de drogue dans le Pacifique Est ? Et cette même unité aurait assassiné la femme de Chuck Beulah sur le territoire américain ?"

Le représentant du FBI prit la parole : "C'est une conclusion possible, oui. Nous n'avons pas de preuves solides que Lena Chou et/ou d'autres ressortissants chinois sont impliqués dans le meurtre de Beulah."

Le général Schwartz rappela : "Mais ce militant religieux a disparu. Et Lena Chou est toujours portée disparue."

"Présumée morte par les Chinois", ajouta Susan.

"Alors, où sont-ils maintenant ?"

Susan secoua la tête. "Cela semble être du travail bâclé. Pourquoi utiliser des armes chinoises sur le bateau des trafiquants de drogue ? Et pourquoi n'a-t-elle pas fait plus attention à ne pas se faire filmer ? Cette femme est une agent de renseignements expérimentée, recherchée par la Chine et les États-Unis, mais elle se promène sur le siège passager en plein Oklahoma ?"

David dit : "Pour sa défense, personne ne la cherchait là-bas. Mais cette partie me concerne aussi. Mon raisonnement est qu'elle ne s'inquiète pas des répercussions aux États-Unis."

"Et pourquoi ? Nous allons apporter cette preuve aux Chinois. Le président Wu a été très coopératif. Il sera d'accord avec nous pour dire que..."

Un coup sec sur la porte interrompit la réunion.

Un des membres de l'équipe SILVERSMITH entrouvrit la porte et passa la tête dans la salle. "Désolé de vous interrompre, mais vous devriez regarder les infos à la télé immédiatement..."

10

Le convoi de véhicules de Lena Chou s'arrêta devant un bâtiment imposant du centre de Pékin. Ses longs cheveux noirs se balançaient alors qu'elle s'approchait du chef de la sécurité de la garde présidentielle chinoise. Il la reconnut immédiatement.

"Bonjour, madame Chou."

"Bonjour. Tout est prêt ?"

"Comme vous nous l'avez demandé, madame. Les rues ont été dégagées sur deux blocs autour de cette position et toutes les caméras de surveillances ont été désactivées."

"Excellent travail."

Elle se retourna vers ses véhicules et fit un signe de tête. Les portières s'ouvrirent immédiatement et des hommes en costumes identiques à ceux de la garde présidentielle sortirent des véhicules. Un des hommes ouvrit la portière arrière de l'une des voitures et deux hommes en sortirent un sac mortuaire qu'ils portèrent sous leur bras.

Il y avait plus d'une douzaine d'hommes en tout. Chacun portait un sac de sport noir rempli de vêtements, d'armes et d'équipement.

Ils entrèrent dans le hall et attendirent que les ascenseurs descendent. Personne ne parlait. Ce groupe était l'une des équipes de Jinshan. C'était les nettoyeurs — les agents qui recherchaient et tuaient les informateurs et les espions des gouvernements étrangers. Ils se chargeaient également des assassinats d'hommes d'affaires et de politiciens rivaux lorsque Jinshan leur ordonnait. Ils faisaient toujours en sorte que cela passe pour un accident.

Mais cette journée était unique, même pour eux.

Un ding annonça l'ouverture de la porte de l'ascenseur. Cinq des hommes entrèrent et montèrent jusqu'à l'avant-dernier étage, juste en dessous du penthouse.

Lena leva les yeux au ciel. Elle était habituée à travailler aux États-Unis, où les ascenseurs étaient plus grands. Mais les ascenseurs en Chine étaient connus pour être extrêmement exigus. Du fait de la taille réduite des ascenseurs et de la hauteur de ce bâtiment, il fallut plusieurs minutes pour que tout le monde arrive en haut.

Une fois réunis à l'étage juste en dessous de l'appartement du président chinois, Lena et ses hommes passèrent aux dernières étapes de leur préparation. Ils sortirent des vêtements prévus pour l'occasion de leurs sacs et se changèrent. Il s'agissait de tuniques blanches avec une croix rouge vif sur le devant et dans le dos. Ils enfilèrent également des masques assortis en tissu, avec de petites fentes pour les yeux et la bouche.

"Tout le monde est prêt ?" demanda Lena.

Ils hochèrent tous la tête.

Ils avaient l'air ridicule vêtus de ces draps qui les faisaient ressembler aux membres d'une sorte de secte. Mais ayant vécu aux États-Unis, elle savait que cette tenue avait été conçue pour ressembler à celle du Ku Klux Klan, un groupe de fanatiques haineux qui revendiquait des liens avec le christianisme. Durant toutes ses années passées en Amérique, Lena n'avait jamais rencontré de membre du KKK. Et son expérience avec les chrétiens avait été tout à fait banale. Mais comme Jinshan le disait toujours, la vérité est malléable. Ce qui comptait, c'était ce que le peuple chinois croirait après aujourd'hui.

"Suivez-moi."

Le groupe emprunta l'escalier pour monter jusqu'au dernier étage. Ils avaient les cagoules sur la tête et les armes à la main. Lena était la seule à ne pas porter de cagoule. Elle risquait d'être filmée. Mais les seules personnes qui enquêteraient sur l'affaire seraient des loyalistes de Jinshan, et ils comprendraient vite que Lena ne devait pas faire l'objet d'une enquête.

Les gardes présidentiels virent Lena arriver dans le couloir. L'un d'eux murmura quelque chose dans sa manche au niveau de son poignet et ils commencèrent à s'écarter de leur poste.

C'était incroyable. Même elle n'en revenait pas que Jinshan ait le bras assez long pour s'infiltrer aussi haut dans le gouvernement. Mais tout le monde avait un prix, un désir, une peur. Tout le monde avait une motivation — quelque chose que Jinshan pouvait utiliser pour façonner le monde conformément à sa vision.

La porte du penthouse s'ouvrit et plusieurs autres gardes présidentiels partirent à la hâte dans le couloir dans la direction opposée à Lena et ses hommes qui approchaient.

Lena et son équipe d'hommes vêtus de blancs et armés entrèrent dans l'appartement.

"Qu'est-ce que c'est ?"

Il était là. Le président Wu. Ses yeux s'écarquillèrent lorsqu'il vit les hommes masqués se déployer dans son grand salon.

"Où sont mes gardes ?" demanda-t-il en s'adressant à Lena sur un ton apeuré.

"Ils sont partis", répondit Lena.

Elle se tenait au milieu de l'entrée en marbre blanc, avec d'épaisses colonnes s'élevant de chaque côté. Elle se tenait telle une statue, aussi belle que grotesque. Ses yeux sombres et ses traits fins auraient pu rendre jalouse n'importe quel mannequin, à l'exception des cicatrices.

Le président finit par la reconnaître. Un des hommes se saisit de lui.

Des cris s'échappèrent d'une chambre. Quelques secondes plus tard, ses hommes en sortirent en tenant la femme et la fille du président qui se débattaient en criant.

Lena se concentra sur la fille. Elle n'avait pas l'air d'avoir plus de quinze ou seize ans. Un sentiment étrange s'empara de Lena. C'était peut-être à cause de cette discussion ridicule qu'elle avait eue avec Natesh sur le fait que certaines personnes n'étaient pas faites pour voir certaines choses, mais elle eut de la peine pour cette fille. Lena décida qu'elle n'avait pas besoin d'être impliquée dans tout cela.

"Attachez la fille et mettez-la dans ma voiture." Personne ne contesta les ordres de Lena. Deux des hommes partirent avec l'adolescente qui continuait de gémir, mais ne se débattait plus.

Le président Wu déclara : "Vous êtes Lena Chou. L'agent de Jinshan..."

"C'est moi" confirma-t-elle sans cligner des yeux.

"Jinshan, c'est pour lui que vous êtes ici ? C'est sa liberté que vous êtes venus réclamer ? Vous allez nous retenir en otage pour sa libération ? Madame Chou, laissez-moi vous dire que cette tactique n'est pas dans votre intérêt. Le sort de Jinshan et le vôtre ne sont pas liés. Je vous invite à reconsidérer votre position avant..."

Un léger sourire apparut sur les lèvres de Lena alors qu'elle étudiait le président. Il dirigeait un virgule quatre milliard de personnes, et maintenant que sa vie était en danger, il faisait ce qu'il savait le mieux faire, en tant que maître de la politique. Il calculait et négociait, essayant de trouver la faiblesse et le motif de son adversaire.

Mais Lena avait compris depuis longtemps que les politiciens et les célébrités n'étaient souvent rien d'autre que des marionnettes créées par des studios de publicité et des sociétés de marketing. Sans leur maquillage et leurs discours soigneusement élaborés, ils n'étaient rien. Lena n'était aucunement affectée par ses paroles.

"Faites-les s'asseoir", ordonna-t-elle à ses hommes.

Ils forcèrent le président Wu et sa femme à s'installer sur un des canapés. La femme était hystérique. Elle n'arrêtait pas de crier.

Lena soupira. "Bâillonnez-la, s'il vous plaît."

Un de ses hommes mit un chiffon dans la bouche de la femme et le couvrit de ruban adhésif pour le maintenir en place. Au début, la femme eut l'air de s'étouffer, mais elle se calma vite en respirant par le nez et en fermant ses yeux pleins de larmes comme si elle souhaitait que tout cela disparaisse.

Plusieurs de ses hommes commencèrent à sortir du matériel de caisses argentées. Ils installèrent des caméras et des microphones. Une caméra sur trépied fut placée à trois mètres devant le canapé.

Le président Wu était rouge. "Je ne libérerai pas Cheng Jinshan. Et mes gardes seront bientôt là. Ils vont..."

Lena se tenait debout devant le président. "Vos gardes sont partis de leur plein gré."

Ces mots le firent taire instantanément. Bien qu'il ait vu partir ses gardes du corps, il n'avait pas fait le lien jusqu'à présent. Il baissa les yeux, submergé par une vague de défaite.

"Nous ne voulons pas que vous libériez Cheng Jinshan, monsieur le Président."

Il la regarda, confus. "Alors que voulez-vous que je fasse ?"

Lin Yu se tenait derrière le comptoir du petit magasin d'électronique de son oncle, dans le centre de Guangzhou. Il mangeait un bol de nouilles avec des légumes cuits à la vapeur. Il mangeait d'une main avec ses baguettes et faisait défiler son réseau social préféré sur son téléphone de l'autre.

Sa boutique était vide, comme d'habitude. Sous ses coudes se trouvait un présentoir en verre rempli de rangées de pièces de téléphones portables. Des cartes mémoire. Des écrans. Des puces. Des usines de grands fournisseurs de téléphones portables étaient implantées dans la région. Le magasin de Lin Yu vendait des pièces détachées et des accessoires provenant de ces usines. Les fabricants se débarrassaient des pièces dont ils n'avaient pas besoin pour réduire leurs frais. Tout le monde était gagnant.

Sauf Lin Yu, qui occupait ce poste sans perspective d'avenir. Il pouvait se passer des semaines entières sans qu'il voie un seul client. Puis il y avait des semaines où c'était un défilé d'acheteurs venant du monde entier pour trouver des prix avantageux pour leurs entreprises. L'oncle de Lin Yu prenait les rênes lors de ces semaines chargées. Il sortait sa calculatrice et négociait les prix et les quantités avec les clients. Les acheteurs se servaient des vitrines pour indiquer l'article qui les intéressait. Les quantités étaient souvent astronomiques pendant ces périodes. Mais pendant la saison sèche, comme l'appelait Lin Yu, tenir le magasin était une tâche terriblement ennuyeuse.

Lin Yu avait besoin d'un emploi. Il ne pouvait pas rentrer chez lui pendant la journée, car il vivait toujours chez ses parents, et plus il restait chez eux, plus sa mère le rendait fou.

Sa mère lui rebattait les oreilles à longueur de journée pour lui dire qu'il devait trouver une femme et l'épouser pour qu'elle puisse avoir un petit-enfant avant sa mort. Elle n'avait pas encore cinquante ans et elle parlait déjà de sa propre mort. Ou peut-être qu'elle utilisait une puissante technique de marchandage que toutes les mères connaissaient : la culpabilité.

Ce n'était pas la faute de Lin Yu s'il n'avait pas trouvé de petite amie. Ce n'était pas que ça ne l'intéressait pas. C'était plutôt qu'il n'y avait pas grand-chose à se mettre sous la dent.

Un de ses amis lui avait envoyé un article l'année précédente qui disait que la Chine comptait trente-trois millions d'hommes de plus que de femmes. Son ami soutenait, en plaisantant, que c'était la raison pour laquelle ils ne trouvaient pas de petites amies. Mais Lin Yu avait été fasciné — et horrifié — par les conclusions de l'article. Cet article avait été écrit par un journaliste occidental, et il avait été censuré de l'Internet chinois peu après que Lin Yu l'ait lu. L'article affirmait que la politique de l'enfant unique et les avortements sélectifs avaient été à l'origine de la disparité entre les sexes en Chine. Au plus fort du problème, au début des années 2000, il y avait vingt pour cent de plus de bébés garçons que de bébés filles à la naissance.

"Salut, Lin Yu. Tu as eu des clients ?" lui demanda un ami qui travaillait dans un magasin similaire au bout du couloir et qui se tenait à sa porte.

"Rien. Et toi ?"

"Non plus. Cette semaine va être calme, je pense. J'ai fini ma journée. Je dois aller aider ma mère à faire quelque chose."

Il vola un haricot dans le bol de Lin Yu.

"Hé, arrête ça !"

"Détends-toi. Juste un. J'ai faim. Qu'est-ce que tu lis ? C'est le truc sur les navires de la marine ?"

Tout le monde parlait des récentes attaques américaines contre leurs navires de guerre dans le Pacifique. C'était un accident horrible. Les navires de la marine de l'APL étaient en mission d'entraînement dans l'océan Pacifique, mais un navire américain leur avait accidentellement tiré dessus. Du moins, c'est ce que disaient les informations contrôlées par l'État.

"Tu sais que c'est des conneries, pas vrai ?"

Lin Yu fronça les sourcils. Son ami lui disait toujours que les informations qu'il lisait étaient fausses. Il faisait partie de ceux qui transgressaient les règles. Il utilisait un VPN pour passer outre la censure du gouvernement chinois — "le grand firewall de Chine". Son ami consultait souvent des sites d'information étrangers. Et tout aussi souvent, des photos cochonnes de femmes blanches.

"De quoi est-ce que tu parles ?" demanda Lin Yu.

Feng sortit son téléphone et ouvrit son navigateur. "Regarde. Tu vois ? Les nouvelles britanniques disent que ce n'était pas un accident. Ils disent que les navires chinois étaient là en toute connaissance de cause et qu'un de *nos* sous-marins a tiré en premier."

"Quoi ? C'est dingue. Pourquoi est-ce que notre sous-marin aurait fait ça ? Dis-moi que tu ne crois pas à ces conneries."

Son ami prit une nouille dans le bol de Lin Yu et l'avala en la tenant au-dessus de lui.

"Allez. Arrête ça. C'est mon déjeuner."

"C'est pas mauvais."

"Qu'est-ce qu'ils disent d'autre sur cette attaque ?" Lin Yu ne le croyait pas, mais cela l'intéressait quand même.

"Il est en train de se passer quelque chose, Lin Yu. Quelque chose de grave. Je le sens." Son ami se tapa sur le cœur. "Tu as vu l'histoire à propos du Junxun, pas vrai ? Est-ce que t'as déjà entendu parler d'un Junxun en hiver ? Et les élèves qui se sont portés volontaires... ils ne sont *toujours* pas revenus." Le Junxun était le programme de formation militaire d'été parrainé par le gouvernement chinois pour tous les élèves qui avaient fini le lycée. Chaque année, des millions d'adolescents chinois étaient obligés de suivre un programme de formation militaire de plusieurs semaines qui les préparait à rejoindre les rangs, au cas où cela s'avère nécessaire.

"De quoi est-ce que tu parles ?"

"J'ai un cousin qui s'est porté volontaire pour le Junxun de Guangdong il y a quelques semaines. Ma tante n'a pas eu de nouvelles de lui depuis qu'il est parti. Elle a appelé le bureau de l'Armée populaire de libération au numéro qu'ils donnent aux parents, mais ils lui ont juste dit qu'elle aurait bientôt des nouvelles. C'était la semaine dernière et elle n'a toujours pas de nouvelles. Crois-moi, il se passe quelque chose de louche et ils ne nous en parlent pas."

"Toi et tes théories du complot. Tu ne sais pas de quoi tu parles."

L'ami de Lin Yu leva les yeux au ciel. "OK, crois ce que tu veux."

"Ouah. C'est quoi ce bordel ?" Lin Yu tenait son téléphone pour que son ami puisse voir l'écran.

"Oh putain. C'est le président ?!"

"Quoi ? Oh non."

"Est-ce que c'est en direct ?" Son ami appuya sur le bouton pour monter le volume pour entendre ce qui se disait.

Lena sortit sur le patio extérieur et attendit que les deux caméras soient installées à l'intérieur. Elle profita de la vue depuis le sommet du gratte-ciel. Ils avaient une autre caméra installée sur un toit de l'autre côté de la rue, qui ferait de superbes images, avec un impact psychologique maximal. Elle permettait de voir le jardin à l'extérieur de la suite du président, où elle se tenait, et les cordes qui étaient suspendues à l'épaisse poutre en bois du grand auvent.

Ses hommes avaient fait des tests pendant des heures. Ils ne pouvaient pas se permettre de faire une erreur. Pas aujourd'hui. Jinshan avait travaillé avec ses cyberopérateurs pour s'assurer que la bande passante serait suffisante pour qu'une audience aussi massive puisse voir ces images qui seraient diffusées en direct sur tous les réseaux sociaux et les chaînes de télévision chinoises.

Un de ses hommes s'approcha. "Les caméras tournent, madame. Nous sommes en direct sur CCTV. Les présentateurs ont été informés. C'est l'heure, madame Chou."

Lena réfléchit brièvement à son pseudonyme. Elle pouvait utiliser son nom de naissance, maintenant qu'elle était de retour en Chine. Mais elle avait pris goût au nom de Lena Chou. Elle respira l'odeur des fleurs du jardin et répondit : "Très bien. Commençons."

Ses hommes commencèrent à traîner le président Wu et sa femme dans le jardin. Ils virent tous les deux les nœuds coulants qui se balançaient de la poutre et se débattirent violemment. Lena retourna à l'intérieur pour rester hors de vue pour le moment.

"Pourquoi faites-vous cela ? Pourquoi Jinshan fait-il cela ? Quoi qu'il vous ait promis, je peux vous offrir plus."

Elle resta à l'intérieur derrière la baie vitrée et enfila sa cagoule blanche. Puis elle retourna à l'extérieur, en parlant à travers la petite ouverture pour sa bouche.

"Non. Vous *ne pouvez pas*, monsieur le Président. C'est pour cela que nous sommes ici. Vous ne pouvez pas nous conduire vers l'avenir que monsieur Jinshan nous a promis. Vous n'avez pas le cran pour cela. Le monde ne peut pas être changé par de simples politiciens et hommes d'État, mais par les quelques personnes compétentes capables de bâtir de grandes choses en s'emparant du pouvoir et en imposant des mesures drastiques. La Chine avance trop lentement, monsieur le Président. Mais ce ne sera bientôt plus le cas. Sachez que votre mort ici aujourd'hui servira un plus grand objectif." Elle se pencha tout près de lui. "Je vous remercie pour votre sacrifice."

Elle ramassa un bidon d'essence et versa son contenu sur sa tête. Il toussa puis faillit vomir pendant que le liquide odorant coulait sur son corps. Sa femme essayait toujours de crier malgré son bâillon. Puis elle fut aussi aspergée de liquide inflammable. Lena fit attention à ne pas s'en mettre sur ses propres vêtements.

Les nœuds coulants furent placés autour de leur cou et les hommes derrière eux tirèrent sur les cordes, ce qui eut pour effet de hisser le président et sa femme dans les airs. Les mains attachées derrière le dos, ils ne purent rien faire lorsque les cordes se resserrèrent et les soulevèrent du sol. Leurs visages prirent l'apparence de prunes avec des veines sur le point d'exploser.

Un de ses hommes lui tendit un petit chalumeau. Elle appuya sur le bouton en métal, et une flamme en jaillit. Leurs tuniques et leurs masques blancs, conçus pour imiter les tenues du KKK américain, avaient également une autre fonction. Ils étaient fabriqués dans un matériau ignifuge afin de réduire le risque qu'ils se brûlent accidentellement. Lena s'approcha du président du plus grand pays du monde, qui se balançait maintenant au bout d'une corde et qui n'avait plus qu'un court instant à vivre.

Le feu accélérera le processus.

Lena approcha le chalumeau de ses pieds et ressentit ce picotement familier que seule la violence pouvait lui apporter. Elle essaya de dissimuler sa soif de sang lorsque l'essence s'enflamma. Elle se dirigea ensuite vers la femme et répéta le processus.

Ils ne crièrent pas. Ils ne pouvaient pas. À travers son masque blanc, les flammes se reflétaient dans ses yeux marron. Les corps en feu tressaillirent avant de devenir immobiles, alors que la chair fondait et devenait noire. Une fin violente et horrible.

Une fumée noire s'élevait dans les airs. Une des cordes se rompit et le corps en feu du président tomba au sol.

"Allez, on y va", cria Lena.

Deux de ses hommes entrèrent dans l'appartement en poussant la fille du président devant eux.

"Qu'est-ce que vous faites ? Je vous ai dit de la mettre dans ma voiture."

L'un d'eux lui tendit un téléphone.

C'était Jinshan au bout du fil. "*Tout le monde*, Lena. La fille est la plus importante." Elle commença à répondre, mais la ligne fut coupée. Jinshan ne lui avait pas parlé sur ce ton depuis des années. Elle se demanda lequel de ses hommes avait rapporté son changement de plan à Jinshan.

Ses démons s'affrontaient dans son esprit, l'un assoiffé de sang, l'autre rempli de tristesse et de compassion en voyant les larmes de la pauvre fille. Cette intense émotion était nouvelle pour Lena. La fille était maintenant à genoux, réagissant à la vue de ses parents en feu en pleurant, en criant et en se débattant alors que les hommes essayaient de la maîtriser.

Tout le monde, Lena.

Elle repensait à ce qu'elle avait dit à Natesh, quelques jours auparavant. *Nous devons tous faire des choses que nous n'avons pas envie de faire parfois.* Amen. Ainsi soit-il.

Lena s'approcha de la fille qui avait un élastique rose dans les cheveux et un médaillon en argent autour du cou.

Les flammes étaient encore trop grandes pour qu'ils puissent pendre la fille comme ils l'avaient fait avec ses parents. Lena l'amena au centre du jardin extérieur, là où elle était certaine qu'elle était dans le cadre de toutes les caméras.

"Ne bouge pas", dit-elle à la jeune fille qui la regardait dans les yeux. Elle ne pleurait plus et avait juste un regard empli de peur, mais aussi de curiosité, peut-être en entendant la voix de Lena et en réalisant que c'était une femme qui se cachait sous ce masque blanc. Peut-être que la jeune fille se demandait quel genre de monstre pouvait faire cela. Quel genre de créature horrible ?

Lena sortit un pistolet noir qu'elle avait dissimulé sous sa tunique et regarda la fille en face, en tenant l'arme en métal froid dans sa main. Elle sentait la chaleur des corps qui brûlaient derrière elle.

*Tu te demandes comment j'ai pu en arriver là ? Un monstre couvert de cicatrices et assoiffé de sang. J'étais comme toi autrefois. Belle et innocente, remplie de rêves et de l'espoir de la jeunesse. Mais un jour, j'ai été arrachée de chez moi et façonnée jusqu'*à devenir *cette créature qui se tient devant toi. Une espionne. Une assassine. Une guerrière, qui se bat pour la bonne cause. Mais les mensonges et la violence m'ont rendue insensible. Qu'est-ce que le bien et qu'est-ce que le mal ?*

Lena leva le pistolet et tira un seul coup de feu dans le front de la jeune fille.

11

David regardait l'écran de télévision dans la salle de conférence de la CIA.

FLASH INFO : LE PRÉSIDENT CHINOIS ET SA FEMME ASSASSINÉS.

"Ces images nous parviennent en direct de Pékin. Nous devons avertir nos téléspectateurs que cette vidéo peut être perturbante. Deux décès ont déjà été signalés. Nous essayons toujours d'établir une liaison audio avec notre bureau de presse en Chine. Les images montrent un appartement au dernier étage dont vous pouvez voir le patio extérieur. C'est un...OK, attendez. Nous avons maintenant notre correspondant principal du bureau chinois en ligne. Tim, vous nous entendez ?"

La voix du reporter se fit entendre.

. . .

"Oui, nous découvrons cette vidéo en même temps que vous. Nous avons la confirmation que le président et sa femme ont été tués. Nous sommes sur le point de voir les images. Cela se passe dans un quartier huppé de Pékin. On nous dit que le dernier étage de ce bâtiment était occupé par le président chinois et sa famille. Cela a commencé par une prise d'otages. Les rues sont bloquées et la police est sur place. Comme vous pouvez le voir, il semble que plusieurs personnes masquées se trouvent sur le patio, armées de fusils automatiques. Ils portent tous des tuniques blanches avec des croix rouges sur le devant et dans le dos. Et il semble y avoir une corde, avec un nœud coulant sur l'une des poutres de la terrasse de l'appartement. Oh, mon Dieu."

"Putain de merde. Qu'est-ce qu'ils font ? Ils vont la pendre ?"

Susan dit : "On dirait bien. C'est la femme du président chinois. Et le président."

Ils regardèrent avec horreur les deux personnes être attachées, pendues, puis brûlées.

"Comment est-ce que cela a pu se produire ?"

"Le président chinois n'a-t-il pas un groupe de sécurité comme le nôtre ?"

"Bien sûr que si."

"Alors comment est-ce possible ?"

"Je ne sais pas."

David et ses collègues regardèrent, choqués par la violence des images. Les présentateurs du journal télévisé continuèrent de parler en essayant de donner un sens à la scène dont ils étaient témoins.

"La régie me dit que nous devons couper pour... D'accord, la vidéo que nous allons vous montrer vient d'un groupe qui prétend être

responsable de ce qui se passe. Ils se font appeler la Coalition américaine des chrétiens contre la Chine."

L'écran diffusa alors les images d'un homme blanc d'une soixantaine d'années. Il était assis devant un fond beige. Son visage était rouge. Il y avait de nombreuses coupures dans le montage de la vidéo, mais ce qu'il disait avait bien l'air de sortir de sa bouche.

"Quelqu'un devrait arrêter ces types ! Ils tuent des bébés... Je les tuerais. Je pense que ces salauds de communistes chinois qui font ça méritent de crever... Je suis chrétien... Je pense que tous les athées brûleront dans les flammes éternelles de l'enfer. Surtout en Chine parce qu'ils tuent tous les bébés chrétiens... Le président chinois mérite de mourir, tout comme les autres. Il fait partie du problème. Il répand l'athéisme et tue des bébés. Et maintenant ils essaient de couler nos navires de la marine et de tuer nos courageux soldats. Qu'ils aillent au diable, ces salauds."

David regarda Susan. "C'est Charles Beulah."

"Le fanatique religieux ?" demanda le général Schwartz.

"Oui."

David secoua la tête. "Ça doit être un coup monté."

Susan hocha la tête et prit son téléphone.

"Qui appelez-vous ?"

"Je veux que les membres de la NSA mettent des chiffres derrière tout ça. Je veux savoir ce que les médias et les réseaux sociaux chinois disent de tout cela."

David se retourna vers l'écran. Il se couvrit la bouche,

troublé par l'image des deux corps en flammes qui se balançaient au bout d'une corde.

"Je ne suis pas sûr que vous ayez besoin que la NSA vous le dise. Ces chiffres vont être dingues."

L'une des personnes en tunique blanche sortit dans le jardin en tenant une jeune Chinoise par le bras.

"Qui est-ce ? Elle a l'air jeune."

La personne en tunique blanche sortit un pistolet, le pointa sur la tête de la jeune femme et tira.

"Nom de dieu", dit David en grimaçant et en détournant le regard un instant.

Susan secoua la tête. "Je pense que c'était peut-être leur fille. Nous allons devoir faire une évaluation préliminaire de la situation là-bas."

Le directeur Buckingham était dans son bureau avec l'un de ses adjoints lorsque Susan et David arrivèrent.

"Qu'en pensez-vous ?"

Susan déclara : "Il est trop tôt pour dire qui est responsable de tout cela."

"Que vous dit votre instinct ?"

David croisa les bras. "Ça ressemble à Jinshan. Tout ce qu'il a fait jusqu'à présent a été soigneusement orchestré. Il a l'art et la manière de manipuler l'opinion publique."

Susan informa le directeur de ce que David et l'équipe avaient découvert concernant Lena et le fanatique religieux Charles Beulah.

"C'est donc l'œuvre de Lena Chou ?"

"Et par association, de Jinshan. C'est une supposition. Les preuves sont assez faibles pour l'instant, mais nous allons évidemment continuer à creuser."

Le directeur adjoint de la CIA déclara : "Vous pensez que Jinshan aurait les couilles d'éliminer son propre président ? Il est en prison en ce moment, non ? Comment pourrait-il orchestrer quoi que ce soit ?"

Susan déclara : "Nous avons des informations selon lesquelles il serait toujours actif, même en attendant son procès. Le mettre en prison en Chine, c'est comme mettre Pablo Escobar en prison en Colombie. Il est toujours en communication avec un grand nombre de ses loyalistes."

Le téléphone bleu foncé sonna et le directeur décrocha en jetant un coup d'œil aux personnes présentes. "Directeur Buckingham. Oui, monsieur le Président. Je suis en train de parler avec mon équipe." Il regarda sa montre. "Très bien, monsieur, je vais voir ça avec le chef de cabinet." Il raccrocha le téléphone.

"Nous avons besoin de quelque chose rapidement. Le président veut savoir ce que nous pensons que sera la réaction chinoise. Je suppose que le pouvoir revient maintenant au secrétaire Zhang. Veuillez confirmer ça et coordonner avec l'État pour vous assurer qu'ils vous donnent tout ce qu'ils savent. Susan, vous avez une heure pour préparer un briefing. Je veux que vous veniez tous les deux avec moi quand nous irons à la Maison-Blanche."

"Moi aussi ?" demanda David.

"Vous connaissez Lena Chou mieux que quiconque. Allez vous préparer."

David trouvait la salle de crise de la Maison-Blanche extrêmement intimidante. Sa seule envie était de partir, mais l'importance de la conversation l'empêchait de laisser son esprit vagabonder.

Le président venait d'écouter l'estimation géopolitique de Susan sur la façon dont la Chine réagirait à la mort de son président, apparemment aux mains d'un fanatique religieux américain.

"Vous pensez donc que ce Cheng Jinshan pourrait être derrière tout cela ? Et ils auraient décidé de rejeter la faute sur les extrémistes religieux ?"

"Pas n'importe quels extrémistes religieux, monsieur. Les extrémistes *chrétiens.* Les Américains, en particulier. Nous pensons que c'était intentionnel. Cet homme que les Chinois tiennent pour responsable a été calomnié par les médias chinois depuis plusieurs semaines maintenant. Juste avant le début de cette réunion, j'ai vu que les informations contrôlées par l'État chinois montraient maintenant des images du cadavre de Beulah sur la scène du crime en Chine, soi-disant abattu par la police. Mais sur la base de notre propre enquête initiale, nous soupçonnons qu'il s'agit peut-être d'un coup monté. Nous pensons que des agents chinois ont enlevé ce fanatique religieux de chez lui et l'ont amené en Chine. Il est possible que ce soit une autre tromperie de la part de Jinshan."

Le président leva un sourcil. "Pourquoi ? Je veux dire, pourquoi un fanatique religieux ?"

Susan déclara : "Monsieur, il est possible que les plans de guerre de Jinshan soient encore en cours d'exécution. Dans leur opération de la Cellule Rouge, lorsqu'ils ont mis sur pied l'ensemble des plans de guerre psychologique, l'un des objectifs était de motiver suffisamment le peuple chinois."

"Le motiver à faire quoi ?"

David ajouta : "À vouloir entrer en guerre avec l'Amérique, monsieur. La Cellule Rouge réfléchissait à des moyens sociaux ou culturels qui contribueraient à creuser un fossé entre les deux pays. Ils ont choisi la religion. Nous nous sommes penchés sur les sondages. En 2016, plus de soixante-treize pour cent des habitants des États-Unis s'identifiaient comme chrétiens et quatre-vingt-deux pour cent se disaient religieux. En Chine, bien que les statistiques sur la religion soient difficiles à mesurer avec précision, les sondages que nous avons examinés montraient l'inverse. Entre cinquante et quatre-vingt-dix pour cent des citoyens chinois n'étaient *pas* religieux. Et seulement deux pour cent étaient chrétiens. Ceux qui pratiquent une religion en Chine le font sous la surveillance attentive du gouvernement."

"Et donc, quelle est l'idée ? Faire en sorte que le peuple chinois déteste les chrétiens ? Faire de l'Amérique un monstre chrétien ?"

"C'est à peu près ça, monsieur le Président."

Il regarda le directeur de la CIA. "Qu'en pensez-vous ? Est-ce que cette stratégie fonctionnerait ?"

"Monsieur le Président, pour l'instant, nous essayons simplement de confirmer si Cheng Jinshan a joué un rôle dans cette affaire ou non. Mais cela correspond à son profil. Il a une énorme influence sur les outils de communication du gouvernement chinois et ses messages médiatiques. Cet angle de l'extrémisme chrétien pourrait être une pierre angulaire très efficace pour une campagne de propagande destinée à rallier un pays à la guerre."

Le conseiller à la sécurité nationale par intérim déclara : "Mais Jinshan est censé être en procès, non ? Est-ce que c'est toujours d'actualité ?"

"Nous le croyons, oui."

Le président poursuivit : "Supposons un instant que Jinshan poursuive ses plans de guerre. Y a-t-il d'autres signaux qui semblent annoncer le battement des tambours de la guerre ?"

Le directeur Buckingham déclara : "C'est l'autre point dont

nous devons discuter. Bien que nous constations une nette diminution de l'activité militaire côtière et de l'activité navale chinoise, nous constatons toujours une grande activité de l'armée et de l'aviation chinoises dans des bases situées à plusieurs centaines de kilomètres à l'intérieur des terres. Nos analystes ne sont pas tous d'accord sur ce que cela signifie. Il se pourrait que l'activité militaire à l'intérieur des terres n'ait aucun lien et que l'activité militaire côtière et navale soit conforme à notre demande de retrait des troupes après les hostilités de la semaine dernière."

Le président dit : "Je suppose que je ne vais pas aimer l'autre théorie, n'est-ce pas ?"

"Non, Monsieur le Président", répondit le directeur Buckingham. "L'autre théorie concerne les armes à impulsion électromagnétique."

Le président ferma les yeux un instant puis les rouvrit, en se tournant vers le chef d'état-major des armées. "Commençons à parler de la façon dont nous pouvons nous préparer au pire."

Le procureur général dit : "Écoutez, messieurs, j'ai quelques connaissances en droit et il me semble que les preuves que vous apportez sont hautement spéculatives. Des balles sur une scène de crime en mer comme preuve que l'armée chinoise en est responsable ? Une photo montrant une femme asiatique avec la moitié du visage couvert comme preuve que les Chinois ont kidnappé quelqu'un sur le sol américain ? Calmons-nous un peu, voulez-vous. Oui, un événement tragique vient de se produire en Chine. Mais, monsieur le Président, si je peux me permettre... cela pourrait nous offrir de nouvelles opportunités. Si le secrétaire Zhang devient le nouveau président, cela pourrait être très bénéfique pour les relations commerciales entre les États-Unis et la

Chine. Et cela signifierait la création d'emplois, monsieur le Président..."

David pouvait voir les yeux des deux politiciens briller. Des emplois. Une hausse de leur cote de popularité. *Des votes.*

"Général, qu'en pensez-vous ? Soyez direct. La Chine se prépare-t-elle à la guerre ?" demanda le président en s'adressant au chef d'état-major des armées.

"Avec tout le respect que je dois au directeur Buckingham et à l'excellent travail de son personnel, j'invite à la prudence et à ne pas crier que le ciel est en train de nous tomber sur la tête. Oui, quelqu'un vient de tuer le président chinois. Oui, il peut y avoir des preuves d'une conspiration en cours contre les États-Unis. Mais j'ai du mal à croire que la Chine puisse préparer une guerre massive sans laisser de traces beaucoup plus visibles. Je suis d'accord qu'il serait prudent de prendre des précautions. Mais avec tout ce qui se passe dans la région — y compris les options dont nous avons discuté pour apaiser la Corée du Nord — je ne veux pas surcharger nos forces armées en prenant des mesures inutiles. Nos troupes sont déjà assez éparpillées. Et nous avons une forte présence dans la région qui sert de dissuasion à la Chine."

"Quelles sont vos estimations dans le pire des cas, général ?" demanda le président.

"Dans le pire des cas, Monsieur le Président ?" Le général se frotta le menton. "J'étais préoccupé par le rapport que j'ai lu, selon lequel ils achetaient du matériel pour dix millions de soldats. Des poches à sang, il me semble. J'ai même lu une note du général Schwartz concernant leur augmentation du recrutement militaire."

"Vous *êtes* donc inquiet ?"

Le général prit son temps. "Honnêtement, monsieur le Président, je ne vois pas les militaires chinois capables d'une projection de puissance à longue portée. Ils ont des désavantages stratégiques, en raison de la composition de leurs forces armées. S'ils devenaient vraiment belligérants, je dirais que la Chine pourrait attaquer Taïwan. Mais au-delà de ça, ce n'est pas réaliste, à mon avis. Une guerre à grande échelle serait vite réglée par l'armée de l'air et la marine américaines dans l'ouest du Pacifique. Nos bases en Corée et au Japon, et nos groupes aéronavals dans la région ont une trop grande puissance de feu pour qu'ils osent se frotter à nous là-bas."

Le directeur Buckingham surprit David en prenant la parole. "Général, et si les Chinois parvenaient à passer derrière notre flotte dans le Pacifique occidental, et qu'ils parvenaient à neutraliser les forces militaires américaines et alliées au Japon et en Corée ?"

Le général répondit : "L'océan Pacifique est très vaste. Et nous avons des bases militaires à Guam et à Hawaï. Ce sont des endroits très stratégiques. Notre programme de ravitaillement aérien nous permet de projeter notre puissance aérienne dans tout le Pacifique. Nos avions d'alerte précoce et nos autres moyens radar nous préviendraient suffisamment tôt si quelque chose tournait mal. Tant que nous aurons Guam et Hawaï, et que nous maintiendrons une supériorité aérienne, la Chine ne pourra jamais contester la domination américaine dans le Pacifique."

Le président dit : "Merci, messieurs. Général, veuillez prendre les précautions que vous jugez nécessaires. Mais ne faisons rien qui puisse provoquer la Chine durant cette période de transition instable."

Le directeur Buckingham enfreignit le protocole en s'exprimant après le président. "Monsieur le Président, excusez-moi. Une dernière question pour le général. Et si, pour me faire l'avocat du diable, la Chine trouvait un moyen de neutraliser ces quatre bases : la Corée, le Japon, Guam et Hawaï ? Que se passerait-il alors, général ?"

Le général fronça les sourcils et secoua la tête. "Ça n'arrivera jamais."

"Et en imaginant que si ?", insista le directeur.

"Alors, ça serait vraiment pas de bol."

12

Lin Yu traversa le marché bondé. Des chariots de nourriture et de marchandises bon marché étaient empilés le long du trottoir. De jeunes hommes portant sur leurs épaules de lourds sacs de toile de jute réapprovisionnaient les étals. Une foule de gens entraient et sortaient du marché comme des fourmis. Il y avait des vendeurs à la criée et des ménagères qui étaient descendues de leurs minuscules appartements pour leur séance de divertissement quotidien consistant à dénicher les bonnes affaires. Beaucoup de gens, jeunes comme moins jeunes, avaient le nez sur leur téléphone portable quand ils ne faisaient rien d'autre. La ville de Guangzhou vivait à un rythme effréné.

Mais il y avait quelque chose de nouveau dans la foule aujourd'hui. Une tension qui n'existait pas la semaine précédente. Avant que le président et sa famille ne soient assassinés en direct à la télévision.

Les gens étaient plus gentils et plus polis les uns avec les autres. Ils discutaient plus facilement avec de parfaits inconnus. "Cette pauvre fille."

Mais il y avait autre chose. Ils s'étaient *unifiés*. Ils étaient en colère contre les étrangers et contre les fanatiques religieux qui s'en étaient pris à leur chef pacifique.

Le fil d'actualité du réseau social de Lin Yu était un flot continu de haine. Les gens voulaient se venger de l'homme responsable de l'attaque terroriste contre leur président et sa famille.

Mais il était trop tard.

La police avait tué les terroristes chrétiens lorsqu'ils étaient entrés dans le bâtiment. Quatre personnes blanches. Des Américains, avaient-ils dit. Le leader était un chrétien opposé au gouvernement chinois. Il avait posté des vidéos en ligne, et tout le monde les avait partagées. Ce cinglé avait souhaité que leur président soit tué. Il était obsédé par l'avortement et la religion.

Lin Yu s'arrêta au marché pour acheter des légumes. Sa mère voulait qu'ils préparent le dîner ensemble. Il écoutait les conversations dans la file devant lui. Une femme âgée parlait au propriétaire du petit stand.

"Notre pauvre président. Et ces pauvres femmes. Je déteste les gens qui ont fait ça."

Le propriétaire du magasin acquiesçait. "Oui. Oui. Surtout pour ce qu'ils ont fait à la fille. Des fous, tous autant qu'ils sont. Des fanatiques religieux."

"Vous avez entendu que le gouvernement a commencé à s'en prendre aux églises locales ?"

"Oui. J'ai vu l'église à deux rues d'ici. Quelqu'un a jeté des pierres dans les fenêtres. Je ne dis pas que c'est une bonne chose, mais..."

"Et pourquoi pas ?" demanda la femme. "Ce sont eux les responsables de tout ça. On ne devrait pas leur permettre de répandre leur message haineux."

Le propriétaire du stand haussa les épaules.

"Bonjour, est-ce que je pourrais vous acheter ça ?", demanda Lin Yu en brandissant une paire de poivrons.

Le vendeur et la femme lui lancèrent un regard mauvais parce qu'il les avait interrompus.

La femme, poussée par l'impatience de Lin Yu, remit ses articles au commerçant qui calcula le prix alors qu'elle continuait à parler.

"J'ai entendu dire que la fille était sortie du bâtiment, mais que le chef religieux — l'Américain de la vidéo — l'avait rappelée parce qu'il voulait que tout le monde la voie se faire assassiner. Il savait que les caméras de télévision le filmaient."

La femme secoua la tête. "C'est vraiment ignoble."

"Et le seul qui pourrait défendre les citoyens de notre pays *est en procès*. Vous avez entendu ? Le procès de Cheng Jinshan devant le Politburo sera retransmis à la télévision la semaine prochaine."

"J'ai entendu ça. Je ne les ai jamais vus faire ça avant. Un procès pour corruption diffusé publiquement. Ils doivent savoir à quel point les gens se soucient de l'issue du procès."

La femme paya ses courses et partit. Lin Yu donna ses poivrons à l'homme. "Qui est Cheng Jinshan ?"

Le propriétaire du magasin se moqua. "Vous, les jeunes, vous devriez faire plus attention. Tu ne lis pas les infos ? C'est un homme d'affaires qui a été nommé par le président pour éradiquer la corruption au sein de notre gouvernement. Et maintenant ils veulent le juger pour conspiration."

"Qu'est-ce qu'il a fait ?" Lin Yu avait entendu parler de Jinshan, mais il n'était pas sûr de la nature des accusations portées contre lui.

"Quelque chose à propos de l'armée. Lui et un amiral de Guangzhou s'entraînaient en mer pour nous défendre contre l'armée américaine. Certains disent qu'il n'avait pas demandé la permission. Et l'accident d'entraînement américain qui a fait couler nos navires de la marine était lié à ça. C'est compliqué. Pas si facile à comprendre pour un jeune homme comme toi, je pense. Mais Jinshan est un homme bien. Il veut que la Chine soit forte et se protège des autres nations qui voudraient nous exploiter. Tu devrais regarder ce soir. Tout le monde va regarder."

Lin Yu paya ses achats et remercia l'homme. Puis il rentra chez lui.

Le lendemain matin, Lin Yu était assis dans son canapé, regardant à moitié la télévision pendant qu'il faisait défiler le fil d'actualité de son réseau social sur son téléphone.

"Hé, regarde ça !" lui dit son ami en lui montrant la télé.

"Quoi ?"

"Le gouvernement cherche de nouveaux employés. 'Vous serez formé à la technologie et vos études à l'université seront prises en charge. Bon salaire et avantages sociaux pendant que vous servez votre pays'. À mon avis, ça doit être un travail militaire."

"Quoi, en tant que soldat ?"

"Je ne pense pas. Pourquoi est-ce qu'ils parleraient de formation à la technologie s'ils cherchaient des soldats ?"

Lin Yu pencha la tête en regardant la publicité télévisée. Il cherchait des informations supplémentaires sur son téléphone. "J'ai trouvé l'offre en ligne. Ils disent que tu peux commencer à travailler immédiatement. Oh, ouah, ils paient deux fois plus que ce que je gagne dans le magasin de mon oncle."

"Ça t'intéresse vraiment ?" lui demanda son ami.

"Pour autant d'argent ? Peut-être. Je vais me renseigner en allant au travail aujourd'hui."

Une heure plus tard, Lin Yu entrait dans le bureau de recrutement de l'Armée populaire de libération de Guangzhou.

Une jolie femme en uniforme vert l'accueillit à la porte. "Bonjour ! Êtes-vous intéressé par l'inscription à notre nouveau programme ?"

Lin Yu fit semblant de ne pas être très intéressé. Il haussa les épaules. "Peut-être. Je voulais juste en savoir plus."

La femme lui posa une main sur l'épaule et l'invita à entrer dans un petit bureau. Il y avait une file de jeunes hommes et de jeunes femmes qui s'inscrivaient à une table de l'autre côté de la pièce. Deux autres hommes souriants en uniforme étaient assis derrière la table, et aidez les nouvelles recrues à remplir leurs papiers.

La femme regarda Lin Yu de la tête aux pieds. "Vous avez terminé vos études ?"

"Oui, l'année dernière."

"Vous parlez d'autres langues ?"

"Juste le mandarin et le cantonais."

"Êtes-vous doué avec les ordinateurs ? Savez-vous programmer ?"

"Pas vraiment."

"Nous allons vous faire passer un petit test pour savoir à quel type de travail vous pourriez prétendre. C'est amusant, croyez-moi !"

Lin Yu fronça les sourcils et regarda l'heure sur son téléphone. "Je ne sais pas. Je dois aller au travail dans une heure."

La femme tira une chaise de l'un des nombreux bureaux vides et prit un ordinateur portable déjà allumé. "Voilà. Cela ne prendra que quelques minutes. Vous pourriez avoir droit à une grosse prime si vous obtenez de bons résultats. Croyez-moi, cela vaut le coup de savoir. Tapez votre nom ici pour commencer, et votre date de naissance. Oui. Et voilà."

Lin Yu haussa les épaules et commença le test. La première question était facile. Des calculs mathématiques basiques. La femme se tenait toujours derrière lui. Elle lui dit : "Il y a une minuterie dans le coin. Vous voyez ? Cela vous indique le temps dont vous disposez pour répondre à chaque question. Je vous laisse. Venez me dire quand vous avez fini si je ne suis pas là."

Elle retourna à l'entrée, saluant d'autres jeunes qui arrivaient. Lin Yu était agacé. Il n'était pas venu pour passer un test. Mais s'il y avait vraiment un emploi mieux payé qui pourrait l'aider à payer ses études à l'université, cela l'intéressait. Et depuis que le président Wu avait été tué par les Américains, il ressentait un sentiment de patriotisme qu'il n'avait jamais vraiment ressenti auparavant. Et il en avait vraiment marre de rester assis derrière le comptoir d'un magasin vide toute la journée dans l'espoir de pouvoir vendre des pièces de téléphones portables à des acheteurs américains.

La recruteuse avait raison, le test n'avait pas pris longtemps. Il avait terminé en dix minutes. Il se retourna et elle se pencha à nouveau au-dessus de lui pour regarder ses résultats à l'écran. Il pouvait sentir son parfum.

"Oh, c'est très bien. Vous vous en êtes très bien sorti." Elle lui sourit et lui donna une petite tape sur le bras. "Vous devriez être très fier de ce score. Quatre-vingt-quinze pour cent. Vous êtes très intelligent."

"Alors, qu'est-ce que je peux faire avec quatre-vingt-quinze pour cent ?"

Elle sortit un livret et feuilleta les pages. "Hmm. OK, oui. Je pense que nous vous placerions très probablement dans notre programme de mobilité."

"Qu'est-ce que c'est ?" demanda Lin Yu.

"C'est ce que nous proposons à nos meilleurs candidats. Êtes-vous en bonne forme physique ?"

"Bien sûr."

"D'accord. Vous devrez passer un examen physique avant que nous puissions vous garantir quoi que ce soit. Mais..." Elle se retourna pour vérifier si quelqu'un écoutait, puis murmura : "Je suis presque sûre que ce score vous permettra d'entrer dans notre programme pour les candidats exceptionnels."

"Vraiment ? Est-ce que vous auriez quelque chose que je puisse lire sur ce que je ferais concrètement ?"

"Bien sûr". Elle se pencha sur son bureau et lui remit une brochure dans laquelle se trouvaient des photos de jeunes hommes et jeunes femmes en uniforme.

"Vous feriez quelques semaines de formation accélérée ici à Guangzhou. Ensuite, en fonction de ce que vous choisirez, vous pourrez peut-être voyager. Beaucoup de nos recrues sont promues dès la fin de leur formation quand elles sont aussi intelligentes que vous. Vous seriez probablement promu immédiatement. Vous serez peut-être mon patron un jour", lui dit-elle en souriant.

"Et quel est le salaire ?"

"Oh, le salaire est très bon. Très compétitif. Vous trouverez tout cela dans la brochure. Et après deux ans de travail, vous pouvez prétendre à une aide financière pour vos frais de scolarité. Cela vous aidera à poursuivre votre carrière si vous décidez de quitter l'armée."

Lin Yu regarda l'heure à nouveau. "Je vais devoir y aller."

"Bien sûr, pas de problème. Veuillez juste signer ce formulaire d'abord, s'il vous plaît. Vous pouvez revenir à cette adresse demain et nous pourrons procéder à votre examen physique. Une fois que vous l'aurez passé, nous saurons avec certitude à combien s'élèvera votre prime à la signature."

Lin Yu aimait ce qu'il entendait. La seule prime qu'il avait reçue ces dernières années c'était les heures supplémentaires que son oncle lui avait fait faire pendant la haute saison.

Il signa le formulaire et ils se dirent au revoir.

Lin Yu ressortit dans la rue.

La recruteuse attendit qu'il soit parti avant de se diriger vers quelqu'un d'autre qui venait de terminer son test. Elle se pencha pour regarder son écran et lui dit : "Oh...c'est un très bon score ! Quatre-vingt-quinze pour cent !"

Lin Yu devait se dépêcher de se rendre au travail. Il ne voulait pas être en retard. Il marchait avec entrain et était de bonne humeur après avoir réussi le test d'aptitude militaire les doigts dans le nez. Il n'avait pas manqué de remarquer que la femme qui s'occupait du recrutement était plutôt attirante. Peut-être qu'après avoir rejoint l'armée — si c'est ce qu'il décidait — il pourrait l'inviter à dîner ?

La large route sur laquelle il se trouvait descendait et contournait un parc. De grands saules verts fournissaient de l'ombre. Il faisait chaud et humide, même à cette époque de l'année.

Il y avait désormais beaucoup plus de volontaires qui se promenaient avec des brassards rouges. Les brassards avaient des caractères chinois jaunes qui disaient "Patrouille de sécurité". C'était des gens normaux. Mais ils se comportaient comme s'ils étaient de la police. Ils arrêtaient les étrangers pour vérifier leurs passeports. Ils disaient aux gens de ne pas les prendre en photo et on les voyait souvent devant les églises...

Une foule bruyante était rassemblée un peu plus loin. Au début, Lin Yu pensa qu'il s'agissait seulement du bruit habituel de la ville. Mais lorsqu'il passa devant le marché en plein air rempli de gens vendant de la nourriture et divers articles dans la rue, il remarqua autre chose.

Un temple. Non, une église. Il y avait une grue au sommet

de l'église et une foule qui scandait en contrebas. Des dizaines de policiers étaient là pour contrôler la foule. Un nombre encore plus important de brassards rouges se tenaient derrière la police. Des badauds s'étaient regroupés autour de la scène.

Un grand craquement se fit entendre en haut de l'église et une grosse poutre en bois tomba au sol. La grue tira sur la croix et celle-ci se brisa en plusieurs morceaux lorsqu'elle atterrit sur le sol.

Une femme lui tendit un tract en lui disant : "Mettez fin à la persécution des chrétiens. Ils disent que nous sommes libres de pratiquer notre culte, mais ce n'est pas vrai. Mettez fin à la persécution des chrétiens. Arrêtez-le..."

Un policier avec une matraque s'approcha d'elle et lui arracha les tracts des mains. "Qu'est-ce que c'est ? Arrêtez ça tout de suite. Vous n'avez pas le droit de distribuer ça. Vous n'avez pas la permission. Qui êtes-vous ?" Il pointa sa matraque sur Lin Yu.

"Personne. Elle a juste..."

La femme cria en pointant du doigt deux personnes portant des brassards rouges qui commençaient à passer à tabac un homme qui portait une tunique blanche de prêtre. La police assistait à la scène sans rien faire.

Plusieurs personnes avaient sorti leur téléphone et prenaient des vidéos. Certaines personnes dans la foule criaient d'arrêter, mais on ne savait pas trop s'ils s'adressaient à la police ou au groupe chrétien.

D'autres véhicules de police arrivèrent et la foule se dispersa. Il y eut deux explosions et deux grenades lacrymogènes tombèrent du ciel. Lin Yu s'enfuit de la scène en toussant et avec les yeux qui le brûlaient.

Il arriva au travail quelques minutes plus tard, essoufflé et se demandant à quoi il venait d'assister. Il passa aux toilettes pour se rincer les yeux puis il alla au magasin et commença à parler avec la fille qu'il devait remplacer.

Il lui raconta ce qu'il avait vu.

"J'étais en train de lire un truc là-dessus", dit-elle en montrant son téléphone.

"Ils en parlent déjà ?"

Il regarda l'écran de la fille par-dessus son épaule. Elle était sur les réseaux sociaux. Il y avait des centaines de commentaires sur cette vidéo qui était diffusée en temps réel. Il y avait également de nombreuses photos.

"Ils disent que le prêtre de l'église enfreignait la loi. Ça ne me surprend pas. La plupart de ces églises chrétiennes sont des organisations criminelles. Tout ce qu'elles veulent, c'est gagner de l'argent. Elles font circuler des paniers pour que tous ces pauvres gens naïfs leur donnent leur argent. J'ai entendu à l'école que beaucoup d'autres gouvernements vont envoyer des missionnaires ici pour essayer de faire du mal à nos propres dirigeants politiques. Ils n'aiment pas voir la Chine prospérer, alors ils essaient de nous contaminer avec leurs groupes religieux."

Lin Yu dit : "Je ne sais pas. J'ai connu un homme qui était chrétien. Il travaillait dans un des magasins ici. Il n'était pas si mauvais."

"Ils sont tous tarés si tu veux mon avis. Les islamistes et les chrétiens. Quiconque croit en un dieu magique et dit à d'autres croyants de tuer tout le monde dans une gare avec des couteaux au nom de ce dieu devrait être jeté en prison. Je suis contente que notre police se soit débarrassée de cette église. Je ne veux pas de gens comme ça dans notre ville."

Lin Yu savait qu'elle faisait référence à l'attaque de la gare de Kunming en 2014. Six hommes et deux femmes ayant des liens avec un groupe musulman ouïghour avaient fait irruption dans une gare et avaient attaqué les gens avec des couteaux et des hachoirs. Ils avaient tué trente-et-une personnes et en avaient blessé cent-quarante-trois.

"Je dois y aller. À plus."

Lin Yu la salua et s'assit sur son tabouret derrière le comptoir. Il fit défiler son fil d'actualité et vit des articles sur le prêtre qui avait été arrêté. L'article ne mentionnait pas le fait que l'église avait été fermée ou que la croix avait été enlevée. Il ne mentionnait pas non plus l'utilisation de gaz lacrymogènes ou d'autres arrestations. Cela disait juste que le prêtre était un criminel et qu'il avait été arrêté.

Puis Lin Yu vit qu'il avait reçu un e-mail de la recruteuse militaire. C'était une confirmation de son rendez-vous du lendemain. Il jeta un coup d'œil dans le couloir à l'extérieur de la boutique. Il était vide. Il aurait de la chance s'il faisait une vente dans les six heures qui suivraient. Il soupira et décida qu'il irait à l'examen physique militaire le lendemain. Cela ne lui coûterait rien.

Lin Yu ne s'était jamais senti moins humain que ce matin-là à l'examen physique militaire. La jolie recruteuse n'était pas là. Les militaires qui encerclaient les recrues comme du bétail ne souriaient pas. Ils avaient l'air sévères et durs.

"Quel est votre nom, recrue ?"

"Lin Yu."

"C'est Lin Yu, Sergent !"

"Lin Yu, Sergent", murmura-t-il.

"Voici vos papiers. Mémorisez ce numéro — c'est votre matricule — et suivez cette ligne jusqu'à ce que vous arriviez dans la pièce avec le panneau 'Vaccinations'. Attendez là que quelqu'un vous dise quoi faire", lui dit le sergent qui avait l'air d'attendre une réponse.

"Oui, sergent ?"

"Allez-y."

Il se hâta dans le couloir en suivant une série de flèches peintes sur le sol. Il n'avait pas besoin de ça. Il ne voulait pas qu'on lui crie dessus. Il préférait encore s'ennuyer dans sa boutique plutôt que de se faire crier dessus. Il décida qu'il terminerait les tests d'aptitude — ils risqueraient surement de mal le prendre s'il demandait à partir maintenant — et qu'il rentrerait ensuite chez lui. Il ne les appellerait plus jamais. Il ne répondrait à aucun e-mail. Qu'ils aillent se faire voir avec leurs tests d'aptitude.

"Hé, vous. Vous avez vos papiers ?"

Un homme portant une blouse médicale blanche le regardait à travers une fenêtre.

"Oui. Ici." Il passa la fine enveloppe par la fenêtre.

L'homme regarda ses papiers et apposa un tampon dessus avant de dire : "Passez derrière."

Avant que Lin Yu n'ait le temps de réaliser ce qui lui arrivait, il se frottait le bras après avoir reçu quatre injections différentes. *Quatre*. Ils ne lui avaient même pas répondu quand il avait demandé à quoi servaient ces vaccins. Ils l'avaient juste piqué et lui avaient dit de continuer à avancer. Il passa par différentes pièces où il vit différentes infirmières et différents médecins. Certains d'entre eux examinèrent son audition, d'autres sa vue. D'autres encore lui demandèrent de sauter aussi haut qu'il pouvait, et mesurèrent sur un mur la hauteur la plus élevée qu'il avait atteinte. D'autres lui posèrent des questions stupides pour savoir s'il était heureux ou s'il avait déjà pensé à faire du mal à des gens.

Il y avait de nouveaux examens dans chaque salle, et son dossier s'épaississait au fur et à mesure. Pour finir, il passa par une double porte sur le côté du bâtiment où il n'était pas encore allé.

Le sergent était là. "Lin Yu, allez vous mettre sur ce point jaune dans le coin." Il regarda autour de lui et vit qu'il y avait au moins vingt points peints sur le sol en béton. Il alla vers celui qui lui avait été attribué. D'autres recrues arrivèrent derrière lui, et en un rien de temps, les vingt points jaunes étaient occupés.

Ils étaient comme du bétail qu'on examinait à la recherche du moindre problème médical. Le sergent cria sur l'un d'eux qui ne se tenait pas droit. Lin Yu leva les yeux au ciel avant de se redresser. Il garda une expression neutre sur son visage. Il valait mieux ne pas attirer l'attention de ce connard de sergent. Il se foutait du salaire désormais. Il ne voulait rien avoir à faire avec ces gens-là.

"Très bien, recrues, le premier rang va passer par cette porte où vous vous ferez couper les cheveux et où vous recevrez un sac de vêtements. Ensuite, vous monterez dans un bus. Tout le monde a compris ?"

"On va se faire couper les cheveux ?" dit l'un des garçons à côté de lui, d'un air surpris. "Je ne veux pas qu'on..."

Paf. Le gamin ne l'avait pas vu venir. Le sergent venait de lui mettre un gros coup de poing dans le ventre. Tout le monde se redressa, et le seul bruit était le gémissement du pauvre gars qui avait été frappé. Il était maintenant à genoux et se tenait le ventre. Lin Yu avait les yeux écarquillés.

"Tout le monde a compris ?" répéta le sergent.

"Oui, Sergent", répondit le groupe à l'unisson.

"Plus fort, recrues."

"Oui, Sergent !"

Le cœur de Lin Yu battait la chamade. Y avait-il eu une erreur ? Pensaient-ils qu'il s'était déjà porté volontaire ? Il avait seulement signé un papier pour passer l'examen physique. Pas pour autre chose.

"Premier rang, action !"

Lin Yu faisait partie du premier rang. Il se retourna et entra dans la pièce suivante. Il y avait six chaises de coiffeur vides, chacune avec un homme tenant une tondeuse derrière elle. Lin Yu s'assit et fut immédiatement recouvert d'une cape de coiffure. Il entendit un clic, puis le bourdonnement sourd de la tondeuse. Il sentit le métal froid et dur lui tondre le cuir chevelu. Rapide et sans pitié. Des touffes de cheveux noirs tombaient sur le sol.

"Terminé."

C'était la coupe de cheveux la plus rapide qu'il ait jamais reçue. Il se regarda dans le miroir et fut choqué de se découvrir complètement chauve.

"Avancez, recrues", dit le sergent depuis la porte.

La pièce suivante contenait plusieurs autres sergents, chacun plus bruyant et plus féroce que le précédent. Ils distribuaient des sacs de vêtements et de fournitures. Avant que Lin Yu n'ait le temps de demander quoi que ce soit, il traînait trois lourds sacs et une boîte à chaussures et montait dans un bus.

Le moteur du bus tournait. Les candidats arrivaient en file indienne avec la boule à zéro et s'installaient dans les sièges avec leurs lourds sacs de toile. Une autre recrue s'assit à côté de lui. C'était le garçon qui avait reçu un coup de poing dans l'estomac. Une larme coulait sur sa joue.

"Qu'est-ce qui se passe ?", chuchota-t-il. "T'as signé pour ça ? Ils m'ont juste dit que c'était un examen physique. Je n'ai pas signé pour..."

"Taisez-vous. Vous voulez nous attirer des ennuis ?" s'exclama une voix derrière eux. "La prochaine fois, lisez ce que vous signez. Beaucoup de recrues se font avoir comme ça. Le papier que vous avez signé au bureau de recrutement était le seul qui comptait. Vous êtes engagés pour un minimum de deux ans. Si vous ne les faites pas, vous risquez la prison."

Lin Yu devint blême.

"Quoi ?" dit le gamin à côté de lui. Il se mit à pleurer dans ses mains.

La porte du bus se ferma en grinçant, et un sergent cria : "Très bien, recrues, j'espère qu'aucun d'entre vous n'a le mal des transports. Nous allons nous diriger vers les montagnes, et la route n'est pas très bonne. Le dernier groupe a vomi de partout. Allez, chauffeur, allons-y."

Le bus quitta le parking. Ses passagers silencieux étaient en état de choc et réfléchissaient probablement tous à leur avenir.

13

Cheng Jinshan entendit le cliquetis des clés à l'extérieur de sa porte de prison. Un clic. Puis la porte s'ouvrit. Un jeune officier flanqué de deux gardiens entra dans la grande cellule. Jinshan ne reconnut pas le jeune homme.

Son heure devait être venue. Ce n'étaient pas les gardiens de prison qui avaient veillé à ce que son séjour soit confortable. C'était la police militaire qui était là pour l'escorter jusqu'à son procès.

"Veuillez venir avec nous, monsieur Jinshan", dit l'homme qu'il pensait être le responsable.

"Bien sûr."

Il vit des menottes dans les mains de l'un des hommes, alors il se leva et se retourna pour leur faciliter la tâche. Ils lui passèrent les menottes et le firent sortir dans les couloirs de la prison. L'amiral Song, lui aussi menotté, et une autre paire de gardes les suivaient. Des jeeps militaires qui attendaient dehors partirent dès qu'ils furent à bord.

Il savait que son procès arrivait et il s'était assuré de porter sa tenue de prisonnier : une simple tunique et un pantalon gris. Il fallait qu'il ait le look adéquat. Les prochaines vingt-quatre heures allaient être décisives.

Cet imbécile de Zhang était le dernier obstacle de Jinshan. Il fallait qu'il fasse une belle performance aujourd'hui. Un vote devant les caméras. Un discours au peuple qui aspirait à un leader fort pour les guider après une crise. Le peuple chinois était comme une braise encore fumante. Une petite brise suffirait à les enflammer.

Le secrétaire Zhang regarda la salle remplie. Il y avait un bourdonnement dans l'air. Le premier rang était encore vide. Le spectacle n'avait pas encore commencé. Les centaines de politiciens et de membres du Politburo qui composaient le public étaient assis, aiguisant leurs couteaux en attendant que le sang coule. Zhang pouvait le sentir. Il avait une forte intuition politique. C'est ce qui lui avait permis de s'élever jusqu'à son poste actuel.

Zhang, déjà membre du Comité central, avait été nommé secrétaire intérimaire du Comité central d'inspection disciplinaire par le président Wu peu avant que ce dernier soit tué. Ironiquement, c'était la position exacte que Cheng Jinshan avait occupée jusqu'à quelques semaines auparavant. Le devoir de Zhang était désormais de diriger l'enquête sur la corruption et la trahison de Jinshan.

C'est ce que le président Wu avait voulu, se disait-il. Bien sûr, il y avait eu des appels pour commuer la peine de Jinshan. Pour balayer les événements de ces derniers mois sous le tapis. Certains autres membres du Comité central avaient trouvé cela embarrassant. Et Jinshan était un homme puissant. Il avait de nombreux amis dans le monde militaire et dans le milieu du renseignement. Était-il sage de le mettre en colère ?

Zhang ignora ces discours. C'était la meilleure chose à faire. Les règles étaient les règles, et elles devaient être suivies. Surtout par les hommes au sommet.

De plus, le secrétaire Zhang s'inquiétait du fait que Jinshan puisse toujours avoir recours à ses vieilles manigances. Il y avait toujours la question du camp secret dans la province du Liaoning, censé être rempli de personnel des opérations spéciales, s'entraînant pour quelque chose dont il n'avait pas connaissance.

Ce camp faisait partie des plans de Jinshan. Zhang le savait parce que Jinshan lui-même lui avait dit quand Zhang était allé lui rendre visite en prison pour essayer de résoudre ce problème. Jinshan avait eu l'audace d'essayer de convaincre Zhang de se rallier à sa cause maudite.

Zhang était resté évasif et avait essayé de recueillir des informations. Il avait fait semblant d'être intéressé pour voir jusqu'où les tentacules de Jinshan avaient pénétré, en espérant que de nouvelles informations permettraient de révéler l'identité des co-conspirateurs qui n'étaient pas encore tombés. Zhang, comme Jinshan, était un stratège. Il avait donc posé à Jinshan des questions stratégiques sur ses plans d'attaque contre l'Amérique. Comment la Chine allait-elle vaincre la puissance militaire américaine ?

C'est le moment que Jinshan avait choisi pour lui parler du camp. Jinshan lui avait révélé qu'il y avait des équipes là-bas qui travaillaient sur quelque chose de très spécial. Zhang avait demandé plus de détails, et voulait savoir qui d'autre était impliqué, mais Jinshan avait vu clair dans son jeu. Jinshan avait cessé de gaspiller sa salive, et Zhang avait quitté la prison.

Le peu de pouvoir que Jinshan possédait encore serait anéanti avec ce procès. Zhang découvrirait ensuite l'identité du reste des traîtres et mettrait fin à toute opération militaire non autorisée. Il était furieux qu'il faille en arriver là. Il était l'homme politique le plus puissant de Chine maintenant que Wu était mort, mais il ne pouvait pas contrôler pleinement l'armée de son pays. Cela le rendait fou. Zhang allait achever Jinshan — publiquement — et envoyer un message à tous ceux qui oseraient se dresser contre le Parti communiste chinois.

Plusieurs autres dirigeants politiques et militaires de la Chine se trouvaient sur la scène à ses côtés. La cérémonie commémorative du président avait eu lieu trois jours auparavant. Zhang s'y était entretenu avec bon nombre d'entre eux. Aucun de ces hommes n'était favorable à un procès public. Mais cela avait été l'idée du président Wu — du moins, c'est ce que Zhang présumait. Ce n'était certainement pas *son* idée. Mais le processus avait déjà été lancé et la volonté du défunt président devait être respectée. Le peuple allait donc savoir ce que Jinshan avait fait.

Cheng Jinshan et l'amiral Song seraient punis. Rapidement et publiquement. Tout le monde en Chine et dans le monde suivait ce procès. La Chine en tant que pays devait se détacher des actes de guerre que Jinshan avait orchestrés : les attaques dans le golfe Persique et les attaques de sous-marins dans le Pacifique Est qui avaient fait des centaines de victimes. Tout n'avait été que mensonges, subterfuges et trahison.

Cheng Jinshan devait servir d'exemple. Une grande partie de ces révélations serait choquante pour les citoyens chinois. Ils avaient été abreuvés de versions édulcorées de ses transgressions. Tout ne serait pas révélé, si Zhang le pouvait. Mais suffisamment pour que les Chinois sachent à quel genre de créature ils avaient affaire.

Comme lors de nombreux événements publics soutenus par le gouvernement chinois, une grande attention avait été accordée à la théâtralité de l'événement. L'immense salle était plus de trois fois plus grande que la salle du Congrès américain. Les membres portaient des costumes noirs avec des cravates. Un tapis écarlate ornait le sol. Des drapeaux chinois géants entouraient un marteau et une faucille dorés au centre de la scène.

Les caméras étaient allumées. Et bien que des centaines de personnes étaient présentes — pour la plupart des hommes politiques de carrière — la salle devint étrangement silencieuse lorsque l'horloge afficha douze heures. Tout le monde ici connaissait Cheng Jinshan. Il avait été chargé par le président chinois de mener la campagne anticorruption contre les "les tigres et les mouches". Jinshan s'était en réalité servi de cette campagne pour installer ses propres loyalistes.

Mais la roue avait désormais tourné. Zhang ne l'aurait jamais avoué, mais il savourait ce moment. Il allait vaincre Jinshan. Il avait été une épine dans le pied pendant tant d'années. Il avait toujours essayé de se rapprocher du président Wu, au détriment de Zhang.

Les grandes portes en chêne de la salle s'ouvrirent. Au moins une douzaine de policiers militaires en uniforme escortèrent Cheng Jinshan et l'amiral Song dans l'allée. Il y eut quelques exclamations dans l'assistance. Quelques regards amers. Des yeux affamés. Les deux hommes furent emmenés au premier rang et forcés à s'asseoir entre des policiers militaires armés. C'était humiliant. Zhang était aux anges.

"Le Comité permanent du Politburo va maintenant entendre les conclusions de l'enquête sur Cheng Jinshan et l'amiral Song. Tous deux ont été accusés de crimes contre l'État. Ils sont ici aujourd'hui accusés d'actes de haute trahison et de corruption."

Zhang écoutait attentivement l'un des fonctionnaires de la justice assis sur la scène avec lui, énumérer les crimes et dicter le déroulement de l'audience. Plusieurs experts furent appelés à présenter leurs conclusions. En temps normal, cela pouvait prendre des heures, mais comme ils étaient en direct à la télévision, Zhang s'était assuré que les choses avancent à un bon rythme. Le public écoutait chaque mot avec un grand intérêt.

Le moment que tout le monde attendait arriva enfin. Bien qu'un procès pénal pouvait durer des semaines, le secrétaire d'État Zhang avait estimé qu'il serait dans l'intérêt de la nation que cette affaire soit résolue le plus rapidement possible. Les autres membres du Comité central avaient convenu que le secrétaire Zhang aurait toute autorité pour entendre le résumé des preuves et faire ses recommandations aux autres membres de la chambre juridictionnelle.

La chambre juridictionnelle était le jury. Mais leur vote n'était là que pour la forme, comme prévu. Zhang ferait d'abord sa recommandation de culpabilité ou d'innocence, puis le jury voterait à l'unanimité. Il n'y aurait pas de dissidence. Une fois que le jury aurait voté conformément à la recommandation de Zhang, il ratifierait le vote et annoncerait la sentence. Jinshan et l'amiral Song passeraient le reste de leur vie derrière les barreaux.

Mais d'abord, ils devaient comparaître.

Zhang s'exprima de son perchoir en haut de la scène. "Monsieur Jinshan, avez-vous quelque chose à dire en réponse aux preuves présentées ici aujourd'hui ?"

"Oui, Secrétaire Zhang."

Zhang fronça les sourcils devant son étalage de fierté. Mais ils étaient filmés en direct. Laissons l'homme dire ce qu'il a à dire, avant de passer à la suite.

"Poursuivez, monsieur Jinshan."

"Aujourd'hui, nous avons tous entendu des témoignages selon lesquels j'ai conspiré pour accroître notre préparation militaire, pour inciter à la guerre et pour défendre la Chine contre nos ennemis..."

"Les États-Unis ne sont pas nos ennemis, monsieur Jinshan", déclara le secrétaire Zhang, visiblement agacé.

"Je ne suis pas d'accord, monsieur le Secrétaire. Vous me demandez si j'ai quelque chose à dire en réponse à mes accusations ? Je vais vous le dire. J'adhère pleinement à ces accusations. J'accepte la responsabilité de mes actes. Et j'invite tout le monde ici présent à se réveiller face à la menace qui se rapproche."

Zhang était sur le point de dire autre chose dans son micro quand un des autres panélistes l'interrompit. "Veuillez laisser parler monsieur Jinshan, je vous prie Secrétaire Zhang."

Surpris, Zhang fronça les sourcils en direction du panéliste, mais obtempéra.

"La Chine était autrefois l'empire le plus puissant du monde, et elle le sera à nouveau. Mais pas avec nos dirigeants actuels."

Zhang leva les yeux au ciel et parla dans son micro. "Ça suffit. Arrêtez..."

Quelque chose n'allait pas.

Il n'entendait pas sa voix être amplifiée par les haut-parleurs.

Zhang tapota sur son micro, mais n'entendit rien en retour. Son micro ne fonctionnait pas.

Il tourna la tête vers le côté de la scène, où se trouvait le directeur de l'auditorium, prêt à intervenir en cas de problème technique. Le directeur de l'auditorium était assis devant son ordinateur qui lui permettait de tout contrôler — l'éclairage, les rideaux de la scène et les microphones. Mais il y avait une femme qui se tenait au-dessus de lui. Zhang eut beau plisser les yeux, il ne la reconnut pas. Elle était très grande et aurait été très belle si elle n'avait pas eu ces énormes cicatrices. Elle le regardait attentivement. Zhang tapait sur son micro et fit un geste pour qu'ils s'occupent du problème. Mais le directeur de l'auditorium ne le regarda pas. Et la femme le regardait fixement en ignorant ostensiblement son appel à l'aide avec un regard de défi sur le visage.

Jinshan continua à parler. "Je soupçonne d'être ici pour une raison autre que le bien-être de notre grand pays. J'occupais le rôle du secrétaire Zhang il n'y a pas si longtemps, à la tête du Comité central d'inspection disciplinaire. C'était mon travail d'éradiquer la corruption, et j'y suis parvenu. En effet, beaucoup d'entre vous sont ici aujourd'hui grâce à mes efforts."

Après ce commentaire, Jinshan fit une pause et établit un contact visuel avec plusieurs des politiciens et des militaires du jury à côté de Zhang.

Zhang regarda lentement sur sa droite et sur sa gauche et se sentit mal à l'aise lorsqu'il vit les hochements de tête reconnaissants d'au moins la *moitié* de son jury.

"Mais il y a des gens parmi nous qui sont si profondément enracinés dans ce petit monde d'ententes secrètes et de conspirations que même moi, je n'ai pas pu les arrêter. Comme nous l'avons tous vu récemment aux informations, notre président bien-aimé et sa famille ont été victimes d'une attaque par des fanatiques religieux d'extrême droite. Nous avons déjà souffert aux mains de terroristes religieux. Mais cette fois, c'est différent, j'en ai bien peur. Cette recrudescence d'extrémisme religieux sévit partout dans le monde. Nous assistons à un réalignement mondial, mené par l'Occident. Ces groupes religieux conservateurs viennent de partout. Et pas seulement d'une seule religion, comme nous avons pu le constater lorsque notre président a été si sauvagement assassiné. Nous nous préoccupions autrefois principalement du terrorisme musulman, mais ce sont des groupes chrétiens radicaux qui s'infiltrent aujourd'hui en Chine."

Il y eut des murmures dans l'assemblée de bureaucrates et de politiciens.

"Venons-en maintenant à la politique chinoise. Permettez-moi donc de vous demander, Monsieur le Secrétaire Zhang, les véritables raisons de mon procès aujourd'hui ? Est-ce parce que j'ai travaillé avec nos courageux militaires pour protéger notre pays ? Ou est-ce parce que vous êtes motivé par des opinions religieuses extrémistes ?"

Les murmures du public se firent plus fort.

"Combien d'entre vous ici savent que le secrétaire Zhang a un jour fréquenté une église chrétienne *non autorisée* ? C'est la vérité. Et au cours de mes enquêtes, j'ai découvert des preuves qu'il a même rencontré des *groupes chrétiens américains.*"

Zhang leva les bras et cria pour que quelqu'un fasse taire Jinshan. Mais son microphone étant coupé, sa voix était à peine audible. Il fit alors signe aux gardes de sécurité d'arrêter Jinshan de parler. Ils levèrent les yeux vers le général militaire du panel pour avoir son avis. Le général à côté de Zhang fit non de la tête.

"Que faites-vous ?" cria Zhang au général.

"S'il vous plaît, monsieur le Secrétaire", répondit le général.

Jinshan haussa la voix. "Ces extrémistes religieux — menés par l'Amérique — causeront la *chute de* notre pays. Ils nous ont *attaqués. Ils ont attaqué* nos *dirigeants*. Ils ont attaqué nos *enfants*. Ils ont attaqué les valeurs qui nous sont chères. Mes concitoyens, nous devons nous lever et riposter."

La foule l'acclamait désormais. Des cris d'approbation. Que se passait-il ?

"J'en appelle à tous les membres du Parti communiste chinois à *dénoncer le* secrétaire Zhang et ses opinions religieuses extrémistes. Je demande au jury de l'expulser immédiatement du Parti communiste et de nommer comme président une personne qui n'est pas associée à ces groupes antichinois."

Les gens tapaient sur leurs sièges et applaudissaient. Le public était avec Jinshan. C'était incroyable. C'était censé être *son procès.*

Jinshan regarda la femme qui se tenait sur le côté de la scène et hocha la tête. Le général assis à côté de Zhang prit la parole.

"Je comprends que monsieur Jinshan n'ait pas suivi le protocole, mais je partage ses préoccupations quant à la direction de notre pays." Il regarda Zhang. "Secrétaire Zhang, je suis horrifié d'entendre parler de vos liens avec ces groupes religieux radicaux. Je ne peux pas soutenir une direction qui est influencée par nos ennemis. Je propose que le secrétaire Zhang soit expulsé du Parti communiste chinois et qu'il soit placé en détention jusqu'à nouvel ordre."

Immédiatement, plusieurs membres du jury à côté de lui parlèrent dans leurs micros pour apporter leur soutien.

Le public l'acclamait.

Zhang déclara : "C'est absurde. C'est *ridicule*. Vous ne pouvez pas..."

Le général poursuivit : "Et je demande la libération immédiate de monsieur Cheng Jinshan et de l'amiral Song, ainsi que le rétablissement complet de leurs titres et fonctions."

Les acclamations redoublèrent d'intensité.

La grande femme aux cheveux longs se tenait maintenant derrière lui. Zhang ne l'avait même pas vue s'approcher. Il réalisa qu'elle était incroyablement forte au moment où elle le saisit par les épaules et le souleva de son siège en l'incitant à quitter la scène, où la police militaire l'attendait.

Zhang était abasourdi.

Tout le monde le regardait comme si c'était *lui* le traître.

Que venait-il de se passer ? N'avaient-ils pas compris qu'il était le seul à chercher ce qui était juste ?

Alors qu'on l'emmenait, il vit Cheng Jinshan parler à la femme. Ils étaient sur scène et parlaient avec le général et les autres membres du jury. Zhang passa devant le directeur de l'auditorium qui pointait l'un de ses employés du doigt et lui disait : "Coupez les caméras et les micros. Monsieur Jinshan veut voir toutes les images avant qu'elles soient diffusées."

"Oui, monsieur."

14

Deux jours plus tard, Jinshan entra dans la salle de conférence et regarda autour de la table. Des yeux remplis de dévouement le fixaient. Le Politburo surtout, mais aussi quelques militaires. Des généraux et des amiraux. Certains étaient membres du Comité central du Politburo. Le chef du ministère de la Sécurité d'État était présent. Tous étaient fidèles à Cheng Jinshan.

Les autres avaient été purgés.

Peu après que Jinshan et Song aient été acquittés de toutes les accusations portées contre eux et que le secrétaire Zhang ait été destitué, le Comité central avait procédé à un vote pour élire leur prochain secrétaire général. Le vote en faveur de Jinshan avait été unanime et la consolidation du pouvoir qui s'en était suivie avait été rapide.

Jinshan s'assit en bout de table. Tout le monde était silencieux et attendait que Jinshan prenne la parole.

"Dans quelle mesure l'état de notre préparation militaire a-t-il évolué au cours des dernières semaines ?"

Les occupants de la salle comprirent le sens de sa question

: quels progrès avaient été gâchés à cause de son incarcération inopinée ?

Le général Chen répondit en premier, ce qui était tout à fait approprié. Il était désormais l'officier le plus gradé de toute la Chine. Jinshan avait demandé à son prédécesseur de prendre sa retraite quelques jours plus tôt.

"Monsieur Jinshan, très peu de choses ont changé. Nous avons continué à former et à préparer notre armée de terre, notre marine et notre armée de l'air pour les prochaines étapes. Bien que la réponse officielle de la Chine ait été de s'excuser pour les récentes hostilités, nous avons réussi à convaincre l'ancien président que nous devions maintenir un haut niveau d'alerte en cas de riposte des Américains. Une chaîne de commandement séparée a été utilisée pour maintenir les faux-semblants avant..."

Jinshan sourit. "Avant que je ne proclame publiquement mon innocence ?"

"Oui, monsieur", répondit-il avec un sourire mal à l'aise. L'ambition et la peur du châtiment se lisaient sur chacun de leurs visages. Mais un contrôle central fort était nécessaire en temps de guerre.

Jinshan acquiesça. "Bien. Je suis heureux d'entendre que nos forces militaires font des progrès. Elles doivent se tenir prêtes à passer à l'action dans des délais très courts. Suis-je clair, Général ?" La nomination de Cheng Jinshan comme secrétaire général faisait également de lui le président de la Commission militaire centrale.

"Très clair, monsieur."

"Les Américains seront probablement déconcertés par ma liberté et ma nouvelle puissance. Nous devrons apaiser leurs inquiétudes et les empêcher de nous considérer comme leur principale menace." Il regarda à travers la pièce. Lena était assise sur une chaise le long du mur. "Quelle a été la réaction, au niveau national ?"

Lena regarda Natesh, qui se tenait debout au fond de la salle. Il ne parlait pas le mandarin. Elle lui traduisit rapidement la question en anglais. Natesh s'éclaircit la gorge. "La vidéo de votre... *discours*... a été très partagée sur tous les réseaux sociaux chinois. Nos robots amplifient la réponse positive. Le message que reçoivent les citoyens chinois est que vous avez été injustement emprisonné pour avoir tenu tête à des militants religieux et pour avoir voulu défendre l'armée chinoise. Les sondages montrent que la plupart des citoyens pensent que vous souhaitez que notre nation se renforce et s'oppose aux régimes occidentaux oppressifs."

"Est-ce que le peuple nous soutient, Natesh ?"

"Oui, monsieur Jinshan. Les données que mon équipe a examinées montrent que l'écrasante majorité des Chinois vous soutiennent pleinement, vous et votre programme. Ils estiment que la Chine est attaquée par des intrus extérieurs, et ils vous considèrent comme un sauveur, monsieur", dit Natesh en regardant les réactions que suscitait sa déclaration.

Jinshan le regarda un instant puis se tourna vers ses généraux. "Nous devons agir rapidement. La communauté militaire et du renseignement américaine va vite comprendre ce que cela signifie. Ils vont augmenter leur niveau de préparation. Ils vont, eux aussi, se préparer."

Plusieurs hochements de tête autour de la table.

"Nous nous préparons depuis des années. Bientôt, nous agirons. D'ici quelques semaines tout au plus. Tout le monde doit se tenir prêt à mettre nos plans à exécution immédiatement dès que l'ordre en sera donné."

Alors que les généraux et les politiciens quittaient la salle, Jinshan dit : "Natesh, Lena, restez ici, s'il vous plaît."

Ils se rassemblèrent près de lui et de l'amiral Song. Jinshan attendit que tous les autres soient sortis avant de parler.

"Je vous remercie pour l'excellent travail que vous avez accompli jusqu'à présent. Je crains qu'il y ait encore beaucoup à faire avant que nous n'ayons terminé."

Aucun d'entre eux ne dit quoi que ce soit.

"Natesh, vous avez l'air préoccupé."

Natesh jeta un coup d'œil à Lena et déclara : "Notre nombre de victimes a augmenté."

"Vraiment ?" Le vieil homme se rassit sur sa chaise. Natesh trouvait qu'il avait l'air très mal en point. Il avait des yeux fatigués et la peau terne. Et plus de rides et de taches sur son visage que la dernière fois que Natesh l'avait vu.

Lena dit : "Natesh, nous n'avons pas besoin de déranger monsieur Jinshan avec ça."

Jinshan leva la main. "Ça va, Lena. Trop souvent, on ne m'annonce que des bonnes nouvelles. Peut-être que si plus de gens autour de moi étaient assez courageux pour me dire la vérité, je n'aurais pas passé les dernières semaines en prison." Il regarda par la porte en disant cela, dans la direction des généraux militaires et des politiciens avec lesquels il travaillait.

Natesh ajouta : "C'est juste que... rien de tout cela n'était prévu. Nos plans auraient été beaucoup plus efficaces s'ils avaient tous été mis à exécution d'un seul coup. Mais ce n'a pas été le cas. Les satellites GPS ont été mis hors service il y a un mois, mais les réparations des Américains progressent à grands pas. Leur état de préparation militaire s'est considérablement amélioré au cours des dernières semaines. Nous n'avons toujours pas de chaîne d'approvisionnement active en

Amérique latine. Et au Canada, nous n'avons même pas encore commencé..."

Jinshan leva les yeux vers Lena. "Mais comme vous l'avez dit, le peuple est avec nous."

"D'après ce que j'ai constaté, oui, monsieur Jinshan."

"Alors, nous pourrons surmonter ces quelques contretemps, à condition que notre peuple soit motivé."

"Le peuple va finir par savoir", dit Natesh.

"Par savoir quoi ?" Les yeux de Jinshan s'assombrirent.

Natesh hésita. "Que tout cela n'a aucun lien avec la religion. Je comprends le besoin de les motiver. Mais je crains qu'en ne leur disant pas la vérité, nous nous tirions une balle dans le pied à long terme."

Jinshan et Lena échangèrent un regard.

"Natesh, la vérité peut être une chose dangereuse."

"Il y a un instant, vous disiez que vous souhaitiez que plus de gens vous disent la vérité."

La fatigue de Jinshan avait maintenant disparu. Il leva la voix. Juste assez pour que Natesh soit pris de court. "Monsieur Chaudry, rien n'a changé depuis que nous nous sommes rencontrés à San Francisco. Nos objectifs n'ont pas changé. Nos méthodes n'ont pas changé. La seule chose qui est nouvelle pour vous, c'est que vous êtes témoin de vos propres yeux de ce que signifie vraiment le sacrifice. Les effusions de sang. La mort. Le mensonge. Toutes ces choses sont nécessaires. Si vous ne pouvez pas les tolérer, faites-le-nous savoir. Pensiez-vous vraiment qu'une guerre mondiale serait gagnée en quelques semaines ? Pensiez-vous que quelques coupures de courant aux États-Unis permettraient à l'armée chinoise de planter son drapeau à Washington ? Les guerres de quatre-vingt-dix jours sont des slogans de campagne. Il n'existe pas de guerre rapide et facile. Pas si l'on tient compte de l'occupation et de la transformation de la population. Je vous ai engagé parce qu'il s'agit d'une tâche compliquée et difficile, et que j'ai vu un grand potentiel en vous."

L'accès de colère de Jinshan donna des frissons à Natesh. "Je suis désolé..."

Jinshan reprit son calme et continua sur un ton plus doux. "Ce n'est plus le moment de se remettre en question, Natesh. Vous vous êtes engagé. Mes généraux donneront bientôt l'ordre de lancer une frappe militaire comme le monde n'en a jamais connu. Une fois cet ordre donné, une grande partie du globe sera plongée dans l'obscurité."

Lena intervint : "Monsieur Jinshan, il y a peut-être un moyen pour Natesh de nous soutenir de façon à être moins — comment dirais-je — impliqué dans l'aspect musclé de nos plans ?"

Jinshan regarda Lena d'un air admiratif. "Que proposerais-tu, Lena ?"

"Nous avons un bureau au Japon. Votre partenaire logistique n'y est plus. Celui qui gère nos conteneurs maritimes. C'est dans la gestion des opérations que les talents de Natesh sont le mieux mis à profit. Avec sa connaissance de nos objectifs ultimes, il serait très utile en tant que représentant au Japon, ne croyez-vous pas ?"

Jinshan avait l'air pensif. "Il pourrait rejoindre le personnel de notre ambassade à Tokyo dès le début de la guerre. Pour assurer sa sécurité."

Natesh regardait Lena et Jinshan à tour de rôle, ne sachant pas si c'était une bonne chose ou non.

Jinshan finit par dire: "Allez au Japon. Faites votre travail là où personne ne vous cherchera. Nous vous trouverons un assistant militaire. Ils s'assureront de vous fournir tout ce dont vous avez besoin. Je veux que vous continuiez à améliorer notre logistique. Les porte-conteneurs doivent bientôt commencer leur traversée du Pacifique. Les convois devront commencer dès que les bombes IEM auront explosé."

"Oui, monsieur Jinshan", dit Natesh qui semblait en état de choc.

"Vous pouvez y aller. Vous avez tous les deux beaucoup de travail à faire."

La première tâche de Jinshan était de consolider ses alliances et de rassurer les dirigeants inquiets. Il rencontrerait à nouveau les Russes à Pékin. Leurs représentants étaient dignes de confiance. Mais la Corée du Nord était une autre paire de manches. Il n'y avait qu'un seul dirigeant là-bas. Et bien que Jinshan aurait préféré ne pas mettre les pieds dans la nation ermite, c'était un mal nécessaire. La flatterie pouvait faire des merveilles avec eux.

Le jet atterrit à Pyongyang de nuit. Comme demandé, les Nord-Coréens n'avaient pas organisé de cérémonie de bienvenue. Il y avait seulement un convoi de sept jeeps militaires et les limousines personnelles du Grand Leader. Jinshan savait que l'une des deux limousines transportait un sosie — un homme dont la seule tâche était de se promener et de tâter le terrain pour s'assurer qu'il n'y avait pas d'assassin. Il sourit en pensant à cela. Quelle vie !

La porte de la deuxième limousine s'ouvrit, et Jinshan fut invité à rentrer dedans. Il était réticent, mais il y fut contraint. Deux de ses gardes du corps et un traducteur le suivirent. Ils furent fouillés, puis Jinshan et son traducteur montèrent à l'intérieur du véhicule. Le leader nord-coréen était assis de l'autre côté de la cabine.

La conversation était interrompue toutes les quelques secondes pour que les traducteurs fassent leur travail.

"Alors vous avez réussi, monsieur Jinshan. Ou devrais-je dire Président Jinshan. Toutes mes félicitations."

"Oui, j'y suis parvenu. Et je vous remercie."

"Et vous êtes ici aujourd'hui pour vous assurer que je respecte notre accord ?"

Tout au long de sa carrière, Jinshan avait participé à de nombreuses réunions d'affaires avec des dirigeants étrangers de haut rang, souvent en présence de traducteurs. Cela l'avait toujours amusé de voir ses interlocuteurs rédiger soigneusement leurs questions et réponses dans leur langue maternelle, pour ensuite voir ces mots soigneusement choisis être massacrés par la traduction. Il valait mieux ne pas se perdre dans des subtilités de langage.

"Oui, je suis venu pour m'assurer que vous vous engagez toujours à respecter notre accord."

"Quand avez-vous l'intention d'ouvrir le feu ?"

"Bientôt. Mais je dois d'abord vous demander de m'aider pour autre chose. Une démonstration de puissance préliminaire. Similaire à ce que vous faites déjà."

Le leader nord-coréen eut l'air surpris. Il se pencha en avant, son double menton devenant plus prononcé. Il hocha vigoureusement la tête d'un air intrigué.

L'un des généraux nord-coréens, qui avait l'air minuscule dans son uniforme surdimensionné, interpréta mal l'expression faciale du Grand Leader. Dans le doute, il décida de prendre sa défense et commença à élever la voix pour protester à ce que venait de dire Jinshan. Le leader nord-coréen regarda le général d'un air agacé et lui cria de se taire. Bien que la scène était amusante, voire insultante, Jinshan resta silencieux. On se retrouvait toujours à marcher sur des charbons ardents dans la nation ermite.

"Pourriez-vous me donner plus de détails ?"

"Bien sûr. Accepteriez-vous que je vous envoie une équipe

de spécialistes des missiles balistiques pour aider vos hommes à la mise en place technique ?"

"J'accepte." La Chine fournissait du matériel et son expertise pour le programme de missiles nord-coréen depuis des décennies.

"Excellent. En ce qui concerne la Corée du Sud, je vous fournirai de nouvelles précisions d'ici quelques semaines."

"Vous me fournirez une liste de cibles ?"

Jinshan secoua la tête. "Je suis sûr que vous avez déjà des plans militaires pour une attaque sur le Sud. Je vous demande seulement d'exécuter les plans que vous avez déjà. Nous nous occuperons du reste."

L'homme au visage rond hocha la tête, en affichant un air fier pour ses généraux. "Je vais anéantir le Sud. Il sera réduit en cendres."

Jinshan voyait clair dans son jeu, mais il ne comptait pas le défier. Si un chef d'État instable faisait ce que vous vouliez qu'il fasse, il était préférable de ne pas introduire de nouvelles variables dans ses calculs.

"Et quand nous aurons remporté la guerre ? Nos conditions restent les mêmes ?"

"Oui, vous aurez la Corée. Tout entière."

15

Tokyo

Tetsuo regardait la femme bien apprêtée qui se trouvait à l'autre bout du bar. Des sourcils soigneusement épilés, beaucoup de maquillage, et des seins plantureux mis en valeur par son haut noir moulant laissant apparaître un petit bout de soutien-gorge violet vif. Des bottes en cuir à talons hauts. Si on lui avait demandé de deviner, il aurait dit qu'elle avait un mélange de sang japonais et caucasien.

Elle rigolait fort et elle posa sa main sur l'épaule de l'homme blanc à côté d'elle. Ils étaient tout un groupe, manifestement des militaires américains à en croire leur coupe de cheveux et leurs manières bruyantes. Ils regardaient tous sa poitrine lorsqu'ils prenaient une gorgée de leur verre et étaient heureux d'être en dehors de leur base militaire. Si seulement ils savaient pour qui elle travaillait.

Cette partie de la ville était remplie de bars qui s'adressaient spécifiquement à une clientèle américaine. Les choses pouvaient déraper, surtout le week-end. Les couvre-feux étaient décrétés par les commandants des bases en fonction des derniers incidents en date. Mais les femmes comme elles étaient toujours présentes, indépendamment de la tentative de l'armée d'inculquer un bon comportement à ses troupes pendant leurs permissions. Ce n'était pas le plus vieux métier du monde pour rien.

Mais ce n'était pas sa seule profession.

L'équipe de Tetsuo l'observait depuis quelques semaines maintenant. L'ordre de l'emmener était arrivé douze heures plus tôt. La CIA cherchait désespérément des informations. Personne ne savait ce qui se passait en Chine, et ils avaient besoin de pistes.

On avait conseillé à Tetsuo de l'approcher avec une extrême prudence. Son équipe avait deux fourgonnettes au coin de la rue. Il n'y avait pas de place pour se garer dans la rue à proximité du bar. Une agent de la CIA était assise en face de lui et faisait semblant de discuter avec lui.

Ils entendirent d'autres éclats de rire venant du groupe de militaires. La femme et l'un des hommes sortirent du bar, bras dessus, bras dessous. Elle jeta un regard en arrière à l'attention des autres hommes, et leur fit un clin d'œil qui avait l'air de dire : *Peut-être que ce sera votre tour la prochaine fois, les garçons.*

"Reste ici et suis-moi après avoir payé", dit Tetsuo à sa collègue. Puis Tetsuo chuchota dans son microphone de poignet : "Elle est sortie avec un grand mec blanc sur sa droite." Il mit sa veste en cuir et sortit du bar, environ dix secondes après eux.

La prostituée et son client remontèrent la rue pendant quelques minutes puis ils entrèrent dans un salon de massage avec des photos de jolies femmes affichées sur la vitrine. L'homme sortit son portefeuille et paya à l'entrée, puis ils disparurent à l'intérieur. Quel con. Tetsuo resta en retrait et observa.

Il vit une de ses fourgonnettes se mettre en position à l'intersection la plus proche. Le conducteur le regarda et hocha la tête. L'agent avec qui il était dans le bar arriva derrière lui.

"Comment tu veux la jouer ?"

"Je vais voir si je peux payer la femme qui travaille à la réception. Si vous me voyez vous faire signe, mettez les vans juste devant et utilisez les rideaux."

Elle hocha la tête.

Tetsuo entra dans le salon de massage et s'approcha de la femme âgée assise à la réception. Elle avait les yeux fixés sur son téléphone et le regarda à peine quand elle lui demanda de choisir ce qu'il voulait parmi les services proposés sur un menu. Elle parlait japonais avec un fort accent coréen.

"Vous êtes la propriétaire ?"

Elle le regarda avec suspicion. "Non. C'est mon mari le propriétaire."

Il sortit une liasse de billets de son portefeuille. "Vous pouvez me dire si cette femme qui vient d'entrer travaille souvent ici ?"

"Oui", répondit la Coréenne en prenant les billets.

"Il faut que je lui parle."

"Elle est occupée."

Tetsuo posa ses mains sur le comptoir. "Je ne veux pas causer d'ennuis. Mais je ne pense pas qu'elle viendra avec moi si je ne l'y oblige pas. J'ai besoin que vous alliez dans cette pièce là-bas derrière et que vous fermiez la porte pendant les cinq prochaines minutes. Est-ce que vous pouvez faire ça pour moi ? Je vous promets que je ne lui ferai pas de mal et que je ne vous causerai pas d'ennuis. Mais je ne veux pas que quelqu'un nous voie quand mon ami et moi sortirons d'ici avec elle. D'accord ?" demanda-t-il en lui glissant une grosse liasse de billets.

Elle compta les billets et le regarda avec un sourire curieux sur son visage. "Qui êtes-vous ?"

"Dans quelle chambre sont-ils ?"

"Chambre quatre. À l'étage."

"Est-ce qu'il y a un verrou ?"

"Pas de verrou. Nous avons eu des problèmes avec les verrous. Qui êtes-vous ?"

"Cinq minutes", dit Tetsuo en levant la main, les doigts écartés.

La femme haussa les épaules. "Frappez à la porte si quelqu'un vient. Et ne me causez pas d'ennuis avec la police."

"Promis. Est-ce que cette caméra enregistre ?" demanda-t-il en désignant la boule noire au plafond.

Elle fit oui de la tête.

"Éteignez-la, s'il vous plaît. Vous pourrez la rallumer quand je serai sorti."

Elle prit son téléphone, tapa sur l'écran quelques fois et lui montra qu'elle avait mis un bouton sur OFF dans l'application qui gérait les caméras de surveillance. Puis la femme disparut dans l'arrière-salle.

Tetsuo attendit que la porte soit fermée et se retourna pour donner le feu vert à son agent qui attendait dehors. Elle se retourna à son tour et fit un signe de tête à la fourgonnette qui transmit à son tour le message à la deuxième fourgonnette. Elles s'arrêtèrent toutes les deux le long du trottoir à quelques pas de la porte.

Puis les portes arrière d'une des fourgonnettes s'ouvrirent et les membres de l'équipe de Tetsuo installèrent des rideaux pour former un couloir entre l'entrée du salon et les véhicules.

"Chambre quatre, à l'étage. Pas de verrou."

Les trois hommes qui passèrent devant lui étaient des membres du groupe d'opérations spéciales de la CIA. La plupart de ces hommes étaient d'anciens membres des forces spéciales. Ils avaient fait carrière dans l'appréhension et le meurtre de terroristes. Cette opération était un peu différente, et ils avaient été prévenus. Si leurs informations étaient correctes, elle faisait partie d'un groupe d'élite d'agents de renseignement chinois, et elle pouvait être très dangereuse.

L'équipe monta sans bruit jusqu'à la porte portant le numéro quatre. Deux d'entre eux étaient armés de pistolets avec silencieux. Tetsuo et l'autre homme avaient des Tasers.

Tout se passa très vite.

La porte s'ouvrit, et les trois professionnels se précipitèrent dans la petite chambre. La femme était en soutien-gorge et en culotte, à cheval sur le militaire américain allongé sur le ventre, et lui frottait de l'huile sur le dos. Elle tourna la tête d'un coup lorsqu'ils ouvrirent la porte, mais ils furent trop rapides pour qu'elle ait le temps de faire quoi que ce soit. Les hommes de Tetsuo l'attrapèrent, la séparèrent de son client qui criait, et les neutralisèrent tous les deux avec les Tasers. Un des agents de la CIA sortit ensuite deux seringues d'une pochette attachée à sa taille. Le militaire américain et l'espionne chinoise se firent injecter une solution qui les maintiendrait inconscients pendant les heures suivantes.

Les hommes habillèrent les corps inertes et les portèrent à l'arrière du fourgon de tête, où ils les attachèrent sur des brancards. L'Américain serait déposé avec sa carte d'identité militaire et son portefeuille vide à l'entrée de sa base. Tetsuo voulait que cela ressemble à un vol. Le militaire ne se souviendrait pas de grand-chose, mais ses camarades sauraient qu'il avait quitté le bar au bras d'une prostituée. Ils supposeraient qu'elle l'avait mené dans un guet-apens.

Il serait logique qu'elle ne revienne donc plus jamais dans ce quartier.

Ils savaient que la prostituée était l'une des agents de Jinshan. Mais elle n'arrivait pas à la cheville de la talentueuse Lena Chou. Celle-ci était un pur piège sexuel, utilisé pour attirer les hommes qui pourraient savoir quelque chose sur les mouvements militaires ou les technologies américaine et japonaise.

Après l'avoir interrogée pendant quelques heures en lui promettant une vie sous protection aux États-Unis, sans la menace de représailles de la part de ses supérieurs chinois, elle finit par céder et par passer à table.

Et elle avait beaucoup de choses à dire.

La prostituée avait une liste de clients prodigieuse. Cette liste comprenait aussi bien une clientèle de bas niveau, comme les militaires du bar, qui avaient accès aux horaires de vol et au statut de déploiement, mais aussi des militaires plus gradés, dont un colonel de l'US Air Force qui s'était vanté des F-22 qui venaient à sa base. Elle avait même exercé ses charmes sur un cadre japonais qui lui avait parlé de la vente de la technologie radar AEGIS aux forces d'autodéfense japonaises. Certaines des informations confidentielles fournies par ces hommes étaient sciemment échangées contre des relations sexuelles. D'autres clients n'avaient aucune idée de l'importance des détails qu'ils laissaient échapper — du moins, selon elle.

En temps normal, chacun de ces clients aurait fait l'objet d'une enquête, aurait été interrogé et inculpé. Mais ce n'était pas des circonstances normales, et ce n'était pas ce qui intéressait Tetsuo aujourd'hui. La femme travaillait pour les agents de Jinshan, et Tetsuo voulait connaître toutes les instructions spéciales que le bureau de Jinshan lui avait données ces dernières semaines et qui pourraient être liées aux conteneurs d'expédition gérés depuis le bureau de Tokyo.

"Est-ce qu'ils vous ont dit de rencontrer quelqu'un venant de Chine ?"

"Oui, ils voulaient que je lui tienne compagnie."

"Est-ce une demande normale ?"

"Pas du tout."

"Pourquoi pensez-vous qu'ils font cela ?"

"Ils ont dit qu'il manquait de confiance en lui parce qu'il était bouleversé par les choses qu'il faisait. Qu'il était stressé. Ils pensaient que je pourrais peut-être l'aider à aller mieux. Et ils voulaient que je garde un œil sur lui."

La femme était assise sur le canapé et buvait une bouteille d'eau. Elle observait ses trois interrogateurs avec une méfiance prudente, mais semblait indifférente aux révélations qu'elle était en train de faire. Comme si c'était tout à fait normal.

"Qu'étiez-vous censée faire ?" demanda Tetsuo.

"Si l'homme indo-américain disait quoi que ce soit qui puisse laisser penser qu'il était déloyal, je devais en informer mon contact immédiatement. Ils m'ont dit que le fait qu'il s'interroge les inquiétait. Ils veulent continuer à l'utiliser. Apparemment, c'est un génie ou quelque chose comme ça. Mais s'il n'est pas capable de continuer à travailler pour eux, ils veulent s'occuper du problème rapidement."

Le visage de Tetsuo resta impassible à l'évocation du fait que l'homme était Indo-Américain.

"Vous connaissez son nom ?"

"Il s'appelle Natesh Chaudry."

Tetsuo nota le nom sur son bloc-notes.

La femme dit : "Il ne me connaît pas...encore. Je suis censée faire en sorte que cela paraisse naturel."

"Dites-nous où et quand vous êtes censée le rencontrer."

16

La plus jeune fille de David le regardait depuis sa chaise haute pour bébé qui se trouvait à la table de la cuisine. Le bébé s'assurait que sa tête était légèrement plus haute que celle de ses parents lorsqu'elle mangeait. C'était peut-être ça qui lui faisait penser qu'elle régnait sur eux.

Il finit de remuer le petit pot pour bébé qu'il venait de faire chauffer et plaça la petite cuillère dans sa bouche. Elle le regardait fixement en recrachant la bouillie qui lui coulait le long du menton. *Pas aujourd'hui, papa. Bien essayé.*

La porte qui menait au garage s'ouvrit et sa femme et sa fille aînée entrèrent. "Bonjour, papa. Comment se passe le repas ?"

"Eh bien..."

Lindsay regarda sa petite fille de six mois, qui lui fit un large sourire en la voyant. David profita de sa bouche grande ouverte pour y glisser une autre cuillérée de nourriture. Elle fit une grimace, mais il était presque sûr qu'elle en avait au moins avalé une partie. C'était une petite victoire.

"Ton cours s'est bien passé ?"

"Oui, très bien. Merci de m'avoir laissé y aller."

Lindsay avait laissé Maddie à la garderie de la salle de sport pendant qu'elle prenait un cours. David était resté à la maison avec Taylor et avait préparé le petit déjeuner, et rattrapé son retard sur l'actualité sportive en regardant son émission du samedi sur ESPN.

"J'ai fait des œufs. Ils doivent être encore chauds. Et il y a du bacon dans la poêle."

"Mmm. Merci. Je vais juste prendre une douche d'abord. Tu peux voir si Maddie en veut ? Elle n'a pas mangé avant qu'on parte."

Le téléphone de David se mit à sonner sur le comptoir de la cuisine. Lindsay s'arrêta et le regarda décrocher.

"David, j'écoute."

"David, c'est Susan. Nous avons besoin que vous veniez. Désolé de vous demander ça au pied levé, mais il se passe quelque chose d'important et nous avons besoin de vous."

"Pas de problème, qu'est-ce qui se passe ?"

"Je vous expliquerai quand vous arriverez. Autre chose David, préparez un sac avec des affaires. Vous prenez l'avion ce soir."

Elle raccrocha et David lança à sa femme un regard qu'elle commençait à ne connaître que trop bien.

Elle leva la main et lui dit : "Ne t'excuse pas. Laisse-moi juste prendre une douche. Cinq minutes et tu peux y aller."

"David, dans votre débriefing de l'île, vous avez dit que vous vous étiez lié d'amitié avec lui pendant que vous étiez là-bas."

"Oui, mais ensuite Natesh m'a *trahi.* Il nous a tous trahis."

Susan croisa les bras en regardant le général Schwartz. "Le profil psychologique que nous avons sur lui indique qu'il est susceptible d'être tamponné. Vous avez une relation avec lui.

Notre source dit qu'il a montré des signes de faiblesse, et que c'est pourquoi il est envoyé au Japon. Pour travailler avec une société de logistique qui dirige les sociétés de transport maritime de Jinshan."

David dit : "Écoutez, Susan. Je veux bien faire ce que vous voulez, mais je ne vois pas comment je vais pouvoir aider. Je n'ai aucune formation pour ce genre de choses."

"Vous seriez surpris de voir tout ce qu'un visage amical peut faire lorsqu'on essaie de convaincre quelqu'un. Vous serez assisté par quelqu'un de bien là-bas. Tetsuo est l'un de nos meilleurs officiers d'opérations. Il vous briefera. Suivez son exemple."

David était incrédule. Ils allaient l'envoyer au Japon pour rencontrer Natesh Chaudry. Le consultant de la Silicon Valley qui s'était associé avec Lena Chou et Cheng Jinshan. L'architecte de nombreux plans de guerre de Jinshan. David comprenait l'intérêt de le recruter en tant qu'agent de la CIA. Il serait en mesure de fournir des renseignements qui seraient extrêmement précieux, surtout lorsque l'on considérait que Jinshan était désormais l'homme le plus puissant de Chine. Mais David ne savait pas comment jouer à ces jeux d'espionnage. Sa seule expertise venait des nombreux films de James Bond qu'il avait regardés quand il était plus jeune.

"Votre vol part dès que vous arrivez à l'aéroport, David. Une voiture vous attend dehors pour vous y emmener en ce moment même. Dormez dans l'avion. Vous devrez faire vite une fois à Tokyo."

Lorsque Natesh arriva au Japon, il sentit immédiatement qu'on lui avait retiré un poids des épaules. Il se sentait libre. C'était la première fois depuis des mois qu'il n'avait pas Lena ou des soldats chinois qui regardaient par-dessus son épaule. Il utilisa les cartes de paiement et les papiers d'identité que les hommes de Jinshan lui avaient fournis pour s'enregistrer à son hôtel. Il n'était pas de retour aux États-Unis, mais c'était toujours mieux qu'avant.

Il savait que toutes ces personnes qu'il croisait dans la rue étaient potentiellement en danger, car il savait ce que Jinshan avait l'intention de faire avec la nation japonaise. Du moins, il pensait le savoir. Jinshan leur lancerait un ultimatum, comme à plusieurs autres nations du Pacifique. Restez en dehors de ça, ou vous serez rayés de la carte. Natesh espérait que le Japon resterait neutre. Il détestait penser à ce qui se passerait si ce n'était pas le cas.

Le lendemain matin, il fut conduit à la société de logistique qui se trouvait dans un gratte-ciel moderne. Il y rencontra le chef des ventes, un des hommes de Jinshan, qui lui montra son bureau privé et lui présenta le personnel qui avait juré fidélité et qui était tenu au secret. Ils disposaient d'une technologie de pointe et Natesh briefa rapidement son équipe sur la chaîne d'approvisionnement pour planifier la suite des opérations. Nourriture, carburant, pièces détachées, hommes, chars, avions, munitions. Chaque produit nécessitait une estimation et un signal de la demande.

Chaque article était étiqueté avec un code de référence. Un type de fusil spécifique portait par exemple le numéro 80282071. Ce fusil était composé de dizaines de pièces qui avaient chacune leur propre code de référence. C'était les codes de référence chinois qui étaient utilisés. Ce n'était pas suspect, puisque l'entreprise faisait déjà beaucoup de transactions avec la Chine. Les produits étaient représentés par de petits graphiques en forme d'arbre, et chaque branche contenait les signaux de demande de Natesh. La chaîne d'approvisionnement de la machine de guerre chinoise serait optimisée pour réagir rapidement à tout changement sur le champ de bataille.

Après une première journée de travail avec son équipe japonaise, Natesh était satisfait. Ils avaient pu récupérer les informations avec lesquelles il avait travaillé, d'abord sur l'île de la Cellule Rouge, puis à Manta, et les transférer sur les serveurs à Tokyo.

Après quelques jours, Natesh en oublierait peut-être même qu'il travaillait pour alimenter une guerre. Ce n'étaient que des chiffres. Et il devait s'assurer que la demande ne dépassait jamais l'offre. Si un navire plein de pièces et de matériaux n'arrivait pas à destination, il fallait qu'il ait des alternatives. Tout devait être optimisé en matière de temps et de coût. Il ne se soucierait pas de savoir pourquoi ce navire n'était pas arrivé à destination ni combien de vies avaient été perdues lorsqu'il avait coulé au fond du Pacifique.

Il dîna au sushi-bar de son hôtel et sourit pour la première fois depuis longtemps. La nourriture était bonne. Il était en paix.

Un homme à côté de lui dit : "Vous êtes américain ?"

Natesh se figea, ne sachant pas trop quoi répondre.

"Désolé, je ne voulais pas interrompre votre dîner. C'est juste que je travaillais à Seattle. Je crois que je vous ai peut-être entendu faire une présentation dans la boîte où je travaillais. Natesh Chaudry, c'est ça ?"

Natesh rougit et serra la main de l'homme. "Oh. Désolé, oui. C'était probablement moi."

"Le monde est petit, hein ? Je suis ici pour quelques semaines pour le travail et... désolé, j'en oublie mes manières. Je m'appelle Tetsuo." Il lui tendit la main.

Natesh fit signe à l'homme derrière le bar de lui apporter l'addition puis il vit du coin de l'œil quelqu'un s'asseoir sur le siège à côté de lui, du côté opposé à l'Américain bavard.

Natesh se tourna pour voir qui s'était assis si près de lui alors qu'il y avait beaucoup d'autres places libres au sushi-bar.

Il fallut une demi-seconde à son cerveau pour remettre ce visage. Puis il ouvrit grand la bouche lorsqu'il réalisa qui était assis à côté de lui.

C'était impossible.

"Bonjour, Natesh", dit David Manning. "Mon ami ici présent et moi-même aimerions t'offrir un verre. Et si nous montions à l'étage pour parler en privé ?"

"Vous devez me détester", dit Natesh.

Ils étaient dans une chambre au troisième étage de son hôtel. Tetsuo l'avait louée plus tôt ce jour-là, juste avant d'aller chercher David à l'aéroport. L'équipe technique était venue vérifier que la chambre ne contenait pas de micros, puis avait installé son propre équipement vidéo et audio. Les équipes de contre-surveillance de la CIA étaient dispersées dans le quartier et dans l'hôtel. Une grande partie des ressources de l'Agence au Japon travaillaient maintenant sur cette affaire. S'ils parvenaient à recruter un des proches de Jinshan et à lui soutirer ce qu'il savait, cela pourrait changer la donne.

Tetsuo dit : "Le principal, c'est que tu sois là maintenant, et que tu sois prêt à nous aider. Ai-je raison ?"

"Oui", répondit Natesh sur un ton vaincu en regardant le sol. "Je ne peux pas retourner vers eux. Je ne sais pas pourquoi je pensais qu'ils avaient raison. Leur but final m'inspire, mais j'ai vu trop de morts de mes propres yeux. J'ai découvert qui étaient vraiment Lena Chou et Cheng Jinshan. Et je ne veux pas faire partie de ça."

David s'efforçait de contrôler ses émotions. Ce type avait trahi son pays et avait failli le faire tuer. Il était complice d'une conspiration, et sa contribution à l'opération de Jinshan avait coûté la vie à des centaines de personnes, dont beaucoup d'Américains. David rêvait de l'emmener au dernier étage et de le défenestrer. Mais Susan et Tetsuo l'avaient convaincu de sa valeur. S'ils parvenaient à le recruter pour travailler à la CIA, Natesh pouvait leur être très précieux.

"Je ne veux pas aller en prison. Je sais que ce que j'ai fait est mal, mais je sais aussi ce que le gouvernement américain me fera probablement une fois que je serai de retour sur le sol américain."

Tetsuo se pencha en avant sur sa chaise et donna une petite tape sur le genou de Natesh, comme s'ils étaient potes. Comme s'il essayait de lui remonter le moral. C'est ce qu'il faisait, réalisa David. Tetsuo le travaillait. Comme s'il essayait d'établir une relation de confiance.

"On va s'occuper de toi. Je ne vais pas mentir, j'ai lu des choses sur Lena Chou. Elle est très impressionnante. Et Jinshan aussi. Ils auraient pu convaincre beaucoup de gens. On ne te fait pas porter le chapeau, Natesh, et tu ne devrais pas te sentir responsable. Et si tu t'inquiètes des répercussions, alors parle-nous. Si tu coopères, ils seront beaucoup plus cléments à Washington. Donne-nous une preuve de bonne foi. Qu'est-ce que tu pourrais nous dire pour nous aider ? Qu'as-tu vu au cours des dernières semaines et des derniers mois dont nous ne sommes pas au courant ?"

L'expression de Natesh devenait de plus en plus positive au fur et à mesure que Tetsuo parlait. David pouvait constater que le nippo-américain connaissait bien son métier et savait ce qu'il faisait. Il avait simultanément redonné confiance à Natesh et entamé le processus d'interrogation.

Natesh dit : "Des plans. Je sais ce que Jinshan a l'intention de faire. Je sais où ils prévoient de frapper et quelle est leur stratégie. Excusez-moi de vous dire cela, mais Jinshan a plusieurs coups d'avance sur vous. Et si vous voulez l'arrêter, vous aurez besoin de savoir ce que je sais."

David jeta un coup d'œil à Tetsuo, qui ne quittait pas Natesh des yeux.

"Bien sûr. Nous sommes conscients de ta valeur et que..."

Natesh continua à parler en regardant la table et en réfléchissant à haute voix. "Je suppose qu'il serait impossible de revenir à mon ancienne vie. Je pense qu'aucun d'entre nous ne le pourra. Je veux juste être blanchi de toute faute. Je veux l'immunité aux États-Unis. Quand tout cela sera terminé, je veux dire. Je vous dirai tout ce que je sais. Et vous me promettez que je pourrai vivre en paix quand j'aurai fini. J'irai vivre seul à la campagne. J'ai fait une erreur. Une erreur impardonnable. Je m'en rends compte maintenant. Et j'essaie de me racheter. Et la seule façon, c'est de vous donner les secrets dont vous avez besoin, en vous donnant les plans que j'ai aidé à concevoir."

"Tu travailles toujours pour lui maintenant ? Au Japon ? Qu'est-ce que tu fais ici ?"

"Marché conclu ?" demanda Natesh.

"Oui. Tu commences à travailler pour nous, et le marché est conclu. Je peux t'obtenir l'immunité. On te placera dans le programme de protection des témoins ou quelque chose de similaire. Tu vivras au milieu de nulle part, et personne n'en saura rien. Mais tu dois rester en place ici pour le moment. On a besoin que tu continues à travailler pour Jinshan et que tu nous fournisses des informations de l'intérieur. Maintenant, explique-nous ce que tu fais au Japon."

"Je m'occupe de la planification logistique. J'aide à gérer toutes les personnes, le matériel, le carburant et la nourriture qui devront transiter par le Pacifique pour que Cheng Jinshan puisse faire la guerre aux États-Unis."

Les deux hommes le regardèrent, incapables de dire quoi

que ce soit pendant un instant. "Donc, Jinshan a toujours l'intention d'entrer en guerre avec les États-Unis ?" demanda Tetsuo.

Natesh hocha la tête. "Oui. Bien sûr. Rien n'a changé pour lui."

David s'éclaircit la gorge. "Pourquoi est-ce que tu fais ça depuis Tokyo ?"

"Jinshan m'a envoyé ici. Je crois qu'il ne voulait pas mélanger les personnes que les services de renseignement américains surveillent et le travail qui doit être fait." L'expression de Natesh changea. "Il y a quelque chose que vous devez savoir. Quelque chose de très important que j'ai entendu quand j'ai parlé à Jinshan la dernière fois."

"Quoi ?"

Natesh se mordait la lèvre, ses yeux se déplaçaient nerveusement. "La Corée du Nord va tester un missile balistique intercontinental."

"Ils le font souvent, non ?"

"Cette fois-ci, c'est différent."

17

Jinshan était assis à son bureau et lisait ses rapports quotidiens.

Son assistant frappa à la porte.

"Monsieur, les Américains demandent à convenir d'un appel téléphonique entre vous et le président américain."

"Vraiment ?"

"Je suppose que vous voulez que je le refuse ?"

Jinshan regarda ses notes.

"Non. Parlons avec les Américains. Peut-être que nous pourrons tourner cela à notre avantage."

"Ils sont disponibles à tout moment, monsieur. Que dois-je leur dire ?"

"Demain matin, notre heure."

Cela tomberait juste avant que les festivités ne commencent. Ce serait le milieu de la soirée à Washington.

Le moment venu, Jinshan regarda l'écran, un fond bleu foncé avec le sceau présidentiel américain. Puis le président américain apparut. Il était assis à la tête d'une longue table de conférence. La vue était zoomée pour qu'il soit le seul à être visible, mais il devait y avoir des conseillers avec lui. Il ne prendrait pas un appel de cette importance sans eux.

Jinshan était dans une configuration similaire. Il gardait ses yeux sur l'écran. La petite caméra juste au-dessus le filmait sans filtre. Jinshan remarqua que sa propre image lui donnait l'air fatigué. Il se sentait fatigué. Il faut que je tienne un peu plus longtemps, se disait-il. Tous ses efforts seraient alors récompensés et pourraient se poursuivre sans lui.

"Monsieur le Président", déclara Jinshan.

"Bonjour, monsieur Jinshan. Je vous remercie d'avoir accepté de me parler ce soir. J'ai pensé qu'il était urgent d'avoir cette conversation face à face."

"Je comprends, monsieur le Président. Comment puis-je vous aider ?"

"Cette conversation pourrait ne pas être facile, monsieur Jinshan, mais je pense qu'elle est nécessaire. Je dois m'opposer vigoureusement à votre récente ascension antidémocratique à la tête du peuple chinois. Il y a une semaine, vous étiez en procès. Nous avons la preuve que vous avez été impliqué dans la planification d'une action militaire contre notre pays. Je dois maintenant vous demander officiellement quelles sont vos intentions et faire connaître les miennes."

De gros cernes sous les yeux de Jinshan témoignaient de son état de fatigue. Il toussa dans un mouchoir gris. La toux profonde et grasse d'un homme malade.

Jinshan commença. "Je comprends que vous ne vous attendiez pas à me voir ici aujourd'hui, monsieur le Président. Épargnons-nous tous les échanges de politesses diplomatiques. Pour être franc, je n'ai pas le temps." Il fit une pause en prenant un air pensif. "Savez-vous quelle est la plus grande menace pour le bien-être d'une société ?"

Le président américain fut déconcerté par le ton décontracté de Jinshan. Il fronça les sourcils, mais resta silencieux.

"Je vais vous le dire. C'est la prolifération d'un Internet libre et ouvert. Comme le dit le proverbe, la plume est plus forte que l'épée. Un Internet libre et ouvert met les plumes entre les mains de toute la population mondiale. Cela peut conduire à la *perte de la* civilisation moderne, si cela n'est pas maîtrisé."

"Monsieur Jinshan, je voudrais discuter..."

Jinshan lui coupa la parole en parlant plus fort de lui. "Vous pouvez voir les symptômes de cette maladie se propager dans les pays développés du monde entier. Comme de plus en plus de gens utilisent Internet et les réseaux sociaux pour obtenir des informations, les gouvernements démocratiques et les grands groupes médiatiques ne sont plus capables de façonner l'opinion de leur population. C'est une chose dangereuse.

L'information était autrefois contrôlée par quelques puissants. Chaque mot était soigneusement choisi pour convaincre les gens de croire ce que nous — *l'élite* — *voulions qu'*ils croient. Mais si l'élite — les grands penseurs d'une nation — ne peut plus façonner les opinions de ses citoyens simples d'esprit, comme elle le fait depuis des siècles, cela conduit à la pire forme de gouvernement qui soit. Une démocratie irrationnelle et mal informée.

J'ai vu cela se produire dans votre pays. Vos citoyens choisissent les sources d'information qui renforcent ce qu'ils croient déjà. Vos citoyens sont divisés par des manipulateurs rémunérés et forcés à aller jusqu'à des extrêmes diamétralement opposés."

Le président américain finit par mordre à l'hameçon. "Et vous pensez que c'est pire que votre machine de propagande ? Des citoyens qui doivent s'informer via une chaîne d'information publique ? Au moins, les Américains peuvent entendre les différents sons de cloche..."

Jinshan se moqua. "Vous le croyez vraiment ? Ils n'entendent que deux sons de cloche. C'est un choix bipolaire. Pourquoi ? Parce que chaque vote dans votre congrès ne peut se solder que par un oui ou par un non. Alors, vos lobbyistes et vos machines de marketing se mettent au travail et imaginent des campagnes pour motiver les masses à servir leur propre objectif, et remplir leurs propres caisses.

"Nous manipulons tous les deux les gens, monsieur le Président. Je ne le nie pas. Mais aux États-Unis, vous vous détruisez vous-mêmes. Et le reste du monde démocratique suivra. Tout cela parce que vous avez armé vos citoyens d'un Internet libre et ouvert. Mais je ne laisserai pas cela arriver dans mon pays."

Le président américain déclara : "Les Américains sont des libres penseurs. Ce serait mal nous comprendre que de penser que mes compatriotes sont des moutons comme vous les décrivez."

Jinshan rétorqua : "Si c'est vraiment ce que vous pensez, alors vous êtes plus naïf que je ne le pensais. Votre pays est de plus en plus polarisé. Vous ne pouvez pas le nier. Cela conduit à une impasse dans le meilleur des cas, et à la guerre civile dans le pire. Ce sont vos réseaux sociaux qui adaptent leurs algorithmes pour ne montrer aux gens que ce qu'ils veulent voir. Un matraquage d'idées qui se réverbèrent et que seuls les gens qui les partagent peuvent entendre. Pendant ce temps, la colère gronde à l'extérieur des murs de votre ville.

"Les deux parties sont induites en erreur, monsieur le Président. Vous le savez. Les politiciens et les hommes d'affaires, les spécialistes du marketing et les lobbyistes manipulent tous les opinions de la population occidentale, tout comme nous, en Chine, avons façonné l'opinion de nos propres citoyens. Mais en Chine, la manipulation de la pensée — appelons un chat un chat — est orchestrée par des dirigeants qui ont généralement à l'esprit les progrès du pays. En Occident, ce n'est pas le cas. N'importe qui peut diffuser des informations polluées, quelles qu'en soient les conséquences."

"Aux États-Unis, la liberté d'expression est un droit fondamental."

Jinshan se moqua. "Vous devez bien voir ce qui se passe, monsieur le Président. Les gens faisaient autrefois confiance à vos institutions. Tout comme ils faisaient confiance aux rois féodaux, avant l'invention de l'imprimerie. Mais ensuite, les idées se sont répandues. Des idées incontrôlées, non filtrées. Ces idées ont infecté la population comme un fléau. Ces idées se sont répandues dans les campagnes et ont infecté tous ceux qui cherchaient une raison de les croire. Les idées se renforcent par la pensée intellectuelle. Elles gagnent des adeptes et des évangélistes. Sans que vous vous en rendiez compte, monsieur le Président, des idées ont pris possession de votre royaume. Et les émeutiers sont à votre porte et réclament votre tête. Je vous demande maintenant, à quoi ce phénomène vous fait-il penser ?"

Le président fronça les sourcils. "Je ne sais pas, quoi ?"

"*La religion*. Une institution où les croyances des gens ne sont pas basées sur des faits, mais sur leur foi dans l'institution elle-même. Ses adeptes ont besoin de sécurité et d'être rassurés. Dans un monde qui s'effondre, ils veulent s'entendre dire que leur vie n'est pas perdue et qu'ils servent un but supérieur. Et les idées qui se sont répandues comme un virus dans la société se sont transformées en la religion qu'ils désirent. Ils seraient prêts à vénérer n'importe quoi, tant que cela les rassure. Ces groupes religieux ont des dirigeants qui proclament des choses, et peu après, les fervents adeptes récitent ces paroles par cœur et sont même prêts à agir violemment en leur nom. Vos chefs religieux ne sont plus des ecclésiastiques, ce sont des animateurs de talk-shows politiques et des écrivains. Mais le résultat final est le même. La destruction. La liberté d'expression est un virus, monsieur le Président."

"Que puis-je vous répondre monsieur Jinshan ? Nous accordons une grande importance à la moralité aux États-Unis."

"Ne me faites pas la leçon sur la moralité. Vous, les Américains, seriez prêts à mettre en faillite des millions de personnes pour en sauver une. Et à quoi cela sert-il ? Je choisis la victoire sur la moralité."

Le président déclara : "Monsieur Jinshan, j'aimerais parler de la crise actuelle."

"Je vous assure qu'il n'y a pas de crise, monsieur le Président. La crise a été évitée. Je l'ai empêchée de se produire."

Il y eut un moment de silence.

"Je ne vous suis pas."

"Je ne m'attendais pas à ce que vous me suiviez. Mais je crains de devoir mettre un terme à cette réunion." Jinshan regarda sa montre. "Vous allez avoir une nuit chargée, monsieur le Président. Bonne chance."

L'écran passa sur l'image du drapeau chinois. À la Maison-Blanche, un groupe d'officiers militaires entra dans la salle du président.

"Monsieur le Président, nous avons une urgence."

18

Le lancement du missile nord-coréen fut détecté immédiatement, et plusieurs pays le suivaient. L'avion de reconnaissance américain et les sources de renseignement sud-coréennes avaient signalé son arrivée. Un unique missile avait décollé d'un lanceur mobile.

Les agents des services de renseignements chinois et leurs experts en armes nucléaires avaient aidé à former l'équipe nord-coréenne responsable de l'arme. Un des agents chinois avait même aidé à évaluer l'unité centrale du missile... et avait fait quelques ajustements.

C'est l'un des agents du ministère chinois de la Sécurité d'État qui avait élaboré ce plan. Jinshan l'avait adoré. Cela ferait monter les tensions entre la Corée du Nord et l'Occident et détournerait l'attention qui était portée à la Chine. Comme lors de tous les essais de missiles nord-coréens, la participation des Chinois avait été tenue secrète. Les Chinois ne voulaient que personne ne le sache. Et les Nord-Coréens ne voulaient pas donner l'impression qu'ils avaient besoin d'aide.

Les Nord-Coréens savaient seulement qu'ils devaient tester

un missile à l'heure précise fournie par les Chinois. Ils pensaient que le missile intercontinental devait voler sur plus de trois mille kilomètres avant de finir sa course dans l'eau sans faire de dégâts. C'était ce que les Nord-Coréens attendaient, car c'était ce qu'ils avaient programmé dans les ordinateurs de navigation.

Mais l'équipe d'agents de Jinshan les avait reprogrammés, à l'insu des Nord-Coréens. Le missile n'était pas programmé pour survoler le Japon.

Il était programmé pour *frapper le* Japon.

Il n'y avait pas d'ogive dans le missile. Après tout, ce n'était censé être qu'un test pour montrer la puissance de frappe de la Corée du Nord. Le missile ne contenait pas de tête nucléaire, mais l'équipe chinoise qui "aidait" les Nord-Coréens avait placé une petite charge explosive à bord. Quand l'engin explosa, le missile balistique intercontinental se déplaçait à plus de *quinze mille* kilomètres à l'heure.

Une partie des débris brûla dans l'atmosphère. Mais les plus gros morceaux tombèrent sur le territoire japonais.

Si les Nord-Coréens avaient voulu être provocateurs, ils avaient dépassé leurs attentes les plus folles. Il n'y eut aucun blessé. Les morceaux du missile atterrirent dans une région montagneuse inhabitée du Japon. Mais les dégâts politiques étaient bien réels.

"Les informations que nous a fournies Natesh sont confirmées."

Susan était assise dans le bureau du directeur avec le général Schwartz. Le directeur venait d'être informé du test de missile nord-coréen.

Le directeur déclara : "Le missile s'est donc désintégré au-dessus du Japon. Et nous disons que c'était *intentionnel* et que cela faisait partie d'un plan chinois ?"

"C'est exact, monsieur."

"Et ce Natesh Chaudry nous a mis en garde avant que cela n'arrive ?" demanda le directeur Buckingham.

Le général Schwartz répondit : "D'après ce que Susan vient de me dire, Natesh Chaudry en a parlé à notre équipe au Japon quelques heures seulement avant le lancement. Il ne connaissait pas les détails de ce qui allait se passer, mais il savait que les Nord-Coréens allaient tester un missile intercontinental et que celui-ci exploserait quelque part au Japon. Il n'était pas sûr que les morceaux du missile atterriraient sur le sol japonais, mais il a dit que cela faisait partie de la stratégie de Jinshan."

"Que cela faisait partie de sa stratégie ? Qu'est-ce que ça veut dire ?"

Susan déclara : "On nous dit que Jinshan veut que nous concentrions notre attention sur la Corée du Nord plutôt que sur la Chine."

Le directeur Buckingham dit : "Eh bien, ça marche ! Le président demande au Pentagone des options de réponse ce soir. Il veut une action immédiate. Ils ont dépassé les bornes cette fois-ci."

"Monsieur, si nous réagissons, nous ferons exactement ce que Jinshan veut que nous fassions."

"Je comprends Susan. La question est de savoir quelle est notre meilleure option pour la suite."

"Si Jinshan espérait que cela soulagerait la pression que nous exerçons sur la Chine, peut-être que nous devrions faire le contraire."

"Je ne veux pas que nous révélions que nous savions que cela allait arriver. Cela ne doit pas sortir de cette pièce pour l'instant. Nous ne pouvons pas nous permettre d'exposer

Chaudry. Il est peut-être notre meilleure nouvelle source d'information."

"Oui, monsieur. Je ne suggère pas que nous devrions risquer de compromettre notre source. Juste qu'il peut être dans notre intérêt de... Je suppose que le président va faire une déclaration en réponse à l'essai de missiles de la Corée du Nord ? Et s'il adressait en même temps des demandes à la Chine en faisant le lien entre les récentes actions hostiles des deux nations ?"

Le directeur fronça les sourcils. "L'idée me plaît, mais d'après mon expérience, le bureau de communication de la Maison-Blanche ne le prend jamais bien quand on lui suggère ce qu'il doit dire." Il se frotta le menton. "Et puis merde, je le proposerai quand même. Ce n'est pas une mauvaise idée."

Le général Schwartz dit : "Veuillez dire au directeur ce que Natesh a dit d'*autre*."

Susan déclara : "Jinshan était — comme nous le suspections — activement impliqué, même depuis la prison. Natesh dit qu'il y avait une lutte de pouvoir au sein du Politburo chinois, avec Jinshan d'un côté et le secrétaire Zhang de l'autre. Mais maintenant que Jinshan a fait emprisonner Zhang — ou pire — nous n'avons pas de confirmation. Il a envoyé un message à quiconque chercherait à s'opposer à lui."

"Natesh sait-il si Jinshan a l'intention d'attaquer les États-Unis ?" demanda le directeur Buckingham.

"Il dit que les préparatifs sont toujours en cours, oui."

"Peut-on lui faire confiance ?"

"Comme vous l'avez dit, monsieur, ses informations sur le missile intercontinental étaient exactes. L'instinct de Tetsuo est que Natesh est ouvert et honnête avec nous maintenant. Il veut se retirer du jeu."

Le directeur déclara : "Les conseillers du président l'exhortent à éviter toute escalade de la violence. Certains considèrent que nos avertissements concernant la guerre sont exagérés. De nombreux rapports de renseignement vont dans ce sens."

Le général Schwartz hocha la tête. "Leur activité militaire sur la côte s'est arrêtée. Et les interceptions de communications militaires les plus récentes montrent un ralentissement de l'activité de l'APL. Le recrutement est en hausse, cependant. Et certaines de leurs unités intérieures — leurs unités de bombardiers stratégiques et plusieurs divisions de l'armée en particulier — ont continué à s'entraîner sans relâche."

Susan ajouta : "Avec aussi peu de satellites de reconnaissance, il a été difficile d'obtenir des données. Les moyens de reconnaissance de l'armée de l'air sont actuellement très limités."

"Quand sommes-nous censés lancer plus de satellites ?"

"L'Office national de reconnaissance a accéléré ses lancements. Ils nous disent qu'ils en auront deux de plus que nous pourrons utiliser dans cette zone d'ici une semaine."

"D'accord. Je vais en parler au président. Susan, je pense que vous avez raison. Je pense qu'il doit fixer les règles avec la Chine. Des nouvelles de Chase Manning et son équipe ?"

"Ils sont à Guam. Chase et l'équipe Delta se sont entraînés pour leur mission là-bas. Il dit qu'ils sont prêts à passer à l'action, si nécessaire. Nous avons aussi eu des nouvelles de GIANT."

"Et ?"

"GIANT a eu une conversation avec le secrétaire Zhang avant qu'il disparaisse et a obtenu l'autorisation d'aller inspecter le camp du Liaoning. Apparemment, Zhang a confié à GIANT que quoi que Jinshan fasse là-bas, c'était *la clé de* sa stratégie d'attaque de l'Occident."

"Comment Zhang pourrait-il savoir quelque chose comme ça ?"

"Nous ne savons pas, monsieur. Zhang est proche de plusieurs membres du Politburo et de chefs militaires qui font partie du cercle de Jinshan. Peut-être a-t-il vu ou entendu quelque chose..."

"Qu'est-ce qui pourrait être si important dans ce camp ? Général, des idées ?"

Le général Schwartz déclara : "Peut-être qu'ils ont une arme là-bas ? Une arme chimique ou biologique. Honnêtement, je ne sais pas. Mais avec les récents événements en Corée du Nord et la montée en puissance de Jinshan, je pense qu'il est assez crucial que nous le découvrions."

19

David écoutait les informations dans sa chambre d'hôtel. Il faisait des pompes avec la télévision en fond sonore. Les présentateurs discutaient des pressions politiques exercées sur le président pour qu'il mette davantage la pression sur la Chine après les récentes révélations d'actes hostiles contre les États-Unis.

"Je suis plutôt d'accord avec ça", se dit-il à lui-même dans la pièce vide. Il se retourna et commença à faire des abdominaux.

Le présentateur dit : "D'après les communiqués préliminaires de la Maison-Blanche, le président devrait répondre à ces critiques. Il ne va pas seulement parler de l'essai de missiles de la Corée du Nord, mais il va également dire que l'Amérique ne tolérera pas d'être défiée par des nations voyous. Cela me rappelle les commentaires de George W. Bush sur l'Axe du Mal après le onze septembre."

Ils continuèrent à déblatérer et à être d'accord l'un avec l'autre, ad nauseam.

Puis le présentateur dit : "Le voilà. Il arrive sur le tapis rouge dans la salle est. C'est très symbolique. En général, les présidents ne font cela que lorsqu'ils ont quelque chose d'une importance capitale à annoncer, comme un grand changement de politique de sécurité nationale, par exemple. Je vais maintenant me taire pendant que nous écoutons le président parler."

Le président américain s'avança vers le pupitre et l'agrippa fermement à deux mains. "Mes chers compatriotes, je m'adresse à vous ce soir dans l'ombre d'une grande tristesse, mais avec l'espoir d'un avenir plus fort et plus sûr. Les événements récents nous ont laissé un sentiment de colère et de désespoir. J'ai assisté à plusieurs cérémonies de funérailles au cours du mois dernier et aucune d'entre elles n'a été facile. J'ai dit aux familles que leurs fils et leurs filles n'étaient pas morts en vain. Et maintenant, je veux vous parler de la façon dont nous devons honorer cette promesse."

Il prit une gorgée d'eau. "Les groupes et les nations voyous ont trop longtemps été autorisés à dicter leur propre destin. Mais cette époque est révolue. En tant que pays, nous avons vu ce qui se passe lorsque des acteurs irrationnels — comme Cheng Jinshan en Chine — s'emparent du pouvoir militaire. Bien que des membres malhonnêtes du gouvernement chinois soient responsables de ces récentes tragédies, il existe encore des éléments dans le monde qui constituent une menace pour les intérêts et la sécurité des États-Unis. C'est à eux que s'adresse cette mise en garde ce soir. Je veux que la Corée du Nord sache que les États-Unis ne fermeront plus les yeux sur leurs agissements. Si la Chine ne fait rien pour apaiser les hostilités de ses voisins, alors nous le ferons. Et si nos ennemis veulent nous tester, nous les frapperons. Nous ne mettrons pas notre pays en danger. Nous frapperons *avant que nos ennemis ne* puissent agir.

Si la Chine veut éviter un nouveau conflit militaire, elle doit faire trois choses. Premièrement, en réponse à la récente agression chinoise, les États-Unis exigent que la Chine réduise ses forces militaires, ce qui doit faire l'objet d'un traité, et qu'elle accepte que des inspecteurs internationaux effectuent des inspections sur son territoire. Deuxièmement, la Chine doit immédiatement commencer à se retirer des îles Spratley et mettre fin à ses agissements pour s'accaparer des territoires dans le monde entier. Troisièmement, et c'est le point le plus important, la Chine doit soutenir pleinement le désarmement nucléaire de la Corée du Nord."

Le président s'arrêta pour reprendre son souffle et pour faire le point sur son environnement. "Les États-Unis seront un pays plus sûr grâce à l'amélioration de nos relations avec la Chine. Mais nous ferons respecter la paix par le biais de notre grande armée. Que Dieu bénisse l'Amérique."

Le président se retourna et repartit sur le tapis rouge.

David était assis en tenant ses genoux. Il transpirait après sa série d'abdos. C'était un discours d'un genre assurément différent.

Le présentateur du journal télévisé reprit la parole : "Voilà, mesdames et messieurs. Le président redescend le tapis rouge après avoir prononcé son discours qui n'a duré que quelques minutes. Mais le message était...eh bien, voyons ce qu'en ont pensé nos invités..."

Le premier prétendu expert, un homme aux cheveux blancs qui avait été présenté comme un professeur de la Kennedy School, déclara : "Eh bien, je dois admettre que je suis surpris de la liste de demandes que le président a adressée à la Chine. Cela se fait normalement par voie diplomatique..."

"Ce qui veut dire que c'est probablement une stratégie politique", ajouta le présentateur.

"Je ne sais pas si c'était nécessairement politique. Mais le fait qu'il ait utilisé ce forum, je pense que cela signifie que la

Chine n'était pas le seul pays à qui s'adressait ce discours. Le président veut que le peuple américain sache qu'il répond fermement à la fois à la Corée du Nord et à la Chine. C'est un président qui fixe des limites et qui s'y tient. Je pense donc que le président veut clairement envoyer un message fort au monde entier pour dire que les États-Unis ne laisseront rien passer."

Le présentateur dit : "Est-ce que le problème vient du fait que ces limites n'avaient pas été clairement définies ?"

"Peut-être. Il a énuméré une série de demandes auxquelles la Chine doit se conformer. Mais je n'ai pas eu l'impression qu'il fixait des limites à la Corée du Nord."

"Est-ce que quelqu'un a eu la même impression ?"

Un autre invité prit la parole : "Je suis tout à fait d'accord. Le ton était juste. Cela fera taire certains des sceptiques et satisfera ceux qui demandaient une réponse plus forte suite aux hostilités chinoises, mais à part cela, c'était très vague. Il n'a cessé d'émettre des mises en garde. Je l'ai écrit ici, il a dit : " Et si nos ennemis veulent nous tester, nous les frapperons..." C'est une déclaration très dure. Mais il y a plusieurs façons de l'interpréter, vous ne croyez pas ? Qu'est-ce que cela veut dire nous tester ? Est-ce que cela veut dire que la Corée du Nord peut tester un missile nucléaire dans l'océan comme ils l'ont fait ? Est-ce que c'est nous tester ? Est-ce qu'il dit que nous allons frapper la Corée du Nord pour l'explosion accidentelle de son missile au-dessus du Japon ? Est-ce que cela va à l'encontre des nouvelles règles que le président a établies ?"

"Je pense que c'est peut-être ce qu'il a voulu dire, oui."

Un autre invité déclara : "Je pense que le président a fait un excellent travail ce soir. Il a été très clair, je trouve. Extrêmement clair. La Chine est maintenant sur la sellette. La Corée du Nord, l'Iran, la Russie. Ils sont tous prévenus. Ce président n'a pas peur de se défendre. Je pense que c'est ce que nous devrions retenir de ce que nous avons vu ici ce soir."

"Alors, où sont les limites ?" demanda le présentateur.

Le lèche-bottes du président déclara : "Nous fixons enfin des limites. Les récents actes hostiles de la Chine ne seront pas tolérés. Et nos militaires ont réagi de manière appropriée dans le Pacifique, lorsqu'ils ont été agressés. Et maintenant, tous ceux qui veulent nous nuire sont également avertis. Je pense que le président a fait un travail de communication fabuleux. Et je suis heureux de voir qu'il a énuméré une liste de demandes très claires pour la Chine. Ils ne peuvent pas rejeter la faute sur un politicien ou un homme d'affaires véreux ou sur ce Cheng Jinshan là-bas. Maintenant, c'est le pays tout entier qui sera tenu pour responsable. Et je pense que c'est une décision intelligente de la part du président. Je vais vous dire ce que j'ai aimé d'autre. J'ai aussi aimé le fait qu'il ait fait un lien entre la Chine et la Corée du Nord. Car, soyons réalistes, la Corée du Nord possède sa technologie nucléaire *grâce à la* Chine. Et il est temps que la Chine commence à les surveiller d'un peu plus près."

David prit la télécommande et éteignit la télévision. Il était en plein milieu d'une autre série d'abdos lorsque son téléphone émit un bruit de notification. David prit le téléphone sur le lit et regarda le message.

C'était un SMS de Tetsuo.

Rendez-vous avec Natesh. 30 minutes.

20

Le Major Mason était assis dans l'auditorium avec l'équipage de l'US Air Force composé de sept autres pilotes et des officiers des systèmes de combat, qui attendaient tous de recevoir leur briefing de mission. Il n'y avait que deux équipages aujourd'hui. Les portes étaient fermées, comme d'habitude. Mais le commandant du Ninth Bomb Squadron était présent, ce qui n'était pas normal.

Quelque chose d'important était en train de se passer.

"Bonsoir, messieurs. Voici le plan de la sortie de ce soir." L'officier de renseignement avait un regard sombre.

Le briefing dura une heure. Il y eut beaucoup de sourcils levés et de regards échangés. Le commandant conclut en disant : "Si vous avez des questions, c'est le moment."

Il y eut quelques questions sur les positions et le timing des ravitailleurs, et sur la couverture des avions de chasse. Puis le Major Chuck "Hightower" Mason, qui était aux commandes du B-1B de tête, leva la main.

"Monsieur, je ne suis pas sûr que ce soit à moi de demander ça, mais est-ce qu'il faut s'attendre à des répercussions après tout cela ?"

"Des répercussions ?"

"Oui, monsieur."

Le commandant déclara : "Je pense que nous devrons être prêts à tout, Hightower. Volez prudemment."

La salle était étrangement silencieuse lorsqu'ils se levèrent pour partir. Les pilotes et les officiers des systèmes de combat avaient tous réalisé que cette mission serait différente. Beaucoup d'entre eux avaient déjà été au combat. Ils avaient largué des bombes en Irak et en Afghanistan. Mais cela n'avait rien à voir avec la péninsule coréenne. Passer des heures à voler à des milliers de kilomètres au-dessus des montagnes d'Afghanistan, en attendant qu'un contrôleur aérien demande un soutien aérien rapproché, était une chose. Ils n'avaient pas grand-chose à craindre à cette hauteur.

La Corée du Nord, en revanche, disposait de nombreux moyens de défense aérienne.

Seuls deux équipages seraient envoyés sur cette mission. Des escadrons de B-1B et de B-2 étaient actuellement déployés sur la base aérienne d'Andersen à Guam. Mais cette mission ne ferait appel qu'aux B-1 pour des frappes limitées.

Le major trouvait cela ridicule. Cela n'avait aucun sens de parler de frappes limitées en Corée du Nord. Ils ne pouvaient pas prévoir ce qui se passerait après qu'ils aient largué les bombes. Bien qu'il jugeait que la cible soit bonne, il s'interrogeait sur la stratégie adoptée. Si les États-Unis devaient attaquer la Corée du Nord, il estimait que cela devait être tout ou rien. Mais il n'était qu'un major. Personne ne lui avait demandé son avis.

"Tu crois à tout ce merdier ?" Son officier des systèmes de combat était le commandant de son avion.

"Quoi donc ?"

"Ne me dis pas que tu ne te demandes pas la même chose que moi. C'est toi qui as dit tout haut ce que tout le monde pensait tout bas. Qu'est-ce qui se passera ensuite ? *Après qu*'on ait largué ces bombes."

"Ils ne nous disent peut-être pas tout."

"Peut-être. Mais je ne pense pas. Les gars du B-2 et la plupart de notre escadron n'ont pas eu de briefing."

"Je pense que les généraux essaient de jouer sur les deux tableaux en nous envoyant là-bas. Ils essaient de faire sauter un petit silo à missiles en espérant que la Corée du Nord ne s'énerve pas trop."

"C'est un pari osé. Les mecs du Pentagone doivent fumer de la bonne came, c'est tout ce que je sais."

"Oui, eh ben j'en sais rien. Je ne fais que mon travail."

Ils entrèrent dans le bâtiment des opérations de la base avec leurs combinaisons de vol vertes et leurs gilets de survie par-dessus. Ils mirent leurs casques et leurs masques à oxygène pour la prévol. Ils se relayèrent pour vérifier que leurs masques à oxygène fonctionnaient correctement sur une petite boîte grise. Ils actionnèrent des interrupteurs un par un. Ce processus était devenu une seconde nature. Ils le faisaient avant chaque vol. Leurs mains se déplaçaient rapidement sur les différents boutons et interrupteurs. Ils entendaient le bruit des groupes auxiliaires de puissance de l'avion qui s'allumaient à l'extérieur sur la ligne de vol.

Toutes les vérifications prévol étaient terminées. Le B-1 était l'un des bombardiers les plus grands et les plus rapides jamais fabriqués. Il avait été conçu à l'origine pour larguer des armes nucléaires sur l'Union soviétique pendant la guerre froide.

Le B-1B pouvait voler à plus de mille-cinq-cents kilomètres par heure et transporter plus de trente tonnes de munitions. Des centaines de membres du personnel de soutien avaient été déployés à Guam pour maintenir cet avion supersonique géant en vol.

Hightower et son équipage étaient assis à l'arrière d'une voiturette de golf et allaient du bâtiment de leur escadron à l'avion. Ils furent déposés à une distance d'environ quinze mètres. Hightower fit le tour de l'avion. Il était élégant. Il était aérodynamique. Et il aimait le piloter. Il était heureux qu'il ne participe plus à la mission nucléaire. Il n'aimait pas l'idée de s'entraîner pour quelque chose qu'il espérait ne jamais avoir à faire.

Ayant grandi en dehors de la région de Houston, Hightower ne s'intéressait qu'à deux choses pendant ses études : le football et les filles. Il n'avait été une star dans aucun des deux domaines, même s'il aimait dire le contraire. Mais il avait toujours voulu jouer au football en première division universitaire. Il voulait passer à la télévision le samedi. Il avait donc envoyé des lettres de motivation à tous les entraîneurs de football américain de première division. Un seul d'entre eux lui avait répondu. Heureusement pour lui, ses résultats scolaires avaient été assez bons pour être pris à l'Académie de l'armée de l'air de Colorado Springs. On lui avait dit qu'il pourrait piloter des avions de chasse après avoir obtenu son diplôme, mais tout ce qui l'intéressait était qu'ils avaient une équipe de football en première division.

Il n'avait aucune idée dans quoi il s'engageait.

Il repensait à ses premiers mois à l'Académie plusieurs années auparavant. Les étudiants en fin de cycle qui lui criaient dessus, le manque d'oxygène dû à l'altitude, les entraînements de football rigoureux et les cours d'ingénierie qui le mettaient sur les rotules tous les soirs. Au bout de sa deuxième année à Colorado Springs, il avait pris son rythme de croisière. Hightower avait fait ses preuves et avait de bonnes notes. Il s'était rendu compte qu'il était plus fier de faire partie de l'équipe de l'US Air Force que de l'équipe de football américain, même si c'était aussi génial.

Maintenant, en y repensant, il se rendait compte que tout ce travail acharné avait fini par payer et par le mener où il était aujourd'hui. Obtenir son diplôme de l'Académie n'avait été qu'un début. Il s'en était suivi des années éreintantes à l'école de pilotage. Un entraînement à la survie dans le désert. Des missions de combat dans le monde entier. Et il avait surtout dû endurer toutes les conneries de la vie quotidienne dans l'armée.

Tout cela pour en arriver là.

L'heure était venue de répondre à l'appel et d'écrire sa phrase dans les livres d'histoire. Il espérait juste que le paragraphe qui suivrait serait positif.

Hightower grimpa les dix marches de l'échelle située sous la cabine de l'avion. Le jet était si énorme que c'était comme monter dans un vaisseau spatial. La brise du Pacifique Sud soufflait à une vitesse régulière de quinze nœuds et fouettait les jambes de sa combinaison de vol verte pendant qu'il grimpait en s'agrippant aux rails métalliques et en tenant son casque dans sa main gantée.

Ils suivaient leur routine tout en sachant que c'était différent. Les deux officiers des systèmes de combat s'installèrent sur leurs sièges surélevés à l'arrière de la cabine. Il y avait des dizaines d'écrans éclairés en vert et des boutons gris. Ils s'assuraient qu'ils n'auraient pas de surprises pendant la mission. Ils vérifiaient l'état des munitions, les fréquences de communication, les mesures électroniques, et disaient probablement quelques prières au passage.

Hightower se glissa dans le siège du pilote de gauche. Son copilote était déjà assis à droite. Ils commencèrent à passer en revue les check-lists avant vol. Le copilote lisait ce qu'il fallait faire et Hightower appuyait sur le bouton correspondant et confirmait que c'était fait.

Peu de temps après, ils avaient obtenu l'autorisation de la

tour de contrôle au sol et commencèrent à se mettre en mouvement. L'homme qui se tenait sur la piste devant le nez de l'avion, vêtu d'un gilet orange et d'un casque de protection auditive, bougeait les bras puis fit signe au pilote de freiner. Une fois les freins vérifiés, ils continuèrent à rouler jusqu'à ce qu'ils arrivent à la ligne où ils devaient marquer une pause avant d'entrer sur la piste. La tour leur donna l'autorisation de décoller et la puissance de la bête se déchaîna : les quatre turboréacteurs à double flux General Electric, chacun capable de produire plus de sept tonnes de poussée, les propulsèrent sur la piste.

Hightower tira sur le manche et ils commencèrent leur rapide ascension.

"Train d'atterrissage rentré. C'est l'heure d'aller bombarder la Corée du Nord."

La mission devait durer dix heures.

La navigation fut pénible. Même s'ils avaient toujours eu des cartes et savaient se servir des techniques de navigation du passé, la vérité est que toute l'armée était devenue beaucoup trop dépendante du système de positionnement mondial.

Le GPS avait été une révolution dans les années 1990 et 2000. L'intégration du GPS dans l'armement permettait de lâcher des bombes sur une cible sans avoir à utiliser un guidage laser. Le GPS permettait en outre une synchronisation et une navigation précises. Cela ne servait pas seulement à être au bon endroit. Une navigation précise permettait une utilisation plus efficace du carburant, ce qui augmentait la portée, réduisait le ravitaillement et augmentait la charge utile hors combustible.

Dans les années 2010, les gens commencèrent à s'inquiéter

sérieusement de la dépendance excessive au GPS. À quoi ressemblerait la *prochaine* guerre ? Et que penser du brouillage GPS ? Pour moins de cinquante dollars, il était possible d'acheter un dispositif de brouillage GPS qui bloquait le signal autour d'un véhicule. Pour quelques centaines de dollars, n'importe qui pouvait acheter un brouilleur GPS pouvant couvrir plusieurs pâtés de maisons.

Les planificateurs militaires commencèrent à s'inquiéter de la nécessité d'avoir des antibrouilleurs pour augmenter les capacités de leur navigation GPS et de leurs munitions guidées par GPS.

Alors qu'il survolait le Pacifique à une vitesse juste inférieure à celle du son, Hightower secouait la tête en pensant à cette tactique. Ils n'avaient pas à s'inquiéter que quelqu'un brouille le *signal* GPS. Ils devaient s'inquiéter qu'un État-nation détruise l'ensemble du *réseau* GPS.

C'est exactement ce que la Chine avait fait. Leurs cyber-guerriers avaient utilisé — ironiquement — un ver informatique de fabrication américaine pour pirater le réseau GPS et les satellites de communication militaires. Suite à cela, ils avaient réussi à rendre beaucoup d'entre eux inutilisables.

"Comment ça va Compton ?" Compton n'était que lieutenant, c'était le moins gradé des deux officiers de systèmes de combat à bord. C'était son premier déploiement. Mais c'était un gamin vif d'esprit. Il posait les bonnes questions quand il le fallait, mais il savait aussi quand se taire. Il s'occupait d'une grande partie de la navigation pour cette mission et aussi de la coordination avec l'avion de ravitaillement.

"Bien, Hightower. L'avion ravitailleur devrait être à une centaine de milles au nord."

"Roger." L'officier supérieur des systèmes de combat ne faisait probablement que vérifier ce qu'il faisait. Ils n'avaient pas le droit à l'erreur aujourd'hui.

Le KC-135 était exactement là où il était censé être. Il n'y eut aucune communication orale pendant le ravitaillement pour rester le plus discret possible. Ils utilisaient des signaux lumineux pour signaler quand ils étaient prêts. La perche de ravitaillement descendit de l'avion ravitailleur et Hightower manœuvra soigneusement son grand et élégant bombardier pour le mettre en position. Un ravitaillement aérien était une opération extrêmement délicate. Son avion était secoué par de fortes rafales de vent ainsi que par des turbulences de sillage provenant du ravitailleur. Il devait constamment faire de petits ajustements avec son manche et son accélérateur pour rester dans la bonne position. Un membre d'équipage à bord du KC-135 vit le copilote de Hightower faire clignoter sa lumière, le signal pour indiquer de faire descendre entièrement la perche. La perche s'enclencha et des milliers de litres de kérosène commencèrent à affluer.

Quelques minutes plus tard, ils étaient à nouveau seuls. L'autre B-1B qui les suivait faisait à son tour le plein de carburant. Puis les deux avions continuèrent leur route vers le nord, au-dessus de la mer de Chine orientale, puis dans la mer Jaune.

"Monsieur, nous avons un bon contact avec le RAMROD." Le RAMROD était l'indicatif d'appel du destroyer de l'US Navy qui allait brouiller le littoral nord-coréen pendant la mission.

"Roger." Hightower se tourna vers son copilote. "Tu as les commandes."

"J'ai les commandes."

"Je reviens tout de suite. Il faut que j'aille au petit coin avant de commencer."

Hightower détacha son harnais de sécurité et son câble de communication et commença à se diriger vers l'arrière de l'avion, en prenant soin de toujours se tenir à quelque chose.

La dernière chose qu'il voulait était d'entrer dans une zone de turbulences et de s'assommer avant que les bombes ne soient larguées. Il donna une tape dans le dos de ses deux officiers des systèmes de combat et fit quelques blagues pour détendre l'atmosphère. Malgré leurs sourires, il savait qu'ils étaient nerveux.

Après avoir fait sa vidange, il revint dans le cockpit et se rattacha dans son siège. Il rebrancha son câble de communication et dit : "Je suis de retour. Est-ce qu'il s'est passé quelque chose pendant mon absence ?"

"Rien."

"Roger. J'ai les commandes."

"Tu as les commandes."

"Très bien, on est à une vingtaine de minutes. On passe aux check-lists." L'équipage commença les derniers préparatifs avant de lâcher les bombes.

"Le POD sniper est prêt."

"Roger."

L'officier supérieur des systèmes de combat dit : "RAMROD vient de commencer à brouiller."

"Reçu."

Ils volèrent pendant dix minutes de plus avant de passer véritablement à l'action. Le B-1B utilisa son désignateur laser pour guider sa série de bombes anti-bunker jusqu'à leur cible. Il s'agissait d'un site sous-terrain de lancement de missiles situé à l'extrémité ouest de la Corée du Nord. Le deuxième avion fit la même chose sur un lance-missiles mobile situé à proximité. Les cibles étaient suffisamment proches de la mer Jaune pour qu'aucun des deux avions n'ait à survoler la terre ferme. Ils larguèrent leurs bombes et maintinrent la désignation laser sur la cible jusqu'à l'impact.

Les sites des missiles explosèrent dans un nuage de fumée

grisâtre. Les ondes de choc brisèrent les vitres des bâtiments et des véhicules voisins.

"Cible touchée."

"Roger, je fais demi-tour. On retourne à Guam. Une bière nous attend."

21

Cette semaine-là, Natesh travaillait de sept heures du matin à huit heures du soir. Puis il rencontrait David et Tetsuo chaque soir après le travail. Natesh était toujours chargé de planifier la logistique pour Jinshan. Mais il utilisait aussi son accès au réseau pour identifier et collecter des renseignements cruciaux qu'il transmettait à la CIA.

L'équipe de contre-surveillance de Tetsuo restait vigilante pendant leurs réunions, toujours à l'affût de la moindre personne qui pourrait les surveiller. Natesh était logé dans une suite de type penthouse au sommet de son hôtel. Tetsuo avait loué une chambre à plusieurs pâtés de maisons de là, au Conrad Tokyo. Chaque soir, Natesh prenait un itinéraire différent, indiqué par Tetsuo, et se rendait à l'hôtel. Il entrait dans l'un des bars de l'hôtel et prenait un verre pendant quelques minutes, ce qui donnait à Tetsuo et à son équipe le temps de vérifier qu'aucun agent de Jinshan ne les surveillait. Puis il quittait le bar et montait jusqu'à l'étage de Tetsuo par les escaliers.

Tetsuo entra dans la chambre au vingtième étage. La luxueuse suite du Conrad Tokyo offrait une vue imprenable sur le jardin Hama-rikyu et la rivière Sumida en contrebas. Tetsuo ferma les stores des grandes baies vitrées qui allaient du sol au plafond. Il avait commandé un assortiment de plats, qui se trouvaient maintenant sur un plateau recouvert de tissu blanc. Crevettes et coquilles Saint-Jacques sautées avec une sauce chili. Nouilles braisées au canard. Et du bœuf japonais frit avec une salade verte.

David attendit que Natesh et Tetsuo commencent à manger avant de faire de même. La scène donnait l'impression d'un rassemblement informel entre amis. Mais tout cela n'était qu'un simulacre, réalisa David. Tetsuo voulait que Natesh soit à l'aise et heureux. Il voulait que son agent lui fasse confiance et travaille dur pour lui. Jusqu'à présent, cela semblait fonctionner.

"Un convoi de navires marchands a quitté la Chine il y a dix jours", déclara Natesh en prenant un morceau de canard avec ses baguettes.

"Un convoi ?"

"Oui. Ils traversent le Pacifique ensemble. Je ne sais pas ce qu'ils transportent. Mais ils ont des conteneurs spécialement modifiés. Je suis tombé sur cette info. Je pense que c'est important."

Tetsuo était assis sur le canapé, une serviette en tissu blanc sur les genoux, et avait à peine touché à ce qui se trouvait dans son assiette. "Comment as-tu obtenu cette information, et que veux-tu dire par spécialement modifiés ?"

"Je supervise une grande partie de la planification logistique. J'aide Jinshan à planifier toute la chaîne d'approvisionnement pour sa guerre dans le Pacifique. J'ai une petite équipe qui analyse et optimise tout ce qu'ils mettent en place. C'est compliqué. Mais j'ai découvert quelque chose dans les données. Certaines unités de l'armée chinoise ont prévu d'utiliser des cargos spécialement conçus pour transporter une quantité énorme de troupes et d'équipements militaires chinois à travers le Pacifique. C'est une idée que nous avons eue lors de la Cellule Rouge. J'ai observé une des usines de conteneurs maritimes avec Lena il y a quelques semaines". Natesh jeta un rapide coup d'œil à David, de la honte dans les yeux. "Au lieu d'utiliser leurs navires de transport militaire, trop peu nombreux, ou d'en construire de nouveaux, ce qui pourrait prendre des années, les Chinois utilisent ce qu'ils ont déjà à disposition."

"Des navires marchands ?"

"Oui. Et ils en ont *beaucoup*. Il y a des usines à Guangzhou et à Shanghai qui travaillent déjà sur ces conteneurs d'expédition. Ils en fabriquent des centaines chaque jour. Ils sont conçus spécialement pour y passer des tuyaux et des câbles. Ils y ajoutent des couchettes et un éclairage. Certains d'entre eux sont des salles de bain. D'autres sont des petites cuisines. C'est comme un grand bateau en Lego. Ils peuvent ensuite agencer ces conteneurs d'expédition spécialement conçus pour transporter des milliers de personnes. Cela transforme un navire marchand en un gigantesque navire de transport de troupes."

David dit : "Natesh, nous avons entendu parler de ces conteneurs et cargos spécialement fabriqués. Tu veux dire que certains d'entre eux sont déjà partis dans ce convoi ?"

Natesh hocha la tête rapidement. "Oui et non. Quelques-uns sont partis il y a dix jours. Six navires, je crois. J'ai remonté les numéros de série des conteneurs d'expédition jusqu'aux usines qui les fabriquaient. Il y a des milliers de ces conteneurs stockés dans les ports de Shanghai et de Guangzhou. Mais plusieurs centaines d'entre eux sont déjà partis sur ces navires."

"Et combien de personnes est-ce que cela représente ?"

"C'est ça qui est bizarre. Ils ne sont pas très chargés.

Chaque navire ne transporte que quelques centaines de personnes alors qu'ils pourraient en transporter des milliers. Je ne sais pas pourquoi ils ont fait ça. C'est très inefficace. Donc peut-être un millier de soldats répartis sur les six navires. Mais certains de ces conteneurs d'expédition ont un numéro de référence d'un format différent de celui des conteneurs de transport de troupes. C'est ça que je ne sais pas. Je ne sais pas ce que contiennent ces conteneurs."

"Où se dirigent les navires ?"

"En Équateur, je pense. C'est leur destination d'après les documents que j'ai vus."

David regarda Tetsuo d'un air inquiet.

"Quand doivent-ils arriver en Équateur ?" demanda Tetsuo.

"Dans quelques semaines. Je ne sais pas exactement, mais ce n'est pas ce qui est important. Ces navires ont disparu du réseau il y a cinq jours, juste avant qu'ils soient censés tourner au sud-est. C'est ce qui m'a incité à m'intéresser à eux. Ils ont tous éteint leurs transpondeurs, donc même moi, je ne peux pas voir leur position, leur trajectoire ou leur vitesse."

"Comment ça, avant qu'ils soient censés tourner au sud-est ?"

"L'itinéraire prévu était disponible dans les archives de notre réseau. Ils devaient prendre une route plus au sud dans le Pacifique, en direction de l'Amérique du Sud. Je suppose que c'est pour rester loin des radars américains."

David fit un signe à Tetsuo. Tetsuo se tourna alors vers Natesh et lui dit : "Tu nous excuses un instant ?"

David et Tetsuo entrèrent dans la chambre de la suite et se mirent à parler doucement. David dit : "C'est un expert en informatique et limite un génie. Il a vu comment les hackers et les agents de renseignements de Jinshan travaillent. Il a accès aux réseaux militaires de l'APL. Tetsuo, si on peut lui faire confiance, il est notre clé pour vaincre les Chinois."

Tetsuo jeta un coup d'œil dans l'autre pièce. Natesh était assis sur le canapé et regardait le paysage urbain de Tokyo à travers les minces rideaux blancs. "Quelle information voudrais-tu qu'il nous donne ?" demanda Tetsuo.

"Pour commencer, l'équipe SILVERSMITH essaie de collecter des données de suivi précises sur les unités militaires chinoises. Ces navires marchands spécialement équipés présentent un intérêt particulier. Si Natesh a accès aux réseaux logistiques, il devrait pouvoir connaître les emplacements de toutes les unités militaires de l'APL, non ?"

Tetsuo hocha la tête. "Ça paraîtrait logique, oui. Continuons de lui parler et faisons remonter ces infos à Langley. D'après mon expérience, ils auront de bonnes ressources pour nous aider. Si on dit à Natesh d'aller chercher ces informations lui-même, cela pourrait attirer l'attention sur lui. Mais si des agents de la NSA et de la CIA s'en occupent..."

David termina la réflexion de Tetsuo. "Alors on pourrait obtenir beaucoup d'informations sans que les Chinois ne sachent qu'on est là."

"C'est ça. Et qui sait, la NSA pourrait déjà avoir ce genre d'infos. Nos hackers et les leurs se font la guerre tous les jours. Mais maintenant, on dirait que tous les coups sont permis."

Les deux hommes vinrent se rasseoir en face de Natesh.

Tetsuo posa quelques questions supplémentaires à Natesh, mais était impatient de mettre fin à la réunion. "Merci Natesh, ces informations sont très utiles." Tetsuo avait posé son assiette sur la table et prenait des notes dans un classeur noir. Il leva les yeux pour regarder Natesh. "Est-ce que ça te dit quelque chose une base militaire à Liaoning ?"

Natesh hocha la tête. "Oui. Oui. Ils mènent un entraînement des forces spéciales là-bas. Mais je n'ai pas été impliqué dans ce qu'ils faisaient là-bas. C'est Lena qui s'en occupait. Je n'ai entendu que des bribes d'informations sur le projet. J'ai entendu dire que des équipes des forces spéciales de l'APL s'y rendaient pour s'entraîner. Et je sais que la réussite de ce projet tenait particulièrement à cœur à Jinshan. Je l'ai entendu dire une fois que c'était d'une importance vitale pour sa stratégie à long terme."

"Mais tu ne sais pas sur quoi ils travaillaient ?"

Natesh gesticula dans son siège, le front plissé comme s'il réfléchissait. Ses yeux passaient d'un côté à l'autre. "Jinshan m'a engagé pour une raison particulière." Il baissait les yeux pendant qu'il parlait. "Il était convaincu, comme moi, que la clé des affaires et la même que celle de la guerre. Un flux ininterrompu. Dans les affaires, on cherche un flux ininterrompu de profits, qui permet de faire des choses encore plus grandes à l'avenir et qui permet aux entreprises de dominer leurs concurrents. Dans la guerre, c'est la même chose. Le flux ininterrompu de l'approvisionnement en carburant, en armes, en personnes et en matériel permet à une nation de faire la guerre sur de longues distances, pendant de longues périodes et à une grande échelle. C'est la clé qui permet d'écraser son ennemi. Jinshan l'a bien compris. Donc, je pense que quels que soient ses projets secrets, ils lui donneront un avantage stratégique sur les États-Unis."

Ils parlèrent un peu plus longtemps, puis Tetsuo conclut la réunion pour la soirée, en rappelant à Natesh ce qu'il fallait qu'il cherche et de faire attention à ne pas se faire repérer. Natesh partit, et David et Tetsuo attendirent cinq minutes avant de faire de même.

David sortit de l'hôtel, en suivant de près Tetsuo. Une fois dans la rue, ils passèrent devant une berline aux vitres teintées. Le pare-soleil du côté conducteur était baissé et il y avait un morceau de papier vert à peine visible entre le pare-soleil et le pare-brise.

"Tout est clair ?"

"Ouais. Tu vois, tu commences à comprendre." Tetsuo sourit légèrement, en gardant les yeux sur la rue devant lui.

À l'intérieur de la berline se trouvaient deux employés de la CIA. Des Japonais qui avaient été formés à la contre-surveillance, ce qui était loin d'être une tâche facile dans une ville aussi animée et moderne que Tokyo.

Tetsuo déclara : "Il faudra qu'on le déplace si on pense que ça commence à chauffer. C'est risqué de le rencontrer ici. C'est le problème avec ce genre de villes. Il y a trop de caméras partout. Je crains qu'ils sachent où chercher, et qu'ils découvrent qu'il nous donne des informations. Lors de notre prochaine réunion, je le brieferai sur un plan d'exfiltration."

"OK. Qu'est-ce que tu veux qu'on fasse à propos des informations qu'on vient de recevoir ?"

"Il faut qu'on aille directement à l'ambassade. Je vais informer le chef du bureau pendant que je tape. Langley a besoin de cette information dès que possible. Ce sera probablement dans le briefing quotidien du président. J'aime bien ton idée. Laissons les gars de SILVERSMITH trouver comment ils veulent que Natesh procède pour extraire les données du réseau de Jinshan." Tetsuo regarda David pendant qu'ils marchaient. "Ta sœur est toujours sur un bateau de la Navy dans le Pacifique ?"

"Ouais. Pourquoi ?"

"Parce qu'à mon avis, elle est sur le point de recevoir de nouveaux ordres."

Le lendemain, David travaillait depuis la remorque de la CIA sur la base aérienne de Yokota. Tetsuo entra dans le centre de haute sécurité. Ses cheveux étaient mouillés par une pluie de fin d'hiver.

"Susan veut qu'on fasse un appel vidéo."

"Maintenant ?"

"Ouais."

Ils allèrent dans une pièce fermée au bout de la remorque et passèrent l'appel. Un instant plus tard, David regardait Susan et le général Schwartz dans la salle des opérations SILVERSMITH, entourés d'une demi-douzaine d'analystes.

"David, Tetsuo, contente que vous ayez pu vous joindre à nous. C'est une information capitale que Natesh vous a fournie. Il pourrait être une source déterminante si nous nous y prenons bien. Nous avons parlé avec nos partenaires de la NSA. Ils vous envoient des experts ce matin. Ils auront un appareil que vous pourrez donner à Natesh une fois qu'il aura été formé. Il est crucial que nous ayons accès aux mouvements militaires chinois. Avec nos réseaux de reconnaissance toujours au ralenti, et avec eux qui sont passés sur leur propre réseau GPS, nous obtenons des données très peu fiables. Tout le monde est nerveux à Washington."

"On s'en occupe."

Susan leur expliqua en détail comment ils allaient utiliser Natesh pour obtenir des informations sur les mouvements militaires chinois. Puis elle dit : "David, prenez le prochain vol pour revenir ici. Tetsuo peut gérer tout seul maintenant."

"Compris."

Quelques heures plus tard, David était dans un avion qui repartait de l'autre côté du Pacifique. Pendant le vol, il ne put s'empêcher de se demander où se trouvaient son père et sa sœur, qui devaient être sur un navire quelque part en dessous. Il pria pour qu'ils aillent bien.

Tetsuo rencontra Natesh ce soir-là. Il lui dispensa une formation sur une montre spéciale. Elle ressemblait à une montre Timex normale. Rien de fantaisiste. Ce n'était même pas une smart watch. Mais ce n'était qu'en apparence. Elle renfermait un équipement très sophistiqué.

Tetsuo dit : "Tu la porteras au travail. Assure-toi que tu es bien connecté à ton ordinateur et à ton réseau. Est-ce que ton ordinateur de travail a une connexion Bluetooth ou Wi-Fi ?"

"Il y a un réseau Wi-Fi pour le bureau. Mais ce n'est pas le réseau sécurisé sur lequel se trouvent les ordinateurs de travail. On utilise des ordinateurs de bureau séparés pour accéder au réseau logistique chinois. Je suis quasiment sûr qu'ils ont désactivé tous les autres moyens de connexion, mais je peux vérifier."

"Non, ne t'inquiète pas. On va juste utiliser une autre technique. Tu devras accéder à l'un de ces ordinateurs du réseau sécurisé au moins deux fois par jour. Quand tu le feras, pointe le cadran de la montre vers le disque dur de l'ordinateur. Appuie sur le bouton de la lumière comme ça. Mais fais en sorte que ça ne soit pas flagrant. On va s'entraîner un peu."

Natesh lui fit répéter le geste à plusieurs reprises.

"Bien. C'est tout. Tu vas sentir une petite vibration quand la connexion sera établie. C'est important que tu la gardes en place pendant une minute entière. Je sais que ça peut sembler long. Quand le transfert de données sera terminé, tu sentiras une autre vibration. Encore une fois, fais en sorte que ça ne soit pas trop visible. Fais comme si tu te grattais l'épaule ou quelque chose comme ça." Tetsuo lui fit une démonstration. Natesh l'imita. "Bien. Oui, juste comme ça. Une minute entière, d'accord ? Tu fais ça deux fois par jour. Une fois le matin quand tu arrives au travail, et une fois juste avant de partir le soir. On se retrouvera demain soir dans un autre endroit. Apporte la montre. En fait, commence à la porter en permanence. Elle est étanche, au cas où tu te poserais la question."

Natesh dit : "Ça me rend un peu nerveux."

Si tu n'avais pas trahi ton pays, tu ne serais pas dans cette situation. Tetsuo répondit : "Tu vas t'en sortir."

"Qu'est-ce que vous espérez en tirer ? Je ne veux faire de mal à personne. C'est pour ça que je fais ça. Parce que je veux éviter la violence."

Tetsuo resta vague. "C'est pour obtenir des informations qui seront utiles pour maintenir la paix. Des choses qui aideront à trouver une solution pacifique. Les mouvements des navires, les manifestes et les informations sur la cargaison". *Les coordonnées des cibles.*

Natesh inspira profondément. "OK. On se retrouve où demain ?"

22

Victoria faisait son jogging sur le tapis roulant du hangar. Aujourd'hui était un de ces rares jours où la mer était si calme que le navire bougeait à peine. Normalement, le roulis du navire simulait d'énormes collines sur le tapis roulant.

Le hangar était ouvert et laissait entrer une brise agréable. Le ciel bleu et le Pacifique avaient un effet calmant sur elle. Victoria avait encore un peu de temps avant d'arriver à ses cinq kilomètres. La sueur coulait sur son tee-shirt et son visage.

Depuis que Plug avait amerri avec leur autre hélicoptère, ce hangar était devenu une salle de sport de fortune. La plupart des membres de l'équipage du navire appréciaient cette transformation. Apparemment, la plupart d'entre eux pensaient que, depuis l'attaque, une salle de sport était largement préférable à un pauvre hélicoptère.

Mais ces derniers jours, les rapports de renseignement que Victoria lisait suggéraient que les hostilités étaient tout sauf terminées.

"Boss !" cria Caveman depuis la porte du hangar.

"Qu'est-ce qu'il y a ?" demanda-t-elle en respirant fortement et en essayant de paraître moins fatiguée qu'elle ne l'était en réalité.

"Le commandant veut vous voir. Il se passe quelque chose."

Elle arrêta la machine, légèrement agacée d'être interrompue pendant sa séance. Elle s'essuya le visage avec sa serviette puis sécha la barre et l'écran du tapis roulant et prit une gorgée d'eau dans sa bouteille en plastique. "Comment ça, il se passe quelque chose ?"

"Je ne sais pas. Mais les officiers de surface courent partout. Le second et le commandant sont avec le COMMO. Ils m'ont demandé de venir vous chercher. Nous nous dirigeons vers l'ouest maintenant..."

"J'ai vu qu'on avait tourné. Vous êtes sûr que ce n'est pas un exercice ?"

Caveman secoua la tête. "J'ai demandé à la navigatrice, mais elle a dit qu'elle n'avait pas le droit de me le dire. Mais tout le monde a l'air de penser que c'est quelque chose de sérieux."

Victoria fronça les sourcils. "Merci."

Elle traversa le carré et se rendit dans sa cabine. Elle prit le téléphone et appela le commandant. "Monsieur, ici Victoria. Je viens de finir ma séance de sport et..."

"Montez tout de suite, s'il vous plaît. C'est important."

"Oui, monsieur."

Elle raccrocha et descendit rapidement la coursive, monta l'échelle et se dirigea vers la cabine du commandant. Sa porte était fermée. Elle frappa et entra.

Le major, le second et l'officier des communications étaient présents.

Le commandant lui fit un signe de tête. "Asseyez-vous."

Elle s'assit sur une petite chaise qui était appuyée contre le mur, et utilisa sa serviette pour sécher son tee-shirt et son visage en sueur.

"Le COMMO vient de me donner ça", dit le commandant en lui montrant une feuille de papier. "Message flash. Nous devons retrouver le groupe aéronaval du Ford et nous diriger vers Pearl Harbor le plus vite possible."

Victoria regarda les autres hommes dans la pièce. Leurs visages étaient sombres. "Je suppose qu'il s'est passé quelque chose ?"

"Il y a environ une heure, nous avons bombardé la Corée du Nord. Nous avons déjà contacté le groupe aéronaval du Ford. Le commodore veut que je sois à bord pour assister à une réunion cet après-midi. J'aurais besoin que quelqu'un m'y amène. Ils sont à une centaine de milles en ce moment."

"Oui, monsieur."

Le commandant regarda dans la pièce. "COMMO", ce sera tout, merci. Veuillez me contacter immédiatement si vous avez d'autres questions. Et faites-moi savoir ce dont vous avez besoin."

L'officier hocha la tête et quitta la pièce en fermant la porte derrière lui.

Le commandant dit : "Très bien, je vous écoute. Qu'en pensez-vous ?"

Le second dit : "Commandant, si la Corée du Nord ouvre le feu, cela risque d'être un carnage. Et je m'inquiète de la réaction de la Chine, vu son récent changement de dirigeant."

"Je suis d'accord", dit Victoria.

Le commandant déclara : "Dans le pire des cas, nous devons donc envisager la possibilité qu'une guerre du Pacifique soit sur le point d'éclater."

Personne ne répondit.

Il poursuivit : "Ce que je veux que vous me disiez, c'est ce que nous devons faire pour nous préparer."

Le second déclara : "Nous avons besoin de plus de personnel. Il nous manque encore douze personnes par rapport à ce que nous étions avant l'attaque du missile." Il baissa la voix par respect pour les défunts. "Et nous sommes censés en avoir une cinquantaine de plus à bord, selon ce qui est prévu."

Victoria dit : "Nous pourrions utiliser un autre hélicoptère pour maintenir cette capacité. Avec un seul appareil, nous serons limités par le nombre de vols que nous pourrons effectuer. Et nous devons refaire des stocks d'équipements anti-sous-marins. Nous avons utilisé beaucoup de bouées et quelques torpilles le mois dernier. Il faut nous réapprovisionner."

Le commandant hocha la tête. "Major ?"

"Commandant, nous devons continuer à nous entraîner. Certains membres de notre équipage viennent de changer de postes. Ils doivent améliorer leurs compétences dans ces domaines. Je recommande un branle-bas de combat au moins une fois de plus par jour. Mais si nous devons rester en alerte, nous devons aussi adapter notre rythme. Si la guerre éclate vraiment, l'équipage va se préparer au combat immédiat. Mais le Pacifique est grand et cela pourrait prendre des semaines, voire plus, avant le début des combats. Nous devons être prêts, mais je ne veux pas que nous nous épuisions avant de rencontrer l'ennemi."

Le commandant écoutait attentivement. "Très bien. Commençons à réfléchir aux changements que nous pouvons apporter. Et faisons une liste de tout ce dont nous avons besoin. Second, vous gérez tout ça. Assurez-vous que l'officier d'approvisionnement commande tout ce qui est sur votre liste. Je veux que tout arrive lors du prochain ravitaillement. Nous devrions être ravitaillés deux fois jusqu'à Hawaï."

"Oui, monsieur."

"Et Boss, faites le nécessaire pour qu'on m'amène sur le porte-avions. J'ai besoin d'être sur le pont avant le briefing de l'amiral à seize heures. Arrangez-vous pour planifier le vol."

"Oui, monsieur."

Le commandant Boyle fut amené sur le *Ford* par l'un des hélicoptères MH-60 Sierra du porte-avions. Il atterrit sur le pont d'envol en début d'après-midi, entre les cycles de catapultage et d'appontage des avions.

Le commandant Boyle fut escorté de l'hélicoptère par l'un des hommes en blanc qui l'accompagna jusqu'à la porte qui menait à l'intérieur du porte-avions. Une fois à l'intérieur, il connaissait le chemin. Il avait fait partie de l'équipage du navire jusqu'à récemment. Il avait été affecté au *Farragut* lorsque l'ancien commandant était décédé.

Il traversa le niveau O-3, où vivaient la plupart des officiers, et passa par plusieurs bureaux dirigés par des hommes du même grade que lui.

En tant que comandant de son propre destroyer, le *Farragut,* Boyle était l'officier le plus gradé de son navire. Mais dès lors qu'il remettait les pieds sur le porte-avions, il n'était plus qu'un O-5 parmi des dizaines d'autres. Il y avait aussi plusieurs O-6 — des capitaines de la Navy — dont l'un était son patron, le commodore. La personne la plus gradée de tout le groupe aéronaval du porte-avions était le contre-amiral Arthur Louis Manning IV — qui s'avérait aussi être le père de la nouvelle Airboss du commandant Boyle. Presque tous ces officiers devaient être présents à la réunion à laquelle il devait assister.

Boyle traversa le labyrinthe de coursives blanches avec un sol en linoléum bleu, il passa par les écoutilles des compartiments étanches et contourna quelques pauvres marins qui nettoyaient et écaillaient la peinture des murs. Arrivé à destination, il frappa trois fois à la porte du commodore.

"Entrez", dit une voix à l'intérieur.

Boyle entra et vit deux capitaines de la Navy — le commodore et son adjoint — ainsi que deux lieutenants. Les lieutenants étaient assis sur un vieux canapé en tissu bleu. L'un d'eux tapait sur un ordinateur et modifiait une présentation PowerPoint qui apparaissait sur un écran plat fixé au mur.

"Ah, content que vous ayez pu vous joindre à nous, commandant Boyle. Asseyez-vous, s'il vous plaît", déclara l'adjoint.

Le commodore hocha la tête pour lui indiquer qu'il l'avait vu, avant de recommencer à loucher sur le PowerPoint.

"Il y a une faute à 'balistique'. Ça prend deux L", grogna le commodore.

"Je crois qu'il n'en faut qu'un, monsieur", répondit le lieutenant d'une voix nerveuse.

"Vérifiez. Et changez la police. Qui a mis ça en Calibri ? L'état-major de l'amiral a établi des règles *spécifiques* pour tous ses briefings. On en a déjà parlé." Il secoua la tête de dégoût. "*Calibri.*"

Le lieutenant qui avait des valises sous les yeux et qui tapait à l'ordinateur marmonna quelque chose dans sa barbe. Boyle n'avait pas entendu, mais l'adjoint sourit.

"Qu'est-ce que vous avez dit ?" demanda le commodore.

"Je vais changer la police, monsieur." Il fit quelques ajustements et se mit à réarranger les mots à l'écran pour qu'ils soient plus lisibles.

Le commandant Boyle souriait intérieurement. Les officiers supérieurs, lors des discours à leurs officiers subalternes, aimaient souvent dire qu'ils les enviaient. Mais la vérité est que toutes ces conneries ne manquaient pas du tout à Boyle.

La carrière de Boyle avait été une route sinueuse. Il était entré et sorti d'innombrables fois du chemin qui aurait pu le mener au poste d'amiral. Mais il y avait un commandement connu de toutes les organisations militaires. Tu n'auras pas de trou dans tes années de service. James Boyle n'avait pas seulement un trou.

Il avait un gouffre.

Diplômé de l'Université de Notre Dame en 1990, Boyle avait servi honorablement pendant huit ans comme officier de guerre de surface. Sa première affectation en tant qu'officier subalterne avait été à bord de l'USS *Missouri*, l'un des derniers cuirassés de la marine américaine. Il était de quart sur le pont en 1991, la nuit où ils avaient commencé à tirer avec leurs canons de seize pouces sur le Koweït. Il pouvait encore sentir ces vibrations dans sa poitrine.

Après huit ans en tant qu'officier subalterne, James Boyle avait décidé, contre tous les conseils de sa chaîne de commandement, de reprendre une vie civile. Il avait fait ce choix pour sa famille. Ses enfants l'avaient à peine vu, et sa femme était fatiguée et stressée de les élever seule pendant des mois.

Les choses s'étaient bien passées dans le secteur privé. Il avait excellé dans son travail et avait été récompensé par des promotions rapides et des primes généreuses. Sa femme et lui avaient décidé d'acheter une nouvelle voiture, une BMW, qui avait fait le bonheur de sa belle-mère. Ils avaient rejoint un country club. Il avait commencé à se constituer un réseau en jouant au golf avec des dirigeants d'entreprises et des chasseurs de têtes très réputés qui avaient tenté de le recruter.

Mais il lui manquait quelque chose.

Derrière les sourires et les félicitations, il y avait un vide que James Boyle n'arrivait pas à combler.

La fraternité et le sentiment d'accomplissement de la vie militaire lui manquaient. Ses collègues de travail étaient souvent impressionnés par ses histoires, mais il ne voulait plus les raconter. Boyle avait à peine trente ans en 2001, et il avait déjà l'impression de devenir un vieil homme qui se rémémorait le bon vieux temps, quand il était malheureux à bord d'un navire.

Après de longues discussions avec sa femme — dont certaines l'avaient menée aux larmes — elle avait accepté de le soutenir dans son envie de reprendre du service. Ce ne fut ni rapide ni facile. Le personnel de la marine lui avait fait subir toutes sortes de tests médicaux et il avait dû passer par des démarches administratives fastidieuses. Mais James Boyle avait fini par être réengagé dans la marine.

C'était en août 2001. Juste avant que le monde ne change du jour au lendemain.

Quelques semaines plus tard, il naviguait vers le Moyen-Orient. Son navire avait été déployé en réponse aux attaques du onze septembre, et en octobre, il était de quart pendant que son destroyer tirait des missiles Tomahawk sur des cibles en Afghanistan.

Il s'est avéré que quitter la marine n'avait pas vraiment nui à sa carrière. Il avait été promu capitaine de frégate, et il avait même été sélectionné pour un poste convoité de commandant. Il ne pouvait plus devenir amiral. Il y avait trop de trous dans son dossier pour cela. Mais le principal était qu'il était heureux. Son séjour en entreprise lui avait permis d'apprécier à nouveau tout ce que l'armée avait à offrir.

Après son récent changement de commandement six mois auparavant, Boyle avait été temporairement affecté à l'USS *Ford* alors que celui-ci faisait des essais en mer, et il attendait ses prochains ordres. Puis l'appel était arrivé quelques semaines plus tôt. Le *Farragut* avait besoin d'un commandant. Et comme tout bon officier, Boyle était plus qu'heureux de prendre un autre commandement.

Il se trouvait désormais à bord du plus récent porte-avions américain, avec un nouveau commandement et un nouveau défi à l'horizon, et regardait deux officiers subalternes souffrir sous la surveillance de son nouveau patron.

Dans des moments comme celui-ci, lorsqu'il voyait des jeunes officiers subalternes essayer d'apaiser les pinaillages de leurs supérieurs, il riait intérieurement. Toute la vie de ces jeunes se trouvait à bord de ce navire. Le commodore était leur dieu. Et c'est ainsi que deux des meilleurs et des plus brillants officiers que les États-Unis avaient à offrir en étaient réduits à se faire engueuler parce que ce n'était pas la bonne police de caractères qui avait été utilisée dans la présentation PowerPoint quotidienne. Ces deux officiers subalternes allaient faire de grandes choses. Mais pour l'instant, ils devaient faire pénitence pour avoir ce privilège.

"Monsieur, je viens de vérifier, il n'y a bien qu'un seul L à balistique."

"C'est ce que j'ai dit", déclara le commodore. Le lieutenant leva les yeux, mais ne dit rien. Le commodore dit : "Doucement, lieutenant. Seuls les grands hommes savent admettre quand ils ont tort."

Le lieutenant leva à nouveau les yeux.

Le commodore ajouta : "Je ne suis pas un grand homme." Puis il fit un grand sourire.

Le lieutenant lui sourit nerveusement et recommença à taper. Boyle pouffa de rire. Au moins, le commodore avait le sens de l'humour.

Ces deux jeunes officiers faisaient partie de l'état-major du commodore. L'un d'eux était l'officier des opérations de l'escadron du destroyer (Desron). L'autre était le futur officier des opérations. Il devait y avoir cinquante personnes à bord du porte-avions qui avait le titre d'*officier des opérations* dans l'intitulé de leur poste, chacun travaillant pour un état-major ou un escadron différent. Les officiers des opérations étaient les personnes qui planifiaient des choses comme les mouvements des navires et les missions des avions.

À bien des égards, Boyle trouvait que travailler sur un porte-avions était comme travailler dans une grande entreprise. Il y avait des dizaines de silos, chacun rempli de personnes très expérimentées dans leurs propres fonctions, mais qui comprenaient beaucoup moins bien ce qui se trouvait dans les autres silos. Dans une entreprise, il pouvait y avoir des départements distincts pour l'informatique, les ressources humaines, les ventes, le marketing, les finances, la production et la R&D, chaque silo étant rempli de personnes qui se consacraient à une tâche spécifique.

Sur le porte-avions, c'était la même chose. Les différents groupes avaient leur propre culture. Les ingénieurs nucléaires qui travaillaient au plus profond des entrailles du porte-avions n'avaient pas vu la lumière du soleil depuis deux semaines et avaient des règles de sécurité très strictes quant au nombre de minutes qu'ils pouvaient passer à travailler dans leurs espaces de travail où il faisait très chaud. Mais ils seraient comme des cerfs sur une autoroute s'ils se rendaient sur le pont d'envol du porte-avions. L'équipage du pont d'envol, qui passait toute la journée à catapulter et à faire apponter des avions, était, quant à lui, très attentif à cet environnement, mais ne pouvait probablement pas dire grand-chose sur l'énergie nucléaire. Les officiers subalternes de l'état-major du commodore, qui passaient toute la journée à planifier méticuleusement ce que chaque navire allait faire pendant les six semaines à venir, avaient été sidérés lorsqu'ils avaient rencontré des pilotes de F-18 qui ne connaissaient même pas le nom du destroyer à seulement dix milles de là. Chacun avait un travail à faire, et ils devenaient des experts dans leur domaine respectif. L'environnement d'un porte-avions était si complexe que peu de gens, voire personne, étaient experts en tout.

C'est pourquoi des hommes comme le commodore, le commandant du groupe aérien (le CAG) et l'amiral touchaient des gros salaires.

Il y avait cependant des différences significatives entre la vie à bord d'un porte-avions et celle dans une grande entreprise américaine. Lorsque Boyle avait travaillé dans le monde des affaires, il avait souvent entendu ses collègues se plaindre de ne jamais pouvoir faire une coupure avec leur travail. Ils devaient toujours répondre à des e-mails et devaient souvent travailler le soir après avoir mis les enfants au lit. Cela faisait doucement rire Boyle. En déploiement, le travail était *vraiment* de tous les instants. Vous *viviez* avec vos collègues. Vous mangiez avec votre patron à chaque repas. Le téléphone sonnait souvent à toute heure de la nuit parce que l'un des membres de l'équipe de quart avait quelque chose à vous dire. Le travail était *littéralement* 24 heures sur 24, 7 jours sur 7. Et il n'y avait ni famille, ni appel vidéo, ni appels téléphoniques. Pas avant que de rentrer au port toutes les huit semaines. Et vous passiez votre "temps libre" au port avec vos collègues de travail. Manger, dormir, boire, travailler, jouer. Cela n'avait aucune importance. La vie militaire était dévorante. Et ce n'était que la Navy. Ce n'était rien comparé à ce que devaient subir certaines des troupes terrestres en Irak et en Afghanistan.

Mais cela n'avait pas que des mauvais côtés. Parfois, la séparation renforce les liens avec les personnes qui nous sont chères. Et parfois, la séparation conduit à... eh bien... à une séparation *permanente. Les* relations amoureuses faisaient l'objet de nombreuses conversations entre compagnons de bord. Mais pas pour Boyle. Son mariage heureux était un mariage privé. Sa femme et ses enfants lui manquaient beaucoup, et il avait prévu de les revoir bientôt. Du moins, il espérait que les plans n'allaient pas changer.

L'excursion du *Ford* ne devait durer que quelques jours. Mais beaucoup de choses avaient changé au cours des dernières semaines. Boyle avait désormais un autre patron, un nouveau commandement, et aucune idée de la date à laquelle il allait revoir sa femme et ses enfants.

Le commodore dit : "Commandant, je suis désolé de vous avoir fait attendre. Le briefing de l'amiral est dans trente-cinq minutes. Nous finissons de peaufiner ça, et ensuite je suis à vous."

"Pas de problème, monsieur."

Le commodore était responsable de tous les navires du groupe aéronaval du porte-avions, à plusieurs exceptions près. Il n'était pas responsable de l'escorteur principal, en l'occurrence le USS *Michael Monsoor*. Et il n'était pas non plus responsable du porte-avions lui-même, l'USS *Ford*. Tous deux étaient commandés par des hommes qui avaient le même grade que lui : des O-6, ou des capitaines de vaisseaux de la Navy. Le commodore *était responsable de* tous les autres navires de guerre de la flotte, les destroyers et les navires de combat côtiers, la dernière version des frégates de la Navy. Appelait-on ça des frégates maintenant, ou s'agissait-il encore de navires de combat côtier ? Boyle ne savait plus très bien.

Boyle remarqua quelque chose qui le surprit, mais il se garda de dire quoi que ce soit. Le groupe aéronaval se dirigeait vers Pearl Harbor, comme il s'y attendait. Mais il y avait deux itinéraires. Un contingent de navires étiquetés SAG 131 se dirigeait vers le sud-ouest.

Il y avait plusieurs identifiants à trois lettres sous le symbole SAG 131. L'un d'eux portait les lettres FAR. *Farragut*. James regarda attentivement le commodore, son adjoint et les deux lieutenants passer le briefing en revue. Il semblait que leur groupe d'action de surface devait être composé de destroyers et de navires de combat côtiers, ainsi que d'un navire ravitailleur. Ils se dirigeaient vers le Pacifique Sud.

Pour quelle raison, il n'en avait aucune idée.

"Garde-à-vous sur le pont !"

Les personnes dans la salle de conférence de l'USS *Ford* se levèrent de leur siège lorsque l'amiral entra. Boyle se tenait juste devant l'une des nombreuses chaises qui bordaient le mur. Des dizaines de commandants d'escadron et d'officiers d'état-major se tenaient à ses côtés, autour la table de conférence. Les chaises de la table centrale étaient réservées aux officiers les plus gradés. Des O-6 pour la plupart. "Asseyez-vous", dit l'amiral Manning, qui était accompagné de son chef d'état-major et de l'assistant de l'amiral.

Tout le monde s'assit en silence.

Un capitaine de la Navy spécialisé dans les services numériques se tenait à l'avant de la salle. L'insigne sur son uniforme indiquait à Boyle qu'il était le nouveau commandant de la guerre de l'information de l'amiral. Cela signifiait qu'il supervisait la collecte et la diffusion des renseignements pour le groupe aéronaval.

"Amiral Manning, bonjour. Comme beaucoup d'entre vous le savent maintenant, nous avons récemment reçu des renseignements précis qui indiquent une menace navale chinoise croissante. Au cours des dernières vingt-quatre heures, les tensions se sont intensifiées sur le théâtre du Pacifique occidental. Jusqu'à présent, la réponse de la Corée du Nord au bombardement sur son site nucléaire n'a été que verbale. Mais les troupes nord-coréennes et chinoises sont en alerte. Et il y a maintenant une unité navale chinoise soupçonnée de transiter à l'est de la deuxième chaîne d'îles."

Il y eut des murmures dans la pièce. Certains entendaient pour la première fois la confirmation de ces événements.

"C'est le groupe des navires marchands ?" demanda l'amiral Manning.

"Oui, monsieur."

"Continuez, s'il vous plaît." La pièce se calma.

Le briefing commença par des diapositives. Une grande carte du théâtre du Pacifique. De grands cercles gris recouvraient certaines parties de la carte et représentaient la portée des missiles de surface.

"Le bureau du renseignement naval nous indique que les navires de la marine chinoise sont en état d'alerte maximum et pourraient même maintenant avoir l'intention d'ouvrir les hostilités contre les forces navales américaines dans le Pacifique occidental. Nous pensons que les navires marchands qui transitent dans le Pacifique Sud sont la première vague d'un convoi de ravitaillement chinois."

"Est-ce qu'ils sont escortés ?" demanda le commandant du groupe aérien.

"Nous ne le croyons pas."

D'autres murmures dans la salle.

L'amiral Manning pointa l'écran au bout de la table de conférence. "Avons-nous une mise à jour plus précise sur la localisation des sous-marins chinois ?"

"Monsieur, la localisation des navires et des sous-marins est maintenant retardée d'au moins vingt-quatre heures." Le commandant de la guerre de l'information semblait douloureusement navré.

"Très bien. Commodore, quels sont vos plans de lutte anti-sous-marine ?"

"Nous avons demandé un soutien aérien maritime permanent à partir du moment où nous atteindrons Hawaï. Et je travaille avec le HSM-74 pour mettre en place un soutien continu avec des hélicoptères. Le groupe aéronaval du porte-avions disposera également d'un écran de protection de destroyers chargés de détecter les menaces sous-marines."

"Vous comptez réquisitionner certains de mes destroyers, n'est-ce pas ?"

Le commodore fit un sourire gêné. "Le groupe d'action de surface souhaiterait emmener les destroyers au sud, mais..."

"Le porte-avions est notre bâtiment le plus précieux, Scott. Assurons-nous de le protéger en priorité."

"Oui, monsieur."

"Nous en reparlerons plus tard."

"Oui, monsieur." Le commodore regarda ses lieutenants assis contre le mur. Ils étaient mal à l'aise en réalisant qu'ils allaient devoir retravailler tous les plans qu'ils venaient de passer les six dernières heures à élaborer.

L'amiral Manning se tourna sur sa gauche. "CAG, nous allons devoir donner la priorité à la surveillance au-delà de l'horizon. Les satellites et les drones ne nous sont pas d'une grande utilité, mais nous allons avoir besoin de savoir où est l'ennemi et ce qu'il fait."

"Oui, monsieur. Nous avons déjà commencé à planifier cela."

"Où en sommes-nous du déploiement aérien ?"

"Monsieur, le COD nous apporte constamment du personnel de soutien et des pièces détachées. Nous avons programmé des frappes de V-22 pendant que nous sommes à portée de North Island. Nous avons un escadron de F-35C à bord, ainsi que des Growlers et des Screwtops. Mais nous avons besoin de plus d'hélicoptères et de Super Hornets, monsieur. Notre puissance de frappe est à peu près à la moitié de ce qu'elle devrait être."

"De quelle aide avons-nous besoin ?" demanda l'amiral.

"Si nous pouvions encourager la PACFLEET..."

"Très bien. Je vais passer quelques appels dès que nous aurons terminé." L'amiral regarda le commandant Stewart. "Pourrez-vous vous organiser pour accueillir quelques escadrons de plus la semaine prochaine ?"

Le CAG dit : "Amiral, nous devrons nous rapprocher de San Diego si nous voulons prendre plus d'hélicoptères."

L'amiral fronça les sourcils. "Je crains que nous n'ayons pas le temps pour ça. Rappelez-moi ce que nous avons à bord actuellement ?"

"Nous avons exactement quatre Romeos et cinq Sierras, monsieur." Le CAG regarda le long du mur de la salle. Il demanda à un commandant en combinaison de vol : "Si nous ne pouvons pas avoir plus d'hélicoptères, de quoi avez-vous besoin pour mener des opérations vingt-quatre heures sur vingt-quatre ?"

Boyle comprit que le commandant en combinaison de vol devait être l'un des commandants de l'escadron d'hélicoptères. "Nous avons pris des dispositions pour récupérer plus de personnel une fois que nous serons près d'Hawaï. Nous sommes en pourparlers avec le HSM-37 pour qu'il nous envoie également un ou deux de leurs hélicos. Ils sont basés dans la baie de Kanehoe."

L'amiral hocha la tête. "Bien. Messieurs, nous avons tous vu à quel point un seul sous-marin chinois pouvait faire de dégâts s'il n'était pas détecté. Nous devons être vigilants. Ne négligeons pas la menace sous-marine. Si les Chinois nous attaquent, les porte-avions seront leur cible numéro un."

Les officiers à la table centrale acquiescèrent. "Oui, monsieur."

L'amiral se retourna. "Commodore, parlons maintenant de votre groupe d'action de surface."

Le commodore prit la télécommande et fit changer l'image à l'écran pour afficher la carte des navires sur laquelle ses lieutenants avaient travaillé. "Monsieur, sur la base des renseignements que nous avons reçus plus tôt dans la journée, nous avons l'intention de déployer un groupe d'action de surface pour localiser et intercepter le convoi chinois. Nous allons nous rendre dans la zone qu'ils devraient traverser. À une vitesse moyenne de dix-huit nœuds, nous devrions pouvoir les intercepter à proximité des îles Marshall."

"Qui allez-vous me voler, commodore ?"

Le commodore fit de son mieux pour paraître modeste. "Nous avions initialement prévu de prendre quatre destroyers, trois frégates et un navire ravitailleur."

L'amiral fixa la carte. Il réfléchit et dit : "Rappelez au groupe ce dont nous disposons actuellement, commodore. Il y a beaucoup de nouveaux visages dans la salle."

"Notre flotte comprend un destroyer de la classe Arleigh Burke, le USS *Mason*. Nous avons le dernier destroyer de la classe Zumwalt, le USS *Michael Monsoor*. Notre navire de ravitaillement est l'USNS *Henry J. Kaiser,* et nous avons deux navires de combat côtiers : le *Detroit* et le *Fort Worth.*"

"Et le *Farragut*..."

"Oui, monsieur, le *Farragut* est en route vers nous en ce moment même. Et son nouveau commandant, le commandant Boyle, est avec nous aujourd'hui."

"Bienvenue, commandant Boyle."

"Merci, Monsieur."

L'amiral dit : "Commodore, quand les autres vont-ils nous rejoindre ?"

"Nous avons trois autres destroyers, deux frégates et un second navire ravitailleur qui sont partis de San Diego. Ils devraient nous rejoindre après-demain, d'après ma conversation avec le commandant Stewart et le navigateur."

Le navigateur était en combinaison de vol, assis contre le mur. Boyle savait qu'il était un ancien commandant d'escadron P-3, un très bon joueur de poker, et un homme bien sous tous rapports. Il dit : "C'est exact, monsieur. À environ vingt heures, heure locale, après-demain."

"Et le groupe aéronaval se renforcera encore davantage une fois que nous serons plus près de Pearl."

"De combien ?"

"Nous y travaillons encore."

"Quel est le problème ?"

"La troisième et la septième flotte négocient. Personne ne veut manquer de personnel."

L'amiral Manning fronça les sourcils. "Nous pourrons en discuter plus tard. Dites-moi, avez-vous l'intention d'aller avec les destroyers quand nous nous séparerons en deux groupes ?"

La pièce était un peu trop silencieuse à son goût. Ce n'était probablement pas le meilleur endroit pour discuter de cela. Mais l'amiral Manning avait la réputation de mettre ses O-6 dans des positions délicates lors de réunions comme celle-ci. Au cours d'une réunion à laquelle Boyle avait participé, lorsque le commandant de la guerre de l'information avait suggéré de parler d'une question particulière en privé, l'amiral Manning avait répondu : "À quoi sert cette réunion alors ? À nous donner en spectacle pour que tous ces officiers subalternes sachent que nous faisons notre travail ? Donnez-moi votre foutue réponse, commandant." Après ce petit accrochage, les O-6 étaient toujours venus prêts à discuter de tous les sujets à l'ordre du jour.

Le commodore s'éclaircit la gorge. "J'avais prévu d'embarquer sur le *Farragut*, monsieur..."

"En laissant le *Michael Monsoor* ici ?" L'amiral regarda le commandant du *Michael Monsoor* qui était assis à la table et qui était également venu à la réunion en hélicoptère.

"Oui, monsieur. Le capitaine Hoblet sur le *Monsoor* est le

commandant de la défense aérienne. J'ai supposé que vous voudriez le garder avec vous..."

Le commodore et l'amiral se tournèrent vers le commandant Hoblet, assis quelques sièges plus loin à la table centrale. Étant donné que ce groupe aéronaval avait été constitué à la hâte, et avec des unités dont le déploiement n'était pas prévu avant des mois ou des années, il n'y avait pas de croiseur de disponible. L'USS *Michael Monsoor* était une prouesse de technologie navale à trois milliards de dollars — ou un tas de ferraille à trois milliards de dollars selon à qui vous demandiez.

Ces dernières années, presque toutes les nouvelles technologies militaires avaient été sujettes à controverse. Cela était dû en partie à des problèmes liés à la machine bureaucratique responsable des achats qui gangrénait l'industrie de la défense. C'était également dû aux lobbyistes des entreprises de défense concurrentes, qui n'hésitaient pas à mener des campagnes d'information négatives si cela pouvait aider leur entreprise. Si une nouvelle plate-forme militaire ne recevait pas de financement, l'argent n'était pas économisé par les contribuables. Il allait à la concurrence, pour un matériel éprouvé et prêt à l'emploi, testé au combat. Boyle était dégoûté par toutes ces manigances et préférait ne pas y penser.

Le destroyer de classe Zumwalt n'avait pas fait exception à la règle. Bien qu'une grande partie de ses équipements étaient à la pointe de la technologie, il présentait plusieurs problèmes notables, dont sa capacité de défense aérienne. Le Zumwalt n'avait pas fait ses preuves dans ce domaine. Ses systèmes étaient différents du système AEGIS utilisé par les autres destroyers et croiseurs de la Navy.

L'amiral Manning demanda : "Est-ce que je peux être à l'aise avec un navire de classe Zumwalt pour commander la défense aérienne ?"

Le commandant Hoblet déclara : "Monsieur, le *Michael Monsoor* est tout à fait capable de..."

"Combien de tests et d'entraînements avez-vous effectués avec votre équipage ? Et dans quelle mesure êtes-vous intégré aux destroyers AEGIS ?"

"Amiral, il est vrai que le navire est tout neuf. Nous n'avons pas encore terminé..."

"Soyons pragmatiques dans notre prise de décision. Le *Michael Monsoor* est peut-être très efficace pour la défense aérienne, mais je ne veux pas découvrir qu'il y a un problème de compatibilité avec les systèmes AEGIS des autres destroyers en plein milieu d'une attaque de missiles. Compris ?"

"Oui, monsieur."

"D'après ce que j'ai lu dans vos rapports, vous avez testé vos systèmes d'armement et tout est en ordre pour une mission de guerre de surface."

"C'est exact, monsieur."

"Très bien. Commodore, quand nous aurons fini ici, envisageons de donner le commandement du groupe d'action de surface au *Michael Monsoor*. Commandant Hoblet, vous pouvez déléguer les tâches de défense aérienne à l'un de nos destroyers d'escorte qui reste avec le *Ford*."

"Oui, monsieur." Le visage de Hoblet ne laissa paraître aucune émotion.

"Commodore, quel est le plan pour le groupe d'action de surface ?"

Le commodore essaya de garder son calme alors que tous les yeux étaient rivés sur lui.

"Nous aurons au moins quatre détachements d'hélicoptères embarqués sur ces navires du groupe d'action de surface. Mon intention..." — il cliqua pour passer à la diapositive suivante — "...est de créer une ligne de front géante avec environ cent milles entre chacun des sept navires de guerre. Le navire de ravitaillement restera à proximité de l'un d'entre eux. Cela nous permet de couvrir une zone de six cents milles nautiques de long chaque jour, plus environ deux cents milles supplémentaires de chaque côté grâce aux hélicoptères."

"Cela laisse quand même une grande partie de l'océan à couvrir."

"Il y a une unité expéditionnaire marine embarquée sur l'USS *America* au nord de l'Australie. Avec votre permission, monsieur, j'aimerais demander à la flotte du Pacifique de voir s'ils peuvent les aider à obtenir des V-22 et des F-35 pour effectuer des missions de surveillance dans le Pacifique Sud. Cela nous aiderait à réduire la zone de recherche."

L'amiral fronça les sourcils. "Vous ne pensez pas que le PACCOM va vouloir utiliser ses Marines ?"

"Surement que si. Mais à part étaler mes vaisseaux et..."

"Et les Australiens ?"

"Pardon ?"

"Avons-nous contacté la Force aérienne royale australienne ? Voyons si nous pouvons obtenir l'aide de certains de leurs avions de surveillance maritime."

Le commandant de la guerre de l'information déclara : "Nous pourrions bientôt disposer d'un outil de reconnaissance maritime supplémentaire. Leur armée de l'air dispose de quelques B-52 à Guam qu'elle équipe actuellement de capteurs Dragon's Eye. Ils pourront patrouiller de larges zones du Pacifique Sud autour de Guam."

"C'est une excellente nouvelle. Messieurs, nous devons envisager la possibilité que la Chine essaie de faire ce que le Japon n'a pas réussi à faire pendant la Seconde Guerre mondiale. La Corée du Nord pourrait attaquer le Sud. La Chine a menacé de riposter contre les États-Unis si nous attaquons la Corée du Nord. Maintenant que nous avons bombardé ce site de missiles en Corée du Nord, nous allons voir si la Chine bluffait ou non. Nous pourrions très bien entrer en guerre dans moins d'une semaine. Si cela se produit, la Chine traversera le Pacifique et essaiera de s'emparer d'autant de terres que possible, le plus rapidement possible. Ensuite, ils armeront et fortifieront ces terres pour que nous ne puissions pas les reprendre.

Toutes ces batailles que vous avez étudiées dans l'histoire de la Seconde Guerre mondiale — tous ces noms que vous connaissez : Midway, Wake Island, Tarawa, Iwo Jima — souvenez-vous-en. Ce sont à nouveau des endroits stratégiques que nous devrons prendre en compte. Ces îles disposent de pistes d'atterrissage alignées avec la direction du vent dominant. Il n'y en a qu'une poignée. Une fois que ces îles seront occupées par l'armée chinoise, il nous sera beaucoup plus difficile de garder le contrôle des mers à proximité.

"Nous allons bientôt envoyer une partie de nos navires pour faire partie d'un groupe d'action de surface dans le sud. Le groupe aéronaval de notre porte-avions gardera le contrôle tactique de ce groupe d'action de surface pendant qu'ils rechercheront d'éventuels convois chinois qui tentent de traverser le Pacifique. Notre groupe aéronaval va se diriger vers Pearl Harbor pour y embarquer plus de personnel, de pièces détachées et d'aéronefs. Nous serons rejoints par autant d'autres navires que possible". Il regarda le commodore en disant cela.

"Nous sommes en contact avec la flotte du Pacifique pour définir nos ordres une fois que nous aurons atteint Hawaï. Mais pour l'instant, j'ai besoin que tout le monde dans cette salle se prépare à la guerre."

Des hochements de tête déterminés dans la salle.

"Qu'il s'agisse de la Chine, de la Corée du Nord ou des deux, notre groupe aéronaval pourrait bientôt être en danger.

Préparez-vous. Entraînez vos hommes. Assurez-vous qu'ils sont dans le bon état d'esprit. Assurez-vous qu'ils soient en forme. Plus de communications avec leurs proches. La sécurité opérationnelle est primordiale. C'est tout, messieurs. Maintenant, au travail."

Tout le monde se mit au garde-à-vous lorsque l'amiral se leva et sortit de la salle.

Le commandant Boyle attira l'attention du commodore après que l'amiral ait quitté la salle de conférence. Des dizaines d'officiers étaient toujours là. La plupart étaient des officiers d'état-major qui discutaient de leurs plans avec leurs supérieurs.

Le commodore sourit au commandant Boyle. "Eh bien, vous avez eu de la chance, commandant. Maintenant, vous n'avez plus à vous soucier du fait que je vienne vivre sur votre navire."

Boyle lui fit un léger sourire. "Vous vouliez me parler, monsieur ? Mon hélicoptère part dans une quarantaine de minutes pour me ramener sur le *Farragut*."

"Oui, allons parler dans ma cabine pendant quelques minutes."

Boyle suivit le commodore. Les coursives très fréquentées d'un porte-avions faisaient penser à Boyle à des autoroutes. Elles étaient bondées et il y avait souvent des embouteillages. Les gens derrière semblaient toujours pressés d'aller plus vite, et ceux de devant allaient toujours trop lentement. Mais dans l'ensemble, la circulation était assez fluide. Tous les six mètres environ, ils devaient enjamber une bordure métallique qui délimitait les compartiments étanches du navire. Boyle savait qu'en cas de branle-bas de combat, toutes ces portes étanches seraient fermées et scellées pour augmenter les chances de survie du navire en cas de voie d'eau suite à une attaque.

Des couloirs sombres partaient de part et d'autre de la coursive principale. Des portes bordaient ces couloirs. Certaines de ces portes portaient des plaques avec des noms. Il s'agissait des quartiers d'habitation des officiers. D'autres pièces étaient des bureaux. Des toilettes et salles de bain étaient réparties dans tous ces couloirs. Boyle vit un homme en serviette sortir de l'une d'elles, ses sandales mouillées couinant sur le sol. Probablement un membre de l'équipe de quart de nuit, ou un pilote de vol de nuit. Les opérations à bord des navires avaient lieu vingt-quatre heures sur vingt-quatre.

Ils finirent par atteindre la porte de la cabine du commodore. Contrairement aux autres portes de cabines en plastique gris, la sienne était bleu foncé, avec une plaque décorative en bois dessus. Il y était inscrit *Commander, Destroyer Squadron 22*. Et en dessous, on pouvait lire *Sea Combat Commander*. Cet homme avait de nombreux titres.

"Vous voulez un café ? Un coca ?" Le commodore ouvrit un mini-frigo et lui tendit une canette.

"Je vais prendre un coca. Merci."

Ils ouvrirent leurs canettes de soda et s'assirent, Boyle sur le canapé, et le commodore sur un siège à coussin bleu en face de lui. Une petite table basse se trouvait au centre. La pièce était exiguë, mais était considérée comme luxueuse à bord du porte-avions. Le commodore était l'un des hommes les plus hauts gradés du groupe aéronaval, qui comptait désormais neuf mille personnes. Pour le récompenser, il avait droit à ce canapé et à ce mini-frigo rempli de Coca, dans un espace de la taille du dressing de la femme de Boyle.

"Je voulais vous parler de la façon dont j'envisageais de diriger le groupe d'action de surface." Il sourit. "Mais maintenant que je n'y vais plus..."

Quelqu'un frappa à la porte.

"Entrez."

La porte s'ouvrit, et le capitaine Hoblet passa sa tête à l'intérieur. "Scott... je voulais juste te parler d'un truc une minute si tu as le temps. Ils vont bientôt envoyer un hélicoptère pour venir me chercher."

"Entre, entre." Le commodore salua Boyle de la main.

"Monsieur, je peux vous laisser."

"Jared, je te présente James Boyle, le nouveau commandant du *Farragut*."

"Ah. Ravi de vous rencontrer, James. On dirait que l'on va travailler ensemble." Ils se serrèrent la main.

"Désolé pour la décision de l'amiral, Scott. Si tu veux, je peux lui parler de..."

"Non. Il a raison quand on y pense du point de vue de la défense aérienne. Je n'avais pas vu les choses comme ça. C'est plus logique de laisser un autre navire AEGIS ici avec le *Ford* et de te faire diriger le groupe d'action de surface."

Hoblet hocha la tête. "J'ai tendance à être d'accord. Je pense que les capacités de défense aérienne du *Michael Monsoor* dépasseront toutes les attentes. Mais le risque n'en vaut pas la peine. Pas si nous avons autant de destroyers lance-missiles ayant fait leurs preuves."

"Tu veux t'asseoir ?"

"Non, je voulais juste passer pour m'assurer que ça ne te posait pas de souci."

"On va faire en sorte que ça marche. Les gars de la flotte du Pacifique réécrivent tout ce qu'on leur soumet de toute façon."

Hoblet ricana. "C'est pas faux." Il tendit la main et regarda le commodore dans les yeux pendant qu'ils se serraient la main. "Bonne chance." Puis il regarda Boyle et dit : "Commandant. Je vous recontacterai." Le commandant Hoblet sortit en refermant la porte derrière lui.

Le commodore poussa un long soupir. "Combien de pilotes avez-vous sur votre navire ?"

Boyle fronça les sourcils. "Pardon ?" C'était une question étrange.

"Commandant, il me manque un aviateur dans mon équipe. Mon officier des opérations aériennes a eu un bébé juste avant notre déploiement, et mon équipe a du mal à parler aviateur. J'ai besoin d'un pilote d'hélicoptère qui puisse aider mon personnel à faire le lien avec l'escadre aérienne. Nous devrons peut-être bientôt effectuer des vols de surveillance et de lutte anti-sous-marine vingt-quatre heures sur vingt-quatre à partir du porte-avions et de tous les navires de la flotte. J'ai donc besoin d'un officier des opérations aériennes. J'en ai parlé au commandant du groupe aérien. Les escadrons d'hélicoptères à bord du porte-avions sont déjà justes en pilotes, et il préférerait éviter de leur en enlever un."

"Nous avons cinq pilotes à bord du *Farragut*, monsieur. Mais il faudrait d'abord que le commandant de l'escadron d'hélicoptères approuve..."

Le commodore décrocha son téléphone et composa un numéro. "CAG, ici le commodore. Je voudrais voler un des pilotes d'hélicoptère du *Farragut* pour en faire mon nouvel officier des opérations aériennes. Je le ferai venir ici, sur le porte-avions. Il pourra faire double emploi et soulager vos pilotes s'ils en ont besoin. Ça vous va ?" Le commodore prit un papier et un crayon. "D'accord. Oui, je vais lui demander de faire ça. Merci, CAG."

Boyle regarda sa montre. Il devait se préparer à rentrer.

Le commodore raccrocha le téléphone. "Le CAG a donné son accord. Contactez le commandant du HSM-46 et voyez entre vous qui vous pouvez m'envoyer. J'aimerais qu'il soit là demain, avant que vous ne soyez hors de portée. Nous avons du pain sur la planche."

"Oui, monsieur."

Plug resta bouche bée. Victoria avait de la peine pour lui. Il ne méritait pas cela. Mais elle ne manquait pas de voir le comique de la situation d'un homme qui avait récemment regardé la mort en face dans le cockpit d'un hélicoptère, mais qui était terrifié à l'idée de devoir s'occuper de la paperasserie.

"Il doit y avoir une erreur."

Victoria déclara : "Le capitaine a dit qu'il avait parlé au commandant du 74. Vous pourrez toujours voler avec eux sur le porte-avions."

"Boss, je suis l'officier de maintenance de votre détachement. J'ai fait du bon travail, non ? J'allais prolonger d'un an. J'allais essayer d'être pilote instructeur et peut-être voir si je pouvais avoir une place à San Diego. Ce n'est même pas un travail que je suis censé faire... et je ne peux pas y aller maintenant. Comment ont-ils pu mettre fin à ces ordres aussi vite ?"

"Le commodore du Desron voulait un officier des opérations aériennes. Il a entendu dire que vous aviez fait un excellent travail ici, et il vous a personnellement choisi."

Le visage de Plug s'illumina. "Vraiment ?"

"Non. N'importe quel pilote d'hélicoptère aurait probablement fait l'affaire. C'est notre capitaine qui vous a choisi. Il ne pouvait pas envoyer un des co-pilotes. Ils n'ont pas assez d'expérience." Elle avait l'air désolée pour lui, mais elle était aussi amusée.

"Est-ce que c'est une punition ? Est-ce que c'est parce que j'ai fait mon malin ?"

"Non."

"Est-ce que ça va nuire à ma carrière ?"

"Ça va probablement l'aider."

"Pourquoi ?" dit-il avec les mains sur le visage.

"Pourquoi est-ce que ça va aider votre carrière ?"

"Non." Plug laissa échapper un énorme soupir alors qu'ils étaient assis de part et d'autre de la table du carré. "Pourquoi moi ? Enfin bref, c'est pas grave."

Victoria se rendit compte que Plug venait une fois de plus de traverser rapidement toutes les différentes étapes du deuil. Il ne voulait pas quitter son navire ni ses hommes. Il ne voulait pas aller travailler pour les officiers de guerre de surface. Il ne voulait pas devenir un officier d'état-major. Cela signifierait qu'il piloterait moins et qu'il passerait plus de temps devant un ordinateur, à créer des briefings et des documents pour les officiers supérieurs.

Enfin, l'étape de l'acceptation.

"Et puis merde. Quand est-ce que je pars ?"

Elle répondit : "Je veux que vous sachiez que vous allez vraiment nous manquer. Vous avez fait un excellent travail ici, Plug. Je suis vraiment sérieuse. Même si vous avez crashé un de mes hélicoptères."

"On va pas commencer à sortir les mouchoirs. Et puis c'était un amerrissage, pas un crash."

Elle sourit. "Vous décollez à quinze heures. Allez annoncer la nouvelle à vos acolytes et faites vos bagages."

"Oui, Boss."

Victoria attendit qu'il parte pour décrocher le téléphone à côté d'elle. Il sonna une fois.

"Spike, je suis dans le vestiaire. Venez me voir, s'il vous plaît." Elle raccrocha le téléphone sans attendre qu'il réponde. Il n'avait rien fait de mal, mais il y avait peu de choses qui la divertissaient autant que de jouer avec les nerfs de ses hommes en leur faisant croire qu'ils allaient se faire engueuler.

Le lieutenant Juan "Spike" Volonte entra dans le carré, vêtu d'une combinaison de vol froissée. L'appréhension se lisait dans ses yeux. À en juger par les lignes sur son visage, elle avait dû interrompre sa sieste. "Vous vouliez me voir, Boss ?"

"Asseyez-vous."

Il s'approcha et s'assit sur la chaise que Plug venait de quitter. "Quelque chose ne va pas ?"

"Je crains que vos performances en tant qu'officier des opérations du détachement ne me conviennent plus."

"Boss, attendez. Qu'est-ce qui ne va pas ? Si vous avez besoin que je fasse quelque chose de plus, je peux le faire. Je..." Spike était aussi perfectionniste qu'elle et détestait décevoir. Il n'était malheureusement pas aussi doué pour lire les gens.

"Je fais de vous le nouvel officier de maintenance."

Il était confus. "Moi ? L'officier de maintenance ? Je viens de voir Plug passer dans le couloir. Il avait l'air... qu'est-ce qui se passe ?"

"Il est envoyé sur le porte-avions. Murphy aussi. Il ne nous reste plus qu'un hélicoptère, et ils pensent apparemment qu'on peut se débrouiller avec seulement moi et deux copilotes."

"Seulement trois pilotes ?"

"Oui. Juste moi, vous et Caveman. Caveman va prendre le relais pour le planning. Vous prendrez le rôle d'agent de maintenance de Plug. Vous pensez pouvoir vous en sortir ?"

"Oui, madame."

"Bien. Descendez et dites-le au maître principal. Commencez à passer tout votre temps libre là-bas. Après avoir parlé au commandant, il se peut que nous fassions beaucoup de vols de surveillance dans les prochaines semaines."

23

Les trois opérateurs de la Delta Force de l'armée américaine étaient d'origine asiatique. Deux d'entre eux parlaient couramment le mandarin et un autre le cantonais. Chase était le seul blanc et semblait être là pour la forme. Vu leur destination, il espérait que ce ne serait pas un de trop. Ils s'étaient entraînés ensemble sur Guam la semaine passée et formaient désormais une équipe.

Chase n'avait jamais entendu parler du "Bod Pod", comme l'avait appelé l'officier de l'US Air Force. Il se tenait à côté d'un scientifique de la DARPA qui avait parcouru la moitié du globe pour les rencontrer pendant trente minutes, au milieu de la nuit, à Guam.

"Ce sera la première fois que nous l'utiliserons de manière opérationnelle. Mais cela a fonctionné avec les singes."

Un des hommes de la Delta Force leva un sourcil. "Les singes ?"

"Ouais. On l'a testé sur des singes, comme dans le programme spatial. Ils n'avaient pas les masques à oxygène ou les équipements de communication que vous aurez. Vous pourrez parler avec l'équipage, mais les singes ne pouvaient pas."

Chase jeta un coup d'œil à l'officier de l'armée de l'air, puis aux gars des opérations spéciales. "Je suppose que ce n'était pas la seule raison pour laquelle les singes ne pouvaient pas parler aux pilotes."

Le scientifique dit : "C'est juste." Ses yeux étaient agités. "Vous aurez chacun votre propre pod. Ils sont pressurisés, donc vous n'aurez pas besoin de porter ou d'utiliser vos masques à oxygène en vol. Vous ne pourrez pas beaucoup bouger. Vous serez à l'étroit là-dedans. Mais essayez de ne pas vous endormir. On a installé un interrupteur manuel sur lequel vous devez appuyer. C'est une sécurité pour s'assurer que les pilotes ne puissent pas vous éjecter sans que vous soyez prêt."

"C'est bien pensé. Et donc quoi ? On appuie sur le bouton et quoi... les portes de la soute à bombes s'ouvrent et on tombe ?"

"C'est à peu près ça. Vous et le pilote devez appuyer sur le bouton. Et le pilote..."

L'officier de l'armée de l'air l'interrompit : "Ce sera en fait l'officier des systèmes de combat avec qui vous parlerez. C'est lui qui appuiera sur le bouton. Et vous pourrez communiquer avec lui, si nécessaire."

"Oui, c'est ça", déclara le scientifique. "L'officier des systèmes de combat surveillera la trajectoire de navigation et s'assurera que l'avion est à la vitesse et à l'altitude appropriées, puis il appuiera sur son bouton de largage. Il ne peut pas appuyer sur le bouton tant que la porte extérieure de la soute à bombes de l'avion n'est pas ouverte. Cela vous évitera de vous faire mal en tombant d'un mètre sur les portes métalliques fermées du B-2."

L'un des opérateurs de la Delta Force déclara : "Et pourquoi est-ce qu'on doit faire ça déjà ?"

"C'était le meilleur moyen de vous insérer secrètement dans une zone d'opérations militaires interdite."

L'opérateur Delta répondit : "C'est peut-être le truc le plus tordu dont j'ai jamais entendu parler. Je suis impressionné. Vous voulez qu'on monte dans cette petite capsule métallique — de la taille et de la forme d'*une bombe* — transportée dans la soute à bombes d'un bombardier furtif B-2 et qu'on y reste... combien d'heures ?"

"Six heures de vol", déclara l'un des hommes en combinaison de vol noire depuis le fond de la salle. Chase supposa que c'était le pilote de l'avion furtif.

"Six heures dans cette capsule en métal, à attendre que vous nous larguiez en Chine. Est-ce que j'ai bien compris ?"

Un autre homme de l'équipe Delta lui tapa sur l'épaule. "Ouais, mais t'inquiète pas mec, *les singes n'avaient pas de radio*, alors que nous, on en aura. Ça va être génial. Peut-être qu'ils pourront même nous passer de la musique."

L'opérateur Delta secoua la tête et haussa les épaules. "Ouais. Peu importe. Je dormirai. Criez très fort quand on sera arrivés pour que je me réveille à temps pour ouvrir mon parachute."

L'officier de l'armée de l'air qui aidait au briefing avait soudain l'air inquiet. "Vous ne devriez vraiment pas vous endormir. Ce sera un largage à haute altitude. Vous devrez mettre votre masque à oxygène une trentaine de minutes avant le largage. Et vous aurez probablement besoin..."

Chase leva la main pour l'interrompre. "Je suis presque sûr qu'il plaisantait."

Un des hommes de la Delta Force sourit et acquiesça, les yeux fermés comme s'il était consterné d'avoir été pris au sérieux. "Nous serons réveillés, monsieur."

"*Des singes*", dit l'un des autres hommes.

Le B-2 Spirit décolla de la base aérienne d'Andersen à Guam. Il remonta la mer Jaune et entra dans l'espace aérien chinois au-dessus du delta de la rivière Liuhe.

Le pilote dit à son officier des systèmes de combat : "J'ai lu un article qui dit que toutes ces technologies de furtivité c'était des conneries. Les Chinois ont des radars qui peuvent nous détecter sans problème maintenant."

L'officier des systèmes de combat, qui était aussi le commandant de la mission, dit : "C'est des fake news."

"Non, *sérieusement*. Apparemment, on ne devrait même plus appeler ça des avions furtifs."

"On est arrivés au-dessus de la terre", dit l'officier des systèmes de combat qui surveillait leur progression sur l'écran de navigation.

"On va bientôt savoir si c'est des conneries ou pas", dit le pilote en souriant alors qu'une goutte de sueur coulait sur son front.

"Trente minutes avant le largage. J'espère que ces gars ne seront pas inconscients ou transformés en glaçons quand j'appuierai sur le bouton."

Les deux membres de l'équipage du B-2 savaient que les attaques électroniques de la NSA et de l'US Air Force inondaient désormais les radars de recherche aérienne chinois de faux contacts pour brouiller les pistes. Même si le B-2 Spirit était détecté, il ne serait qu'un contact parmi une douzaine d'autres.

Le B-2 filait vers le nord à quatre cents nœuds, son fuselage noir en forme d'aile caché dans une couche nuageuse de six mille mètres d'épaisseur. Tout avion de chasse qui serait lancé pour vérifier les dizaines de fausses pistes aurait beaucoup de mal à les repérer visuellement.

Lorsqu'ils atteignirent la zone de largage, une région rurale montagneuse à quatre-vingts kilomètres au nord-est d'une grande ville dont le navigateur ne se serait pas aventuré à prononcer le nom, ils suivirent leur check-list, et les portes extérieures de la soute à bombes s'ouvrirent. Le navigateur vérifia trois fois que tous les cadrans affichaient les bons chiffres et appuya sur le bouton vert de la DARPA.

Chase et les trois opérateurs de l'armée américaine qui avaient été enfermés dans une capsule de la taille d'une torpille pendant des heures, appuyèrent tous immédiatement sur leur propre bouton vert qui permettait de confirmer le largage.

Chase rapprocha rapidement ses bras de son corps et se prépara à la chute libre.

Mais rien ne se passa.

Chase appuya à nouveau sur le bouton en essayant de rester calme. Il pouvait entendre les voix des autres opérateurs qui hurlaient dans le micro de leurs capsules. Chase était sur le point d'appuyer sur son propre bouton d'appel pour savoir si l'équipage avait une idée de ce qui se passait lorsque le sol s'ouvrit sous lui. Le harnais qui le maintenait se déverrouilla et il tomba dans le ciel noir de la nuit, quelque part au-dessus de la Chine.

24

Deux semaines plus tard

L'amiral Manning se tenait sur son perchoir à l'extérieur de la passerelle et surplombait le pont d'envol du porte-avions. Ils avançaient face au vent. Des moutons blancs parsemaient l'océan bleu foncé qui s'étendait à perte de vue. Une couche de nuages gris bloquait le soleil. Il se pencha en avant, les mains sur la rampe, et plissa les yeux en observant la scène qui se déroulait en contrebas.

Le navire de ravitaillement, le USNS *Matthew Perry, se* rapprochait de plus en plus près. Son pont d'envol était dégagé, mais des dizaines de personnes s'activaient sur le côté bâbord. Une femme quartier-maître tira l'amarre entre le porte-avions et le navire de ravitaillement. Un de ses collègues lui donna une tape dans le dos lorsque la ligne atteignit sa cible.

Les matelots de pont des deux navires, situés de part et d'autre du fleuve bleu créé entre les deux bateaux, étaient occupés à préparer le matériel qui devait être transféré. Ils tiraient des chariots à main et utilisaient des chariots élévateurs pour empiler des palettes dans des filets vides. L'amarre initiale fut remplacée par des cordages plus épais pour relier les deux navires. De grands tuyaux de ravitaillement noirs, ressemblant à des serpents de mer, furent soigneusement tirés sur l'eau et fixés sur les entrées de carburant du porte-avions. Des milliers de litres de kérosène furent pompés du navire de ravitaillement vers le porte-avions. Des palettes de nourriture et de matériel commencèrent à être transférées par un système de tyrolienne entre les deux bateaux. Le ravitaillement en mer avait commencé.

De l'autre côté de l'USNS *Matthew Perry*, le destroyer USS *Nitze se mettait* en position. Il serait bientôt lui aussi prêt pour son propre ravitaillement en mer. Le personnel du navire ravitailleur était incroyablement efficace. Des décennies d'expérience avaient rendu la marine américaine experte dans ce genre de manœuvres. Ils étaient capables de déplacer des tonnes de matériel et de litres de carburant sans s'arrêter.

L'ensemble de la manœuvre prit environ deux heures. Les hélicoptères MH-60 Sierra de l'USS *Ford faisaient des* allers retours entre les trois navires, transportant des filets contenant des palettes d'un pont d'envol à un autre. Entre les navires, l'eau salée était projetée dans les airs par les vagues créées par la proximité des navires.

"Amiral, vous avez un appel du commandant du groupe d'action de surface."

Il se retourna et vit son assistant dans la passerelle.

"Est-ce que je peux prendre l'appel ici ?"

"Oui, monsieur."

Il suivit l'officier subalterne jusqu'à une section de la passerelle qui contenait plusieurs appareils de communication.

"Commandant Hoblet sur HF sécurisée, monsieur." Il remit à l'amiral Manning l'embout radio en plastique noir.

Cela ressemblait à un vieux combiné de téléphone fixe, mais sans les extrémités arrondies.

"Ici le commandant du groupe aéronaval du Ford, terminé."

"Ici le commandant du SAG 131. Bonjour, amiral. Nous sommes en station à Box Bravo. Nos six navires sont en ligne de front sur une longueur de mille-cinq-cents milles nautiques. Nos hélicoptères et nos drones effectuent des recherches vingt-quatre heures sur vingt-quatre. Et nous avons un P-8 australien et un B-52 de l'US Air Force qui devraient nous fournir une assistance à partir de demain matin. Terminé."

"SAG 131, ici Ford CSG. C'est une excellente nouvelle. Avez-vous quoi que ce soit concernant les navires marchands chinois ? Terminé."

"Ford CSG, ici SAG 131. Négatif, terminé."

L'amiral fronça les sourcils.

"SAG 131, ici Ford CSG. Compris. Soyez prudents. Terminé."

"Ford CSG, ici SAG 131. Roger. Terminé."

Il remit le récepteur sur son support. Son assistant personnel, un lieutenant, entra à l'extrémité de la passerelle.

"Amiral, vous avez un appel avec le CINCPAC dans dix minutes."

"Des progrès avec les communications satellites ?"

"Je crains que non, monsieur. Nous utiliserons toujours la HF sécurisée."

"OK, je vous suis Suggs."

L'amiral Manning suivit le lieutenant jusqu'à l'écoutille et descendit l'échelle, neuf étages plus bas. Ils essayèrent tous les deux de ne pas montrer qu'ils étaient essoufflés quand ils atteignirent le niveau O-3. Dans chaque partie du navire où l'amiral passait, il y avait toujours quelqu'un pour crier "garde-à-vous". Les officiers et l'équipage se mettaient alors au garde-à-vous jusqu'à ce qu'on leur dise "Repos".

Ils arrivèrent dans sa cabine et s'assirent. Le sol de son bureau était couvert d'un tapis bleu avec le sceau du groupe aéronaval de l'USS Ford. Il y avait un grand bureau en chêne et des tableaux et souvenirs traditionnels de la marine sur le mur.

L'une des photos représentait le président Gerald Ford dans son uniforme kaki en 1944, à bord du USS *Monterey*, un porte-avions léger. L'amiral Manning s'était renseigné sur l'histoire militaire de Ford avant de prendre les commandes du porte-avions. Le navire du président Ford avait participé à des frappes dans les îles Mariannes, en Nouvelle-Guinée, et à la bataille de la mer des Philippines, entre autres.

Le chef d'état-major de l'amiral frappa à la porte et entra, suivi d'un lieutenant du département des communications, venu s'assurer qu'il n'y avait pas de problème avec la transmission HF.

L'amiral déclara : "Il nous faut de meilleures prévisions météo, COS. Nous sommes aveugles ici, sans nos satellites."

"Oui, monsieur, je suis d'accord."

Il se tourna vers son assistant, qui était assis à la table basse de l'amiral et prenait des notes. "Suggs, vous voyez cette photo là-bas ?"

Le lieutenant Suggs leva les yeux. "Celle du président Ford, monsieur ?"

"Oui. Son porte-avions léger a été mis hors service en 1944. Savez-vous ce qui lui est arrivé ?"

"Oui, monsieur. Un typhon l'a frappé. Le USS *Monterey* était l'un des nombreux navires endommagés par le typhon qui a frappé la troisième flotte de l'amiral Halsey en 1944. Trois destroyers ont été perdus, et plus de huit cents hommes sont morts en mer. Un incendie s'est déclaré sur le USS *Monterey*, le navire de Ford. Ils l'ont déclaré inapte au service en mer après cela."

"Bon sang, Suggs, vous cachez bien votre jeu. À partir de maintenant, quand un officier général vous pose une question, faites semblant d'en savoir moins que lui, d'accord ? Rappelez-moi de ne plus jamais prendre un assistant ayant fait des études à Oxford."

L'officier subalterne sourit. Suggs avait étudié à Oxford pendant deux ans après avoir obtenu son diplôme de l'Académie navale.

"Désolé, monsieur. J'essaierai de ne pas en savoir autant." Le lieutenant des communications échangea un sourire avec Suggs.

Le chef d'état-major était plongé dans ses notes et ignora ce trait d'humour. "Amiral, la flotte du Pacifique a annoncé les navires qui vont nous rejoindre."

"Vraiment ? Combien ce bon amiral a-t-il décidé de m'en prêter ?"

Le chef d'état-major mit ses lunettes de lecture. "Sept."

"*Sept* ?"

"Oui, monsieur. Quatre destroyers, deux frégates et un croiseur. Et nous aurons plusieurs sous-marins nucléaires en dessous."

L'amiral se pencha en arrière dans son fauteuil. "Et ils en déploient encore d'autres vers le Pacifique Ouest ?"

"Oui, monsieur. Ils vont se joindre aux deux autres groupes aéronavals qui sont déjà sur place."

L'amiral Manning mit son pouce et son index sur ses lèvres et regarda devant lui dans le vide. "Ils doivent vraiment être inquiets."

La radio grésilla et le lieutenant du département des communications augmenta immédiatement le volume. Ils entendirent la voix d'un des officiers de la flotte du Pacifique qui initiait la communication. La conversation dura un peu plus de dix minutes. L'amiral Manning passa la majeure partie de l'appel à écouter les ordres que lui transmettait son supérieur quatre étoiles.

Lorsque l'appel fut terminé, l'amiral Manning demanda aux lieutenants de disposer afin qu'il puisse s'entretenir avec son chef d'état-major. Il appela également le commandant du groupe aérien, le commandant du *Ford et le* commodore, qui arrivèrent tous quelques minutes plus tard.

"Messieurs, asseyez-vous. Il faut qu'on parle."

Plug faisait glisser son plateau devant le buffet de crudités. Il avait déjà une assiette de lasagnes, deux morceaux de pain à l'ail et un verre de jus artificiel sur son plateau. Les crudités étaient de bonne qualité. Il y avait des tomates cerises mûres et des mini carotte croquantes. Ils avaient des légumes frais presque tous les jours sur le porte-avions. Plug ne pouvait pas se plaindre. C'était beaucoup mieux que la salade flétrie qu'on leur servait toujours à bord des navires plus petits. De plus, il n'avait pas à s'inquiéter que la nourriture glisse de la table, car le porte-avions roulait à peine.

"Plug, t'as déjà une place ?"

Il se retourna et vit Kevin Suggs assis seul à l'une des tables de quatre places, à côté d'une télévision diffusant une retransmission d'un match du Super Bowl.

Plug fit glisser son plateau sur la table. "Comment se passe cette nouvelle vie en tant qu'assistant ?"

"Ça va. Même si les journées sont chargées."

Un autre lieutenant s'assit avec eux. Il portait un uniforme bleu avec l'insigne de la guerre de l'information sur la poitrine.

Suggs fit les présentations entre Plug et le lieutenant qui travaillait au service de communication du porte-avions.

"Alors, Plug, t'es dans la même cabine que Suggs maintenant ?" demanda le lieutenant.

"Ouais."

"Comment est-ce que tu t'es retrouvé coincé avec lui ?"

"La cabine de Desron était pleine. Je suppose qu'ils se sont dit que puisqu'on était tous les deux des aviateurs sans escadron, pourquoi ne pas nous mettre ensemble. Même si c'est un pilote de rang inférieur qui n'a aucune idée de comment se mettre en vol stationnaire."

"J'ai pas le souvenir que *Top Gun* parlait de pilotes d'hélicoptères, si ?"

"T'oublies Supercopter."

Suggs rigola. "OK, t'as gagné."

Plug ignora leurs remarques désobligeantes. "Alors, qu'est-ce qui ne va pas ? Vous étiez où juste avant ?"

Le visage de Suggs devint sérieux. "On était avec l'amiral pendant qu'il recevait des ordres de la flotte du Pacifique. Il se passe des trucs de dingue, mec. Apparemment, les Chinois ont déployé un groupe aéronaval qui se dirige beaucoup plus à l'est que d'habitude. Il y a beaucoup de spéculations sur la direction qu'ils pourraient prendre."

"De quoi tu parles ? Combien de navires ?"

"Environ six, dont un porte-avions."

Plug secoua la tête. "Je crois que tu te trompes. J'ai été briefé sur ça avant de venir. C'est six navires *marchands* chinois qui traversent le Pacifique Sud. C'est eux que le groupe d'action de surface va intercepter. Le *Farragut n*'est qu'à quelques jours de la zone où ils pensent pouvoir les voir avec le FLIR des hélicoptères."

Suggs agita le doigt. "Non, mon pote. Il y a deux groupes distincts de navires chinois maintenant et ils se dirigent tous les deux vers l'est. Tu as raison pour les navires marchands. Mais il y a un autre groupe. Et celui-là c'est des navires de *guerre*."

Plug fronça les sourcils. "Comment est-ce qu'ils ont pu envoyer six navires de guerre sans qu'on le sache ?"

"On le sait. C'est pour ça qu'on est en train d'en parler."

"Et quelle est notre théorie ?"

"Il y a deux écoles. Soient ils pourraient se diriger vers le Panama pour ravitailler ou renforcer leurs navires endommagés."

"Et la deuxième théorie ?"

"Certains experts pensent qu'ils pourraient se diriger vers Pearl Harbor."

"Pourquoi ?"

"Pourquoi est-ce qu'on envoie des groupes aéronavals en mer de Chine méridionale ? Ça s'appelle de la projection de puissance, mon ami. Ce nouveau président chinois n'aime pas le fait qu'on ait bombardé la Corée du Nord, à seulement quatre-vingts kilomètres de sa frontière."

"Et donc, qu'est-ce qu'on va faire ?"

"Apparemment, on va se mettre à quelques centaines de milles à l'ouest d'Hawaï en s'assurant de garder ces navires de guerre chinois dans notre ligne de mire pendant qu'ils approcheront."

Plug secoua la tête. "Pourquoi est-ce que j'ai l'impression que la situation s'aggrave ?"

"Parce que c'est le cas, mon pote."

Tout ce que faisait Plug lui rappelait constamment pourquoi il ne voulait pas travailler en dehors d'un cockpit. Il était à bord du porte-avions depuis moins d'une semaine et était déjà complètement submergé. Ses journées commençaient à 5 h 30. Il se réveilla, descendit le sombre couloir du porte-avions vêtu d'un peignoir de bain en lambeaux, se rasa dans le lavabo des toilettes des hommes et fit la queue dans les douches. Au bout de cinq minutes, il entra et prit sa douche de marin. Quelques secondes d'eau pour se mouiller — la température et la pression étaient comme un jeu de roulette russe, on ne savait ce qui allait sortir — puis quelques secondes pour se savonner et quelques secondes pour se rincer. Il avait terminé en moins d'une minute, et le marin suivant entra immédiatement après lui. Il remit ses sandales dans le couloir, récupéra sa carte magnétique dans sa trousse de toilette et ouvrit la porte de sa cabine avec.

Son nouveau compagnon de chambrée, Suggs, était déjà debout depuis une heure. Ses vêtements de sport trempés de sueur séchaient sur un cintre dans un coin de la pièce, en se balançant doucement au rythme du roulis. Suggs se mettait de l'après-rasage sur le visage. "Bonjour."

Plug répondit en grommelant. "Tu vas manger ?"

"Oui, mais je vais manger dans le carré des officiers", lui répondit Suggs d'un air penaud.

Plug fronça les sourcils. "Et les gens de mon espèce ne sont pas les bienvenus là-bas, c'est ça ?"

"Désolé, mec. Si ça peut te consoler, mes ancêtres étaient des esclaves, alors... On peut considérer ça comme une compensation. Je te ramènerai une viennoiserie."

"T'es sérieux ?"

"À propos de l'esclavage ?"

"Non. Ils ont vraiment des viennoiseries ?"

"Non, mais parfois ils ont un bon gâteau au café le matin. Avec des petits grains sucrés sur le dessus. J'ai jamais vu ça ailleurs que sur le bateau. Je t'en prendrai une part si y'en a."

"Super. Merci."

"À plus mec."

Suggs sortit et referma la porte derrière lui. Plug regarda sa montre. 05 h 55. Il enfila sa combinaison de vol, fit deux fois le tour de ses bottes Belleville avec les lacets et fit un double nœud. Puis il prit son carnet de notes et son thermos de café vide, prit une profonde inspiration et sortit de sa cabine.

En descendant la coursive, les yeux encore à moitié fermés après seulement quatre heures et demie de sommeil, il se dirigea vers le réfectoire. Il devait se dépêcher de prendre son petit déjeuner. Il avait beaucoup de travail qui l'attendait. Une autre journée à faire des présentations PowerPoint pour son nouveau supérieur, à rédiger des horaires de vol et à passer de longues heures de quart dans une minuscule pièce remplie d'ordinateurs que les officiers de guerre de surface appelaient Zulu.

Plug était presque sûr qu'il y avait un complot contre lui dans le porte-avions. Toutes les réunions auxquelles il devait assister avaient lieu dans des salles à l'opposé les unes des autres dans le monstrueux navire. Il parcourait des kilomètres de jour comme de nuit. Et il n'avait aucune idée si c'*était le* jour ou la nuit, car il ne voyait plus que l'intérieur du navire.

Il faisait la queue dans la cafétéria de l'arrière du navire. Il y avait plusieurs salles de restauration à bord du porte-avions, mais il avait remarqué que la nourriture était meilleure dans celle-ci. La nourriture était de meilleure qualité et il y en avait toujours. Les repas étaient toujours sous forme de buffet. La vieille tradition de demander la permission de rejoindre le mess au commandant du navire n'avait pas cours ici. Plug demandait toujours avant de s'asseoir à une table, et rajoutait un "monsieur" si un O-5 était présent. Mais il y avait tellement d'aviateurs qui prenaient leurs repas ici que l'atmosphère était généralement plus décontractée.

Plug trouvait cela ironique que lors de son premier

déploiement sur une mission aussi centrée sur l'aviation, alors qu'il était lui-même pilote, il avait été affecté à un poste centré sur la guerre de surface. Plug était désormais l'officier des opérations aériennes du commodore. Le commodore avait une équipe d'une vingtaine d'officiers sous ses ordres, presque tous des officiers expérimentés dans la guerre de surface et des officiers supérieurs qui avaient servi à bord de navires de guerre. En plus d'être responsable des destroyers dans la flotte du porte-avions, le commodore était également le commandant des combats en mer. Cela signifiait qu'il était responsable de toutes les missions de guerre de surface et de lutte anti-sous-marine que le groupe d'attaque du porte-avions devait exécuter.

Plug empila deux œufs durs, des saucisses et des tranches de melon frais dans son assiette. Il mit ensuite un bagel dans le grille-pain, qui le recracha noirci quelques secondes plus tard.

"Hé, Lieutenant McGuire." Un des gars de Desron avec qui il travaillait. Un officier de guerre de surface qui était le futur officier des opérations.

"Appelle-moi Plug", dit-il en posant son plateau sur la table.

"Plug, OK. Comment ça se passe ton nouveau boulot ?"

Plug lui jeta un regard qui en disait long alors qu'il étalait du beurre sur son bagel.

"Si bien que ça, hein ?"

"Je n'ai aucune idée de ce que je fais. On va de réunion en réunion toute la journée, on planifie les horaires des vols logistiques en hélicoptère pour le jour suivant, la semaine suivante et le mois suivant. Puis vers midi, tout est chamboulé, je dois jeter mes plans et tout recommencer. Le commodore est furieux contre moi chaque fois que je lui parle. Je pense qu'il croit que je suis débile."

"Pour être honnête, c'est un peu ce qu'on pense tous..."

Plug sourit. "Désolé, je suis nul avec les noms. Comment t'as dit que tu t'appelais déjà ?"

"John Herndon. Je suis le futur officier des opérations de Desron. T'inquiète pas. Tu vas t'y faire. Je crois qu'on est de quart ensemble ce soir."

"À dix-huit heures, c'est ça ?"

"Exact."

"Ta présentation de ce matin pour le commodore est prête ?"

"Ouais. Mais il va probablement encore chier dessus."

"T'en fais pas pour ça. Il est comme ça avec tout le monde au début. Une fois qu'il te connaîtra un peu mieux, il sera plus sympa. Le secret c'est de le faire mousser devant l'amiral. Si tu fais ça, tu te le mettras dans la poche."

Une heure plus tard, l'équipe de Desron était assise autour de leur petite table de conférence pour le briefing du commodore. Un écran plat situé de l'autre côté de la salle affichait le briefing auquel avaient été ajoutées les diapositives de chacun quelques minutes auparavant. Étant donné que les informations concernant l'emplacement, le statut et les emplois du temps des navires changeaient fréquemment, c'était la seule façon de s'assurer de leur exactitude.

Quand ce fut au tour de Plug de parler, il se leva et regarda l'unique diapositive qu'il avait mis une heure à préparer. Elle montrait des rangées de navires et d'avions ainsi que la couverture de surveillance autour du groupe aéronaval et les horaires des aéronefs que Plug avait prévu de faire décoller et atterrir.

"Bonjour commodore. Voici la couverture de surveillance dont nous disposons pour les prochaines vingt-quatre heures avant d'arriver à Hawaï."

"Qu'est-ce que c'est ?"

Plug tenta de déterminer ce qu'il pointait du doigt. "Quoi donc, monsieur ?"

"Il y a une pause de trente minutes vers vingt heures. Ça ne va pas. Arrangez ça."

Plug soupira en essayant de garder son sang-froid. Était-ce vraiment si important ? Changer l'emploi du temps n'était pas aussi simple que de changer l'horaire sur la diapositive. Plug apprenait la dure réalité de son nouveau travail. Pour modifier le programme de vol du groupe aéronaval, Plug devrait mendier, emprunter et voler des personnes dont il n'était pas responsable. Il devrait faire le tour des différents groupes qui avaient programmé les vols décollant du porte-avions et des autres navires. Il devrait ensuite voir s'ils pouvaient modifier leurs *propres* horaires de vol. Les aviateurs de l'escadre aérienne, les planificateurs des vols d'hélicoptères des escadrons du porte-avions et les officiers des opérations de chaque navire seraient tous concernés.

Le programme de vol du groupe aéronaval était comme un puzzle géant. Tout devait s'emboîter parfaitement. Les cycles de vols des avions catapultés par le porte-avions étaient presque toujours le facteur limitant — les F-18 et les F-35 étaient considérés comme à court de carburant dès leur décollage. Ils avaient environ quatre-vingt-dix minutes pour atterrir ou se ravitailler en vol. Passé ce délai, quelqu'un était en difficulté. L'avion-cargo multimoteur C-2 Greyhound, faisait deux vols par jour, et le premier groupe d'avions de chasse était souvent lancé après lui. L'avion de contrôle radar, le E-2C Hawkeye, était en vol avant et après les jets. Et un hélicoptère de recherche et de sauvetage était toujours en vol, à proximité du porte-avions, prêt à aller secourir n'importe qui dans l'eau dans l'éventualité peu probable d'un accident.

Autour du porte-avions, des pistes flottantes — que certains appelaient des navires — modifiaient perpétuellement leurs distances entre elles et le porte-avions, ce qui modifiait le temps nécessaire pour passer d'un navire à l'autre, le carburant requis et le poids transportable. Et du fait que les horaires des navires changeaient en permanence — un destroyer pouvait être envoyé cinquante milles plus loin pour effectuer une mission incompatible avec les opérations de vol, par exemple — il était très difficile de coordonner tous les horaires.

Aussi bien les pilotes d'avion que les officiers de guerre de surface pensaient que c'était les pilotes d'hélicoptères qui mettaient la pagaille dans leurs vols. Les deux communautés ne parlaient pas la même langue *et n*'avaient pas conscience des problèmes auxquels l'une et l'autre étaient confrontées. *Plug* était censé être le lien entre ces deux mondes et faire en sorte que tout fonctionne.

"Oui, monsieur", répondit-il. *Pas de problème.*

Une demi-journée et une douzaine de réunions plus tard, Plug s'assit devant l'un des terminaux informatiques au fond de la salle Zulu. Ses paupières étaient lourdes. Il y avait six ordinateurs dans l'espace que les membres de l'équipe partageaient pour travailler lorsqu'ils n'étaient pas de quart. Et comme l'équipe comptait bien plus de six personnes, il y avait généralement toujours quelqu'un qui se tenait au-dessus de l'épaule de Plug, attendant qu'un ordinateur se libère.

Plug avait finalement réussi à convaincre l'un des escadrons d'hélicoptères basés sur le porte-avions de prolonger un de leurs vols de trente minutes et de faire le plein après l'atterrissage des avions de chasse plutôt qu'avant. Il rédigea le planning du lendemain et l'envoya par e-mail aux destroyers pour donner une chance à leurs officiers opérationnels de donner leur avis — ce qu'ils faisaient toujours.

"T'as l'air fatigué, mec." C'était John Herndon, debout derrière lui. "Viens, on va prendre un latte avant de prendre notre quart."

Plug le regarda. "Un café ?"

"Un *latte.*"

"Tu te fous de moi ?"

"Tu sais de quoi je parle, j'espère."

Plug secoua la tête, ses yeux à peine ouverts. Il regarda son thermos vide. "Il faut que je refasse le plein de café. Je ne tiendrai jamais jusqu'à minuit sinon."

"Tu ne sais vraiment pas de quoi je parle. Allez, viens, suis-moi."

Plug se leva et ils sortirent de Zulu. Ils passèrent par le centre de direction de combat du porte-avions, descendirent plusieurs échelles, et arrivèrent sur le pont principal. La coursive était extrêmement large et était la plus fréquentée de tout le navire. Des centaines d'officiers et de marins l'empruntaient pour se diriger vers différents endroits du navire. Une enseigne de barbier en spirale rouge, blanche et bleue, tournait à côté d'une porte, et plusieurs hommes faisaient la queue à l'extérieur. Et puis...

"*Tu déconnes !*"

Un grand logo Starbucks vert et blanc.

"C'est l'un des endroits les plus populaires du navire. Ne viens jamais après 09 h 30. La queue est trop longue."

Ils firent la queue pendant une dizaine de minutes et furent récompensés par des gobelets de macchiato au caramel.

Plug goûta le sien. "C'est pas mal."

"Ouais. Et tout ce que t'as à faire, c'était de monter six étages, de marcher un kilomètre et de dépenser cinq dollars."

Plug prit une autre gorgée. "Allez, mec, six heures de quart. C'est parti."

Ils montèrent au centre de renseignement du porte-avions et furent briefés par l'officier de renseignement en service. "Le groupe d'action de surface est maintenant à environ 300 milles à l'est de Guam, toujours à la recherche des navires marchands chinois."

Le lieutenant Herndon demanda : "Ils ont trouvé quelque chose ?"

"Négatif. Rien sur ce groupe-là. Mais il se passe plein d'autres choses. Venez ici, je vais vous lire le briefing que je prépare pour mon boss." Il fit défiler l'écran de son ordinateur, qui montrait un tas de cartes avec divers rapports sur l'état des navires, des sous-marins, des avions et des hélicoptères. "Un rapport nous indique qu'un possible sous-marin chinois se trouve dans le Pacifique Est. Et le porte-avions *Shangdong* a quitté le port avec quelques destroyers. C'est la seule activité dans le Pacifique Ouest qui n'est pas liée à la Corée du Nord."

"Qu'est-ce qui se passe là-bas ?" demanda Plug.

"Les trucs typiques de la Corée du Nord. Ils disent qu'ils vont réduire tous les Américains en cendres et tout leur baratin habituel. Mais ce qui nous inquiète, c'est que leur armée a l'air plus active que d'habitude. On garde donc un œil sur eux."

Ils quittèrent le centre de renseignement et entrèrent dans le centre de commandement et de contrôle du groupe aéronaval. Le capitaine de quart de combat était un lieutenant commandant sous-marinier au crâne dégarni qui n'avait pas l'air heureux d'être en vie, et encore moins de devoir briefer deux officiers subalternes.

Le capitaine de quart de combat dit : "Très bien, écoutez bien, parce que je ne le répéterai pas. Nous avons maintenant sept nouveaux navires avec nous, ce qui fait un total de dix autour du Ford. Vous, les pignoufs de Zulu, dites-leur de resserrer les rangs. Pour le moment, ils sont tous éparpillés et certains prennent du retard alors qu'on approche d'Hawaï."

"Qui est avec nous monsieur ?" demande le lieutenant Herndon.

L'officier de quart énuméra plusieurs noms de navires, puis déclara : "Les opérations de vol se terminent à 21 h 00 pour qu'on puisse se rendre à Pearl Harbor à vitesse maximale. Le ravitaillement de demain vient d'être annulé, comme prévu."

Plug prit quelques notes sur les nouveaux navires qui les rejoignaient. Il devait encore en ajouter quelques-unes dans les destinataires de son e-mail quotidien contenant les horaires de vol de tous les destroyers. Il y avait trop de choses à noter. Il sentait qu'il allait rapidement être dépassé par les événements.

Ils se rendirent ensuite au centre de direction de combat du porte-avions, où ils furent briefés par l'officier de service. Les informations étaient très similaires à celles qu'ils avaient déjà entendues lors de leurs deux briefings précédents, mais celui-ci incluait ce qu'avaient vu les opérateurs des capteurs du porte-avions.

Enfin, ils firent un débriefing avec les membres de Desron qui venaient de terminer leur quart. Plug avait maintenant fini son café et jeta le gobelet vide à la poubelle. Ils s'assirent dans les fauteuils pivotants noirs de la salle Zulu. Deux grands écrans à l'avant de la salle montraient l'image tactique. Un côté montrait une vue à grande échelle de la zone. L'autre montrait tout ce qui se trouvait dans un rayon de cent milles autour du porte-avions. De petites icônes de formes et de couleurs différentes représentaient les contacts en surface, dans les airs et sous l'eau à proximité.

Une fois le débriefing terminé, le groupe du quart précédent partit et Plug se connecta sur son ordinateur. Il rejoignit un groupe de discussion tactique et envoya des messages à différentes personnes qui se trouvaient soit sur le porte-avions, soit à des personnes qui étaient de quart sur d'autres navires du groupe. Herndon lui montra avec quels contacts il devait parler en priorité et lesquels il devait laisser aux autres.

"Laisse-les parler à leurs homologues et aux opérateurs de capteurs individuels. Tu dois parler aux officiers d'action tactique de chaque navire. Dis-leur ce que tu veux qu'ils fassent, et pose-leur les questions auxquelles tes propres hommes ne peuvent pas répondre. Mais n'oublie pas que les officiers d'action tactique de ces navires sont responsables de nombreuses personnes et qu'ils passent leur temps à éteindre des incendies sur leurs navires — au sens figuré bien sûr. Donc s'ils ne répondent pas immédiatement, sois patient. Ils te répondront. Tu ne peux pas faire ton travail s'ils ne te répondent pas, alors ne les énerve pas."

Plug se retourna lorsqu'il entendit un grésillement statique sur la grande radio noire à côté d'eux. Puis l'un des hommes de quart commença à parler dans ce qui semblait être une langue étrangère. Des lettres et des chiffres. Il lisait un document dans un grand classeur plastifié. Lorsqu'il eut fini de transmettre, il dit : "Exécutez."

"Qu'est-ce qu'il fait ?" demanda Plug à Herndon.

"Il place les navires à l'écran. Je ne sais pas pourquoi les gars avant nous ne l'ont pas fait. C'est toujours pareil, on passe la moitié de notre quart à remettre de l'ordre dans ce qu'a fait l'équipe précédente." Il se tourna vers le chef. "Merci, chef."

"De rien, monsieur."

Herndon s'approcha du tableau blanc sur le mur. Il y avait

un grand cadran de boussole dessiné au marqueur noir effaçable, avec le porte-avions au milieu.

"On attribue à chaque navire une zone où se placer — c'est ça que veut dire placer les navires à l'écran autour du porte-avions. On définit des couloirs suffisamment larges pour que les navires n'aient pas trop de mal à rester dedans, mais suffisamment restreints pour qu'ils restent là où on veut qu'ils soient". Herndon commença à effacer le tableau et à mettre à jour les différents identifiants à trois lettres autour du porte-avions. Il y avait des distances et des azimuts qui indiquaient la localisation et la direction de chaque navire.

Tous les navires commencèrent à répondre à la radio. Plug comprit une partie de ce qu'ils disaient, mais pas la totalité.

"Et pourquoi est-ce qu'on les place sur l'écran ?"

Herndon sourit. "Vous les pilotes, vous ne savez vraiment rien."

"Sois sympa."

"C'est comme placer des agents des services secrets dans un cercle autour du président. C'est le moyen optimal de protéger l'unité la plus précieuse, le porte-avions. On a des cercles de défense autour de nous. Antiaériens, anti-sous-marins, et détection lointaine si on a suffisamment de moyens."

"Ça paraît logique. Je savais que les navires nous protégeaient, mais je n'avais jamais réfléchi au fait que c'était quelqu'un qui définissait leur emplacement. Je pensais que chaque vaisseau savait où il devait aller de lui-même."

"Il y a certaines choses que les navires font automatiquement d'eux-mêmes. Par exemple, si quelqu'un leur tire dessus, ils riposteront automatiquement. Mais c'est notre travail de nous assurer que nous allouons nos ressources de la manière la plus efficace possible. Plus tu apprendras de choses sur ce sujet, plus ton travail sera facile. Tu pourras choisir quels navires placer dans telle ou telle partie de l'écran, ce qui peut faciliter l'exécution de ton programme de vol. C'est du moins ce que m'a dit le dernier gars qui faisait ton boulot."

"Cool."

"Mais je dois dire que je n'ai jamais vu ça comme ça avant", dit-il en désignant le tableau blanc.

"Comment ça ?"

"Normalement, on a trois ou quatre navires à placer sur l'écran, maximum. Aujourd'hui, on en a dix. J'en ai jamais eu autant à placer autour d'un seul porte-avions."

Victoria se tenait au garde-à-vous sur le pont d'envol du *Farragut*. Elle regardait vers la poupe du navire pour faire face à l'équipage qui se tenait en formation en face d'elle.

Des centaines de personnes regardaient en silence pendant que le commandant Boyle épinglait sa médaille de la Navy Cross sur son uniforme. Puis il lui serra la main en la regardant dans les yeux et en la félicitant. Il y avait des sourires fiers parmi l'équipage, et quelques applaudissements retentirent, mais les chefs disciplinés les firent cesser immédiatement.

Juan se tenait à côté d'elle. Il reçut une Distinguished Flying Cross. AWR1 reçut une Air Medal. Et tout le monde reçut une Presidential Unit Citation.

Pour l'occasion, un repas spécial fut organisé sur le pont d'envol. Il y avait des hot-dogs, des hamburgers et des sodas frais dans des poubelles remplies de glace. Les cuisiniers avaient dressé quelques tables avec des assiettes, des serviettes et des accompagnements comme des haricots rouges et de la salade de pommes de terre. Il y avait également des petits sachets de chips et de biscuits. Les haut-parleurs diffusaient du rap jusqu'à ce que le chef décide de passer du Jimmy Buffett.

Victoria sirotait un soda en regardant ses hommes manger et plaisanter entre eux.

Juan s'approcha d'elle. "Vous allez bien, Boss ?"

"Oui, très bien. Et vous ?"

"J'essaie juste de réaliser tout ce qui se passe."

"Vous avez fait un excellent travail. Vous pouvez être fier de cette récompense", dit-elle en pointant du doigt la médaille épinglée à sa veste. Le nouveau commandant avait insisté pour qu'ils portent leurs uniformes plus formels pour cette cérémonie. Les combinaisons de vol ne feraient pas honneur à une médaille de cette importance.

"Vous devez admettre que c'est plutôt drôle."

"Quoi donc ?"

"Plug" en a eu une aussi. Il a intentionnellement crashé son hélicoptère dans l'eau, et ils lui ont donné la même médaille."

Victoria sourit. "Vous êtes prêt à voler ce soir ?"

"Oui, madame."

"Il faut qu'on trouve ces navires marchands chinois. Ils voudront les aborder quand on les aura trouvés. Il pourrait y avoir des militaires à bord qui pourraient résister. Difficile de dire ce qui pourrait se passer."

Juan regarda sa montre en prenant une bouchée de son hot-dog. "Combien de temps est-ce qu'on leur laisse avant de dégager le pont d'envol pour ce soir ?"

Elle respira profondément. "Encore un petit moment. Tout le monde a besoin de décompresser un peu avant de reprendre un rythme de dingue."

25

Langley, Virginie

David était assis dans la salle de conférence du directeur, au septième étage du siège de la CIA.

"Quand avons-nous obtenu cette information ?", demanda le directeur.

"Cela vient de la transmission en rafale de l'équipe au cours des dernières vingt-quatre heures", répondit Susan.

"Et vous pensez que GIANT est notre seule option ?"

"Nous pensons qu'il est notre meilleure option", répondit Susan.

David et l'équipe SILVERSMITH venaient de recevoir un rapport de Chase et des agents de la Delta Force qui avaient été largués près du camp chinois de Liaoning. Chase et les Delta avaient observé les équipes des forces spéciales chinoises s'entraîner au tir au mortier et aux armes légères. Puis, au cours des deux derniers jours, les troupes chinoises avaient commencé à quitter la base par transport aérien militaire. D'autres sources de renseignement de la CIA avaient signalé que ces équipes étaient envoyées à l'étranger. Peut-être vers les États-Unis. Mais personne ne savait comment elles entraient dans le pays, ni où elles se rendraient.

Le directeur déclara : "Donc, en l'état actuel des choses, nous n'avons pas la confirmation qu'ils se dirigent vers les États-Unis. Mais c'est ce que vous pensez."

"D'après des sources de renseignement électromagnétiques, oui. Mais nous voulons être sûrs."

"Cela vaut-il la peine de sacrifier GIANT ?"

Susan ne dit rien, mais hocha la tête.

"OK. Contactons Tetsuo pour qu'il mette tout ça en place avec GIANT."

Il fallut dix minutes pour mettre Tetsuo sur la ligne sécurisée depuis le Japon. Il avait été briefé par Susan et attendait l'appel.

Susan mit Tetsuo sur haut-parleur. "Bonjour Tetsuo, comme nous en avons discuté, nous avons obtenu de nouvelles informations de Chase et de son équipe. GIANT avait proposé de se rendre au camp de Liaoning. Nous avons décidé d'accepter son offre et de prendre des dispositions pour qu'il puisse inspecter le camp."

Silence à l'autre bout de la ligne. David était mal à l'aise. Tetsuo était sans doute loin d'être ravi de ce changement de plan. Susan et le directeur Buckingham se regardèrent.

Le directeur prit la parole : "Comme vous le savez, Tetsuo, la situation en Chine est de moins en moins stable. Le sentiment antiaméricain est de plus en plus fort. Jinshan est considéré par son peuple comme un sauveur qui les protège des fanatiques religieux occidentaux comme cet américain qui aurait soi-disant tué leur président. Jinshan utilise sa popularité et son pouvoir pour réprimer toute opposition politique. Vous savez que le secrétaire Zhang, pour qui GIANT travaillait, a été le premier à être congédié. GIANT ne pourra surement plus nous fournir de renseignements. Mais nous pensons pouvoir lui donner accès à la base du Liaoning. S'il peut y obtenir des informations sur les cibles... s'il peut trouver où se dirigent ces équipes d'opérations spéciales chinoises et transmettre ces informations à l'équipe de Chase Manning, ce serait inestimable pour nous."

Tetsuo prit finalement la parole. "Je reconnais que la valeur de GIANT en tant qu'agent a sérieusement diminué, en raison de son affiliation avec le secrétaire Zhang. Mais l'envoyer au camp du Liaoning *maintenant,* après tout ce qui s'est passé ? Et comment va-t-il faire pour y accéder ?"

"Nous allons l'aider pour cela. Un de nos agents en Chine va l'aider à obtenir l'accès en tant qu'inspecteur et à organiser son vol. Mais il n'aura pas beaucoup de temps avant d'être démasqué. Nous pensons qu'il n'aura qu'un jour ou deux devant lui. Nous allons donc coordonner avec l'équipe des forces spéciales de Chase Manning pour nous assurer qu'ils l'exfiltrent si cela s'avère nécessaire.

David savait que l'équipe des forces spéciales de Chase était censée être en mission d'observation et de reconnaissance. L'exfiltration de GIANT était considérée comme une option tertiaire à haut risque.

"Monsieur, est-ce encore négociable ?" demanda Tetsuo.

"J'ai bien peur que non. Le président doit savoir ce qui se passe là-bas. La Chine devient trop hostile aux intérêts américains. Nous devons savoir s'ils préparent réellement la guerre et ce qu'ils prévoient de faire."

"Compris. Quand doit-il y aller ?"

"Dès que possible."

Jinshan avait beaucoup voyagé ces derniers jours. Il venait de terminer une réunion à Guangzhou pour parler des derniers préparatifs avec l'amiral Song, qui allait bientôt partir en mer. Lena alla à l'aéroport avec lui en voiture. Jinshan la regardait avec admiration. Elle était son bien le plus précieux. Une belle fleur qu'il avait cultivée à la perfection.

Elle le regardait avec des yeux sombres, attendant docilement d'entendre ses ordres. Il espérait qu'il vivrait assez longtemps pour la voir triompher aux États-Unis. Lena était ce qui se rapprochait le plus de la fille qu'il n'avait jamais eue, et il se doutait qu'elle lui vouait une affection filiale similaire. Il le sentait quand elle lui parlait.

"Qu'as-tu découvert sur Zhang ?"

Elle fut directe et répondit sans tourner autour du pot. "Il a été purgé, comme vous le souhaitiez."

Jinshan savait qu'elle voulait dire qu'il était mort. "Et son assistant ? Le docteur Wang. Celui que nous soupçonnons d'être un traître."

Jinshan avait récemment appris que le principal conseiller de Zhang, un vieil économiste qui avait fait ses études aux États-Unis, avait peut-être travaillé avec la CIA. Son équipe du ministère de la Sécurité d'État avait réussi à pirater les archives et les dossiers financiers de la CIA et avait trouvé suffisamment de preuves pour en être quasiment sûre. Mais le ministère avait décidé de le laisser en place afin de voir qui d'autre il pourrait essayer de contacter.

"Nous avons un problème avec lui. Il a organisé un vol vers l'un de nos camps. Celui de Liaoning."

"Comment est-ce possible ?"

"Nous ne sommes pas sûrs."

"Pourquoi va-t-il là-bas ?"

"Ses ordres disent que la visite est une inspection de l'État." Elle dut voir la surprise sur son visage. "J'admets que je n'ai pas détecté le vol à temps pour l'arrêter. Je m'excuse. Nous ne savons pas par qui la visite a été organisée. Mais j'ai contacté l'officier responsable de la sécurité de la base. Il va s'assurer que cela ne devienne pas un problème."

Jinshan hocha la tête. "Bien."

26

Chase et son équipe de reconnaissance étaient cachés sur une ligne de crête à plusieurs kilomètres du camp militaire chinois de la province de Liaoning.

Leur parachutage s'était passé sans problème, malgré la méthode de largage inhabituelle. Ils avaient atterri dans un champ plat, à une centaine de mètres seulement d'une forêt.

Les trois opérateurs Delta et Chase avaient rapidement ramassé leurs parachutes et s'étaient dirigés vers les bois pour se cacher. Le terrain de cette région était vallonné. Il y avait quelques villes et des fermes dans les vallées. En restant dans les montagnes, les quatre hommes pouvaient se déplacer dans toute la région sans craindre d'être découverts.

Ils avaient atteint leur première position de reconnaissance après deux jours de marche. Il y avait une source d'eau à une heure de là. La végétation et les formations rocheuses leur offraient une bonne protection contre les observateurs indésirables. Leur position leur permettait de voir dans la vallée suivante, où le camp militaire chinois se trouvait.

Chase et les Delta observaient l'entraînement militaire chinois depuis plus d'une semaine maintenant. Ils avaient observé la même routine jour après jour. Des entraînements aux armes légères et des tirs de mortier avaient lieu la nuit. Ils faisaient également des exercices avec des pickups à quatre roues motrices qui se garaient toujours d'une manière spécifique.

Deux jours plus tôt, des avions de transport avaient commencé à arriver et à emmener quelques escouades à la fois.

Les troupes chinoises quittaient le camp. D'après les dires de l'équipe de Chase, environ deux cents hommes étaient partis par avion, et il ne restait qu'une seule escouade.

Le dernier groupe de douze hommes semblait se préparer à partir. Leur équipement était prêt sur le bord de la piste.

"Tu penses qu'ils vont où comme ça ?" dit

Chase, qui pressait le contenu brunâtre de sa ration de combat à travers une petite ouverture qu'il avait faite dans l'emballage sous vide tout en regardant dans sa lunette d'observation. Cette ration s'appelait "Poulet et riz", mais elles avaient toutes plus ou moins le même goût.

"Aucune idée. Peut-être que ce n'est qu'une école ici, et qu'ils retournent à leur base d'opérations habituelle." Le ton dans la voix de l'homme disait à Chase qu'il ne croyait pas ses propres mots.

Chase dit : "Résumons tout ça. La transmission du drone est dans trente minutes. Notre rapport doit être prêt à partir. Ils avaient l'air de s'entraîner en équipes."

Un autre avion de transport militaire arrivait à basse altitude, le bruit des moteurs grondant entre les collines. Chase et les Delta étaient cachés par l'épaisse végétation et avaient des bâches sur leur équipement spécialement conçues pour réduire les signatures thermiques des caméras infrarouges. Malgré cela, le bruit et la proximité de l'avion interrompirent toutes les conversations jusqu'à ce qu'il soit passé.

Le camp était composé de bâtiments, de véhicules et d'une piste d'atterrissage goudronnée. Un des Delta l'avait nommé Camp Kung Pao. Alors que Chase croquait dans une barre protéinée sans goût, il pensait à ce qu'il serait prêt à donner pour un bon poulet Kung Pao. Il soupira, sachant qu'il avait besoin de se concentrer et de documenter ses observations. Il tapotait d'un doigt sur la fine tablette de qualité militaire attachée à son avant-bras gauche. Il tapait de courts rapports qui étaient instantanément chiffrés et transmis à un drone de l'armée de l'air à des horaires précis chaque jour.

Chase avait suggéré à l'armée de l'air de n'utiliser que le drone pour l'ensemble de la mission, mais sa proposition avait été rejetée. Les cyberattaques chinoises qui avaient paralysé leurs satellites avaient également infecté de nombreux réseaux de liaison de données, en particulier ceux qui étaient utilisés pour contrôler les drones à longue portée. L'armée de l'air était capable de préprogrammer des drones et de récupérer des informations une fois qu'ils revenaient de leur mission, mais il n'était plus possible de recevoir les informations en temps réel comme les militaires s'y étaient habitués au cours des deux dernières décennies.

Ils dépendaient trop de la technologie. Telle était la leçon à en tirer. Et l'armée américaine l'apprenait à ses dépens.

Chase et les trois opérateurs Delta savaient se débrouiller. C'est pourquoi le général Schwartz leur avait demandé d'y aller. Leur mission était d'observer et de rendre compte de ce qu'ils voyaient. Ils devaient découvrir pour quelle mission les opérateurs spéciaux chinois s'entraînaient, et ce qui pouvait être important au point que Cheng Jinshan pensait que cela pouvait aider la Chine à prendre le Pacifique. Ils devaient envoyer de brefs rapports tous les jours et fournir un rapport plus détaillé une fois qu'ils seraient sortis de la fosse aux lions et de retour en sécurité.

"Ils travaillaient en équipes et ne s'entraînaient que la nuit."

"On ne les a observés que pendant une semaine. Peut-être qu'ils s'entraînaient aussi la journée, mais qu'on ne les a pas vus."

"Nan. Il devait y avoir une raison s'ils s'entraînaient la nuit. Quoi qu'ils fassent, ils tiennent à le faire de nuit."

Un autre des Delta déclara : "Toutes les équipes étaient constituées de la même façon. Trois véhicules, le long d'une route. Deux véhicules à l'extérieur pour former un barrage routier et protéger l'équipe à l'intérieur. Douze hommes maximum par équipe. Ceux du milieu étaient les experts en mortier. Ceux de l'extérieur assuraient la couverture du périmètre, la sécurité, et mesuraient les distances avec un télémètre pour ajuster les mortiers."

Chase hocha la tête. "C'est ce que j'ai vu aussi. Quelle note donneriez-vous à leur efficacité ?"

"Ils étaient nuls par rapport à une unité américaine... mais pour des Chinois ? Plutôt pas mal. Et je suis d'accord pour dire qu'il s'agissait d'unités d'opérations spéciales. Vous avez vu les uniformes ? Pas de patchs ou de badges avec leurs noms. Un très bon équipement par rapport à ce que l'APL fournit généralement. Et la façon dont ils se déplaçaient de manière rapide et efficace. Ils sont bons. Bien meilleurs que les soldats moyens de l'APL."

Chase savait que ces Delta ne pouvaient pas être plus élogieux que cela à l'égard d'un adversaire étranger. Par rapport à l'élite des opérateurs spéciaux américains, ils avaient raison. Les soldats chinois qu'ils avaient passé les derniers jours à observer n'avaient rien d'exceptionnel. Mais c'était comme comparer un joueur de football universitaire à un joueur de football de la NFL. Ils marqueraient tous les deux des points s'ils jouaient contre une équipe de lycée — surtout si l'équipe de lycée ne savait pas que le match allait commencer.

"Et quelle est leur cible selon vous ?"

"À en juger par ces attaques de mortier, une cible à environ un ou deux kilomètres. Je ne sais pas. Ça pourrait être n'importe quoi. Mais il y a quelque chose d'intéressant dans la façon dont ils s'entraînaient."

"C'est-à-dire ?"

"La façon dont ils garaient les trois véhicules à chaque fois. C'est comme s'ils avaient l'intention d'opérer dans une zone urbaine. Quelque part avec une route, de toute évidence. Mais quelque part où ils pensent rencontrer une résistance peu de temps après avoir commencé à tirer leurs obus de mortier."

"Donc, une cible militaire ? Une base ?" demanda Chase.

"Peut-être."

Chase appuya sur un petit appareil noir avec une grosse antenne en caoutchouc qui était placé sur le sol à côté de lui. C'était le dispositif qui transférait chaque jour des informations vers et depuis le drone. Comme le drone ne pouvait envoyer et recevoir de transmissions qu'une fois par jour sans alerter les services de renseignement chinois, l'équipe de Chase devait être constamment présente sur le terrain.

Chase déclara : "Tout ce que je sais, c'est que la transmission d'aujourd'hui devrait être la dernière. S'il n'y a plus d'entraînement ici, ils nous ramèneront à la maison."

L'appareil se mit à ronronner, et Chase vit des flashs du texte s'afficher sur le petit écran numérique.

"Un drone ?" demanda l'un des Delta.

"Oui. Il prend notre rapport quotidien."

Le drone était un RQ-180 de l'armée de l'air, un des projets furtifs super-secrets créés par Northrop Grumman dans les déserts de l'Ouest américain. Il était presque invisible alors qu'il suivait son itinéraire préprogrammé à onze mille mètres au-dessus d'eux en prenant des vidéos haute résolution du camp et en recevant les données chiffrées que Chase avait tapées la veille sur sa tablette. Lorsque le drone atterrirait en Corée du Sud quelques heures plus tard, il serait rapidement conduit dans un hangar fermé. Le personnel des agences à trois lettres extrairait et analyserait les données qu'il avait recueillies et les ferait remonter jusqu'à ce qu'elles finissent sur le bureau de SILVERSMITH une heure plus tard.

Le dispositif de transmission cessa de faire du bruit. Chase tapa alors sur quelques touches sur sa tablette et entra le code qui lui permit de voir les messages qu'ils avaient reçus. Il savait qu'il aurait moins de deux minutes pour les lire avant que les données ne soient effacées du disque dur.

CET ORDRE ANNULE LE PLAN PRÉCÉDEMMENT COMMUNIQUÉ. GIANT EST EN ROUTE VERS LA BASE DE LIAONING OÙ IL TENTERA DE RÉCUPÉRER DES INFORMATIONS VITALES. NOUS SUSPECTONS GIANT D'ÊTRE COMPROMIS ET EN DANGER. VOTRE PRIORITÉ EST DE RÉCUPÉRER LES DONNÉES FOURNIES PAR GIANT VIA UNE TRANSMISSION EN RAFALE. SI POSSIBLE, L'OBJECTIF SECONDAIRE EST D'EXFILTRER GIANT DU CAMP ET DE L'ÉVACUER VERS LA ZA.

Chase jura en lisant le message.

"Qu'est-ce que c'est ?"

"Vous allez pas le croire."

GIANT arriva à bord d'un petit jet privé quelques heures plus tard. Chase et son équipe le regardèrent entrer dans le bâtiment au centre du camp, escorté par une poignée de militaires. Ils s'étaient rapprochés après avoir reçu leurs nouveaux ordres et n'étaient plus qu'à un kilomètre du camp.

"Vous pensez qu'il en reste combien dans la base ?"

"Deux équipes qui se relaient dans la tour de garde. Une trentaine dans la caserne. Une équipe mobile dans la jeep à environ un kilomètre au nord. Je dirais qu'ils sont plus ou moins une cinquantaine au total. Tous armés."

"Son avion a fait demi-tour et semble prêt à repartir."

"Vous pensez qu'il a déjà eu ce qu'il voulait ?"

Chase et les Delta savaient que c'était maintenant que le plan risquait de devenir dangereux. Le message du drone ne leur avait donné aucune indication sur quand ou comment exfiltrer GIANT. Ils savaient juste qu'il fallait qu'ils le fassent. Ils avaient décidé de lui donner deux heures à l'intérieur. S'il ne sortait pas au bout de ce délai, ils prendraient le camp d'assaut en priant pour s'en sortir indemnes. Leur mission ne serait alors plus si secrète.

Mais s'il sortait avant la fin des deux heures, ils devaient l'attraper avant qu'il remonte dans l'avion. S'il remontait dans l'avion...

Comment GIANT avait-il été compromis ? Et à quel point était-il en danger ?

"C'est vraiment un plan de merde !"

"Ouais", répondit Chase.

"*Attendez*. Manning, tu vois ça ? C'est notre homme, non ? Où est-ce qu'ils l'emmènent ?"

Chase enleva le cache de sa lunette d'observation et regarda à travers. C'était bien GIANT. Ils venaient de le faire sortir par l'arrière du bâtiment et il se trouvait maintenant sur le siège arrière d'une jeep militaire, coincé entre deux soldats en uniforme de l'APL. La jeep était conduite par un troisième soldat sur un chemin de terre, qui serpentait le long de la petite montagne entre leur position et le camp.

"Ils n'ont pas l'air de l'emmener faire une balade champêtre."

Chase regarda le chemin de terre devant eux pour essayer de deviner où ils pourraient s'arrêter. "Allez. Il faut qu'on y aille. La route passe à environ un kilomètre d'ici. Il faut qu'on y arrive avant eux. C'est peut-être notre meilleure chance."

Les opérateurs Delta prirent une seconde pour analyser la situation et évaluer le rapport risque/récompense, puis ils entamèrent un sprint sur le flanc de la montagne densément boisée. Chase slalomait entre les épicéas, courant aussi vite qu'il le pouvait. Leurs bottes faisaient plus de bruit qu'il ne l'aurait voulu alors qu'ils approchaient du virage qui pourrait être leur seule chance d'intervenir et d'empêcher ce qui ressemblait à une exécution.

Une fois arrivés, les quatre hommes s'accroupirent derrière des troncs d'arbres et des rochers à seulement cinq mètres du bord de la route. La voiture devait arriver d'une seconde à l'autre...

Le groupe n'eut pas le temps de se concerter sur la tactique à employer. Deux des Delta ouvrirent le feu avec leurs mitraillettes dotées de silencieux et tirèrent dans les pneus et dans le moteur. La jeep fumante s'immobilisa sur la route. Confus par le bruit et par l'arrêt soudain de leur véhicule, les soldats de l'APL en sortirent. L'un d'entre eux sortit son arme en voyant les trous fumants sur le capot.

Un autre coup de feu silencieux, et deux des trois hommes s'effondrèrent. Le troisième, le soldat de l'APL qui se tenait de l'autre côté de la jeep, se mit à leur tirer frénétiquement dessus.

Chase plaça le réticule de son arme sur la tête de l'homme avec un mouvement contrôlé et appuya sur la détente. La tête de sa cible fut projetée en arrière dans un éclat de sang, et son corps inerte tomba dans la pente boisée de l'autre côté de la route. Chase se leva et courut vers la voiture.

Les Delta sortirent GIANT du siège arrière.

"GIANT est touché", dit l'un d'entre eux en ouvrant une trousse médicale. Les mains expérimentées de l'opérateur Delta arrêtèrent rapidement l'hémorragie.

"Ces tirs ont fait pas mal de bruit. Vous pensez qu'il y en a d'autres qui vont arriver ?"

"Peut-être. Peut-être pas, s'ils l'emmenaient ici pour lui tirer dessus."

GIANT toucha sa poche de poitrine à tâtons. Il avait l'air de regarder dans le vide et il respirait difficilement. L'un des Delta fouilla dans la poche que GIANT essayait de trouver sur sa poitrine et en sortit un objet noir de la taille d'une pièce de monnaie qu'il remit à Chase. GIANT hocha la tête et murmura : "Des réponses. Les plans." Il prit une autre inspiration et regarda Chase. "Ils vont nous envahir."

Chase prit l'homme par les épaules. "On sait. Sur quoi travaillaient-ils ici ?"

L'homme pointa l'objet noir qui était maintenant dans la main de Chase, et dit : "Apportez ça à la CIA. Mais avertissez-les. L'attaque va commencer très bientôt. Jinshan détourne notre attention. Il veut prendre le Pacifique d'un seul coup."

L'homme se mit à tousser à grimacer de douleur.

Chase regarda autour de lui. Deux des Delta étaient agenouillés et regardaient à travers la lunette de leur fusil, surveillant la campagne environnante à la recherche de tout signe de vie. L'opérateur Delta qui s'était occupé de GIANT s'approcha de Chase et chuchota : "L'hémorragie est trop grave. Il va se vider de son sang. On ne peut rien faire pour lui. Il faut qu'on y aille."

Chase hocha la tête.

Le vieil homme n'avait pas entendu l'échange entre les deux hommes, mais son regard disait qu'il était arrivé à la même conclusion. "Vous devez partir." Il attrapa le bras de Chase. "*Hawaï et Guam*. Jinshan va attaquer les deux. Vous devez avertir..." Il serra le bras de Chase avec les dernières forces qu'il lui restait pour souligner l'importance de son message.

Le vieil homme ferma les yeux et respira quelques secondes encore avant de s'éteindre.

Chase appela les opérateurs Delta pour qu'ils viennent l'aider. "On va mettre les corps dans la voiture et la pousser hors de la route. Ça nous donnera un peu de temps en plus. Notre extraction est dans cinq heures."

Le groupe de quatre soldats d'élite empila rapidement les corps dans la jeep, enleva le frein à main et fit rouler la voiture dans la pente. Elle finit sa course dans un grand pin une centaine de mètres plus bas, suffisamment loin de la route pour ne pas être vue facilement. Puis ils repartirent dans la montagne, laissant derrière eux la jeep fumante et les cadavres.

Ils passèrent la demi-journée suivante à se rendre vers la zone d'atterrissage. Deux heures après le coucher du soleil, ils virent enfin la silhouette d'un CV-22 Osprey des opérations spéciales de l'armée de l'air en vol stationnaire au-dessus d'un champ vide.

Les pilotes équipés de lunettes de vision nocturne firent atterrir l'avion à rotor basculant, et deux membres d'équipage descendirent, leurs armes pointées vers les arbres alors que l'équipe des quatre hommes montait par la rampe arrière.

Une attaque électronique et cybernétique conjointe de l'armée de l'air et de la NSA avait paralysé les radars et l'alimentation électrique d'une grande partie de la région pendant l'heure où l'Osprey s'était trouvé au-dessus de la terre. Les systèmes chinois furent rétablis au moment où l'Osprey revint au-dessus de la mer, en direction de la base aérienne d'Osan, en Corée.

27

Cheng Jinshan arriva tôt le matin à la base isolée dans la montagne. Cette forteresse souterraine était située à quatre-vingts kilomètres à l'ouest de Pékin. Il était arrivé par un convoi d'hélicoptères, avec des dizaines de membres de son état-major et de généraux militaires. Un convoi de véhicules terrestres était également en route et arriverait dans quelques heures.

Ces bunkers de montagne avaient été construits dans les années 1960 à la demande du président Mao Zedong, qui craignait une attaque nucléaire soviétique. De nombreux bunkers de ce type avaient été construits un peu partout dans les campagnes chinoises. Mais *celui-ci* était destiné aux dirigeants politiques. Sur ordre de Jinshan, les couloirs en béton avaient été munis d'éclairage LED, de systèmes de sécurité de haute technologie, de systèmes de ventilation et de réseaux de communication. Des batteries de missiles sol-air étaient installées aux sommets des montagnes environnantes, et des troupes de l'APL très entraînées avaient été déployées dans la région pour assurer sa protection.

Ce serait le quartier général de Jinshan en temps de

guerre. Isolé, fortifié et hautement sécurisé. Il était conçu pour résister à une attaque nucléaire directe, et des dispositions avaient été prises pour le transférer vers un ou plusieurs autres endroits au cas où une telle catastrophe se produirait.

Jinshan passa la première moitié de la journée à écouter les mises à jour de ses généraux sur l'état de leurs forces. Il fut briefé sur la chronologie des événements et posa très peu de questions, puisqu'il avait aidé à ajuster les plans selon ses spécifications. Tout allait bien. Chacun était là où il devait être, avant que le rideau ne se lève.

"Monsieur Jinshan, nous avons un appel pour vous de l'île."

Il décrocha le téléphone et entendit la voix de Lena. "Est-ce que tout est prêt ?"

"Oui, monsieur Jinshan. Nous sommes prêts."

Il y avait quelque chose dans sa voix. "Qu'est-ce qu'il y a ? Qu'est-ce qui ne va pas ?"

"J'ai été informé par un de mes experts cyber que Natesh Chaudry a peut-être vu quelque chose qu'il n'était pas censé voir."

"Qu'est-ce qu'il a vu ?"

"Il a accédé à des fichiers sur les plans de la flotte des mers du Sud, et de la flotte de navires marchands..."

Jinshan leva la tête et réfléchit. "Comment a-t-il pu accéder à ces informations ?"

"Notre équipe se penche sur la question."

"Je crains qu'il soit temps de nous débarrasser de lui. Tu peux t'en occuper ?"

"Bien sûr, monsieur Jinshan. Nous sommes dans la fenêtre d'interdiction de vol en ce moment, mais..."

"Attends que les activités de la journée soient terminées. Je ne veux pas que tu te blesses. Et j'ai besoin de toi pour superviser la situation sur l'île. Assure-toi que personne ne fasse d'erreur, Lena. J'aimerais que chacun de mes employés soit aussi talentueux et fiable que toi. Bonne chance." Il raccrocha le téléphone et entra dans la salle où l'attendaient ses plus hauts responsables militaires.

Le champ de bataille était une forêt tranquille, avec une odeur de fumée dans l'air. Le feu s'approchait. Les Américains se doutaient sans doute que ça allait commencer. Mais il serait trop tard pour qu'ils réagissent. L'œuvre de sa vie était sur le point de se concrétiser. Il ne restait qu'une dernière chose à faire. Cheng Jinshan leva la main, les yeux froids. Ses généraux assis à la table le regardaient attentivement.

"À l'attaque."

Le V-22 de Chase atterrit sur la base aérienne d'Osan juste après 08 h 00, heure locale. Une berline bleu foncé l'attendait. Un grand homme asiatique avec des lunettes de soleil et une veste en toile verte se tenait à côté de la porte du conducteur et faisait signe à Chase de monter à bord. Il dit au revoir aux opérateurs de la Delta Force qui hochèrent respectueusement la tête en retour.

Le conducteur était jeune. Il ne devait pas avoir plus de vingt-six ou vingt-sept ans. Chase pensa qu'il devait travailler pour l'Agence au bureau de Séoul.

"Tetsuo est déjà là ?"

"Il vient d'arriver. Il est avec les analystes dans la remorque."

Les pneus crissèrent lorsqu'ils entrèrent dans un hangar de l'autre côté de l'aérodrome. Chase et le jeune agent de la CIA se dirigèrent vers la remorque de la CIA à l'intérieur du hangar. Elle était posée sur des parpaings et il y avait deux gardes armés à la porte. Les gardes observèrent attentivement l'agent de la CIA qui escortait Chase lorsqu'il posa ses doigts sur le scanner d'empreintes digitales et ses yeux sur le scanner d'iris pour accéder à la remorque. Un garde vérifia l'identité de Chase avant qu'il ne soit autorisé à aller plus loin.

Tetsuo se trouvait à l'intérieur et serra la main de Chase lorsqu'il entra. "Je suis content que vous vous en soyez bien sortis. On était inquiets pour vous." Il leva les sourcils. "Ouah mec, tu schlingues."

"C'est pas moi qui ai voulu aller faire du camping sur un terrain sans douche pendant deux semaines."

"Tout s'est bien passé ?"

"Ça a été un peu dur sur la fin. Il faut que je fasse remonter des infos le plus vite possible."

Tetsuo lui tendit un téléphone filaire connecté à un réseau de communication sécurisé. Quelques minutes plus tard, Chase parlait avec les membres de l'équipe SILVERSMITH pendant que Tetsuo écoutait.

Susan semblait épuisée. Il était tard à Langley. "Allez-y, on écoute votre rapport."

Chase lui fit un résumé des événements de la semaine passée. Il commença par les informations les plus cruciales. La Chine prévoyait bien d'attaquer les États-Unis. D'après les dires de GIANT, l'attaque pourrait commencer dès aujourd'hui. Il ne savait pas encore quelles données se trouvaient dans le petit appareil qu'il lui avait remis.

En entendant cela, le général Schwartz l'interrompit. "Excusez-moi un instant. Je vais transmettre un message d'urgence à nos forces. Je veux m'assurer d'avoir toutes les informations. Est-ce qu'il a dit autre chose ?"

"Il a dit que tout le Pacifique était en jeu et a précisé que Guam et Hawaï seraient parmi les premières cibles."

"A-t-il réussi à savoir où se dirigeaient les équipes d'opérations spéciales chinoises ? Quelles sont leurs cibles ? Est-ce qu'ils vont vraiment se rendre aux États-Unis ? Est-ce qu'ils vont juste à Guam et à Hawaï ?"

"Je ne sais pas. C'est tout ce qu'il a dit."

"Comment est-ce possible ? Même si nos capacités de surveillance ne sont pas aussi efficaces qu'elles devraient l'être, nous n'avons pas pu rater cela", déclara quelqu'un au téléphone. Chase ne reconnut pas la voix.

"Je ne sais pas", répondit Chase.

D'autres voix commencèrent à proposer des explications. Chase crut entendre quelqu'un parler d'un groupe de navires marchands disparu, et d'un groupe de navires de surface chinois récemment activé.

Susan dit : "Messieurs, s'il vous plaît. Général, je pense qu'il serait approprié d'inclure les informations sur Hawaï et Guam dans votre message. Et je pense que nous ne devrions pas attendre plus longtemps pour l'envoyer."

"Je viens de l'envoyer aux personnes qui gèrent les messages d'alerte d'urgence destinés aux militaires", répondit le général. "Quand nous aurons fini ici, j'irai vérifier que le message a bien été reçu. Mais toutes nos unités militaires et nos partenaires gouvernementaux devraient recevoir ce message dans les minutes qui suivent."

"Chase, que pouvez-vous nous dire d'autre ?" demanda Susan.

Il continua à raconter les détails de sa mission, depuis leur insertion et l'observation de l'entraînement des unités spéciales de l'APL, jusqu'à l'arrivée et la mort de GIANT. Tout le monde se tut lorsque Chase leur annonça que GIANT avait péri. Tetsuo détourna le regard. GIANT était son agent, et il était visiblement bouleversé.

Susan dit : "Nos techniciens viennent de recevoir les fichiers de l'appareil que GIANT vous a donné. Ils me disent que c'est un enregistrement audio, sans autres données. Nous allons l'écouter de notre côté avec nos analystes de la Chine. Chase, Tetsuo, nous vous rappellerons dans trente minutes après avoir terminé notre examen initial."

L'écran s'éteignit.

Chase regarda Tetsuo. "Désolé pour ton homme."

Tetsuo hocha la tête. "Merci", soupira-t-il. Puis il dit : "Hé, ton frère m'a dit de te passer le bonjour. J'ai travaillé avec lui à Tokyo. Il est sympa." Tetsuo expliqua à Chase tout ce qui s'était passé avec Natesh.

"Il travaille pour vous maintenant ?"

"Ouais."

"Sérieux ?" Chase se frotta le menton. "Ça semble un peu bizarre, tu ne trouves pas ? Qu'ils l'envoient à Tokyo au moment où tout ça se passe."

"Ouais. Je suis d'accord. On en a discuté. Mais jusqu'à présent, les informations qu'il nous a données ont toutes été vérifiées. Il semble être une source fiable. Et c'est de plus en plus dur d'en trouver."

Chase dit : "Est-ce qu'il y a un endroit où je peux me doucher pendant qu'on attend ?"

"Oui, il y a des vestiaires à l'arrière du hangar. On a mis tes affaires dans un casier. Il est ouvert et il y a ton nom dessus."

"Génial. Merci, mec. Je reviens tout de suite."

Chase prit une douche et revint dix minutes plus tard. Il était toujours épuisé, mais se sentait un million de fois mieux après s'être débarrassé de deux semaines de crasse. Puis il revint dans la remorque sécurisée de la CIA.

"Ils viennent de m'envoyer un e-mail", déclara Tetsuo. "Ils vont nous rappeler maintenant."

La lumière du téléphone clignota et les mots "connexion de l'appel" apparurent sur le petit écran numérique. Puis la voix de Susan. "Chase, Tetsuo, c'était un enregistrement audio. GIANT s'est enregistré tout seul pendant les cinq premières minutes, puis il a enregistré une conversation entre lui et ce que nous supposons être des officiers du camp. Nous venons de faire traduire la conversation et nos analystes sont tous d'accord. Ils formaient des équipes d'opérations spéciales pour les envoyer aux États-Unis. Une sorte d'attaque stratégique avec des mortiers. Nous ne savons pas quelle est la cible."

Chase déclara : "Nous avons vu ces équipes s'entraîner. Mais elles ont quitté la base juste avant l'arrivée de GIANT."

"C'était il y a deux jours, n'est-ce pas ?" demanda Susan.

"Correct. C'est là qu'ils ont commencé à partir. Ils sont tous partis au cours des dernières quarante-huit heures."

"Alors nous pouvons supposer qu'ils sont tous sur le point d'entrer aux États-Unis, s'ils n'y sont pas déjà. Nous avons alerté le FBI et la Sécurité intérieure pour qu'ils soient sur le qui-vive si des groupes correspondant à la description essaient d'entrer sur le territoire."

Le général Schwartz prit la parole. "Messieurs, concernant l'avertissement de GIANT que les attaques sont imminentes, et que les Chinois attaqueraient Guam et Hawaï en première frappe, nous en avons discuté ici, et cela nous laisse perplexes. Il n'y a pas de mouvements évidents de la marine de l'APL vers Hawaï ou Guam. Tout ce qu'on a, c'est un groupe de navires marchands qui a disparu, mais nous devrions le localiser d'ici peu."

"N'oubliez pas leur groupe aéronaval..."

"C'est vrai, mais il est toujours près des Philippines."

"C'est exact."

Chase avait l'impression qu'ils parlaient en pensant tout haut. Il eut également la nette impression qu'ils paniquaient et qu'ils étaient à la traîne. Ce qui était probablement le cas.

Le général Schwartz poursuivit : "Cela dit, si l'un de ces endroits ou les deux — Guam et Hawaï — tombaient aux mains des Chinois, cela pourrait être un coup *dévastateur* pour nos chances de succès dans une guerre du Pacifique. Ces deux îles sont d'une importance stratégique majeure. Si elles tombaient aux mains de l'ennemi, il serait extrêmement difficile de soutenir les opérations du Pacifique occidental avec des moyens aériens, étant donné la proximité de la Corée et du Japon avec la Chine."

Susan dit : "Tetsuo, vous avez demandé à Natesh de faire le point sur la position des navires marchands chinois. Vous avez des nouvelles ?"

"Je dois le voir demain soir."

"Nous avons besoin de ces informations maintenant. Nous pensons que ce qui se trouve à bord de ces navires doit être lié à l'attaque initiale. Le bureau du renseignement naval nous informe que l'activité des sous-marins chinois s'est considérablement intensifiée. Mais ce sont ces navires marchands qui nous préoccupent. Sans surveillance satellite, nous avons besoin d'un moyen de les localiser. Retournez au Japon. Contactez Natesh, découvrez s'il..."

L'appel fut coupé, et les lumières de la remorque s'éteignirent.

"C'est quoi ce bordel ?"

"Qui a éteint les lumières ?"

Chase entendit une série de grondements sourds au loin. Des explosions.

L'armée chinoise possède de nombreuses îles dans le Pacifique, notamment les îles Spratley. De simples barres de sable qu'ils ont transformé en des bases militaires en plein milieu de l'océan, équipées de radars, de missiles de défense aérienne et de batteries de missiles surface-surface. Elles disposent également de pistes et de carburant permettant d'étendre la portée des avions de chasse et autres avions militaires.

Plusieurs bases militaires chinoises, telles que la base de sous-marins de Yulin et l'île de la Cellule Rouge, disposent d'abris géants creusés à même la roche afin de protéger les navires et les sous-marins en cas d'attaque. La base aérienne de Yongning contient des douzaines de grottes artificielles servant à protéger les avions de chasse et les bombardiers. Ces grottes ne sont pas seulement destinées à protéger contre les bombes ennemies. Elles sont également conçues pour protéger les ressources militaires de l'APL contre les armes à impulsion électromagnétique. Des bombes à impulsion électromagnétique *lancées par les Chinois eux-mêmes.*

Ces bombes IEM venaient d'être lancées.

Des éclats de lumière blanche ambrée étaient visibles dans le ciel, même en plein jour. Mais les détonations IEM passèrent inaperçues aux yeux de l'APL. Les soldats, marins et aviateurs chinois étaient soit sous terre, soit dans ces grottes, conformément aux ordres qu'ils avaient reçus. Ils préparaient leurs armes de guerre.

Peu après que les énormes impulsions d'énergie se soient dispersées, après avoir désactivé et désarmé des millions d'appareils électroniques du Pacifique occidental, les portes des bunkers chinois s'ouvrirent, et les troupes en sortirent, prêtes à en découdre.

Les commandants des unités chinoises avaient reçu des instructions claires ce matin-là. Préparez toutes les unités pour une attaque IEM à midi pile, heure locale. Puis, trente minutes après la détonation de l'IEM à des centaines de kilomètres au-dessus de la terre, ils devaient commencer à déployer leurs forces et à attaquer toutes les unités ennemies.

Les attaques planifiées furent lancées. Des missiles furent tirés vers des cibles militaires et des centres de services publics à Taïwan, en Corée du Sud et au Japon. Des diplomates envoyèrent des messages préapprouvés à des nations du monde entier, afin d'influencer la partie d'échecs politique en faveur de la Chine. Des cyberattaques paralysèrent de nombreux réseaux électriques et de communication.

Sur l'île de la Cellule Rouge, la porte de la grotte côtière géante s'ouvrit. Dans l'heure qui suivit, plusieurs navires de guerre en sortirent et allumèrent leur radar à la recherche de proies.

Sur les bases militaires des îles Spratley, où il n'y avait pas d'abris souterrains, diverses mesures avaient été prises en prévision de l'attaque IEM. Tous les équipements électroniques avaient reçu une protection supplémentaire. Les Chinois firent des vérifications rapides pour s'assurer que tous les systèmes étaient toujours opérationnels. Les radars furent ensuite remis en marche. Peu de temps après, les missiles commencèrent à pleuvoir sur tous les contacts aériens et de surface inconnus. Des avions étaient abattus. Certains étaient des avions de ligne, d'autres des avions de chasse américains. Mais peu importe. En temps de guerre, l'opportunité et l'efficacité ne pouvaient pas être sacrifiées au nom de la morale.

Des dizaines de navires taïwanais, américains, coréens et japonais étaient à portée des missiles de l'APL. La planification et la coordination de toutes ces attaques avaient pris des mois, principalement sur l'île. Les résultats de la Cellule Rouge avaient été pris en compte et utilisés pour améliorer les plans d'attaque chinois. Mais en vérité, tout cela était l'œuvre magistrale d'un seul homme : Cheng Jinshan.

Son objectif dans un premier temps était de créer un brouillard de guerre aussi épais que possible et d'utiliser cette couverture pour prendre le contrôle du Pacifique.

28

Lena se tenait à côté de l'amiral Song dans le centre de contrôle de l'île. L'amiral était assis dans ce qui ressemblait à un fauteuil de capitaine, surélevé au fond de la sombre salle de commandement et de contrôle. L'officier de service n'avait pas besoin de sa chaise. Il était trop occupé.

L'intérieur de la base montagneuse de l'île était en effervescence, avec des soldats et des agents de renseignement chinois qui couraient dans tous les sens. Il y avait de l'électricité dans dans l'air comme Lena n'en avait jamais ressenti auparavant. La sensation d'une conquête épique qui commençait.

"Dix minutes avant la détonation de l'IEM nord-américaine", annonça l'un des hommes qui surveillait son écran d'ordinateur. L'homme parlait calmement dans son casque, une lumière bleue se reflétant sur son visage. Sa voix fut diffusée dans toute la salle pour que tout le monde l'entende.

Une autre personne déclara : "Monsieur, les Américains ont activé leur notification d'alerte d'urgence au niveau national."

Lena savait que cette description n'était pas exacte. Ce

n'était pas les *Américains* qui avaient activé leur système d'alerte d'urgence. Ils ne le pouvaient pas. Pas maintenant. Les cyberguerriers chinois du Troisième Département en avaient pris le contrôle une heure avant le début des attaques.

Des actes d'espionnage brillants et des années de planification minutieuse avaient été nécessaires pour mener cette opération à bien. Cela avait nécessité de pirater les réseaux de la Commission fédérale des communications, de la FEMA, et de nombreuses sociétés qu'ils engageaient. La Chine allait maintenant récolter les fruits de son labeur, puisqu'elle contrôlait le système d'alerte d'urgence des Américains — du moins pour le moment. Ils pouvaient contrôler le message qui était diffusé.

L'officier de service hocha la tête. Il regarda Lena et l'amiral derrière lui. "Nous avons activé l'alerte d'urgence. Les chaînes d'informations nationales américaines viennent de recevoir un message leur disant que le président des États-Unis allait bientôt s'adresser à elles."

Lena savait que le vrai président n'avait rien fait de tel. Avec un peu de chance, il dormait dans son lit. Ou peut-être venait-il d'être alerté du début de l'attaque.

L'amiral Song dit : "Compris. Quand notre vidéo sera-t-elle diffusée ?"

Une femme leva les yeux de son poste informatique. "Tout de suite, monsieur."

C'était la partie la plus délicate. Les fausses vidéos du président américain seraient-elles crédibles ? Ou les gens verraient-ils qu'elles étaient fausses ? Cela avait fait l'objet de nombreux débats entre les planificateurs. Lena doutait qu'au milieu de toute la folie qui devait s'emparer des États-Unis, beaucoup de gens seraient capables de dire que l'homme qu'ils voyaient à l'écran n'était qu'un acteur.

La création de ces images de synthèse, dites "deep fake",

avait été incroyablement coûteuse et compliquée. Des agents spécialisés avaient tourné la scène plusieurs mois auparavant dans une salle spécialement aménagée. Ensuite, deux agents de confiance de l'une des sociétés de médias de Jinshan avaient monté les images et modifié la voix.

Au cours de leurs séances de planification stratégique, les membres du cercle restreint des planificateurs de Jinshan avaient débattu de la question de savoir si les Américains répondraient par un lancement d'arme nucléaire sur la Corée du Nord. Auquel cas les Chinois n'auraient pas *besoin d*'user de subterfuges.

Jinshan n'était pas d'accord.

Cette partie de ses plans ne pouvait pas être laissée au hasard. En maître du calcul politique et de la psychologie humaine, Jinshan avait besoin que la réponse américaine soit disproportionnée et incendiaire. Le rapport de force devait jouer en sa faveur. Et pour cela, les États-Unis devaient être présentés comme des tueurs militaristes belligérants. Les bombes IEM lancées par les Chinois étaient en chemin. Bientôt, le *véritable* black-out commencerait, et personne n'obtiendrait d'autres informations contredisant les premières... jusqu'à ce qu'il soit trop tard.

"La vidéo du discours présidentiel américain est diffusée en direct sur toutes les grandes chaînes de télévision américaines."

"Toutes ?" demanda Lena pour savoir si les cyberguerriers avaient pleinement atteint leurs objectifs.

"Oui, elles ont toutes mordu à l'hameçon."

"Excellent." Tout se passait comme prévu.

Les équipes de cyberopérations et les agents de renseignement chinois avaient passé des mois à étudier la méthode exacte de communication entre les agences fédérales américaines et les chaînes de télévision. La Commission fédérale des communications et le département de la sécurité intérieure avaient recours à des procédures sécurisées et à des étapes de vérification pour ce genre de choses. Il y avait un système de mots de passe et de chiffrement. Mais le chiffrement avait été facilement cassé par des membres du troisième département de l'état-major général de l'Armée populaire de libération de la Chine — également connu sous le nom de 3PLA. C'était l'équivalent chinois de la NSA. D'autres agents des services de renseignement avaient découvert un moyen de transmettre le signal vidéo aux chaînes d'information de manière à donner l'impression qu'il était transmis en direct de la Maison-Blanche.

C'était complexe, mais cela avait fonctionné. Trois cents millions d'Américains allaient regarder leur président leur annoncer en direct à la télévision que leur pays subissait une attaque nucléaire de la Corée du Nord, et *que les États-Unis avaient réagi en conséquence.* C'était la clé. Une fois que le monde croirait que les États-Unis avaient lancé des attaques nucléaires sur la Corée du Nord, l'influence politique américaine s'effondrerait. Les plaques tectoniques de la diplomatie mondiale se réaligneraient, et les États-Unis en ressortiraient perdants.

"Cinq minutes avant la détonation de l'IEM."

Des gens dans la salle regardaient nerveusement le plafond. Certaines des détonations IEM auraient lieu au-dessus de leur tête, à des centaines de kilomètres. Ils n'étaient pas en danger — c'était du moins ce qu'avaient affirmé les scientifiques nucléaires et les experts en armement — mais c'était quand même une pensée effrayante. Des détonations nucléaires. À des centaines de kilomètres au-dessus. Ils étaient protégés des effets des IEM dans ce bunker creusé dans la montagne de l'île. Dans l'abri naval souterrain, plusieurs destroyers attendaient. Les sous-marins étaient déjà en route, protégés par des centaines de mètres d'eau au-dessus d'eux.

L'amiral Song se leva et se dirigea vers le coin de la pièce. Il faudrait qu'il parte juste après les attaques. "Mettez le son s'il vous plaît."

Sur les écrans, la mascarade commençait.

"Mes chers compatriotes, notre nation a été attaquée. À une heure du matin, heure de l'Est, le NORAD a détecté des signes correspondant à de multiples lancements de missiles balistiques en provenance de Corée du Nord. Bien que la Corée du Nord ait effectué des tests antérieurement, ces missiles continuent de se diriger vers l'Est. Lorsque nous avons réalisé que ces missiles se dirigeaient vers les États-Unis, nous avons réagi. Notre défense antimissile balistique a été capable de détruire une grande partie, mais pas la totalité de ces missiles nord-coréens.

Il y a quelques instants, après m'être entretenu avec le conseiller à la sécurité nationale, le directeur du renseignement national et le président de l'état-major interarmées, j'ai ordonné une riposte rapide et proportionnée. Les États-Unis d'Amérique ne resteront pas inactifs pendant que des fous complotent une trahison contre notre nation libre et pacifique.

En raison de la gravité des échanges entre les États-Unis et la Corée du Nord, le ministère de la Sécurité intérieure a lancé une alerte invitant tous les citoyens à rester chez eux pendant les prochaines vingt-quatre heures afin de diminuer l'impact potentiel d'une frappe de représailles. Nous transmettrons de plus amples informations au cours des prochaines vingt-quatre heures.

J'invite tous les Américains à rester calmes, mais vigilants. Je vous assure que nous prenons toutes les mesures possibles pour assurer la sûreté et la sécurité du peuple américain. Nous..."

Puis des agents des services secrets se précipitèrent dans le champ de la caméra et emmenèrent le président à la hâte. Le président cria dans la confusion, puis l'image fut coupée et l'écran passa sur le sceau présidentiel sur fond bleu foncé. Le spectacle était terminé.

Lena savait que la partie avec les agents de sécurité avait été difficile à réaliser. Les producteurs de Jinshan avaient dû tourner cette séquence cinq fois avant de pouvoir être sûrs que les visages des hommes en costume n'étaient pas dans le cadre. Cela avait facilité le montage. Il aurait été suspect que les deux agents des services secrets soient d'origine asiatique.

Les Américains allaient être plongés dans le chaos.

La dernière chose qu'ils verraient avant que les lumières ne s'éteignent chez eux serait une campagne de désinformation, conçue pour leur faire croire que leur propre président venait de lancer une attaque nucléaire.

Plusieurs bombes IEM avaient été lancées vers les principales villes américaines. La plupart d'entre elles avaient été lancées depuis des sous-marins au large des côtes américaines. D'autres armes IEM attendaient dans des satellites dans l'espace jusqu'à ce que l'ordre d'exécution chinois soit envoyé. Ces deux méthodes ne laissaient pratiquement pas de temps aux Américains pour réagir.

Une douzaine de détonations nucléaires allaient bientôt être déclenchées dans l'espace, au-dessus de l'ensemble des États-Unis.

Lena se tourna vers l'officier de la marine chinoise qui était la liaison pour les opérations navales. "Où en sont les lancements des missiles sous-marins ?"

L'officier de la marine répondit : "Ils sont en route, madame Chou."

"Tous vos navires sont éloignés de la zone d'impact ?"

"Oui, sauf ceux que nous y avons volontairement laissés."

"Où en est l'opération du câble sous-marin américain ?" demanda l'amiral Song.

L'officier de la marine se tourna vers son écran d'ordinateur et tapa quelque chose. "Je demande une mise à jour tout de suite."

Lena pensait à Cheng Jinshan et à ce qu'il devait ressentir en ce moment même. Des décennies de travail se concrétisaient enfin. Elle savait qu'il n'allait pas bien. Il avait l'air très fatigué lors de leur dernière rencontre. Tout le monde pouvait voir que sa santé était en train de se dégrader, mais personne n'osait lui demander des détails.

Mais Lena avait également une autre pensée dont elle n'arrivait pas à se débarrasser. C'était à propos de la fille du Président Wu. Elle s'était vue elle-même dans les yeux de cette pauvre enfant. Jinshan avait ordonné son exécution. Était-ce vraiment nécessaire ? C'était l'une des premières fois qu'elle n'avait pas ressenti cette soif de violence. Elle avait voulu protéger la jeune fille, mais elle avait fini par obéir aux ordres.

Elle n'avait pas ressenti de culpabilité pour autant. Juste...qu'est-ce que c'était ? De la colère ? De la colère contre Jinshan et les autres hommes qui la commandaient. De la colère contre son père qui l'avait laissée partir tant d'années auparavant. Elle ne l'avait toujours pas revu et ne lui avait pas non plus parlé. Elle savait ce qui avait motivé son père. Elle l'avait vu quand elle était petite, mais ne l'avait pas compris à l'époque. Le général Chen était un narcissique. Jinshan n'était pas comme lui. Mais tous deux étaient plus que prêts à sacrifier des innocents au nom du progrès.

Lena avait pensé qu'elle était comme eux. Mais tuer la fille du président avait semé le doute dans son esprit. C'était comme si le sort avait été rompu dans cet éclair de feu et de sang. Elle n'avait plus ressenti ce *besoi*n de tuer depuis ce jour, même si cela ne faisait pas encore très longtemps. Mais tout de même... La soif de tuer venait par vagues de différente intensité.

On lui avait maintenant ordonné d'exécuter Natesh. Comment se sentirait-elle quand ce moment arriverait ? Lorsqu'elle se tiendrait devant lui avec un couteau ou un pistolet silencieux. Serait-elle capable de l'abattre, comme Jinshan l'avait ordonné ? Ressentirait-elle cette soif de sang qu'elle avait toujours ressentie jusqu'à présent ? Ou sa malédiction était-elle enfin brisée ?

Elle ne le saurait pas avant le moment venu.

Lena leva les yeux vers l'écran tactique montrant le théâtre du Pacifique occidental. Les batailles navales avaient commencé. Se rendre au Japon serait suicidaire pendant ce déluge de missiles. Mais elle ne ressentait aucune peur. Si son jet personnel était abattu, qu'il en soit ainsi. Elle laisserait le destin en décider.

L'amiral Song se leva de sa chaise à côté d'elle. "Je dois partir. Bonne chance, madame Chou."

Elle lui fit un signe de tête. "Merci, amiral. Bonne chasse."

Il sortit de la salle. Elle pensa au respect que ces amiraux et généraux lui témoignaient désormais. Elle savait que c'était grâce à Jinshan.

Jinshan et Lena s'étaient rapprochés au cours des deux dernières décennies, depuis qu'il l'avait recrutée. Il était son mentor, bien qu'elle le voyait rarement en personne. Il s'écoulait parfois un an ou plus entre leurs conversations. Cheng Jinshan était un entrepreneur milliardaire et une personnalité très influente dans la communauté chinoise du renseignement. Son succès dans l'un de ces mondes ne faisait qu'accroître son succès dans l'autre. L'influence financière de Jinshan dans le monde des affaires lui avait permis d'influencer certains politiciens chinois. Au départ, sa carrière commerciale ne lui servait que de couverture pour son rôle réel dans le milieu du renseignement chinois. Mais son empire était devenu trop grand pour que quiconque l'arrête.

Lena pensait à leur relation et à la façon dont il la complimentait et l'a faisait se sentir... Comment se sentait-elle ? Comme une fille ? Ironiquement, c'était lui qui l'avait éloignée de sa famille et envoyée aux États-Unis pour servir de taupe à la CIA. Et maintenant, il avait placé son vrai père à la tête de l'armée chinoise. Cela faisait beaucoup de choses à digérer.

Elle se demandait si l'affection de Jinshan était réelle. Cela faisait-il partie de son numéro, en tant que maître de la manipulation ? S'intéressait-il à elle, ou appréciait-il simplement son efficacité en tant qu'agent ?

Lorsque Jinshan avait trouvé Lena, ce n'était encore qu'une jeune fille innocente. Elle se rappela que Natesh avait été innocent, lui aussi, lorsque Jinshan l'avait repéré. Il n'avait fait qu'une seule erreur en recrutant Natesh : supposer ses motivations. Natesh n'était pas comme beaucoup d'autres étoiles montantes avec lesquelles Jinshan avait l'habitude de travailler. Il avait pensé que le jeune homme était intéressé par le pouvoir. Mais ce n'était pas le pouvoir qu'il recherchait. Lena l'avait réalisé en travaillant avec lui.

Natesh était comme un jardinier. Il aimait faire pousser des choses à grande échelle et en prendre soin : des entreprises, des industries, des technologies. Il s'était confié à Lena ces dernières semaines. Natesh lui avait parlé de son recrutement et des raisons pour lesquelles il avait été si enthousiaste à l'idée de travailler pour Jinshan.

Lorsque Jinshan avait présenté à Natesh l'opportunité de changer le monde en mieux, Natesh y avait vu l'opportunité de sa vie. Le projet de culture ultime. Il y avait tant de problèmes avec la façon dont les gouvernements étaient structurés. Regarder les politiciens mentir et manipuler les gens pour gravir les échelons l'énervait au plus haut point. Le monde s'effondrait, et il était à la merci des pires impulsions de l'humanité. L'avidité. La peur. La trahison.

Jinshan parlait de se débarrasser des systèmes de gouvernement qui gangrénaient le monde. Il s'imaginait un monde dirigé par une petite classe d'élite, triée sur le volet, pour assurer le succès et le bien-être à long terme de l'humanité.

Natesh aurait un rôle important à jouer, lui avait promis Jinshan. Lena avait bien compris que c'était une technique de recrutement classique. Jinshan avait flatté l'ego et l'idéalisme de Natesh.

Lena connaissait la vérité. S'il voulait être dans leur camp, Natesh devait renoncer à ses valeurs morales. La seule façon de renverser les gouvernements du monde et de réaliser l'utopie envisagée par Jinshan était de recourir à la tromperie et à la violence.

Les soldats et les agents de renseignement chinois présents dans cette salle avaient l'impression que la Chine allait attaquer les États-Unis. Mais ce n'était que le début. Ce n'était pas de la Chine dont il était question. C'était du monde. Jinshan avait réalisé que le contrôle exercé par le gouvernement chinois et la prospérité économique de la Chine n'étaient pas durables. Pas quand des milliards de personnes sortiraient de la pauvreté et exigeraient mieux. Mais pour atteindre leurs objectifs, les millions de Chinois qui menaient aujourd'hui des opérations militaires devaient croire en cette grande cause. Leur lavage de cerveau était en cours. Pour le moment il leur suffisait de déterminer quels leviers psychologiques actionner.

Mais dans les jours à venir, un déluge de propagande se déchaînerait dans les médias chinois. Les États-Unis seraient accusés d'avoir déclenché une guerre nucléaire contre la Corée du Nord. Les campagnes de propagande chinoises convaincraient le monde que le gouvernement américain instable, dirigé par des fanatiques religieux et des extrémistes politiques, ne pouvait plus être ignoré. La Chine devrait agir afin de maintenir la paix et de protéger la patrie.

Rien de tout cela n'était vrai, mais cela n'avait plus d'importance. Les gens croyaient ce qu'ils lisaient sur leurs smartphones. Si l'État contrôlait l'information, comme c'était le cas en Chine, il pouvait enflammer l'opinion publique et convaincre les masses de se diriger vers n'importe quel objectif.

Lena se demandait souvent si elle était elle-même victime des charmes de Jinshan. Était-elle juste son assassine aveugle qui suivait ses ordres sans réfléchir ? Lena n'était pas du genre à se poser de questions, mais elle se connaissait suffisamment pour savoir qu'elle avait changé après avoir tué le président Wu et sa famille. Lena l'aurait très bien vécu si elle n'avait eu à tuer que le président, et éventuellement sa femme. Mais elle n'avait pas voulu tuer la fille du président Wu. Elle s'était reconnue elle-même dans cette adolescente.

Elle s'était aussi reconnue en Natesh, un peu en raison de son innocence au moment de son recrutement, mais aussi de son talent naturel, même s'il était très différent de celui de Lena. Elle admirait le fait qu'il croyait réellement en la vision de Cheng Jinshan pour l'avenir. Natesh voulait un monde meilleur, et il avait été forcé de sacrifier son intégrité pour y parvenir. Lena était dans le même bateau, à bien des égards.

Elle se tourna vers l'officier de service. "Je vais de l'autre côté de l'île. Dites au centre des d'opérations aériennes de ravitailler mon avion en carburant et qu'un pilote se tienne prêt. Je dois me rendre au Japon immédiatement."

L'officier la regarda comme si elle était folle. "Mais madame Chou..."

"C'est un ordre."

29

Porte-avions chinois Shangdong

Quelques heures plus tard, l'amiral Song se tenait sur l'aileron de passerelle du tout nouveau porte-avions chinois. Le vent lui soufflait sur le visage. Il regardait l'océan gris en se demandant ce qui l'attendait.

Après l'attaque IEM, il était monté à bord d'un des destroyers juste avant qu'il ne quitte le quai intérieur de l'île. Il était sorti dans la mer de Chine méridionale et quelques minutes plus tard, deux hélicoptères de la marine chinoise s'étaient approchés, et l'un d'eux avait atterri sur le destroyer. L'hélicoptère l'avait emmené à cinquante milles au nord de sa petite flotte, où ses commandants se préparaient déjà à leur première vague d'attaque.

Il se tenait désormais sur la passerelle de l'amiral du magnifique porte-avions *Shangdong, le* vaisseau amiral de sa flotte. C'était le deuxième porte-avions chinois, mais le premier qui avait été construit en Chine. Le premier était un vieux porte-avions de l'époque soviétique, rénové par les Chinois une quarantaine d'années plus tard.

Le *Shandong* transportait trois escadrons d'avions de chasse chinois et seize hélicoptères. Il disposait de radars et d'armements modernes et était entouré d'une douzaine de navires de guerre chinois. Deux sous-marins d'attaque le protégeaient sous la surface. Des drones, des avions de reconnaissance et un réseau de satellites permettaient à l'amiral Song de savoir tout ce qui se passait dans le Pacifique.

Encore faudrait-il que les satellites fonctionnent toujours après l'explosion des bombes IEM. C'était un point sur lequel les scientifiques n'avaient pas réussi à se mettre d'accord. Et il fallait aussi que les Américains n'aient pas commencé à mettre les satellites chinois hors service. Raison de plus pour frapper le fer pendant qu'il était encore chaud.

Il entra dans la passerelle où ses commandants et ses officiers de quart lui donnèrent des nouvelles.

"Est-ce que le réseau GPS est toujours opérationnel ?"

"Il y a eu quelques pannes sporadiques, amiral Song, mais pour l'instant, il fonctionne toujours", répondit un officier chargé des cyberopérations et des communications.

"Très bien." Il se tourna vers le commandant du porte-avions. "Combien de temps avant que nous soyons prêts à lancer nos avions ?"

"Un peu plus de quatre heures, monsieur. Nous serons alors dans le détroit de Luzon, et à portée de vol. L'avion ravitailleur devrait bientôt décoller. Mais nous pensons que des navires de guerre américains pourraient être dans la zone de frappe et que cela pourrait nous ralentir."

"Faites de votre mieux, commandant. Et assurez-vous de garder les rangs serrés autour de nous. Nous allons avoir besoin d'une protection contre les sous-marins d'attaque rapide américains. Ils n'auront pas été affectés par les IEM, et nous devons partir du principe qu'ils nous attaqueront s'ils en ont l'occasion."

Le capitaine hocha la tête. Song savait que leurs propres sous-marins d'attaque et avions de patrouille maritime avaient passé les douze dernières heures à sonder la mer de Chine méridionale. L'avion de patrouille maritime avait dû atterrir pendant les attaques IEM, pour des raisons de sécurité. Mais la quantité de sonars actifs dans le détroit de Luzon, et à l'est de celui-ci, aurait dû dissuader la plupart des sous-marins américains qui pourraient poser un problème à leur lancement.

Les Américains étaient sous le choc de l'annonce de l'attaque nord-coréenne, qui devait se produire quelques heures après le lancement des IEM et des cyberattaques chinoises. Avec un peu de chance, les Américains ne sauraient pas que les IEM et les cyberattaques étaient d'origine chinoise. Mais ils le soupçonneraient fortement. Les Nord-Coréens n'étaient tout simplement pas capables d'un tel niveau de sophistication militaire. Dans la confusion, les Américains hésiteraient surement à prendre des mesures punitives contre les Chinois. Jinshan avait parlé du "brouillard de la guerre" dans ses préparatifs. Il était convaincu que les Américains seraient en proie à la confusion et à l'indécision au cours des premiers jours.

Cette hésitation des Américains était un élément clé de la stratégie chinoise. Leur désir d'autorité morale était leur faiblesse. Un dirigeant fort ne devait pas attendre d'avoir la certitude qu'un ennemi était responsable d'une attaque pour riposter. Mais l'attitude moralement conservatrice des Américains exigeait des certitudes. Il avait déjà travaillé avec eux dans le cadre d'exercices navals et s'était entretenu avec eux lors de leurs missions diplomatiques en Chine. S'il avait été chargé de leur riposte, des missiles nucléaires auraient déjà été en route vers Pékin. Mais Jinshan et ses planificateurs sur l'île étaient certains que les Américains ne riposteraient pas avec des armes nucléaires tant que ce n'était pas leur dernière option possible. Et à ce moment-là, il serait déjà trop tard.

L'amiral Song espérait faire passer sa flotte en profitant de ce moment de faiblesse de la flotte américaine. Deux porte-avions américains opéraient sur le théâtre du Pacifique occidental, ainsi que des dizaines de navires de guerre et de sous-marins.

Song savait que l'armée de l'air et la marine chinoises avaient l'intention de frapper les porte-avions et la plupart des navires de guerre américains dans les prochaines heures. Et même si la victoire ne semblait faire aucun doute dans la tête des planificateurs militaires, il savait qu'il s'agissait des pronostics optimistes de jeunes officiers enthousiastes. Le combat les ramènerait rapidement à la réalité. Leurs regards optimistes et leurs attitudes intrépides se transformeraient en regards stoïques. Le sang et la mort laissaient un goût qu'il n'était pas facile d'oublier.

Si la Chine voulait réussir, elle devait agir rapidement, avant que les États-Unis ne comprennent ce qui se passait. Et il avait bien l'intention d'utiliser l'élément de surprise à son avantage.

30

USS Lake Champlain
Mer de Chine orientale

"On a quelque chose ?" demanda le commandant.

"On est en train de remonter les radars, monsieur."

Ils avaient redémarré tous les systèmes de défense aérienne qui ne fonctionnaient pas correctement. Il y avait eu un flash brillant comme le soleil, avait dit la vigie. Ce pauvre marin était maintenant à l'infirmerie, aveugle d'un œil. Il regardait des F-18 qui volaient au-dessus de lui quand c'était arrivé. Le commandant secoua la tête.

Un flash brillant comme le soleil.

À l'intérieur du navire, de nombreux objets électroniques ne fonctionnaient plus correctement. Certains ne fonctionnaient plus du tout. Le commandant était en train de taper un e-mail dans sa cabine lorsque c'était arrivé. Son écran d'ordinateur s'était éteint et ne voulait pas se rallumer.

Il était allé dans le centre d'information de combats et avait découvert le chaos qui y régnait. Puis l'officier des actions tactiques avait entendu parler de la "situation médicale" de la vigie.

Un flash brillant comme le soleil.

Le commandant avait lu des articles sur les dangers des armes à impulsion électromagnétique pendant son séjour au Pentagone. Heureusement, la plupart des équipements militaires à bord du croiseur de la classe Ticonderoga étaient renforcés contre ce genre de choses. Mais personne ne *savait* vraiment ce qui se passerait si une véritable arme IEM explosait au-dessus d'eux. Personne ne savait quelle serait sa puissance, ni comment les différents systèmes pourraient réagir. Y avait-il des maillons faibles dans la chaîne électronique de ces "matériels militaires renforcés" ?

Une autre question était de savoir *qui* avait tiré ces armes IEM. Les événements de la semaine passée laissaient penser qu'il s'agissait de la Corée du Nord, mais à sa connaissance, la Corée du Nord n'avait pas cette capacité. Il était plus probable que ce soit la Chine. Les officiers et l'équipage du USS *Lake Champlain* avaient reçu les récents rapports concernant un groupe de navires marchands chinois et un déploiement inhabituel de groupe d'action de surface chinois. Tout le monde était sur les nerfs depuis les échanges de tirs entre les navires de guerre américains et chinois qui avaient eu lieu plusieurs semaines auparavant. Mais ils ne pouvaient pas être complètement sûrs de l'identité des responsables. Les Nord-Coréens avaient lancé leur attaque sur la Corée du Sud et le Japon quelques heures plus tôt. Il était donc logique qu'ils lancent des armes IEM s'ils en avaient.

Ils avaient besoin de renseignements, et ils avaient besoin d'ordres.

Le *Lake Champlain* faisait partie du groupe aéronaval du porte-avions Carl Vinson qui se trouvait sur leur tribord. Deux autres destroyers se trouvaient à moins de vingt milles de leur position. Ces destroyers et son croiseur étaient responsables de la défense contre les menaces aériennes ennemies, qu'il s'agisse d'avions de chasse, de bombardiers ou de missiles. Mais depuis les trente dernières minutes, le commandant du *Lake Champlain n'était* plus sûr des capacités de défense aérienne de son navire. Un bien triste aveu de la part du commandant de la défense aérienne.

Il regarda le TAO. "Est-ce qu'on a reçu des nouvelles du groupe aéronaval ?"

"Pas de nouvelles du porte-avions, monsieur."

Personne n'avait répondu aux communications radio depuis l'IEM. C'était mauvais signe. Le commandant était censé participer à une vidéoconférence avec les autres navires du groupe. Ils devaient discuter des règles d'engagement alors qu'ils approchaient la péninsule coréenne. Le dernier message que le *Lake Champlain avait* reçu disait que la Corée du Nord avait attaqué le Sud, et que les forces nord-coréennes devaient être considérées comme hostiles. Mais ces pannes de communication généralisées avaient grandement affecté leur compréhension de la situation.

Les diagnostics des systèmes de défense aérienne montrèrent que, techniquement, la plupart de leurs équipements n'avaient pas été affectés par l'IEM. Mais il pouvait constater de ses propres yeux que les écrans ne fonctionnaient pas correctement.

Un représentant technique se trouvait à bord. Il avait travaillé sur leur radar SPY la semaine précédente et était censé passer sur le porte-avions plus tard dans la journée. Au lieu de cela, il avait démonté et remplacé des pièces, avec l'aide des experts radar du navire. Cela leur avait pris vingt minutes pour refaire fonctionner la machine correctement.

"Mais qu'est-ce qu'ils font là-bas ?" demanda le commandant en pointant le porte-avions du doigt.

"Je ne sais pas, monsieur. Nous les avons maintenant à la radio. Mais aucun autre circuit de communication ne fonctionne."

"Aucun ?"

"Pas encore, monsieur."

"Alors contactez quelqu'un à la radio qui pourra nous dire ce qui se passe bordel."

"Oui, monsieur."

Le capitaine secoua la tête. Il s'en voulait d'avoir élevé la voix. Il savait que ce n'était pas la faute de l'officier des opérations. Mais il avait besoin d'informations. Ils pouvaient être attaqués en ce moment même. Il ferait venir l'amiral sur la passerelle du porte-avions pour lui parler s'il le fallait. Il quitta le centre d'information de combat pour se rendre sur la passerelle.

À peine le capitaine était-il monté sur la passerelle qu'il entendit un appel du 1MC lui demandant de retourner au centre de combat. "Commandant, vous êtes demandé au centre de combat dès que possible."

Il y avait de l'urgence dans la voix de la femme, mais pas de peur. Elle était l'un de ses meilleurs officiers, et il en fallait beaucoup pour l'ébranler.

Le commandant s'empressa de retourner au centre d'information de combat.

"Monsieur, le système AEGIS est à nouveau connecté. Tout ne fonctionne pas encore, mais nous avons déjà plusieurs contacts aériens inconnus en approche dans le deux-six-zéro à quatre-vingts milles."

"Altitude ?"

"Le système a du mal à..."

Une forte alarme retentit.

"VAMPIRE ! VAMPIRE ! VAMPIRE !" cria un quartier-maître d'une des stations de défense aérienne. "TAO, missiles ennemis en approche. Azimut deux-quatre-zéro à cinquante milles. Je vois... quarante... non, *soixante missiles* se dirigeant vers notre position."

Le commandant leva les yeux vers l'écran. Il était rempli de petites icônes qui se déplaçaient à grande vitesse. "Vous savez ce qu'il nous reste à faire. C'est parti !"

Plusieurs ordres furent criés dans la salle et le 1MC déclara : "Tenez-vous prêt pour le changement de cap." Puis l'alarme retentit et fut suivie de : "Branle-bas de combat, tout le monde à son poste..."

Les marins de la division de contrôle des tirs de combat évaluaient les informations sur leurs écrans. Leurs mains se déplaçaient rapidement sur les boutons et les claviers. Ils avaient les mains moites et des gouttes de sueur commençaient à perler sur leurs fronts. Leur rythme cardiaque s'accélérait et leur niveau d'adrénaline montait rapidement. Ces marins mettaient en pratique leurs années d'entraînement en essayant de ne pas penser aux dizaines de missiles qui volaient au-dessus de l'eau à une vitesse juste inférieure à celle du son, et qui se dirigeaient droit sur eux.

Le croiseur trembla lorsque des dizaines de missiles surface-air furent tirés de son pont. Des flammes jaillirent du système de lancement vertical, suivies de traînées de fumée dérivant vers l'horizon.

"TAO, nous avons maintenant cinquante missiles *supplémentaires qui arrivent d*ans le même azimut."

Le commandant s'agrippa aux accoudoirs de son siège lorsque le pont s'inclina. L'équipe de la passerelle exécutait désormais des manœuvres d'évitement. Il serra les dents en regardant les petites icônes bleues des missiles surface-air se diriger vers les dizaines de traces de missiles en approche.

Quelque chose n'allait pas.

"Les destroyers ne tirent pas", déclara le commandant. Il se tourna vers le TAO. "Avez-vous pu les contacter ?" Un frisson l'envahit. Avec autant de missiles en approche, il avait désespérément besoin des autres navires de guerre de la flotte pour défendre le porte-avions — et eux-mêmes.

"Non, monsieur. Les communications sont coupées."

"Nous n'avons pas assez de missiles." Il regardait les chiffres et calculait dans sa tête en tapant des doigts sur ses accoudoirs. L'ennemi avait tiré trop de missiles pour eux. Il se demandait si les destroyers subissaient encore les effets de l'attaque IEM. Leurs radars fonctionnaient-ils ? Étaient-ils au courant qu'il y avait des missiles en approche ?

Il serra ses mains moites entre elles alors que des dizaines de symboles rouges indiquant les missiles ennemis approchaient de leur groupe aéronaval.

La première frappe avait été avec des armes IEM.

La seconde avec des missiles antinavires.

Des centaines de missiles. Plus que ce que pouvaient contrer les mesures de défense aérienne actuellement employées par la marine américaine. Et ils ne pouvaient pas compter sur les technologies légèrement inférieures des Coréens et des Japonais.

La plupart des missiles étaient des versions subsoniques du C-802. Ils se déplaçaient à une quinzaine de mètres au-dessus de l'eau et lorsqu'ils entraient dans les vingt-cinq derniers milles de leur course, ils accéléraient à une vitesse presque *trois fois supérieure à celle du* son, ce qui était plus rapide que de nombreuses balles.

Certains de ces missiles étaient des "tueurs de porte-avions" nouvellement développés. Les missiles balistiques supersoniques à moyenne portée — les DF-21D. Quatre d'entre eux avaient été tirés sur l'USS *Carl Vinson*. Ils ne faisaient pas partie des missiles qui volaient au ras de l'eau. Les tueurs de porte-avions étaient lancés dans l'espace puis redescendaient avec très grande vitesse. Ils se déplaçaient à Mach six et planaient sur près de trente milles vers leur cible. Deux d'entre eux ratèrent leur cible et tombèrent dans l'eau entre le USS *Carl Vinson* et les navires de sa flotte.

Deux d'entre eux atteignirent leur cible.

Les deux véhicules de rentrée pesaient plus de cinq-cents kilos et transportaient des ogives de plus de deux-cents kilos. À six fois la vitesse du son, les dégâts étaient tout simplement catastrophiques. L'arrière de l'USS *Carl Vinson* éclata lorsque l'un des missiles explosa à l'impact sur le pont d'envol, laissant un trou géant à l'endroit même où les avions se posaient normalement. Le second impact du DF-21 déclencha des explosions secondaires dues à l'explosion du carburant et des munitions stockés à bord, transformant d'énormes parties du porte-avions en un véritable brasier.

À des kilomètres à l'ouest, les missiles sol-air tirés depuis l'USS *Lake Champlain* commencèrent à intercepter l'énorme nuée de missiles antinavires subsoniques. L'un des destroyers avait également commencé à tirer.

Lorsque certains missiles antinavires passèrent entre les mailles du filet des missiles surface-air, les navires d'escorte et le porte-avions lui-même commencèrent à tirer leurs missiles de défense à courte portée. Puis le système d'arme rapproché Phalanx — une mitrailleuse Gatling géante — tira des milliers de balles perforantes en tungstène. Le bruit ressemblait à celui de la fermeture éclair géante d'un dieu en colère.

Des dizaines de missiles parvinrent à passer outre les armes défensives et finirent leur course dans les navires de guerre gris de la marine américaine. De la fumée et des flammes remplirent l'air, et une pluie de métal chaud, de cendres et de chair retomba sur la mer.

Des scènes similaires se produisirent dans tout le Pacifique occidental. Les satellites chinois et les opérations de surveillance renseignaient le réseau militaire en continu.

Et ce n'était que le début.

La troisième vague. L'équipe de nettoyage.

Les quinze bombardiers stratégiques chinois H-6K volaient en formation libre, chacun dans un rayon de vingt milles de l'avion de tête. Chaque bombardier avait un équipage de quatre personnes, une envergure de trente-trois mètres et une vitesse de croisière d'un peu plus de sept-cent-cinquante kilomètres par heure. Les planificateurs avaient établi leur itinéraire de vol en s'assurant qu'ils étaient hors de portée pendant l'attaque par impulsions électromagnétiques. Leur équipement était renforcé contre les armes IEM, mais autant éviter de prendre le risque de les y exposer. L'heure du décollage avait été programmée de telle sorte qu'ils n'arrivent sur place qu'une heure après l'IEM.

"Cible confirmée", dit le commandant de vol par radio chiffrée. Il venait de recevoir de nouvelles informations sur la cible. "Tous les avions sont autorisés à tirer."

Le commandant de bord donna les instructions à son équipage. Leur entraînement épuisant de ces dernières semaines était sur le point d'être mis à l'épreuve. Ils allaient frapper la puissante marine américaine en plein cœur — les groupes aéronavals du Pacifique occidental — et les paralyser dès les premières heures de la guerre.

Son avion fut le premier à larguer ses missiles de croisière.

Son bombardier était si lourd qu'il ne sentit aucune secousse due au largage. Les boosters des missiles commencèrent à s'allumer et il vit des traînées de fumée grise s'éloigner au loin, une par une. D'autres missiles apparurent dans sa vision périphérique, par la fenêtre de son cockpit. Ils avaient été tirés depuis l'autre avion. Le ciel se remplit rapidement de missiles de croisière se dirigeant vers l'est.

Chacun des bombardiers chinois transportait six missiles de croisière antinavires. Les missiles basés à terre avaient été programmés pour être lancés juste avant l'attaque des bombardiers stratégiques, mais le commandant de la mission n'avait aucun moyen de savoir si cette partie du plan s'était bien déroulée.

Dix SU-30, achetés à la Russie en 2004, étaient en mission similaire plus au nord. Ils étaient armés du mortel missile de croisière antinavire KH-31.

Des avions de reconnaissance et des satellites chinois avaient passé les dernières heures à identifier des cibles. Certains des satellites seraient probablement endommagés par l'IEM, mais ils avaient suffisamment de satellites de secours. Les officiers de renseignement sur l'île avaient obtenu des coordonnées qu'ils avaient transmises aux avions. Les planificateurs avaient ensuite assigné à chaque bombardier une liste de cibles. En réalité, ils ne savaient même pas sur quels navires ils tiraient. Il suffisait de viser une latitude et une longitude, et les missiles commençaient ensuite leur propre recherche active.

Certains des navires américains avaient survécu aux frappes IEM sans trop dégâts sur leurs systèmes. D'autres n'avaient pas eu cette chance.

À des kilomètres des bombardiers chinois, le USS *Lake Champlain* flottait toujours, mais était à l'arrêt après avoir été touché par plusieurs missiles antinavires tirés depuis la terre.

Les hommes et les femmes à bord étaient occupés à combattre les incendies et à essayer de colmater les voies d'eau. Le radar et les systèmes de combat avaient été endommagés lors de l'attaque. Et ils ne savaient pas qu'une autre attaque était en cours.

Deux missiles de croisière antinavires lancés par le bombardier H-6K endommagèrent davantage le *Lake Champlain* à quelques secondes d'intervalle. Les voies d'eau, déjà graves, s'aggravèrent lorsque le carburant et les munitions s'enflammèrent et créèrent des explosions secondaires.

Le navire coula en quelques minutes.

L'avion-radar chinois volait haut au-dessus de l'espace de combat, aidant les forces chinoises à avoir une image claire de ce qui se passait. Le KJ-3000 était la dernière version chinoise de l'AWACS, le système de détection et de commandement aéroporté de l'armée de l'air américaine. C'était un avion énorme et au look étrange comme la plupart des avions-radar, avec un radar en forme de soucoupe fixé sur le dessus.

"Des missiles sol-air sont lancés depuis le navire de guerre japonais *Myoko*, monsieur."

L'officier de l'armée de l'air chinoise qui commandait l'avion-radar entendit l'appel sur son circuit de communication interne. Il regarda son écran d'affichage alors que des volées de missiles sol-air japonais commençaient à s'élancer vers les missiles antinavires chinois. Des décennies de modernisation militaire chinoise étaient sur le point d'être mises à l'épreuve. Les progrès de la technologie chinoise seraient-ils aussi efficaces que prévu ? Y aurait-il suffisamment de missiles pour l'emporter sur les systèmes de défense aérienne ?

Le commandant regarda ses deux unités aériennes d'attaque. Il dit : "Vecteur deux des SU-30 vers le navire japonais. Je vois de multiples missiles sol-air provenant des environs du USS *Carl Vinson*, au sud. Envoyez le reste des SU-30 sur lui. Ces deux porte-avions sont notre priorité."

"Oui, monsieur."

Les SU-30, qui venaient du nord, reçurent leurs nouvelles instructions des contrôleurs radar du KJ-3000. Deux d'entre eux se tournèrent immédiatement vers le destroyer japonais et tirèrent leurs missiles antinavires KH-31. Le KJ-3000 utilisait un système d'attaque électronique pour brouiller l'image radar du destroyer.

Les missiles KH-31 volaient seulement quinze mètres au-dessus de la surface de l'océan à une vitesse presque deux fois supérieure à celle du son. Le destroyer japonais savait qu'ils arrivaient, mais il ne put rien faire. Leurs moyens antiaériens ne faisaient pas le poids face aux dysfonctionnements électroniques dus à l'attaque IEM couplés à l'attaque électronique du KJ-3000.

Les missiles explosèrent à l'impact.

Près de cent kilos d'explosifs entrèrent en collision avec la coque en acier à une vitesse de deux-mille-cinq-cents kilomètres à l'heure. Le centre du destroyer japonais explosa, et les soldats qui ne furent pas tués dans l'explosion périrent dans les incendies qui suivirent ou se noyèrent lorsque le navire sombra.

Le commandant de l'avion-radar chinois fit un zoom arrière sur son écran. Sa liaison de données était mise à jour en temps réel par toutes les unités chinoises connectées. Dans tout le Pacifique occidental, les forces aériennes et navales chinoises avaient commencé leurs attaques. Taïwan était un enchevêtrement de lignes rouges et bleues. La plupart des missiles étaient lancés depuis la Chine continentale. Taïwan et le Japon étaient tous deux arrosés de missiles chinois conventionnels.

La Corée du Nord envahissait le Sud. Cela occuperait l'armée sud-coréenne et les Américains qui étaient stationnés là-bas.

31

Base aérienne d'Osan, Corée du Sud

Chase et les autres employés de la CIA étaient assis dans la remorque plongée dans le noir.

"Pourquoi les lumières de secours ne s'allument-elles pas ?", demanda quelqu'un.

"Ça doit être un transformateur. Vous avez entendu ce boum dehors ?"

"Oui, mais les lumières de secours devraient quand même s'allumer."

Chase ne voyait pas le bout de son nez et tâtonnait dans la salle. Un des autres agents jurait en se dirigeant vers la porte. La pièce était étrangement calme, sans le bruit de toutes les machines et des ventilateurs de refroidissement.

Puis un des gardes ouvrit la porte de l'extérieur, laissant entrer de la lumière et de l'air à l'intérieur. "Vous allez bien ?" Ils sortirent tous de la remorque et le garde verrouilla la porte derrière eux.

"Qu'est-ce qui se passe ?"

"Je ne sais pas. Le courant vient de s'éteindre partout."

Chase pensait que c'était plus grave que ça. "Quelqu'un a un téléphone portable ?"

Un des gardes sortit son téléphone de son sac. "Ouais, moi. Attendez, il est éteint. C'est bizarre, je ne l'éteins jamais." Il n'arrêtait pas d'appuyer sur le bouton pour l'allumer. "Merde. Il ne s'allume pas. Désolé."

Chase dit : "Je ne pense pas que ce soit seulement le vôtre."

Un autre boum énorme retentit dans tout le hangar. Celui-ci avait l'air beaucoup plus près. Les membres du groupe se baissèrent tous par réflexe alors que le sol tremblait sous leurs pieds. À travers les portes du hangar, Chase pouvait voir des nuages d'explosions s'élever de l'autre côté de la piste.

"Mon Dieu", s'exclama Tetsuo.

Chase observait, alors que d'autres panaches de fumée s'élevaient de la piste et des hangars. D'autres bruits d'explosions suivirent une seconde plus tard. Et il y eut un nouveau son. Le rugissement déchirant des avions de chasse qui passaient au-dessus.

"Allez." Tetsuo lui tapa sur l'épaule, et ils sortirent prudemment du hangar. Des silhouettes d'avions sombres manœuvraient à des milliers de mètres au-dessus et tiraient des balles traçantes jaunes devant eux. Chase ne voyait pas sur quoi ils tiraient.

Il regarda autour de lui. Les camions de pompiers de la base lançaient de l'eau sur les bâtiments en feu. Les équipes médicales couraient pour aider les blessés. Mais il y avait des blessés partout, et l'attaque venait juste de commencer. Il y avait des morceaux de métal, de pierre et de chair partout autour.

"Qu'est-ce *qui se passe* ?"

Chase regarda vers le nord. Deux gros biplans qui semblaient tout droit sortis d'un vieux film sur la Première

Guerre mondiale volaient à quelques dizaines de mètres au-dessus des toits.

"C'est quoi ce bordel ?"

L'avion monta et tourna pour se mettre parallèle à la piste. Puis de minuscules silhouettes noires commencèrent à tomber sur le côté de chaque avion, des parachutes s'ouvrant au fur et à mesure de leur chute. Les voiles blanches se remplirent d'air et flottèrent jusqu'au sol. Chase comprit alors ce qu'il se passait.

"Je pense que c'est des soldats nord-coréens."

Chase secoua la tête. Il n'en croyait pas ses yeux. Ils n'étaient pas plus de trente au sol. La plupart d'entre eux étaient encore en train de descendre lentement vers le sol. Chase avait un Sig Sauer P228 dans un étui sur sa cuisse, mais il avait mis la carabine dans un casier dans la remorque de la CIA. Il était sur le point de dire à Tetsuo qu'ils devraient aller la chercher quand il vit du mouvement de l'autre côté de la piste.

Les opérateurs Delta étaient sur le coup. Les mêmes trois hommes avec lesquels Chase avait été en Chine. Ils avaient dû voir les parachutistes nord-coréens et se mettaient maintenant en position de tir, deux sur les toits et un dans une jeep. Chase regarda les soldats nord-coréens commencer à se faire abattre, un par un.

Un groupe de cinq Nord-Coréens courait vers l'une des équipes médicales de la base, qui s'occupait d'un blessé. Les cinq s'effondrèrent à quelques secondes d'intervalle, sous les tirs rapides des opérateurs Delta.

Certains des parachutistes n'avaient même pas atterri qu'ils avaient déjà pris des balles dans la poitrine. Chase se demandait si c'était une façon honorable de tuer un ennemi, mais il balaya vite cette pensée. Ces soldats nord-coréens venaient d'envahir, et leurs missiles et leur artillerie tuaient maintenant des civils dans la région. C'était une question de rapidité, pas d'honneur. Ils devaient tuer autant d'envahisseurs que possible pour minimiser les dégâts.

La guerre avait commencé. Et Chase se trouvait sur la ligne de front.

Il leva les yeux et vit un groupe d'hélicoptères vert foncé — des Chinooks — qui volaient en formation vers le nord. Il s'agissait d'hélicoptères de l'armée sud-coréenne ou de l'armée américaine.

"Chase !" lui cria Tetsuo alors que d'autres explosions retentirent à proximité.

"Quoi ?" Il avait les oreilles qui sifflaient et n'entendait presque rien.

"Il faut qu'on parte d'ici et qu'on aille voir Natesh", lui cria Tetsuo à l'oreille. "Il faut qu'on voie si on peut trouver un vol quelque part. On est dans une zone ciblée. On ne peut pas décoller d'ici..."

Chase hocha la tête. Il avait raison. Ils supposaient que cette attaque nord-coréenne coïncidait avec les plans chinois. Et si la Chine attaquait...

Susan avait besoin qu'ils aillent au Japon. Ils devaient trouver Natesh et voir s'il pouvait fournir des renseignements sur l'emplacement des navires marchands chinois. Il y avait sur ces navires quelque chose de crucial pour les Chinois, et ils devaient les arrêter avant qu'il ne soit trop tard... si ce n'était pas déjà le cas.

Ils trouvèrent le jeune agent de la CIA qui avait conduit Chase plus tôt. Il leur fit signe de le suivre. Ils coururent derrière un hangar et montèrent dans un Humvee. Ils roulèrent le long du périmètre de la base jusqu'à la sortie.

La circulation était un vrai désastre. Les gens couraient et criaient dans tous les sens. Une pharmacie avait été touchée par un des missiles. Le bâtiment était complètement détruit et le complexe d'appartements à côté avait pris feu.

Ils roulèrent pendant ce qui sembla être une éternité, bien que cela n'avait duré qu'environ une heure. Tetsuo dut parfois rouler sur le trottoir pour contourner les accidents et les embouteillages. La ville très peuplée était un mélange de zones urbaines intactes et de décombres fumants.

"Où est-ce qu'on va ?"

"Dans une autre base plus au sud. Je pense que vous pourrez trouver un vol là-bas", dit l'agent de la CIA.

D'autres hélicoptères survolaient désormais la ville. Il y en avait des dizaines et ils se dirigeaient tous vers le nord. Chase aperçut les mots *"United States Army" en* lettres noires sur le côté d'un d'entre eux.

Des missiles furent tirés en l'air devant eux. Des éclairs jaune vif se succédèrent rapidement en laissant des traînées de fumée blanche derrière eux.

"Qu'est-ce que c'est ?"

"Ça ressemble à des missiles sol-air."

"Ils essaient d'abattre les Scud nord-coréens."

"Tu crois qu'on va pouvoir décoller avec tout ça ?"

"Je sais pas."

Ils quittèrent la route et Chase vit qu'ils étaient sur le point d'entrer dans une autre base.

"C'est quoi cette base ? On va pouvoir décoller d'ici ?"

"C'est l'aérodrome militaire de Desiderio". C'est l'une des plus grandes bases de la région. Je n'y suis venu qu'une fois, mais c'était pour un vol vers le Japon. Donc je sais que c'est possible."

Chase pouvait voir de la fumée s'élever du sol près de la piste. Au moins un missile avait touché la base, mais c'était toujours mieux que la base d'Osan. Il y avait des hélicoptères vert foncé partout où il regardait. Des Blackhawks. Des Apaches. Des Chinooks.

Des groupes de soldats montaient en courant dans les hélicoptères. Dès que plusieurs hélicoptères furent remplis, ils décollèrent et s'envolèrent en formation vers le nord.

Un des gardes de la base pointait son fusil sur la voiture pendant qu'un autre examinait leurs papiers d'identité. Derrière un bunker de sacs de sable, un autre garde les pointait avec une mitrailleuse lourde. Puis le garde hocha la tête et les autorisa à entrer. Ils s'arrêtèrent devant un bâtiment blanc au centre de la base.

Un instant plus tard, ils étaient dans la salle d'attente du bureau de transfert aérien et essayaient de savoir s'ils pourraient se rendre au Japon.

"C'est le dernier vol. Ils ont un passager prioritaire qui se rend à Yokota, mais nous n'avons pas obtenu l'autorisation de décoller des Coréens. Pour des raisons évidentes." L'homme derrière le comptoir du bâtiment des opérations de la base regardait sans cesse par la fenêtre pendant qu'il parlait. "La plupart de nos appareils électroniques sont grillés. On pense qu'ils ont utilisé des cyberattaques. Merde, j'espère que ma femme va bien. Je n'ai pas réussi à la joindre. Au fait, vous êtes passés par..."

D'autres explosions retentirent à l'extérieur. Chase n'entendit pas la fin de la phrase de l'homme qui était blême et qui ouvrait de grands yeux.

"Écoutez, les pilotes se préparent à décoller, au cas où ils obtiendraient l'autorisation. Il y a des sièges disponibles. Parlez-leur si vous voulez monter à bord. Il n'y a rien d'autre que je puisse faire pour vous." Il ferma la fenêtre et se dirigea vers le téléphone.

Chase et Tetsuo sortirent du bâtiment et se dirigèrent vers un avion C-12 gris de l'armée. Il y avait une grande hélice de chaque côté et des sièges pour environ huit personnes, serrées comme des sardines. Les portes étaient ouvertes et il semblait que les pilotes se préparaient à le faire démarrer. L'équipage et le personnel de maintenance couraient partout pour effectuer les inspections avant le vol.

Tetsuo et Chase coururent vers eux. "Vous allez où ?"

Un autre boum. Tout le monde s'accroupit. Ils se tournèrent vers la tour de l'aérodrome qui avait été touchée. Les fenêtres étaient brisées, et il n'y avait plus personne de debout à l'intérieur. Les médecins et le personnel en uniforme coururent vers la tour pour secourir les blessés.

Un des pilotes du C-12 dit : "On va à la base aérienne de Yokota."

"Vous avez de la place pour deux personnes de plus ?"

"Oui, mais pas plus."

"OK, on vient", dit Tetsuo.

Le pilote dit : "Normalement, je vous dirais que vous avez besoin d'un briefing de sécurité et de mettre vos noms sur le manifeste, mais je pense qu'on peut faire une exception aujourd'hui. Attachez-vous. On ne va pas attendre l'autorisation."

Ils firent ce qu'on leur avait demandé. Chase se faufila dans l'étroite allée de l'avion et un membre de l'équipage ferma la porte derrière lui. Les autres passagers le regardèrent entrer dans l'avion et avaient l'air très nerveux. La plupart d'entre eux portaient un treillis militaire. Quelques-uns étaient en civil. Chase était encore en train d'attacher sa ceinture lorsque l'avion commença à rouler sur la voie de circulation.

Toutes les quelques secondes, il entendait une nouvelle explosion à l'extérieur, suivie des exclamations des passagers. Il ferma les yeux et fit une rapide prière pour que la piste reste intacte suffisamment longtemps pour qu'ils puissent décoller en toute sécurité. Une prière ne pouvait pas faire de mal, se dit-il.

Un homme en combinaison de vol, assis sur le siège le plus à l'avant, cria aux passagers : "Les pilotes vont voler bas pour éviter les ennuis. Assurez-vous de rester bien attachés."

Le petit bimoteur roula aussi vite que possible pour atteindre la piste. Puis le bruit familier des moteurs, la montée en puissance qui colla Chase aux coussins de son siège, et ils dévalèrent la piste à pleine puissance.

L'avion décolla, survolant la péninsule coréenne. En dessous d'eux, Chase voyait la guerre commencer partout où il regardait. Il n'y avait pratiquement pas une rue où il n'y avait pas d'immeuble ou de voiture en feu.

"Regardez ça", dit quelqu'un. "Un combat aérien."

À côté d'eux, un avion de chasse bimoteur en poursuivait un autre, en faisant des virages serrés et en tirant des balles traçantes jaunes vers sa cible. Une seconde plus tard, une aile de l'avion de tête se détacha, puis le fuselage prit feu. L'avion en feu tomba, suivi d'une épaisse fumée noire de kérosène. Aucun parachute ne s'ouvrit.

"C'était un des nôtres ou des leurs ?", demanda quelqu'un.

"Un des leurs." C'est un F-15 qui l'a abattu. Je crois que c'était un MIG-29."

L'avion abattu s'écrasa sur un groupe de maisons. La dernière chose que vit Chase était une femme qui s'enfuyait d'une maison voisine, serrant son bébé contre sa poitrine.

Il leur fallut trente minutes avant que leur avion soit au-dessus de l'eau. Chase avait des haut-le-cœur alors que l'avion était secoué dans les turbulences de basse altitude.

Tetsuo regarda par le hublot du siège devant lui. "Qu'est-ce qu'il a ce bateau ?"

Chase vit ce qu'il regardait. Un cargo à environ dix kilomètres de là. Il flottait avec un angle bizarre. Lorsqu'ils se rapprochèrent, il réalisa que sa proue était beaucoup plus enfoncée qu'elle n'aurait dû l'être.

"Il a dû être touché."

"Ouais, il coule. Je ne vois pas de dégâts apparents. Il a dû être touché sous la ligne de flottaison. Peut-être par une mine." Un canot de sauvetage orange fut éjecté à l'arrière du navire.

"Ah voilà. Bonne chance, les gars."

Leurs voix semblaient détachées de ce qu'ils voyaient. Comme s'ils analysaient une équipe sportive qui ne les intéressait pas.

Les passagers crièrent lorsque l'avion s'inclina soudainement à gauche. Chase sentit sa tête plaquée contre son siège à cause de la force G. Puis l'avion revint à l'horizontale, et Chase sentit son estomac monter dans sa poitrine lorsque l'avion piqua du nez et commença à plonger vers l'eau. Une traînée de fumée blanche passa sous eux et continua sur le côté droit de l'avion.

"Putain de merde, c'était un missile antiaérien ?"

"Ouais", répondit une voix désintéressée.

Chase regarda l'homme qui avait répondu. Il portait un uniforme de l'armée avec un écusson de Ranger. Chase reconnut le regard d'un homme qui avait déjà été au combat. Les yeux d'un homme résigné à tout ce qui pouvait arriver, sachant qu'il ne pouvait rien contrôler.

Une femme en uniforme à l'arrière de l'avion pleurait. Un des hommes en civil avait la tête entre les genoux, jurant encore et encore comme s'il avait le syndrome de La Tourette.

L'avion se mit en palier, et les embardées cessèrent. Quelques instants plus tard, Chase vit un grand navire de guerre gris sur son côté droit. Cela ressemblait à un destroyer lance-missiles américain. Il y avait un long sillage blanc derrière lui.

Chase pouvait distinguer les membres de l'équipage sur

l'aileron de la passerelle qui regardaient son avion. Ils portaient tous une cagoule et des gants blancs pour se protéger du feu. D'autres membres de l'équipage étaient armés de mitrailleuses tout le long du navire. Ils étaient tous à leur poste de combat.

32

Jinshan était assis derrière le bureau présidentiel. C'était la première fois qu'il opérait réellement depuis ce bureau, mais le symbolisme était important aujourd'hui.

"Il est ici, monsieur Jinshan."

"Faites-le entrer."

L'ambassadeur du Japon entra. Il n'avait pas l'air heureux.

"Monsieur Jinshan, le peuple japonais s'oppose vigoureusement aux attaques odieuses qui ont eu lieu au cours des dernières vingt-quatre heures. Nous exigeons que..."

Jinshan leva la main. "S'il vous plaît, monsieur l'ambassadeur. Permettez-moi de m'exprimer."

L'ambassadeur se tut, visiblement agacé. Son langage corporel était savamment réfléchi, même dans ces circonstances désastreuses, pour véhiculer le mécontentement de sa nation.

"Je comprends que le Japon s'inquiète de ce qui se passe actuellement. Je pourrais vous donner les raisons pour lesquelles nous avons pris cette décision. Mais je vais m'abstenir de cette conversation pour l'instant. Ce serait une perte de temps. Et celui-ci m'est déjà compté." Jinshan prit une gorgée de thé. Il était fatigué. Il savait qu'il aurait pu demander à quelqu'un d'autre de s'occuper de cet entretien. Mais il ne faisait assez confiance à personne pour déléguer ce genre de tâches.

Jinshan poursuivit : "Nous allons laisser le Japon tranquille."

"La Chine nous a déjà *attaqués*." L'ambassadeur fit de son mieux pour contrôler le volume de sa voix.

"Monsieur l'ambassadeur, si vous étudiez les cibles que nous avons attaquées, vous constaterez qu'elles appartiennent à l'une des deux catégories suivantes. La première catégorie est constituée des sites qui soutiennent l'armée américaine, qui est notre véritable ennemi dans ce combat. Nous ne pouvons pas permettre aux forces militaires américaines d'occuper une position aussi proche de la nôtre. Les Américains ont fait preuve d'hostilité à notre égard, et ce serait une erreur stratégique de leur permettre de maintenir librement cette présence militaire."

L'ambassadeur du Japon déclara : "Je ne suis pas d'accord avec cette évaluation. Les Américains n'ont montré aucune hostilité à l'égard de la Chine. Ils ont été pacifiques..."

"S'il vous plaît, monsieur l'ambassadeur. Écoutez-moi et nous pourrons peut-être ensuite avoir une brève discussion. La deuxième catégorie de cibles est constituée de sites militaires japonais. Nous regrettons que cela ait été nécessaire, mais nous n'avons pas pu faire autrement. Nous avons détruit et continuerons à détruire toutes les armes ou systèmes qui pourraient nuire à notre propre progrès militaire dans la région. Je vous suggère de transmettre immédiatement cette information à vos supérieurs au Japon. Dites-leur d'abandonner toutes leurs actions militaires pendant que notre campagne progresse. Si vous le souhaitez, nous pouvons même demander à nos militaires de se coordonner avec les vôtres pour qu'ils vous indiquent quand vous pouvez retourner sur vos bases sans danger."

L'ambassadeur fulminait. "C'est insultant et ridicule. Vous ne pouvez pas espérer que nous acceptions. Qu'est-ce qui vous en donne le droit ?"

Jinshan regarda son équipe diplomatique, assise en silence sur le canapé à côté de l'ambassadeur. Puis il se tourna vers l'ambassadeur. "C'est notre *puissance militaire* qui nous en donne le droit. Je ne prends aucun plaisir à dire cela, monsieur l'ambassadeur. Mais comprenez bien que si nous le voulions, nous pourrions rayer votre nation insulaire de la carte. Nous pourrions la réduire en cendres. Nous pourrions lancer des armes de destruction massive qui feraient passer Hiroshima et Nagasaki pour du pipi de chat. Les bombes nucléaires de la Seconde Guerre mondiale ne seraient rien par rapport à ce que la Chine pourrait déclencher. Mais cela n'arrivera pas — pas tant que vous accepterez nos conditions."

"Quelles conditions ?" L'ambassadeur avait désormais l'air d'avoir peur. "Vous ne pouvez pas nous demander de nous rendre."

"Non, je ne vous demanderai pas ça. C'est indigne. *La neutralité*. Je veux que le Japon reste neutre. Qu'il conserve son honneur et qu'il soit en paix avec la Chine." Il regardait l'ambassadeur dans les yeux, sachant combien l'honneur était important dans la culture japonaise. "Nous nous adressons également aux dirigeants politiques de la Corée du Sud et de Taïwan aujourd'hui. Nous leur ferons la même offre. Promettez-nous votre neutralité, et nous ne bombarderons pas votre peuple. Nous n'envahirons pas vos nations. Nous vous permettrons de vivre dans la paix et la prospérité. Mais vous devez renoncer à toute alliance avec les États-Unis et accepter nos conditions. Vous devez promettre de rester inactifs pendant que nous faisons la guerre aux États-Unis. Ne sacrifiez pas le bien-être de votre peuple pour une bande de *gaijin*." Jinshan utilisa le mot japonais pour désigner les étrangers.

Le visage de l'ambassadeur trahissait l'état de choc dans lequel il se trouvait suite aux paroles brutales de Jinshan. Lorsqu'il retrouva son calme, il parla d'une voix étouffée. "Comment ce que vous me demandez peut-il ne pas être considéré comme une reddition ?"

Jinshan fit un léger sourire. "La reddition aura lieu si vous *refusez* cette proposition, monsieur l'ambassadeur. Et beaucoup de vies seront perdues avant que je ne vous propose de vous rendre. Une reddition s'accompagnerait d'une occupation chinoise de votre pays. Ces conditions n'impliquent rien de tout cela. Je vous offre une opportunité et je vous suggère de la saisir."

Le visage de l'ambassadeur ne laissa plus paraître aucun signe de choc ni de colère. Après tout, c'était un diplomate professionnel, et japonais de surcroît. Son stoïcisme et sa discipline l'emportèrent. "Je vous donnerai notre réponse rapidement."

Le visage de Jinshan était impassible. "Ce sera tout, monsieur l'ambassadeur. Veuillez me donner une réponse d'ici demain. En attendant, nos opérations militaires se poursuivront comme prévu."

L'ambassadeur se leva et quitta la salle, escorté par un des gardes de sécurité de Jinshan et un membre de son équipe diplomatique.

Lorsque la porte se referma, Jinshan se tourna vers le reste de son équipe assis sur le canapé. "Faites maintenant venir l'ambassadrice de Corée du Sud." Ils hochèrent la tête. L'un d'entre eux se dépêcha d'aller chercher l'ambassadrice coréenne qui attendait déjà dans le bâtiment. Les ambassadeurs avaient probablement été alarmés à l'idée d'être emmenés à des heures de Pékin dans le bunker présidentiel chinois dans les montagnes. Mais les circonstances rendaient cela nécessaire.

Le grondement des avions supersoniques se faisait entendre dans le ciel. C'était les avions de chasse qui montaient la garde contre d'éventuelles frappes sur Pékin.

"Souhaitez-vous déjeuner, monsieur ?" demanda une assistante depuis une porte sur le côté de la pièce.

"Non, merci." Il vit les yeux inquiets avec lesquels elle le regardait. Il devait avoir l'air affreux. Jinshan soupira. Il fallait juste qu'il tienne ces premiers mois. Après cela, il pourrait se reposer, aussi longtemps qu'il le voudrait.

La porte s'ouvrit. "Monsieur Jinshan, l'ambassadrice de Corée du Sud."

L'ambassadrice entra. C'était une femme relativement âgée. L'expérience et l'intelligence se lisaient dans ses yeux. Contrairement à l'ambassadeur japonais, elle ne fit rien pour exprimer sa colère ou son choc suite aux récents événements. Elle resta debout jusqu'à ce que Jinshan l'invite à s'asseoir. Puis elle prit place tranquillement et attendit qu'il commence.

"Madame l'ambassadrice, je tiens à exprimer mes plus sincères condoléances pour la perte d'un si grand nombre de vos compatriotes. J'espérais que cette agression de la Corée du Nord n'arriverait jamais."

Elle n'était pas dupe et avait bien l'intention de lui faire savoir. "Je ne crois pas qu'ils aient agi seuls, monsieur Jinshan. Ou devrais-je vous appeler monsieur le Président ?"

Il haussa les épaules. "Comme vous préférez."

"Que voulez-vous me demander, monsieur Jinshan ?"

"Je peux faire en sorte que tout cela s'arrête."

Elle le regarda fixement, les narines dilatées. "Comment ?"

"Nous pouvons donner l'ordre aux Nord-Coréens de cesser

le feu et de retourner au nord de la zone démilitarisée. Mais aucune frappe de représailles ne doit avoir lieu."

"Je ne peux pas le confirmer, en raison des restrictions de communication que vos gardes m'ont imposées, mais je crois que des représailles sont actuellement en cours, monsieur Jinshan."

"Je comprends. Elles doivent alors cesser."

"Vous voulez donc négocier un cessez-le-feu ? C'est tout ?"

"Non" dit-il en secouant la tête.

"C'est bien ce que je pensais." Elle se retourna pour regarder l'équipe diplomatique de Jinshan assise le long du mur. "On me dit que de nombreuses armes lancées sur le Sud n'étaient peut-être pas d'origine nord-coréenne. J'ai entendu des rumeurs selon lesquelles la Chine aurait attaqué des positions militaires américaines en Asie aujourd'hui. Bien qu'il soit difficile de savoir la vérité avec toute cette confusion."

"Le brouillard de la guerre peut être très déroutant."

Elle acquiesça.

Jinshan posa ses mains sur le bureau, en les joignant par le bout des doigts. "Madame l'Ambassadrice, voici mon offre. Un cessez-le-feu avec la Corée du Nord. Et un traité avec la Chine. Comme vous en avez été informée, nous avons commencé notre attaque contre les forces américaines dans la région. Le temps que je passe avec vous ici est limité. Mais le peuple de Corée du Sud est ami avec le peuple de Chine. Nous souhaitons maintenir la paix. Je crois savoir que vous avez des accords avec les Américains. Mais leur présence dans la région est devenue indéfendable."

Elle leva les sourcils. "L'est-elle vraiment ?"

"Et il serait à votre avantage de vous allier à nous maintenant. Nous pouvons arrêter les conflits dans la péninsule coréenne. Mais il y a des dizaines de milliers de soldats américains et leurs familles là-bas. Nous ne voulons pas qu'une unité militaire basée en Corée attaque les intérêts chinois. Cela inclut les Américains. Nous avons donc quelques solutions potentielles. Soit les Américains acceptent de partir immédiatement, soit ils seront obligés d'arrêter leurs opérations militaires en Corée. Dans ce dernier cas, peu nous importe que ce soit l'armée sud-coréenne ou l'armée chinoise qui les y oblige. Mais je suppose que vous préféreriez que les forces militaires chinoises ne soient pas déployées sur le territoire coréen."

Elle regardait Jinshan dans le blanc des yeux. "Je comprends ce que vous demandez. Et je vais transmettre le message. Mais je sais déjà ce que les Américains vont répondre."

"Quoi donc ?"

Elle se leva. "Ne comptez pas là-dessus."

Jinshan fronça les sourcils alors qu'elle quittait la pièce. En vérité, il ne comptait pas vraiment obtenir la coopération de la Corée du Sud. Mais cela n'aurait bientôt plus d'importance. Le paysage stratégique coréen était sur le point de changer radicalement.

Le sous-marin chinois lanceur de missiles balistiques Type 094 se préparait au lancement de ses missiles depuis douze heures. Le moment venu, il tira deux missiles JL-2 de ses tubes de lancement verticaux. Chaque missile mesurait treize mètres de long. Leurs boosters s'allumèrent peu après avoir percé la surface de l'océan bleu profond. Les missiles avaient des trajectoires presque identiques. Ils devaient arriver au-dessus de la Corée du Nord avant de se séparer en un total de six véhicules de rentrée indépendants, chacun portant ses propres ogives nucléaires de quatre-vingt-dix kilotonnes. Hiroshima avait une puissance d'environ seize kilotonnes.

Chaque cible visée par les têtes nucléaires avait été choisie en fonction de deux facteurs : la probabilité que l'armée américaine la détecte, et le désir de minimiser les retombées radioactives potentielles sur le territoire chinois.

En six flashs lumineux, la Chine attaqua la Corée du Nord avec des armes nucléaires. Les armes avaient été programmées pour exploser près du sol. Toutes les personnes et les bâtiments à proximité immédiate des cibles furent vaporisés. Les explosions laissèrent des cratères de près de deux cents mètres de diamètre. D'épais nuages de cendres et de poussières radioactives en forme de champignon s'élevèrent à plus de douze kilomètres dans les airs, et les vents les poussèrent vers l'est où ils répandirent leur pluie toxique.

Trois des cibles étaient des bases militaires contenant les armes les plus performantes de la Corée du Nord. Les trois autres détonations nucléaires étaient des tentatives de décapitation. Elles visaient des sites où l'on pensait que le *Grand Leader pouvait se* trouver. *Parce que c'est ce que l'Amérique aurait fait,* avait théorisé Jinshan. Il s'agissait de bunkers militaires fortifiés, profondément enfouis. L'un d'eux était le bon. Ce bunker se retrouva dix mètres *au-dessus du* fond du cratère nucléaire.

Six sites en Corée du Nord étaient désormais des friches radioactives inhabitables. Des plaies béantes à la surface de la terre. Les populations environnantes qui n'avaient pas péri lors de l'attaque initiale, souffriraient de maladies dues aux radiations et verraient leur taux de cancer augmenter considérablement.

La ruse de Jinshan pouvait désormais continuer.

Ses cyberguerriers et ses agents de renseignements du monde entier lancèrent leurs campagnes des désinformation.

Les États-Unis étaient responsables.

Le seul pays à avoir jamais utilisé des armes nucléaires dans une guerre avait récidivé. Les États-Unis devaient être considérés comme un État paria. Jinshan appelait toutes les nations du monde à s'allier à la Chine pour lutter contre les États-Unis, ou à se tenir à l'écart.

33

Le lieutenant Ping et son équipe s'étaient familiarisés avec leurs méthodes de déplacement aux États-Unis au cours de la semaine passée. Au début, ils étaient restés cachés dans une maison sécurisée du ministère de la Sécurité d'État, au cœur des États-Unis. Il y avait une douzaine d'équipes comme la sienne, chacune étant maintenant cachée dans différentes régions des États-Unis. La plupart des équipes venaient d'entrer dans le pays, après avoir terminé leur formation de tir au mortier dans les montagnes de Chine.

Chaque équipe avait un agent du ministère de la Sécurité d'État qui les aidait à gérer leurs affaires. Ping considérait les agents du ministère comme des baby-sitters. Il était là pour s'assurer qu'aucun de ses hommes ne se fasse remarquer. Pas d'appels téléphoniques, pas d'ordinateurs, pas de communications. Pas de sortie en ville avec une mitraillette en bandoulière. Les téléphones n'étaient même pas autorisés dans les planques. Ils utilisaient des véhicules discrets. Des pickups d'occasion, pour la plupart. Comme ceux avec lesquels ils s'étaient entraînés.

L'équipe de Ping reçut deux séries d'ordres. La première

concernait la mise en place. Ils devaient se diriger vers leur point d'attaque et se préparer à exécuter les ordres. Le trajet jusqu'au New Jersey leur prit douze heures. Chaque fois qu'ils passaient devant une voiture de police, les poils de Ping se hérissaient sur sa nuque. Ils finirent par atteindre leur maison près de Trenton, dans le New Jersey, et Ping était persuadé qu'ils seraient prêts.

L'agent du ministère lui montra la cachette dans le garage. Le lieutenant Ping fut très impressionné. Il ne demanda pas comment ils avaient réussi à faire entrer des armes militaires de cette taille et de cette puissance aux États-Unis. Cela n'avait plus d'importance.

Lorsque l'ordre d'exécution arriva ce soir-là, une montée d'adrénaline familière lui remplit les veines. L'ordre contenait une heure précise. Il ne leur restait plus que quelques heures avant de passer à l'action. Une vague d'excitation traversa ses hommes. Puis tout le monde se mit à agir avec un grand professionnalisme, en faisant les gestes contrôlés qu'ils avaient répétés mille fois lors des entraînements.

Deux d'entre eux — les experts en mortier — chargèrent le matériel dans le pickup qui avait été rentré dans le garage pouvant accueillir trois voitures. Les mortiers et les caisses de munitions qui allaient avec étaient très lourds. La cargaison appuyait tellement sur les suspensions qu'ils craignaient que cela attire l'attention. Mais c'est à cela que servaient les autres armes. Des mitrailleuses légères avec des lunettes modernes, et deux mitrailleuses lourdes avec des trépieds qui étaient maintenant montés sur les pickups.

Il était tard dans la nuit lorsqu'ils arrivèrent sur la route vide juste au nord de la base aérienne McGuire. L'air était calme et silencieux. Aucun signe de problème. L'équipe des forces spéciales de Ping déchargea rapidement les mortiers et installa un périmètre défensif tout autour d'eux, en attendant la police ou la sécurité de la base, en fonction de qui arriverait en premier.

"Distance ?" demanda l'un des opérateurs mortier.

L'un d'eux regardait à travers des jumelles avec un télémètre laser fixé dessus.

"Sept cents mètres jusqu'à la première cible. Sept cent cinquante mètres jusqu'à la deuxième. Huit cents mètres jusqu'à la troisième."

"Attendez qu'on frappe les trois premières avant de me donner les suivantes."

"Oui, sergent."

L'air de la nuit était frais, le début du printemps n'ayant pas encore totalement pris la relève de l'hiver. Des lampadaires bourdonnaient au-dessus de leur tête et leur lumière jaune éclairait le trottoir. Ping s'enfonça des bouchons dans chaque oreille, et son monde devint silencieux. Il siffla un de ses hommes qui avait une mitrailleuse silencieuse, et pointa les lampadaires. L'homme hocha la tête et tira plusieurs fois pour éteindre les trois lampadaires les plus proches et les plonger dans l'ombre.

L'opérateur principal du mortier regarda Ping pour obtenir l'autorisation de tirer. Ping donna le feu vert d'un signe de tête. Puis il y eut un bruit de raclement métallique lorsque l'obus glissa dans le canon, suivi d'un *bruit sourd* venant du premier mortier. Le deuxième mortier tira en succession rapide.

Le premier mortier était en train d'être rechargé lorsque son premier obus transperça sa cible, un ravitailleur KC-135 de l'US Air Force. La nuit tranquille se transforma en une symphonie d'explosions assourdissantes, et l'obscurité fit place à un énorme brasier.

Certains obus de mortier rataient leur cible et finissaient leur course dans la piste en béton. Les fragments de métal projetés par les explosions firent éclater les pneus et perforèrent les carlingues des avions environnants. D'autres obus frappaient directement les avions. De temps en temps, un obus de mortier tombait sur un compartiment de stockage de carburant et causait une explosion en forme de champignon atomique qui transformait la nuit en jour.

Les hommes de Ping travaillaient vite. Ils vérifiaient les distances et ajustaient leurs tirs en conséquence. Leurs ordres étaient de viser les avions de ravitaillement en priorité. Les KC-135 et les KC-10s. Et si possible, éliminer également les transporteurs, à savoir les C-5 et les C-17.

Ping vit un véhicule de pompiers et ce qui ressemblait à un véhicule de sécurité de la base se diriger vers un des avions en feu. À ce moment-là, dix avions avaient déjà été détruits.

"Monsieur, une voiture de police arrive par l'ouest."

Ping regarda dans la direction indiquée par son homme et vit une voiture avec un gyrophare leur foncer dessus.

"Attendez qu'il se rapproche", déclara Ping.

La voiture de police s'arrêta à une cinquantaine de mètres de leurs trois voitures. Les portes ne s'ouvrirent pas. L'occupant du véhicule devait se demander à quoi il assistait et quelle stratégie adopter.

L'équipe de Ping avait deux pickups et un minivan. Les deux pickups étaient garés perpendiculairement à la route, bloquant la circulation et formant une barricade de part et d'autre. Le minivan était au centre. Le véhicule de police resta immobile un instant. Les hommes des forces spéciales chinoises le regardaient en le tenant en joue.

Le policier savait-il déjà ce qui allait se passer ? Avait-il senti la menace qui pesait sur lui ?

Un puissant projecteur blanc provenant du côté conducteur du véhicule de police éclairait le pickup le plus proche. Le policier eut juste le temps de distinguer une grosse mitrailleuse de calibre cinquante sur un trépied avant que celle-ci se mette à tirer. Des balles traçantes jaunes transpercèrent le véhicule et le seul policier qui se trouvait à l'intérieur et éteignirent tous les phares. Un feu se déclencha sur le siège arrière de la voiture de police. Les hommes des forces spéciales de Ping regardèrent l'épave et se regardèrent les uns les autres.

"Continuez à tirer avec les mortiers", ordonna Ping, rappelant à ses hommes de se concentrer sur la mission. "Il reste six avions intacts sur le tarmac. Détruisez-les tous, et partons d'ici."

Pour Ping, le succès de leur mission était plus important que leur survie. S'ils survivaient, son équipe pourrait être réutilisée pour d'autres opérations similaires dans les jours à venir. Le lendemain, ce serait le chaos aux États-Unis. D'autres équipes comme la sienne étaient en train de mener des missions similaires dans tout le pays. Dans la confusion qui régnerait, il ne serait pas facile de localiser son équipe. Et même si le gouvernement américain parvenait à les localiser, ses hommes étaient des combattants exceptionnels. L'Amérique n'était pas équipée pour faire face à des hommes comme eux. C'est ce qu'on leur avait dit.

Dix minutes plus tard, leur mission était terminée et Ping fit signe à son équipe de remonter en voiture et de partir. Leur convoi se dispersa et chaque conducteur prit un itinéraire différent pour rentrer. Aucun d'entre eux ne fut arrêté.

Toutes les équipes des forces spéciales chinoises ne connurent pas un tel succès.

À l'extérieur de la base aérienne Seymour Johnson en Caroline du Nord, les forces spéciales de l'armée chinoise venaient de commencer à tirer des obus de mortier lorsque le bruit alerta les membres du club des anciens combattants qui s'étaient réunis ce soir-là pour célébrer le soixante-dixième anniversaire de l'un d'entre eux.

Le nouveau septuagénaire était un homme du nom de Norman Francis. Ses amis l'appelaient "Bud". Bud s'était engagé dans l'armée américaine en 1969.

Bud était assis au bar et buvait un tonic au citron vert (il avait arrêté l'alcool des années auparavant) et faisait un récapitulatif complet de son histoire militaire à l'un des nouveaux membres — un jeune homme d'une trentaine d'années, qui avait combattu en Afghanistan. Le jeune homme l'écoutait avec respect.

Bud déclara : "Bon alors, j'ai fait mon service à Fort Jackson, l'école des transmissions à Fort Gordon, et l'école des Rangers à Fort Benning. Puis j'ai été envoyé dans le sud du Vietnam en février 1970..."

Quelqu'un intervint de l'autre bout du bar : "Je croyais que t'avais dit que c'était en 71..."

Bud fronça les sourcils. "Je sais pas où t'as entendu ça. C'était en 70. Je pense que je connais ma propre histoire. Alors, où j'en étais ? L'armée m'a envoyé à Quang Tri où j'ai été affecté à la 298e Compagnie de transmissions du cinquième régiment d'infanterie mécanisée. Mais j'avais été à l'école des Rangers. Je ne voulais pas faire partie d'une compagnie de transmissions, sans vouloir offenser qui que ce soit. J'étais un Ranger. J'ai donc parlé au sergent de mon peloton et demandé à être transféré. Deux jours plus tard, j'étais le seul passager d'un Huey qui se dirigeait vers la colline 950 qui surplombait l'ancienne base de combat de Khe Sanh. Tu connais Khe Sanh ? Les Marines ont mené des batailles très dures là-bas en 68. Mais c'était avant que j'y aille. Quand je suis arrivé à la colline 950, les forces spéciales de l'armée américaine étaient avec une quarantaine de mercenaires Nung. La colline surplombait la piste Hô Chi Minh. Tous les jours, on voyait les attaques aériennes bombarder la vallée et les montagnes environnantes. Mais ensuite, j'ai été transféré à la compagnie P. J'ai effectué de nombreuses missions le long de la zone démilitarisée et au Laos. On a dû utiliser l'artillerie lourde plusieurs fois et... T'as entendu ça ? Ce bruit d'explosion ? Ça ressemblait beaucoup à un bruit d'artillerie lourde justement. Qu'est-ce que c'est que ce bordel ?"

Bud sortit sur le parking avec ses compagnons pour voir d'où venait le bruit. Bud était un chasseur et un collectionneur d'armes. Il avait toujours son fusil de chasse dans son pickup. Et il était toujours très bon tireur.

Il prit son fusil et regarda à travers la lunette en balayant les alentours.

Il avait suivi les informations au cours des dernières semaines et fit le lien avec ce qu'il voyait dans la lunette de son fusil.

"Ces enfoirés de cocos chinois sont en train de nous attaquer."

Alors que l'un de ses amis appelait la police, Bud était déjà en position de tir à plus de trois cents mètres de ses cibles. Certains de ses compagnons étaient également des chasseurs et des amateurs d'armes à feu. Ils sortirent également des fusils de leurs voitures et la bataille commença. Trois vétérans furent tués par des tirs de riposte, mais le nouveau septuagénaire réussit à abattre deux des soldats chinois. Les autres furent également tués lorsque la police arriva.

Sur un autre site d'attaque, la base aérienne McConnell près de Wichita, dans le Kansas, les troupes des forces spéciales chinoises avaient fait la malheureuse erreur de choisir une position située à moins d'un kilomètre de l'endroit où l'équipe SWAT de Wichita s'entraînait par hasard ce soir-là.

L'équipe SWAT avait récemment acheté à l'armée américaine deux véhicules blindés d'occasion conçus pour résister aux mines (des MRAP). La moitié des membres de l'équipe SWAT étaient des vétérans de l'armée et reconnurent également le bruit des mortiers tirant dans l'air calme de la nuit. Leur réaction fut rapide et mortelle. Équipe SWAT de Wichita : 10. Opérateurs spéciaux de l'APL : 0.

Mais bon nombre des attaques chinoises contre les bases de l'armée de l'air réussirent à réduire radicalement le nombre de ravitailleurs aériens. En quelques heures, le nombre de ravitailleurs en état de voler passa de plus de quatre cents à moins de cent cinquante. Cheng Jinshan avait réussi. Les Chinois avaient considérablement réduit la capacité de l'armée américaine à mener une guerre aérienne à longue portée.

34

L'avion de Chase et Tetsuo atterrit à la base aérienne de Yokota, près de Tokyo, au Japon, en début d'après-midi. Leur sentiment que le Japon constituerait un refuge sûr contre la guerre, s'évanouit rapidement à leur arrivée.

Pendant le vol, Chase aperçut des colonnes de fumée noire à l'est. Les dépôts de carburant à côté de la piste avaient été touchés par des missiles. La piste aussi. Leur avion dut atterrir sur le premier quart de la piste. Un petit avion à hélices comme le C-12 n'avait pas besoin d'une longue distance pour s'arrêter. Mais les avions de chasse seraient cloués au sol jusqu'à ce que les trous soient réparés.

Dès que l'avion s'arrêta, Chase et Tetsuo se dirigèrent vers la remorque de la CIA. Tetsuo récupéra deux téléphones portables chiffrés appartenant à la CIA. Puis il prit les clés d'une des voitures du gouvernement et ils partirent en ville.

Ils devaient absolument contacter Natesh.

"Les téléphones ne fonctionnent pas", dit Tetsuo en fixant le téléphone de l'Agence qu'il avait pris dans le casier de la CIA à côté de la remorque. Il conduisait d'une main et tapait sur les touches du téléphone de l'autre en levant régulièrement les yeux pour regarder la route.

Chase dit : "C'est soit une cyberattaque, soit une attaque de missile sur un nœud de télécommunication."

"Je lui ai donné des instructions à suivre si quelque chose comme ça arrivait. J'espère qu'il se souviendra où aller."

Tetsuo parcourait les rues de Tokyo et trouvait l'expérience surréaliste. La ville était normalement une galaxie d'écrans LED lumineux et une foule d'hommes et de femmes disciplinés. L'électricité était coupée et les Japonais couraient dans tous les sens. C'était le chaos absolu. Comme en Corée, les accidents de voiture étaient nombreux, probablement car les conducteurs étaient distraits par les explosions ainsi que les missiles et les avions de chasse qui passaient au-dessus de leurs têtes. Une supérette au coin d'une rue était en train d'être pillée. Le commerçant essayait de faire fuir les voleurs en les tapant avec un journal roulé. Un homme en costume en état de choc se tenait immobile au milieu de la route et fixa Chase dans les yeux lorsqu'ils passèrent à côté de lui, alors que la foule était hystérique autour de lui.

"C'est dingue."

Ils s'arrêtèrent sous le toit d'une vaste aire de dépose des passagers à l'extérieur d'un hôtel de luxe. Ils sortirent et Tetsuo dit : "Attends-moi dans le hall. Il faut que j'aille vite fait de l'autre côté de la rue."

Chase lui lança un regard confus. "C'est quoi le plan ?"

Tetsuo désigna l'hôtel d'un geste du menton. "S'il a suivi la procédure d'extraction, Natesh devrait être là-haut. Je dois aller au bureau de poste de l'autre côté de la rue et vérifier la boîte morte. Il devrait y avoir laissé la montre spéciale que la NSA lui a fait porter, et son numéro de chambre. Une fois que j'aurai ces informations, je te retrouve ici. Garde un œil sur lui ou sur toute personne suspecte dans le hall."

"Compris", dit Chase avant de se diriger à l'intérieur.

Tetsuo arriva dans le hall de l'hôtel en courant. Chase se tenait dans l'ombre d'une grande colonne de marbre et balayait l'atrium du regard. Le regard de Tetsuo lui dit que quelque chose ne s'était pas passé comme prévu.

"Qu'est-ce qu'il y a ?"

Tetsuo s'approcha de lui en tenant un petit papier blanc qu'il mit dans la poche de sa veste. Il chuchota : "Il m'a laissé un mot et la montre. Le mot dit qu'il a obtenu l'emplacement des navires marchands et de la flotte du porte-avions chinois qui ont disparu il y a quelques jours. Il a *écrit* ces informations à la main et les a laissées dans cette enveloppe." Il secouait la tête.

"Je pensais qu'il n'était pas censé voir ces informations lui-même. La montre de la NSA n'était pas censée installer des logiciels espions ?"

Tetsuo commença à marcher vers l'ascenseur en scrutant la pièce. "Correct. Il n'était pas censé faire quoi que ce soit lui-même. S'il n'a pas fait attention, il a probablement éveillé les soupçons du 3PLA." Tetsuo s'arrêta de marcher et tourna la tête plusieurs fois. Il avait l'air très indécis et ne pas savoir quoi faire. Il regarda Chase.

"Qu'est-ce qui se passe ?"

"J'essaie de décider..."

"Crache le morceau."

"Le mot que Natesh a laissé donne les coordonnées précises des navires marchands et de la flotte du porte-avions. Il faut que je fasse remonter ces informations et toutes les données qu'il y a sur la clé aux gars de la NSA et de Langley dès que possible. Je n'ai pas le temps de jouer au baby-sitter avec Natesh. Mais s'il ne s'est pas grillé, j'aimerais qu'il reste à son poste pour qu'on puisse continuer à l'utiliser." Le plafond en verre du hall de l'hôtel s'enroulait autour de l'ascenseur qui montait quarante étages plus haut. "Tu peux t'occuper du baby-sitting ?"

"Bien sûr. Je peux rester ici avec lui. Ça va bien se passer."

Tetsuo hocha la tête. "Super. J'en ai surement pour un moment. Voilà le numéro de la chambre. On dirait qu'ils ont encore du courant ici. Je prendrais l'ascenseur si j'étais toi. C'est plutôt haut. Je reviendrai quand je pourrai. Et Chase, fais attention. Si les agents chinois savent qu'il a volé des informations pour nous, ils vont être à ses trousses."

"Compris", dit Chase en tapotant son arme cachée sous ses vêtements.

35

Victoria remuait dans son siège, essayant de soulager la douleur dans son dos suite à de longues heures passées au manche de son hélicoptère. Chaque vol durait plus de trois heures et comme elle était la seule chef de bord restante sur le navire, elle était obligée d'effectuer tous les vols, soit trois vols d'affilée par jour. Ces vols de surveillance étaient indispensables à la flotte du Pacifique du fait des capacités réduites de leurs satellites. Même si les P-8 australiens apportaient leur aide, il y avait une énorme surface à couvrir.

Elle regarda Spike. Ses mains actionnaient des boutons et manipulaient le joystick qui contrôlait le FLIR. Elle pouvait voir ce qu'il faisait sur l'écran devant lui. La caméra se verrouilla sur une tache à peine visible à l'horizon et zooma plusieurs fois dessus. La mise au point finit par se faire sur ce qui ressemblait à un autre pétrolier.

"Contrôle Farragut, 471, nous avons un autre Groupe 3. Il semble être à soixante-dix milles dans votre nord-ouest et se dirige au zéro-huit-neuf à seize nœuds. Bien reçu ?"

"471, contrôle Farragut, bien reçu."

Juan devenait plutôt bon. Elle voyait que sa confiance en

lui s'était également améliorée. Il était beaucoup plus à l'aise pour apponter à l'arrière du bateau maintenant.

"Vous pensez vraiment qu'on va rester ici plus longtemps ?"

"Je pense que oui." Il aurait été illusoire de penser le contraire. "On est seulement à quelques centaines de milles de Guam maintenant. Si la Navy n'avait pas voulu prolonger notre déploiement, je ne pense pas qu'ils nous auraient envoyés ici."

Victoria sortit son stylo qui était coincé dans le ressort métallique de sa planchette, et nota le niveau de carburant et l'heure. Elle fit quelques calculs rapides, comme elle l'avait fait toutes les quinze minutes au cours des deux dernières heures, et obtint un taux de combustion de carburant suffisant. "S'ils nous prolongent, on aura surement droit à une autre escale au port."

L'AWR1 parla dans le micro de son casque depuis l'arrière de l'hélicoptère, "Comme si une escale pouvait compenser un autre mois de déploiement. J'aimerais juste qu'ils nous le disent clairement."

Victoria dit : "Cela gâcherait tout le plaisir."

Un appel radio brouillé arriva sur la fréquence UHF. "Mayday... cinq milles au sud-est de..."

"C'était quoi, ça ?" demanda Spike. "Il a dit mayday ?"

"Chut", dit Victoria. La radio continuait d'émettre. "Utilisez le radiocompas pour voir si vous pouvez déterminer d'où ça vient."

"Oui, madame."

Le contrôleur du navire appela à la radio. "471, contrôle Farragut, revenez vous poser dès que possible. Nous venons de recevoir de nouveaux ordres."

Victoria répondit. "Farragut, nous venons d'entendre ce qui ressemblait à un mayday."

"471, bien reçu, stand-by." Au bout d'un moment, la voix du

contrôleur revint à la radio et dit : "471, je comprends que vous avez entendu un mayday, mais il se passe quelque chose d'urgent ici. Revenez le plus vite possible."

Victoria et Juan se regardèrent. Elle dit : "Roger, on arrive."

Juan sortit la check-list. "Contrôles d'atterrissage". Il actionna quelques interrupteurs tout en informant l'équipage de ce qu'il faisait.

Un instant plus tard, ils étaient en approche finale. C'est Victoria qui avait les commandes.

"471, ici le pont, prêt pour les chiffres ?" demanda Caveman depuis le pont du navire.

"Allez-y, envoyez."

Caveman leur donna le cap et la vitesse du navire, la vitesse et la direction du vent, le tangage et le roulis, puis dit : "Vous avez le feu vert pour apponter." Un dispositif qui ressemblait à un feu de circulation sur le hangar émit une lumière verte clignotante.

Victoria plaça l'hélicoptère en douceur au-dessus du pont du destroyer et le maintint en place pendant une demi-seconde, en attendant le signal verbal de son équipier.

"En position."

Elle attendit d'être en phase avec le roulis du navire, puis abaissa le levier de collectif de la main gauche. L'hélicoptère, qui pesait près de huit tonnes, descendit verticalement sur le pont au-dessus du système de verrouillage.

"Boss, le commandant veut vous voir" dit Caveman.

L'équipage du pont courut vers l'hélicoptère en traînant des chaînes pour attacher l'appareil et ils placèrent des cales autour de chacune des roues.

La porte du hangar s'ouvrit et le chef en charge de l'équipe de maintenance de Victoria apparut avec quelques hommes à ses côtés. Il lui fit signe de couper les moteurs en mimant de se trancher la gorge avec la main.

"Il se passe quelque chose. Je suppose qu'ils veulent charger des armes et qu'ils veulent qu'on coupe tout pendant qu'ils chargent."

Ses soupçons furent confirmés une seconde plus tard. "Boss. Le commandant leur a demandé de vous apporter des torpilles. Le chef vous demande de tout arrêter pendant qu'ils travaillent."

"Compris." Puis elle dit sur système de communication interne : "Spike, vous avez les commandes. Laisse-moi sortir de l'arc du rotor et coupez les moteurs."

"Roger, j'ai les commandes."

Elle se détacha et ouvrit sa porte, descendit sur le pont, en prenant soin de se tenir en équilibre alors que le navire avançait à grande vitesse. Des embruns jaillissaient sur le côté du navire et recouvraient la visière teintée de son casque lorsqu'elle marchait. À l'intérieur du hangar, elle vit plusieurs personnes qui faisaient rouler deux torpilles légères MK-50 sur un chariot en direction du pont.

Elle traversa le navire et se rendit au centre d'information de combat. Le commandant était là et discutait avec l'officier des opérations tactiques, alors qu'ils regardaient l'écran tactique devant eux.

Le commandant dit : "Airboss, il faut que nous vous informions des dernières nouvelles. Nous venons de recevoir un message FLASH. Regardez."

DE : CHEF DES OPÉRATIONS NAVALES

À : PACCOM

OBJET : AVERTISSEMENT FLASH D'UNE MENACE IMMINENTE POUR TOUTES LES FORCES US

1. LES MILITAIRES DE CORÉE DU NORD ONT ENVAHI LA CORÉE DU SUD À 1900Z. TOUTES LES FORCES DE CORÉE DU NORD SONT CONSIDÉRÉES HOSTILES JUSQU'À NOUVEL ORDRE.

2. HOSTILITÉS ENTRE LA CHINE ET LES ÉTATS-UNIS CONSIDÉRÉES COMME IMMINENTES. TOUS LES COMMANDANTS D'UNITÉS DOIVENT SE PRÉPARER À D'ÉVENTUELLES ATTAQUES CHINOISES CONTRE DES CIBLES MILITAIRES ET STRATÉGIQUES DANS LE PACIFIQUE, Y COMPRIS HAWAÏ ET GUAM.

"Oh mon Dieu." Victoria le lut deux fois. "Guam ?"

Le commandant hocha la tête. "Nous sommes à environ 170 milles à l'est de Guam en ce moment, mais nous avançons vite. Nous pensons que c'est de là que vient le message de détresse." L'inquiétude se lisait sur son visage.

Victoria regardait le TAO et le commandant à tour de rôle. "Vous croyez que ça a déjà commencé ?"

Le commandant dit : "Oui. Nous pensons que les Chinois ont peut-être déjà commencé leur attaque sur Guam."

L'amiral Song regardait les deux escadrons d'avions de chasse chinois J-15 décoller par paires sur le pont dont l'extrémité était incurvée comme un tremplin de ski. Conçu sur la base du chasseur russe Su-33, le J-15 était capable de vitesses proches de Mach 2, avait une portée de mille-cinq-cents kilomètres, et pouvait transporter diverses armes. Le J-15 était la version chinoise du F-18 Hornet des Américains et était destiné à jouer le rôle d'un avion de chasse d'attaque.

Cependant, en raison de la forme incurvée du pont, les chasseurs chinois devaient emporter moins de carburant et moins de munitions pour pouvoir décoller. Cela signifiait qu'ils devaient se ravitailler en carburant presque dès leur décollage, avant de poursuivre leur mission à Guam.

L'amiral Song savait qu'il prenait un risque. Les avions de chasse devaient parcourir une longue distance. En raison des contraintes de carburant, tout problème en cours de route pouvait être désastreux. Ils n'auraient pas la possibilité de se poser sur des aérodromes terrestres en cas d'urgence. La seule option était de se ravitailler avec les HY-6D lancés depuis la terre. Une caravane de ces avions ravitailleurs devait se trouver aux points de ralliement prévus le long de la route de vol entre les Philippines et Guam.

Seuls deux des J-15 étaient équipés d'armes antiaériennes, tandis que les autres étaient équipés d'armes air-sol. Les avions de chasse abattraient tout avion américain près de Guam, en supposant qu'ils puissent les prendre par surprise. L'amiral Song s'inquiétait de la létalité des patrouilles aériennes de combat américaines, en particulier de leurs F-22 de nouvelle génération. Mais étant donné que l'île de Guam subissait les effets de l'attaque IEM chinoise, les avions de chasse chinois avaient un avantage certain.

Les batteries antiaériennes américaines dans la région avaient été la cible de missiles de croisière lancés par des sous-marins au cours des dernières heures, mais les dommages causés resteraient inconnus jusqu'au lancement. Sans les missiles sol-air américains, les chasseurs J-15 de Song seraient en mesure de cibler les aérodromes, les sous-marins, les navires et les installations militaires de Guam et de les neutraliser. Une fois que la Corée du Sud, le Japon et les bases de Guam ne feraient plus partie de l'arsenal américain, la mainmise chinoise sur le Pacifique occidental serait presque totale.

Son seul souci était les navires de la marine américaine qui étaient apparus sur les images satellites au cours des dernières vingt-quatre heures. Plusieurs destroyers, dont l'un des nouveaux navires de la classe Zumwalt, se dirigeaient vers l'ouest en direction de Guam. Il avait une paire de sous-marins d'attaque dans la zone, mais ces sous-marins devaient rester près de Guam pour lancer leurs missiles de croisière sur les cibles de défense aérienne en premier.

Le seul espoir de l'amiral Song était que ses avions d'attaque puissent atteindre leurs cibles avant que les navires de la marine américaine ne soient à portée de leurs missiles sol-air. Car s'ils étaient suffisamment proches de l'espace aérien de Guam lorsque ses chasseurs J-15 étaient au-dessus, cela compromettrait grandement le succès de sa mission.

36

Il y avait six navires marchands battant pavillon chinois en tout. Ils étaient tous partis de Guangzhou et étaient chargés de conteneurs de transport. Des rectangles d'acier bleu, rouge, vert et blanc, soigneusement empilés sur plusieurs étages. La plupart d'entre eux étaient vides.

Certains contenaient des cargaisons précieuses.

Les navires marchands s'étaient rapprochés les uns des autres à l'approche de l'archipel d'Hawaï. Chaque navire ne s'éloignait pas de plus de cinq milles nautiques du navire central. Des dizaines d'hommes s'activaient sur les ponts. Ils s'étaient entraînés pour ce moment des centaines de fois au cours de leur traversée du Pacifique.

Quelqu'un qui aurait vu passer ces bateaux aurait pu confondre ces hommes avec des matelots typiques d'un navire marchand, mais ils étaient tout sauf cela. Ces membres d'un groupe de l'APL spécialement formé à l'utilisation des missiles, ouvraient désormais des conteneurs particulièrement importants en enlevant leurs plafonds amovibles.

À l'intérieur de ces conteneurs d'expédition se trouvaient des lanceurs de missiles mobiles spécialement modifiés. Les lanceurs étaient normalement attachés à des véhicules de transport lourds, mais la partie avant de ces véhicules avait été coupée afin que les systèmes d'armes puissent s'insérer parfaitement dans les conteneurs. Il y avait des douzaines de types de missiles différents sur chacun des navires marchands.

Certains étaient des missiles de croisière tactique WS-43, qui pouvaient rester trente minutes en vol en attendant de recevoir une cible. Les lanceurs de ces missiles étaient à l'origine *déjà conçus* pour ressembler à des conteneurs d'expédition et n'avaient nécessité que des modifications minimales pour le transport maritime.

Il y avait également des missiles balistiques DF-12. C'étaient les plus gros. La plupart d'entre eux étaient équipés de grosses ogives de cinq-cents kilos, mais quelques-uns étaient équipés de munitions à fragmentation. Ces dernières seraient utilisées pour détruire les pistes.

Mais les navires marchands ne transportaient pas seulement des missiles surface-surface. À l'avant et à l'arrière de chaque navire, les équipages mettaient également en place des batteries de missiles antiaériens.

Chacun des équipages avait commencé à préparer le lancement la veille et avait travaillé sans relâche jour et nuit. Le timing était primordial.

"Monsieur, nos radars de recherche aérienne sont en place. Nous avons des dizaines de contacts que nous suivons maintenant au large des côtes. Nous pensons que beaucoup d'entre eux sont des avions de ligne."

"Très bien, merci." Le commandant de la flotte qui se trouvait sur le navire de tête attendait des nouvelles de tous les autres navires. Chacun d'entre eux devait l'appeler pour lui dire qu'il était prêt à attaquer. Le ciel était bleu. Le temps était chaud. Avec un peu de chance, ils pourraient tirer tous leurs missiles sans recevoir un seul tir de riposte.

Il regarda sa montre. "Lancez les drones."

Deux catapultes du navire lancèrent des drones de taille moyenne à voilure fixe. Leurs hélices bourdonnaient alors qu'ils s'envolaient vers l'est. Il n'y avait aucun moyen de les récupérer, mais cela n'avait pas d'importance. Des mises à jour de dernière minute sur leurs cibles étaient nécessaires. Quelques minutes plus tôt, leur signal GPS et leur liaison satellite avaient cessé de fonctionner. Au début, son officier de communication avait pensé qu'il s'agissait d'une panne temporaire dans le système. Mais au bout de quelques minutes, le commandant commença à en douter. L'attaque avait commencé, et les Américains avaient réagi. Les cybersoldats américains avaient riposté et avaient neutralisé certains satellites chinois.

Mais les opérations de renseignement chinoises avaient-elles réussi à faire croire aux Américains que leur flotte de navires marchands se trouvait à des milliers de milles au sud, près des îles Mariannes ? C'est ce qu'indiquaient les faux plans de navigation stockés dans le réseau logistique.

Ils le sauraient bientôt. Dans l'heure qui suivrait, les drones de ciblage chinois tourneraient en rond au-dessus des bases de Hickam et de Kaneohe Bay. Ses hommes feraient leurs dernières mises à jour de ciblage, et une pluie de plus de deux cents missiles s'abattrait sur Hawaï, paralysant la capacité militaire américaine de la base.

"Sommes-nous sûrs de cela monsieur ? Des navires marchands ?"

"Affirmatif, Amiral."

L'amiral Manning se tenait dans sa cabine à bord de l'USS *Ford*, et parlait sur la ligne HF sécurisée au commandant de la flotte du Pacifique, qui se trouvait à Hawaï. L'amiral quatre étoiles au téléphone — son patron — venait de l'informer que six navires marchands chinois se trouvaient à seulement soixante-dix milles à l'ouest d'Oahu et devaient être considérés comme hostiles. Des renseignements venaient d'arriver selon lesquels les armes à bord de ces navires marchands comprenaient des missiles surface-surface, qui pouvaient viser les bases militaires américaines à Hawaï.

Toutes les synapses du cerveau de l'amiral Manning s'activèrent. "Nous allons immédiatement lancer des sorties sur eux, monsieur."

"Bien. Coordonnez avec les moyens de l'Armée de l'air lancés depuis Hickam. Le 199e a deux F-22 prêts pour la défense aérienne, mais je ne sais pas combien de temps il leur faudra pour charger les armes antinavires."

"Oui, monsieur, nous allons coordonner nos actions."

L'amiral Manning courut à petites foulées jusqu'à son centre de commandement tactique. La salle avait la taille et la forme d'une petite salle de cinéma, avec un éclairage tamisé. Le grand écran à l'avant de la salle était divisé en plusieurs affichages tactiques et vidéos différents.

L'amiral Manning dit : "Y a-t-il un groupe de navires marchands dans notre ouest ?"

"Oui, monsieur. Les gars de Ripper 612 viennent d'aller voir ça de plus près."

"Qu'est-ce qu'ils ont vu ?"

"Rien, monsieur. Juste un groupe de navires marchands étrangement proches les uns des autres."

"Dites-lui d'y retourner. Et faites venir le commandant du groupe aérien. Et lancez l'avion d'alerte tout de suite !"

"Oui, monsieur."

Le responsable des communications du groupe aéronaval

entra en trombe dans la pièce. "Amiral ! On vient de recevoir ça..."

Il remit un document à l'amiral.

Ils venaient de recevoir un message d'urgence de la part de l'autorité de commandement nationale, la plus haute autorité lorsqu'il s'agissait de prendre des décisions militaires. Les États-Unis allaient passer en DEFCON 1, le niveau d'alerte militaire le plus élevé.

Plug ne pouvait pas croire qu'ils lui faisaient faire ces conneries. Il avait littéralement passé toute sa journée à taper des messages sur une foutue messagerie instantanée classifiée. Et que faisait-il sur cette messagerie instantanée ? Il répondait à l'état-major de l'amiral toutes les cinq secondes, pour lui faire savoir ce qui avait changé depuis la dernière fois qu'il lui avait posé la question. La réponse était, généralement, rien.

L'état-major de l'amiral — également connu sous le nom de groupe d'attaque — était assis dans son grand centre de commandement tactique rempli d'écrans d'ordinateur, plusieurs ponts au-dessus de lui. Plug, quant à lui, était assis dans son minuscule module Zulu rempli d'écrans d'ordinateur, au cœur du navire. La moitié du temps, Plug soupçonnait que les membres de l'équipe de quart du groupe d'attaque ne lisaient même pas ce qu'il tapait. Mais quand ils le faisaient, et qu'il ne répondait pas assez vite, ils l'appelaient à la radio, comme ils le faisaient maintenant.

"Foxtrot Zulu, ici Foxtrot Alpha, terminé."

Plug leva les yeux au ciel. Il en avait sa claque de ces règles de communication radio à la con. Était-il vraiment nécessaire de dire "terminé" à la fin de chaque transmission ? On ne faisait pas ça au téléphone. Et les aviateurs ne perdaient pas leur temps avec ça non plus lorsqu'ils passaient leurs appels radio. Comme si le groupe d'attaque ne savait pas que c'était le nouveau gars de Zulu, Plug, qui parlait ? C'était ridicule.

Plug décrocha le téléphone et composa le numéro du gars du groupe d'attaque qui essayait de lui parler par radio. "Qu'est-ce qui se passe, mec ?"

Plug pouvait entendre le ton dédaigneux de sa voix. "Utilise la radio tactique pour répondre."

"OK, la prochaine fois. Bon, qu'est-ce qu'il y a ?"

"Tu as le contrôle de l'avion Ripper en ce moment ?"

"Ouais."

"OK, alors renvoie le F-18 vers ces navires marchands et dis-lui de nous envoyer la vidéo. L'amiral est juste à côté de moi, et il veut la voir."

"Pas de problème."

Était-ce si difficile ? Plug ne comprenait pas pourquoi ces gens tenaient tant à utiliser la radio et ses règles débiles. Bien sûr, cela avait peut-être un sens pendant la Seconde Guerre mondiale, quand la seule possibilité était de parler sur des radios HF. Mais maintenant, surtout quand ils étaient sur le même bateau, c'était plus simple d'utiliser le téléphone.

"Monsieur, le chat est déconnecté", dit le chef de service.

"Quoi ?"

"Le chat est déconnecté."

Plug regarda son ordinateur. Les salons de discussion des messageries instantanées affichaient toutes sortes de caractères qui ne voulaient rien dire.

"Ça arrive souvent ?"

Le chef secoua la tête. "Non. Je vais régler le problème." Le chef décrocha le téléphone.

Plug fronça les sourcils et prit la radio pour contacter le F-18 et leur dire de repartir surveiller les navires. C'était l'une des rares parties du travail qui était assez amusante. Les F-18 étaient incroyables. Ils pouvaient passer d'un côté à l'autre de la zone d'opérations du porte-avions en un clin d'œil et lui envoyer des photos ou des vidéos de ce qu'il voulait voir. Il lui fallait une heure pour faire la même chose en hélicoptère.

Il maintint le bouton de transmission de la radio enfoncé. "Ripper 612, Zulu."

"J'écoute, Zulu."

"Pouvez-vous retourner vers ces navires marchands et nous transmettre votre vidéo ?"

"Wilco."

Court et efficace. Plug ne pouvait pas croire qu'il avait été relégué à cet enfer de guerre de surface. C'était le seul aviateur du porte-avions qui ne pouvait pas voler. Et il subissait le lent lavage de cerveau des officiers de guerre de surface. Il commençait à parler comme eux. Bientôt, il traînerait avec eux. Et il finirait par mettre du cirage noir sur ses chaussures d'aviateur marron.

"Putain de merde. Qu'est-ce que c'est que ça ?" Plug regardait les images vidéo que transmettait le F-18 au *Ford*.

L'un des subalternes de Plug dit : "C'est un missile ? Il y en a un autre à côté."

La voix de l'aviateur du F-18 se fit entendre à la radio. "Zulu, vous voyez ça ?"

L'officier des communications parlait dans la radio à côté de l'amiral Manning. "Foxtrot Bravo, ici Foxtrot Zulu. Ripper 612 rapporte ce qui ressemble à des missiles sur le pont des navires marchands. Les navires marchands ne transmettent pas leurs identifiants SIA. Nous recommandons de les considérer comme hostiles, terminé."

Plug venait de terminer de parler à la radio lorsque l'équipage du F-18 l'appela pour lui demander des instructions. Puis le téléphone interne du porte-avions sonna à côté de son poste informatique. C'était l'officier chargé du quart avec qui il avait parlé auparavant.

Le chef qui était de quart avec Plug dit : "Je vais parler à l'équipage du F-18 pendant que vous parlez au groupe d'attaque."

"Compris. Merci, chef."

Il prit le téléphone dans une main et remit la radio au chef de l'autre.

L'officier de quart lui cria quelque chose à l'oreille, mais il parlait si vite que Plug pouvait à peine le comprendre.

Plug entendit le chef dire à la radio : "Ripper, nous voyons votre image FLIR et recevons des instructions de la chaîne de commandement. Stand-by."

"Quel type de missiles... ?" demanda l'officier de quart.

Sur la radio tactique, Plug entendit : "Foxtrot Alpha, ici Foxtrot Whiskey, nous avons des avertissements de missiles dans le deux-sept-zéro..." Le destroyer chargé de la défense aérienne du groupe d'attaque venait d'annoncer un lancement de missile.

Plug dit : "Il *est* au-dessus des navires marchands. Comment croyez-vous que nous recevons ce flux vidéo ?"

Puis l'écran qui montrait l'image du FLIR devint noir. Le F-18 ne diffusait plus de vidéo.

Le haut-parleur au-dessus d'eux commença à diffuser un son qui ressemblait à celui d'un gong. "Branle-bas de combat. Tout le monde à son poste de combat..."

Les deux F-18 de l'escadron VFA-11 attendaient sur la catapulte du pont d'envol de l'USS *Ford.* Aucun des deux équipages ne s'attendait à décoller, mais leurs avions d'alerte devaient être prêts pour le combat aérien et de surface, si nécessaire.

Le lieutenant Kevin Suggs avait techniquement quitté l'escadron deux mois auparavant pour rejoindre son poste d'assistant de l'amiral, mais il était toujours à jour dans ses qualifications et avait convaincu l'amiral Manning de le laisser remonter dans le cockpit de temps en temps.

Il avait fallu quelques semaines pour le convaincre, mais comme les Red Rippers manquaient de pilotes pour ce déploiement, le capitaine de leur escadron de chasseurs avait finalement cédé. Aucun pilote d'avion de chasse qui se respecte n'a jamais voulu accepter une mission en dehors du cockpit.

Suggs était ravi. Il allait pouvoir continuer à voler. Et qu'avaient fait ces plaisantins des opérations de l'escadre aérienne du porte-avions ? Ils l'avaient mis sur le planning d'*alerte*, pour qu'il puisse se prélasser au soleil.

Au moins, il avait un livre à lire. *The Red Sparrow* de Jason Matthews. Un livre incroyable.

La première indication qu'il se passait quelque chose d'inhabituel fut lorsqu'un des soldats courut d'un bout à l'autre du pont d'envol en agitant les bras et en criant à un autre soldat près de l'ascenseur.

Le haut-parleur du pont d'envol diffusa ensuite la voix du chef de l'aviation du porte-avions, un pilote chevronné qui dirigeait toutes les opérations de vol du porte-avions. "Allons-y, *Ford* ! Lancez l'avion Alert-15. Dépêchez-vous."

Les hommes en jaune et en vert se mirent à courir sur le pont. Puis l'alarme de branle-bas de combat retentit, et le courant d'air dans le cockpit ouvert s'intensifia lorsque le porte-avions commença à prendre de la vitesse et à se mettre face au vent.

Tout se passa en un clin d'œil.

Leurs ordres arrivèrent sur la radio. Les informations sur les cibles étaient transmises aux ordinateurs de son cockpit.

La deuxième personne dans l'avion derrière Suggs était une femme qui venait d'arriver dans l'escadron. Elle et Suggs commencèrent à passer en revue les check-lists de prévol. Il suivait les indications d'un des chiens jaunes, dont le gilet et le pantalon étaient violemment fouettés par le vent. La verrière se ferma au-dessus de sa tête. Suggs mit l'avion en position sur la catapulte numéro deux. Son wingman se mit sur la catapulte à côté de lui. Le directeur lui fit alors signe d'abaisser la barre de lancement, et l'avion roula lentement un peu plus loin jusqu'à ce que la barre de catapultage soit alignée avec le croc de la catapulte. Suggs avait les mains en l'air pendant cette partie du processus. Un homme en gilet rouge courut en dessous pour armer le système et fit un signe de la main au pilote une fois l'opération terminée. Puis le chien jaune, qui avait une main tendue et une paume ouverte, fit signe de se "mettre en tension". Le F-18 était en position et prêt à être catapulté.

Ensuite, le "tireur", un autre homme en jaune sur le pont d'envol, agita frénétiquement sa main en l'air pour donner le top départ. Suggs mit les gaz à fond. Deux cônes de feu jaillirent de l'échappement du F-18, et le rugissement de ses moteurs à réaction fut entendu par les quatre mille hommes et femmes du navire. Suggs et le tireur se firent un salut militaire, puis Suggs plaça ses mains sur les poignées au-dessus de sa tête. Ses mains ne pouvaient pas être sur les commandes pendant le lancement, tant le processus était violent.

Le tireur pointa plusieurs endroits du pont d'envol, effectuant ses dernières vérifications, s'accroupit en touchant le pont d'envol, puis se pencha en pointant vers l'avant, signalant le lancement.

Suggs, les moteurs toujours en postcombustion, le cœur battant vite et les mains toujours sur les poignées se préparait pour le départ.

L'avion fut projeté violemment vers l'avant.

Son casque s'enfonça dans son siège lorsque la catapulte électromagnétique du USS *Ford* fit accélérer son F-18 à plus de cent cinquante nœuds en deux secondes. Le Superhornet décolla du pont d'envol et Suggs remit rapidement ses mains sur les commandes.

Il se remit vite du choc du lancement et vérifia ses instruments. Il prit le bon cap et monta jusqu'à cinq mille pieds. Il poussa la manette des gaz vers l'avant et accéléra jusqu'à cinq cents nœuds pendant que l'officier des systèmes d'armes sur le siège arrière commençait à préparer leur attaque.

37

Le commandant Hoblet se tenait sur le balcon surplombant le centre de mission du navire USS *Michael Monsoor*, désigné par DDG-1001. C'était le dernier navire en service de la classe des destroyers Zumwalt. Et ils étaient sur le point de prouver qu'il valait bien les quatre milliards de dollars dépensés par les contribuables pour sa construction.

"TAO, les avions hostiles sont maintenant à portée", entendit-il via le haut-parleur.

En dessous, des marins hautement qualifiés et triés sur le volet travaillaient frénétiquement sur plus d'une douzaine de postes de travail individuels à trois écrans. De là, ils pouvaient tout contrôler sur le navire. Hoblet regardait son équipe recueillir les informations des capteurs et du radar et les utiliser en conjonction avec les informations que les autres navires alimentaient via la liaison de données.

Les positions actualisées des contacts aériens chinois, désormais identifiés comme des avions d'attaque J-15, étaient projetées sur l'écran devant lui. Selon les estimations de Hoblet, ils seraient à portée de tir des missiles air-sol d'une minute à l'autre. S'ils devaient larguer des bombes sur Guam, il leur faudrait encore un peu plus de temps. Il était temps de réagir.

Le TAO regardait le commandant depuis le pont six mètres plus bas et lui parlait à travers son casque. "Commandant, ici TAO, nous avons reçu des rapports non confirmés d'explosions sur Guam. Selon les premières indications, ils sont attaqués par des missiles."

Le commandant Hoblet regarda à nouveau l'affichage tactique. La colonne de chasseurs chinois en route pour Guam ne pouvait pas avoir déjà tiré des missiles. Ils étaient encore trop loin. "Est-ce que l'on sait d'où vient l'attaque ?"

"Nous pensons que l'attaque a pu être lancée par un sous-marin, monsieur."

Le commandant Hoblet savait que la base aérienne d'Andersen était une base de commandement aérien stratégique. En tant que telle, elle devait être bien protégée contre les missiles et les attaques électroniques. Mais serait-elle capable de résister à une attaque coordonnée de missiles lancés par des sous-marins et des escadrons de chasse ?

"Est-ce que Guam riposte ?"

"Difficile à dire d'après les informations que nous recevons, monsieur."

"Compris. Nos destroyers du groupe d'action de surface ont-ils signalé qu'ils étaient prêts ?"

"Oui, monsieur, le dernier —le *Farragut* — vient d'arriver."

"Très bien. Vous êtes autorisés à ouvrir le feu."

Quelques secondes plus tard, des missiles surface-air commencèrent à être tirés des systèmes de lancement vertical de l'USS *Michael Monsoor*, de l'USS *Farragut* et de tous les autres destroyers de leur groupe d'action de surface. Les missiles se déplaçaient à une vitesse presque trois fois supérieure à celle du son, en direction des escadrons de chasse chinois.

La première salve de missiles détruisit huit avions. Les chasseurs chinois effectuaient des manœuvres d'évitement dans la panique, et tiraient des fusées éclairantes et des paillettes pour brouiller les signaux radar dans l'espoir que les missiles les ratent. Mais les missiles américains étaient de dernière génération, avec un logiciel spécialement conçu pour ne pas être leurré par ces contre-mesures.

Certains des avions chinois, voyant le destin funeste qui les attendait, réalisèrent la futilité de leur mission et commencèrent à faire demi-tour pour battre en retraite. C'est à ce moment que le deuxième barrage de missiles sol-air américains les frappa. Tous les J-15 furent détruits.

38

Plug regardait l'affichage tactique sur son écran. Le F-18 qui surveillait les navires marchands ne s'était pas manifesté depuis quinze minutes. Plug présuma qu'il avait été abattu.

Après l'annonce du branle-bas de combat, le commodore était entré dans la salle Zulu et s'était assis.

"AIROPS, quelle est la situation ?" demanda le commodore, en se référant à Plug par son titre de fonction.

"Le F-18 qui effectuait une mission de surveillance pour nous a localisé les six navires marchands chinois à une centaine de milles à l'ouest. Les images FLIR du Ripper ont révélé que plusieurs batteries de missiles étaient installées sur les ponts des navires marchands. Nous avons informé le groupe d'attaque, et ils ont lancé l'avion d'alerte et déclaré le branle-bas de combat."

Le commodore regardait fixement l'écran tactique. "Dites aux navires de signaler tout contact sonar inhabituel. Si les Chinois attaquent Hawaï, ils auront des sous-marins ici aussi. Où est SUBS ?"

Le chef dit : "Je contacte les destroyers monsieur."

"SUBS est dans la cellule Sierra monsieur." SUBS était le

titre de l'officier des sous-marins dans l'état-major du commodore. Il conseillait le commodore sur toutes les questions relatives à la guerre sous-marine et à la lutte contre les sous-marins. "Il se coordonne avec le COMSUBPAC et l'escadron Romeo à bord pour lancer une recherche locale."

Le commodore hocha la tête et se leva. "Je vais à Sierra. Appelez-moi là-bas immédiatement si quelque chose change, et tenez-moi au courant quand les F-18 d'alerte arrivent au niveau des navires marchands."

"Oui, monsieur."

Sous-marin chinois de la classe Han

"Central, Sonar, contact désigné porte-avions américain 78 dans le zéro-neuf-cinq à treize mille mètres en approche."

Le commandant Ning observait ses hommes faire leur travail. Ils étaient appliqués et professionnels, accomplissant chaque tâche calmement, exactement comme à l'entraînement. Sauf que cette fois, c'était de vraies torpilles qu'ils allaient tirer. Et c'était un vrai porte-avions américain qu'ils chassaient.

Le commandant remarqua quelques indices qui trahissaient l'immense pression qui pesait sur ses hommes. Le ton de la voix d'un officier lorsqu'il répondit à un technicien sonar, les gouttes de sueur sur le front du navigateur, et la façon dont son second évitait de le regarder dans les yeux. Mais les officiers et l'équipage faisaient tout ce qu'il fallait.

Les choses devenaient de plus en plus difficiles au fur et à mesure qu'ils se rapprochaient du porte-avions. Techniquement, ils étaient déjà à portée de torpille. Si ses torpilles se déplaçaient à faible vitesse, elles pouvaient parcourir trente mille mètres. Mais à cette vitesse, les torpilles avaient plus de temps pour être repérées et l'ennemi avait donc plus de chances de s'échapper.

Un bon commandant de sous-marin planifiait son attaque de manière à surprendre l'ennemi et à lui donner peu ou pas de chance d'échapper à l'arme qui lui était tirée dessus. Le commandant Ning avait déjà amené son sous-marin très près d'un porte-avions américain, dans la mer de Chine méridionale. À l'époque, il n'avait pas été détecté, et il s'attendait au même résultat à présent. Quand les Américains détecteraient son sous-marin, il serait déjà trop tard.

Le problème, c'était les escortes.

Bien que le commandant Ning aurait d'abord aimé écarter le risque que représentaient les navires d'escorte, cela lui aurait enlevé l'effet de surprise.

"Combien de navires en compagnie du porte-avions maintenant ?" Des escortes se sont rajoutées depuis la semaine dernière, avec des renforts en provenance de Pearl Harbor.

"Huit navires en écran autour du porte-avions, commandant."

"Statut ?"

"Ils se déplacent tous vers l'ouest à une vitesse moyenne de dix nœuds, avec le porte-avions au centre de la formation."

Le commandant hocha la tête. Son second s'approcha de lui, sentant qu'il avait quelque chose à lui dire. Ils parlèrent à voix basse.

"On ne pourra pas tous les engager."

Le second répondit : "Je suis d'accord."

"L'attaque du porte-avions doit passer en priorité. Même avant notre évasion." Ils se regardèrent dans les yeux.

Le second hocha la tête. "Oui, commandant."

"Approchons-nous calmement. Nous allons..."

"Central, Sonar, des bruits transitoires ! Torpille dans le un-sept-zéro !"

Le commandant de l'USS *Hawaii*, un sous-marin de classe Virginia en provenance de Pearl Harbor, était dans le central, sachant qu'un sous-marin chinois de classe Han n'était qu'à quelques milliers de mètres.

"La solution est prête", déclara le second.

"L'arme est prête", déclara l'officier chargé de l'armement.

"Le navire est prêt."

Le commandant donna l'ordre de tirer, et l'énorme torpille fut éjectée du sous-marin.

Les officiers et l'équipage autour de lui attendaient tous que la torpille Mark 48 traverse l'océan en direction du sous-marin chinois.

Le commandant Ning n'en croyait pas ses oreilles. Des pings aigus résonnaient dans tout le sous-marin. Il se retourna et dit : "Machines avant, toutes. Tournez à gauche dans le deux-sept-zéro."

"Machines avant, toutes", répéta un de ses hommes.

"Deux-sept-zéro à gauche."

"Torpille en approche commandant !"

Un de ses officiers cria : "Qui l'a tirée ? Trouvez-nous une cible."

Le commandant Ning s'agrippa à la rambarde pour se rendre de l'autre côté de l'espace, le sous-marin gitait fort vers la droite du fait de sa manœuvre d'évitement. Il se pencha sur un de ses marins en regardant l'écran devant lui. "Lancez les contre-mesures."

Mais il entendait la fréquence des pings qui augmentait et savait qu'il était trop tard.

La dernière chose qui lui vint à l'esprit fut un sentiment d'impuissance lorsqu'il réalisa à quel point son sous-marin avait été surpassé par l'ennemi. Son équipage n'avait même pas identifié qui avait tiré la torpille.

Le propulseur de la torpille atteignit une vitesse de plus de 50 nœuds. D'autres capteurs embarqués sur le Mark 48 détectèrent les champs électriques et magnétiques du sous-marin chinois. Toutes ces informations étaient utilisées pour rendre l'arme encore plus meurtrière.

L'ogive explosive de trois-cents kilos explosa à un mètre à peine du sous-marin de classe Han, et fit un énorme trou dans la coque au niveau de la proue. La voie d'eau le fit rapidement sombrer dans les profondeurs de l'océan. De nombreux officiers et membres d'équipage furent tués sur le coup par l'explosion. D'autres se noyèrent. Et les derniers moururent lorsque le sous-marin atteignit une profondeur qui le fit imploser.

Plug entendit l'annonce de SUBS sur le réseau de communication du groupe d'attaque.

"Foxtrot Bravo, ici Foxtrot Sierra. Tous les contacts sous-marins chinois connus dans les environs ont été détruits, terminé."

Plug et le chef se regardèrent avec de la joie dans les yeux. "Est-ce j'ai bien entendu ce qu'il a dit ?"

Le chef acquiesça, avec une expression d'allégresse et de surprise sur son visage.

"Ici Foxtrot Bravo, bien reçu", répondit le capitaine du groupe d'attaque à la radio.

Le téléphone sonna et Plug décrocha. C'était SUBS. Il lui résuma les événements en cinq secondes, conformément aux directives du commodore. "Deux sous-marins de la classe Los Angeles et un de la classe Virginia sont dans la zone. Leur localisation était classée secrète et c'est pourquoi vous n'en avez pas été informé pendant votre briefing."

Plug leva les yeux en entendant ce commentaire. "Et quoi, ils les ont tous coulés ?"

"Oui. Ils avaient localisé quatre sous-marins chinois et les suivaient silencieusement depuis quelques jours. Lorsque le F-18 a été reporté abattu, le commandant de la flotte du Pacifique a dit à ses forces de considérer toutes les unités militaires chinoises comme hostiles. Il n'a pas fallu longtemps à nos attaques rapides pour faire le reste. Je dois y aller, on est toujours occupés ici. Nous pensons que nous avons tous les sous-marins chinois dans la zone, mais nous ne pouvons pas encore en être sûrs."

"Bon travail SUBS."

"Ouais." Il raccrocha le téléphone.

John Herndon, le futur officier des opérations du Desron, entra dans la salle et regarda l'affichage tactique.

"Que s'est-il passé avec les sous-marins ?"

"SUBS dit que nos attaques rapides ont coulé quatre d'entre eux."

"Aussi facilement que ça ?"

"C'est ce qu'il a dit."

Herndon fit un signe de tête en direction des écrans à l'avant de la salle. "On dirait que l'un d'entre eux était assez proche de nous."

Plug suivit son regard et vit une nouvelle icône rouge intitulée "Sous-marin coulé".

Herndon dit : "C'est à moins de cinq milles de nous. On devait être sa cible."

Personne ne parla pendant un moment, et Plug sembla soudain réaliser. *Putain de merde, il a raison.*

"Le commodore veut que je vérifie les F-18 qui poursuivent les navires marchands."

Plug dit : "Ils n'ont pas encore fait leur rapport, mais ils devraient être à portée de tir maintenant."

"Est-ce que les F-18 ont mis à jour la localisation des navires dans la liaison de données ?"

"Oui, pourquoi ?"

"Qu'est-ce que vous attendez ? Pourquoi n'avez-vous pas encore tiré sur les navires marchands ?"

"Comment ça ? Je pensais que les F-18..."

"Avec quoi les F-18 sont-ils armés ?"

"Je ne sais pas..."

"Et s'ils ratent leurs cibles ou sont à court de munitions ? Allez Plug, on ne se contente pas d'une seule arme, on en utilise plusieurs. Si on a mis à jour les coordonnées des navires marchands, on utilise tout ce qu'on a à notre disposition. Utilisez les navires."

Plug avait l'impression d'être dépassé par les événements. "Comment ?"

Le jeune lieutenant lui dit : "Je vous suggère de demander l'autorisation pour que certains destroyers tirent des missiles antinavires sur les navires marchands."

"C'est *moi* qui suis censé faire ça ?"

"Les commandants de ces navires doivent nous maudire en ce moment pour avoir perdu du temps."

Le commodore fit irruption dans la pièce en regardant Plug et arracha le combiné de la radio. Il parlait vite et utilisait des termes que Plug ne connaissait pas.

Quelques secondes plus tard, l'affichage tactique commença à se remplir de traces aériennes à grande vitesse.

C'était les missiles antinavires que le commodore venait d'ordonner de tirer aux quatre destroyers.

Suggs inclina son avion sur la gauche et plongea à mille pieds. Il regarda son écran juste devant son manche. Ils n'avaient pas les navires sur le FLIR, mais les données sur son écran lui indiquaient qu'il avait une solution de ciblage toute prête. Il n'était pas totalement sûr. Il n'avait jamais tiré avec une de ces armes auparavant.

"Ça va aller", lui avait dit l'officier de service. "*Elle a* suivi l'entraînement nécessaire", dit-il en montrant du doigt la femme qui était responsable des systèmes d'armement de l'avion. "Et en plus, tu ne vas pas vraiment voler, tu es juste en alerte."

Il espérait qu'ils étaient assez loin et assez bas pour pouvoir éviter les missiles sol-air. L'officier de service sur la fréquence de l'escadre aérienne lui avait dit que le vol Ripper qui le précédait avait été abattu. "Regardez si vous voyez un parachute ou un survivant dans l'eau quand vous aurez fini", avait-il dit.

Suggs ressentit une vague de colère à l'idée que certains de ses anciens camarades d'escadron puissent maintenant être morts à cause des missiles chinois. Mais il balaya vite cette idée de son esprit. Il devait mettre ses émotions de côté. Ce n'était pas le moment.

"Presque prêt", déclara l'officier depuis le siège arrière. Suggs l'avait rencontrée le jour même. Elle était plus gradée que lui et il la trouvait assez mignonne. Pourquoi pensait-il à cela maintenant ? Pourquoi ne pouvait-il pas mettre *cette* pensée de côté également ? Il vérifia son cap et apporta une petite correction. Ce ne serait pas de la fraternisation. Ce n'était pas comme s'ils étaient dans le même escadron. Peut-être que...

"*Missile un largué*", dit-elle, puis une fraction de seconde plus tard, "Missile deux largué."

Des formes sombres et futuristes tombèrent de chaque support d'aile, s'allumèrent et partirent à toute vitesse vers leur proie.

Le commandant chinois sur le navire marchand de tête était maintenant nerveux. Les choses n'allaient pas assez vite. Ses hommes avaient encore besoin de cinq minutes avant d'être prêts à lancer les missiles balistiques, et de vingt autres avant d'être à portée des missiles de croisière. Une des équipes de défense aérienne à bord du navire à côté de lui avait tiré sur un avion de chasse américain au-dessus d'eux et l'avait touché. Il était heureux de voir que leur entraînement avait porté ses fruits et avait permis d'abattre un avion ennemi. Mais les Américains savaient maintenant qu'ils étaient là. Ce ne serait qu'une question de temps avant que...

"Monsieur, notre équipe de défense aérienne signale *plusieurs* contacts aériens en approche. Deux d'entre eux semblent être des chasseurs américains, des FA-18. Ils sont juste en dehors de la portée de nos missiles sol-air. Mais..."

L'homme s'arrêta de parler. Ses yeux s'élargirent et il pointa le doigt vers l'horizon.

Le commandant se tourna pour regarder ce qu'il montrait. Les petites formes sombres qui frôlaient l'eau se déplaçaient trop vite pour être visibles lorsqu'elles frappèrent le navire marchand le plus au nord. L'énorme cargo explosa en une immense gerbe d'eau et de métal.

Les missiles que les F-18 avaient tirés étaient les tout nouveaux missiles antinavires à longue portée développés par la DARPA. Avec la modernisation de la marine chinoise, le Pentagone avait besoin d'un nouveau missile antinavire à lanceur aérien. La DARPA y travaillait depuis des années, et l'équipe SILVERSMITH avait veillé à ce que le USS *Ford* reçoive ces armes de haute technologie.

Les longs missiles noirs avaient été tirés à plus de soixante-dix milles de distance et avaient frôlé la surface de l'océan en se dirigeant vers leurs cibles à une vitesse juste inférieure à celle du son. Leur conception furtive les rendait presque invisibles au radar.

Les deux F-18 portaient chacun deux de ces missiles. Les quatre missiles visèrent quatre navires distincts. Chacun d'eux frappa sa cible au centre de la coque, juste au-dessus de la ligne de flottaison, et les ogives de quatre-cents kilos explosèrent à l'impact. Les quatre énormes navires marchands, qui n'étaient pas conçus pour résister à de tels impacts, commencèrent à se remplir d'eau et coulèrent en quelques minutes.

Suggs demanda au contrôleur s'ils voulaient qu'il mitraille les deux autres navires marchands.

"Négatif, restez à l'écart. Frappe supplémentaire en provenance des navires de surface. Faites un passage haut dans cinq minutes pour évaluer les dégâts." Ils voulaient qu'il s'assure que tous les navires marchands avaient été détruits.

"Wilco", répondit-il.

Cinq minutes plus tard, il fit monter son avion et survola la zone cible pendant que son officier des systèmes d'armes manipulait le FLIR pour montrer l'image de surface.

Elle dit : "Menace antiaérienne négative, je dirais."

"Négatif pour *toute* menace", répondit Suggs.

Les navires marchands qui n'avaient pas encore coulé brûlaient et gîtaient dangereusement. Seuls trois d'entre eux étaient encore visibles au-dessus de l'eau. Les missiles lancés par les navires avaient terminé le travail. Les navires chinois ne pouvaient plus tirer de missiles désormais.

39

Chase regarda Natesh, qui était sur son ordinateur portable. "Tetsuo veut me voir en bas."

Natesh leva les yeux, l'air inquiet. Il avait raison d'avoir peur. Les Chinois attaquaient la ville. Jusqu'à présent, les parties civiles de la ville ne semblaient pas avoir été ciblées intentionnellement. Mais les missiles ayant raté leur cible et les débris des avions abattus avaient déclenché des incendies dans tout Tokyo. Mais ce n'est pas ce qu'il craignait...

"Est-ce qu'il va vraiment me faire revenir vers eux ?"

"Tetsuo ?" demanda Chase.

"Oui. Est-ce qu'il va me renvoyer à Jinshan, après ce que je vous ai dit ?"

Chase ne savait pas quoi dire. Parler aux agents n'était pas son fort. Il n'avait aucune expérience pour dissiper les craintes des agents doubles. Il voulait crier sur Natesh, lui dire qu'il devait faire tout ce qu'ils lui demanderaient et que c'est ce qu'il méritait après ce qu'il avait fait. Il voulait dire à ce connard d'Indien-Américain que des gens mouraient dans le monde entier en ce moment même à cause de sa complicité dans les plans de Jinshan.

"Je ne sais pas ce qu'il va dire. Je suis juste là pour m'assurer que tu restes ici et que tu sois en sécurité."

Natesh pointa son ordinateur portable. "Mais j'ai piraté leur réseau. Pas seulement le réseau logistique, mais le système 3PLA. Tu sais qui c'est ? C'est la version chinoise de la NSA. Si tu transmets les fichiers de cet ordinateur à ton équipe, ils auront un énorme avantage. Mais Jinshan saura que ça vient de moi. Je ne peux pas revenir en arrière. Ils sauront que je les ai trahis."

"Tu n'étais pas censé faire ça. Ce n'est pas ce qu'on t'a demandé de faire."

"Je pensais que si les attaques avaient commencé, c'était fini. Tetsuo m'a donné..."

Le téléphone de Chase sonna dans sa main. Il regarda l'écran et fronça les sourcils.

"Tetsuo est en bas. Il a besoin de la carte de la chambre pour utiliser l'ascenseur et ils ne veulent pas lui en donner une. Où est la tienne ?"

Natesh lui tendit sa carte magnétique. Chase la prit et dit : "Je reviens tout de suite."

Natesh hocha la tête.

Chase sortit et prit l'ascenseur pour descendre. C'était l'un de ces ascenseurs en verre qui permettaient de voir à l'extérieur pendant le trajet. Il se déplaçait rapidement et Chase pouvait le sentir dans son estomac. Il se força à bâiller pour équilibrer la pression de ses oreilles.

Lorsqu'il atteignit le rez-de-chaussée, Chase marcha sur le sol en marbre jusqu'au hall de l'hôtel. Tetsuo était en train d'entrer par la porte-tambour et fronça les sourcils en voyant Chase.

Tetsuo dit : "Mais qu'est-ce que tu fous ici ? Je t'ai dit de le surveiller."

"Qu'est-ce que tu racontes ?"

"Pourquoi est-ce que..."

Chase secoua la tête et sortit son téléphone pour le montrer à Tetsuo. "Tu viens de m'envoyer ce message. Tu m'as dit de descendre."

Son expression changea lorsqu'il réalisa ce qui s'était passé. Tetsuo et lui sprintèrent vers l'ascenseur.

Lena Chou n'était pas retournée au Japon depuis des années.

On lui avait inculqué la haine du peuple japonais lorsqu'elle était jeune. Encore aujourd'hui, les atrocités commises par le Japon contre les Chinois pendant la Seconde Guerre mondiale continuaient d'alimenter le sentiment antijaponais en Chine. Surtout dans la propagande du gouvernement chinois, qui aimait rappeler à ses citoyens que le Japon avait contribué à la mort de quinze à vingt millions de personnes — leurs grands-parents et arrière-grands-parents — pendant la guerre. Le Japon était une nation de gens mauvais.

S'il y avait une chose que Lena avait apprise dans sa jeunesse en Chine, et au cours de sa formation avec Jinshan, c'était que la propagande *fonctionnait.*

Lorsqu'elle était arrivée à Tokyo pour la première fois, dans le cadre de sa formation en espionnage avant son implantation aux États-Unis, elle s'était à moitié attendue à se faire cracher dessus par des citoyens japonais en colère. Mais rien n'aurait pu être plus éloigné de la vérité. Elle marchait dans des rues propres et rencontrait beaucoup de gens sympathiques. Ils la complimentaient sur son japonais, et elle tomba amoureuse du pays. La cuisine était excellente, et la campagne était magnifique.

Les choses étaient très différentes désormais.

Lena parcourait les rues de Tokyo, les sirènes hurlant tout

autour d'elle. Des feux jonchaient la ville et des colonnes de fumée s'élevaient à des centaines de mètres dans les airs. Les trottoirs étaient couverts de taches de sang et de décombres.

Une partie d'elle était triste de ce que la guerre avait fait à l'un de ses pays préférés. Mais elle essayait de ne pas y penser. Elle avait un manteau avec une capuche grise qui couvrait ses cheveux et une grande partie de son visage.

Lena s'était livrée à un exercice mental pendant qu'elle marchait. Elle avait enfermé toutes ses émotions, toutes ses questions et ses inquiétudes, au plus profond de son esprit. Il n'y avait plus de place pour le doute ou l'hésitation. Il fallait qu'elle avance. Il fallait qu'elle fonctionne au plus haut niveau de ses capacités. Ses concurrents américains ne lui montreraient aucune pitié s'ils la trouvaient ici.

Une fois de plus, Lena s'était transformée en machine. Un instrument de mort si nécessaire.

Elle entra dans l'hôtel Hilton et balaya le vaste hall d'entrée des yeux, en scrutant chaque détail. Des dizaines de sièges et de tables basses vides remplissaient l'atrium. Il y avait du verre brisé à certains endroits. Un seul employé de l'hôtel se tenait derrière l'un des bureaux et avait l'air d'avoir pleuré.

"Est-ce que les ascenseurs fonctionnent encore ?" lui demanda Lena.

Il hocha la tête. "Oui, mais nous vous recommandons de prendre les escaliers."

Elle l'ignora et se dirigea vers l'ascenseur. Elle sortit son téléphone portable. Le téléphone spécialement fourni par le ministère de la Sécurité d'État. Elle envoya un message. Les réseaux téléphoniques civils étaient hors service, mais on lui avait assuré que ce message passerait. Elle ne savait même pas qui allait le recevoir. Un agent local de la CIA chargé de l'affaire. La section japonaise du ministère de la Sécurité d'État s'était occupée des détails techniques. Lena n'était que l'opératrice. Si le message leur parvenait et qu'ils partaient comme prévu, ils auraient la vie sauve. Sinon, Lena leur rendrait visite. Elle reçut immédiatement une réponse.

JE DESCENDS.

Elle regarda les boutons qui indiquaient l'étage où se trouvait l'ascenseur jusqu'à ce que le numéro 50 s'allume. Puis 49...48...

Elle appuya rapidement sur le bouton du deuxième ascenseur et la porte de celui-ci s'ouvrit. Quelques secondes plus tard, elle commençait à monter et voyait les tables du hall devenir de plus en plus petites. Puis, elle eut une vue dégagée sur la ville. De ce point de vue, les dégâts avaient l'air encore pires, même si le soleil couchant rendait cette brume rougeâtre magnifique.

Les missiles chinois avaient fait du dégât, mais l'attaque était terminée pour le moment. Jinshan avait affirmé que seuls les biens américains et militaires étaient visés. Mais en raison du volume de missiles nécessaires, des stocks de missiles plus anciens avaient été utilisés, et leurs systèmes de ciblage n'étaient pas aussi précis. Des pertes civiles avaient été inévitables. L'armée populaire de libération avait reçu l'ordre de cesser le feu sur toutes les cibles terrestres japonaises pendant vingt-quatre heures. Une mission spéciale était en cours, leur avait-on dit.

Elle se retourna au moment où l'autre ascenseur vitré passa en sens inverse à côté d'elle. Lena doutait que quelqu'un puisse la voir étant donnée la vitesse à laquelle les ascenseurs se croisèrent, mais elle ne voulait prendre aucun risque. Quelque chose en elle la poussait à regarder. Pour voir si c'était lui...

Le couloir du cinquantième étage était vide. Lena arriva devant la porte et sortit son pistolet silencieux de son sac. Elle tira trois fois dans la serrure de la porte et l'ouvrit.

Natesh avait les yeux écarquillés à l'intérieur.

"Lena". Ses yeux passèrent du visage de Lena à son arme.

Elle était heureuse de ne pas lui avoir accidentellement tiré dessus en ouvrant. Cela aurait été gênant. Il y avait plusieurs façons de procéder et c'était à elle de décider s'il devait mourir ou non. Elle ferma la porte derrière elle et fit basculer le loquet.

"Bonjour, mon cher. Assieds-toi." Elle pointa son arme vers l'une des chaises près de la fenêtre. Il fit ce qu'elle lui ordonnait. Lena enleva sa capuche. Elle devait faire vite.

"Alors, où est-ce que tu en es ?"

Il essayait de paraître fort, mais sa lèvre inférieure tremblait et il n'arrivait pas à quitter l'arme des yeux.

"Les choses se sont déroulées comme prévu."

"Tu as donné aux Américains de fausses données sur la localisation des navires ? Comme on te l'a demandé ?"

"Oui", répondit-il en continuant à regarder l'arme.

"C'est bon, Natesh, je ne suis pas là pour te tuer."

Il avait l'air perplexe à ce sujet. "Alors pourquoi tu me tiens en joue ?"

"Pour m'assurer que tu obéisses. Si je dois l'utiliser, je le ferai. Mais j'espère qu'on pourra trouver un arrangement avant d'en arriver là."

Sa respiration était rapide et lourde. "Qu'est-ce que tu veux ?"

"Qu'est-ce que tu leur as donné ?"

Il regarda son ordinateur portable sur le bureau. Elle suivit son regard. "Vous avez dit que vous vouliez que je leur transmette de fausses informations sur les mouvements des navires. C'est ce que j'ai fait."

"Montre-moi. Et n'essaie pas de me piéger. Sinon, tu sais très bien ce qui va se passer. Et, Natesh ?"

"Quoi ?"

"Ta mort n'a pas forcément à être rapide. Je vise très bien. Je pourrais te tirer dans une jambe et te paralyser, puis te traîner dehors jusqu'à l'endroit où mes amis attendent. Ils t'emmèneront dans une chambre noire et te feront travailler pendant des semaines. Ils te garderont en vie juste pour s'assurer que tu aies mal", dit-elle en souriant.

Il était debout et avait l'air étourdi. "OK. D'accord. J'ai peut-être fourni des données qui allaient au-delà de ce dont on avait discuté. Je suis désolé." Il leva les mains. "Dis-moi juste ce que je peux faire pour arranger les choses."

Elle inclina la tête. "Tu vois, ce n'était pas si difficile. C'est bien d'être honnête. Maintenant, montre-moi ce que tu leur as déjà donné."

"Tout a été effacé."

"Bien, alors tu vas tout m'écrire de mémoire. J'ai des gens qui auront besoin de ces infos."

Natesh était maintenant en train de taper sur son ordinateur portable. "OK."

Natesh avait protégé ses arrières. Lena lui avait demandé de venir au Japon. Elle s'était arrangée pour que les Américains le découvrent, espérant qu'ils le recruteraient. Ce serait un moyen de fournir aux Américains de fausses informations. Au début, les choses avaient assez bien fonctionné. Mais ensuite, Natesh avait essayé de faire le malin.

L'offre des Américains avait l'air d'avoir été un peu trop bonne. Il leur avait donné accès à des informations qu'il n'était pas censé leur fournir, sans le signaler aux Chinois. Natesh avait laissé un dispositif spécial fabriqué par la CIA, conçu pour ressembler à une montre-bracelet, dans une boîte morte de l'autre côté de la rue. Il avait également copié un fichier sur son ordinateur portable personnel. Son intention, maintenant que l'attaque avait commencé, était de prendre autant de renseignements que possible et de les fournir aux Américains en échange de sa liberté.

Il raconta tout cela à Lena et commença à lui montrer comment accéder à son ordinateur, et quel logiciel utiliser. Elle lui fit tout écrire. Cela prit cinq minutes.

"Est-ce que tu allais dire aux Américains que je t'ai envoyé ici ? Que tu les trahissais encore, même maintenant ?"

Natesh avait l'air effrayé. Il ne répondit pas à sa question. Il se contenta de la regarder et de hausser les épaules. "Et maintenant ?"

Elle sourit. "Maintenant tu viens avec moi."

"Pourquoi est-ce que tu m'as demandé de te montrer tout ça et de tout écrire ?"

"Au cas où j'aurais besoin de te tuer." Ses yeux ne laissaient paraître aucune émotion.

Les larmes commencèrent à lui monter aux yeux.

Elle soupira. "Natesh, on a accompli ce pour quoi on était venus. Maintenant, ils t'écoutent. Ils te croient. Ils prendront des décisions basées sur les informations que tu leur donneras. Natesh, tu es ce qu'on appelle une source vérifiée. Tu sais à quel point il est difficile d'en obtenir une ? Tu es une mine d'or pour eux. Et maintenant, on va prendre le relais et commencer à leur fournir des informations qui sont dans notre intérêt."

"Mais je leur ai déjà donné des informations. Je leur ai parlé des attaques venant de la Corée du Nord. Je leur ai donné l'emplacement des navires marchands et du groupe aéronaval chinois. Ils ont déjà..."

"Natesh, tout est une question de timing. Tu leur as parlé des attaques en provenance de Corée du Nord *juste* avant qu'elles ne se produisent. Les Américains n'ont donc rien pu faire pour les *arrêter*. Le seul but était de prouver que tu leur fournissais des informations *exactes*."

"Mais les attaques sur Guam et Hawaï..."

"Oui, en vérité, on ne s'attendait pas à ce que tu réalises les positions réelles de ces unités. On pensait que tu leur fournirais les voies de navigation prévues vers le sud, comme on t'en avait donné l'ordre, pour attirer leurs forces vers les îles Mariannes ou même vers l'Amérique du Sud. Il s'avère que tu es meilleur que ce que nos hackers pensaient. Ou peut-être que tu as eu de la chance. Mais le fait que les Américains aient pu remporter une victoire à Hawaï grâce à tes informations ne fait que renforcer leur confiance en toi en tant que source.

"Il va falloir faire très attention à ne pas compromettre cette confiance. Et tu vas continuer à leur fournir de nombreuses informations utiles. Mais pas... *trop* utiles. Et quand le moment sera venu, quand on voudra qu'ils parient tous leurs jetons sur une grosse main, tu leur donneras des infos erronées. Quelque chose qui jouera en notre faveur de manière spectaculaire. Ce genre de taupe ne s'achète pas, Natesh. Ça se cultive."

"Vous aviez prévu tout ça depuis le début ? Vous aviez prévu que je vous trahisse ?"

"Non. Pas avant que tu ne montres des signes de — comment dire — de sensibilité. Quand tu as commencé à exprimer des doutes. Quand tu as commencé à montrer des signes de *faiblesse*. C'est à ce moment que j'ai parlé à Jinshan et que j'ai pensé que c'était peut-être une bonne façon de procéder. On était prêts pour les deux éventualités. Je me suis dit que l'offre américaine serait peut-être trop tentante. On a donc surveillé de près ce que tu faisais. Au cas où tu aurais décidé de faire preuve de créativité."

Il fronça les sourcils. "Vous m'avez observé tout ce temps."

Elle regarda sa montre et fit un geste vers la porte. "On surveille nos hommes. C'est la seule façon d'opérer. Une vérification constante de la loyauté. Maintenant, viens. Il faut qu'on y aille."

"C'est Natesh ?" demanda Tetsuo.

"Ouais."

Chase vit l'ascenseur en verre descendre vers eux.

"Qui c'est à côté de lui ?"

Il y avait une personne avec une capuche, le dos tourné à la vitre de l'ascenseur. Puis la personne se tourna et Chase n'en crut pas ses yeux. C'était la dernière personne qu'il s'attendait à voir ici.

"C'est Lena Chou."

Elle le regardait droit dans les yeux.

Lena se figea. Tous ses sens étaient déjà à vif. Elle savait que la CIA pouvait avoir quelqu'un ici. Mais quand ses yeux rencontrèrent ceux de Chase Manning, son pouls s'accéléra.

Elle enleva sa capuche et laissa ses longs cheveux noirs couler sur ses épaules. Elle saisit son pistolet en luttant contre un mélange d'émotions qui commençait à la submerger. L'ascenseur s'approchait rapidement du rez-de-chaussée.

Lena appuya sur le bouton du deuxième étage. L'ascenseur s'arrêta et la porte sonna en s'ouvrant.

Chase et Tetsuo virent les lumières de l'ascenseur s'arrêter au deuxième étage. Ils étaient accroupis du côté opposé à la zone de l'ascenseur, à moitié cachés avec leurs armes pointées sur les portes fermées de l'ascenseur.

Chase fit signe à Tetsuo en montrant les escaliers.

"Il faut qu'on monte."

Il hocha la tête et se leva, mais il s'arrêta lorsque le voyant de l'ascenseur s'alluma pour indiquer qu'il se remettait en mouvement. Le voyant du premier étage s'alluma, suivi de celui du rez-de-chaussée.

Un autre ding. Et la porte s'ouvrit.

Chase et Tetsuo se dirigèrent vers la porte de l'ascenseur qui s'ouvrait, leurs armes pointées vers l'avant.

Le cadavre de Natesh gisait à l'intérieur avec une tache de sang écarlate sur la poitrine.

Tetsuo courut vers lui et vérifia son pouls. "Il est mort. Allons voir au deuxième étage où il s'est arrêté." Il appuya sur le bouton d'arrêt d'urgence de l'ascenseur. Puis Tetsuo et Chase coururent dans les escaliers jusqu'au deuxième étage.

Ils cherchèrent pendant trente minutes avant d'appeler des renforts de la CIA pour fouiller la chambre et les environs de l'hôtel. Mais Lena et l'ordinateur portable de Natesh étaient introuvables.

Lin Yu regardait un autre avion commercial atterrir sur la piste. C'était étrange de les voir atterrir les uns après les autres, décharger leurs passagers directement sur la piste, sans terminal ni rien, puis se ravitailler en carburant et redécoller immédiatement. Tout allait très vite.

Lin Yu n'était jamais allé dans un grand aéroport, mais il en avait vu dans des films. Et il était presque sûr que les occupants de l'avion n'étaient pas emmenés ici juste pour aller dans un camp dans la campagne à quelques kilomètres seulement de la piste.

Et puis, combien d'avions commerciaux remplis de soldats chinois traversaient l'océan ?

Il avait changé. Il savait tout ce qu'il avait entendu ces deux dernières semaines au camp d'entraînement n'était que de la propagande. Il le savait, mais cela n'avait pas d'importance.

Lin Yu avait suffisamment entendu et vu ce que les Américains avaient fait pour croire ses instructeurs. On lui avait fait un lavage de cerveau pour qu'il haïsse les Américains, et pour qu'il déteste la religion, toutes les religions. Les Américains voulaient seulement tuer des Chinois. Ils détestaient tout ce que son peuple représentait. Il y croyait maintenant. Et une partie de lui était stupéfaite de la rapidité avec laquelle la transformation s'était produite.

Il était assis dans sa tente et nettoyait son arme, fatigué et prêt à dormir. Le gamin dans le lit à côté du sien lui demanda : "Tu penses qu'il va se passer quoi demain ? Est-ce qu'on va commencer l'invasion ?"

Lin Yu rigola.

"Qu'est-ce qui est si drôle ?"

Il secoua la tête. "L'invasion a déjà commencé. On y est."

"Où ?"

"En Amérique."

"Je croyais qu'on était en Sibérie pour se préparer et qu'on devait s'envoler pour l'Amérique après, non ?"

"C'était des conneries. Ils voulaient juste brouiller les pistes aux Américains au cas où ils le découvriraient."

"Mais comment est-ce que les avions ont pu survoler les États-Unis sans être détectés ou abattus ?"

"Ils ont utilisé des armes à impulsion électromagnétique. Et ils ont des unités des forces spéciales qui ont détruit certains radars et des missiles antiaériens. On n'a pas beaucoup survolé les États-Unis de toute façon. On a surtout survolé le Canada jusqu'à juste avant l'atterrissage."

"Comment tu sais tout ça ?"

"Je travaille dans le département des opérations. On est en Amérique. D'autres avions vont arriver toute la nuit. Demain, on va probablement continuer vers le sud et commencer à diviser le pays en deux. Ils vont continuer à faire venir plus de soldats tous les jours."

40

L'amiral Manning était assis au bout de la table de conférence du groupe aéronaval du *Ford*. La salle était remplie d'officiers d'état-major. C'étaient les planificateurs de guerre. Les hommes et les femmes qui travaillaient sans relâche, jour et nuit, pour accrocher tous les maillons de la chaîne ensemble. Ceux qui donneraient volontiers leur vie pour défendre les États-Unis. Ceux qui renonçaient aux vacances en famille, qui manquaient les naissances de leurs enfants et qui se sacrifiaient sans cesse lors de longs déploiements.

Ils venaient d'être mis à l'épreuve et avaient gagné.

Six navires marchands chinois contenant des conteneurs remplis de missiles avaient été coulés par une combinaison de frappes navales et aériennes du groupe aéronaval. Quatre sous-marins chinois dans l'espace maritime entourant les îles hawaïennes avaient également été coulés par des sous-marins d'attaque rapide américains. L'attaque surprise chinoise sur Hawaï avait été complètement neutralisée.

Le SAG-131 — le groupe d'action de surface que l'amiral Manning avait envoyé à Guam — avait permis d'éviter le pire. Les pistes et les sites de défense aérienne de Guam avaient été endommagés, mais ils pouvaient être réparés rapidement. Et tous les aéronefs américains sur Guam étaient indemnes. Ils allaient jouer un rôle crucial dans la réponse militaire américaine dans le Pacifique occidental.

Et il faudrait qu'il y ait une réponse. Car Hawaï et Guam n'étaient qu'une partie des succès américains de la journée.

"Entamez le briefing", déclara l'amiral Manning.

Son officier de renseignement hocha la tête. "Au cours des douze dernières heures, notre collecte et notre diffusion de renseignements ont été interrompues. Nous savons qu'il y a eu une sorte de cyberattaque sur les infrastructures continentales américaines. Mais nous soupçonnons également que certains des câbles sous-marins qui relient Internet et les télécommunications à travers l'Atlantique et le Pacifique aient également été coupés. Les Chinois ont commencé à lancer des attaques pour abattre les satellites que nous avons récemment lancés, ainsi que les satellites classifiés dont nous pensions qu'ils ignoraient l'existence. Pour résumer, monsieur, notre flux de renseignements n'est plus ce qu'il était, mais nous savons certaines choses..."

Il continua à peindre le tableau que l'amiral Manning connaissait déjà en partie après avoir discuté avec le commandant de la flotte du Pacifique quelques instants auparavant. Mais ce briefing n'était pas seulement pour l'amiral Manning. Tout le monde avait besoin de ces informations.

Des explosions nucléaires avaient été détectées en Corée du Nord. Bien que l'armée ne l'ait pas confirmé par les canaux officiels, des informations avaient indiqué que le président américain avait ordonné l'attaque, en représailles à l'invasion de la Corée du Sud par la Corée du Nord. L'amiral Manning trouvait cela insensé. Aucun président américain sain d'esprit ne donnerait cet ordre, mais c'est pourtant l'information qu'ils avaient reçue. Mais il était désormais difficile de savoir quelles sources croire. Une grande partie des États-Unis avait été attaquée par des armes IEM. Un jour seulement après le début de la guerre, le brouillard était encore épais.

La Chine avait attaqué des ressources militaires américaines au Japon, à Diego Garcia, à Guam, aux Philippines, en Australie et en Corée du Sud. Taïwan avait également été durement touché. Les attaques les plus éloignées de la Chine continentale avaient été menées principalement avec des missiles de croisière lancés par des sous-marins. Les cibles japonaises, taïwanaises et sud-coréennes avaient été frappées principalement par des missiles lancés depuis la terre ferme et des bombardiers chinois.

"Monsieur, nous ne connaissons pas encore vraiment les résultats des attaques chinoises contre les nations alliées du Pacifique occidental. Mais nous avons des rapports non confirmés selon lesquels les deux porte-avions américains dans la région ont été coulés."

Quelques personnes exprimèrent leur surprise. Quelqu'un jura. La plupart des participants serraient les mâchoires et préféraient garder le silence.

Le briefing dura quinze minutes supplémentaires. Quand il fut fini, l'amiral Manning se leva et tout le monde se mit au garde-à-vous.

"Nous sommes à nouveau une nation en guerre. Sans nos victoires à Guam et à Hawaï, nous aurions été dans une position très dangereuse. Nous devrions être reconnaissants pour ce que nous avons, et pleurer ceux que nous avons perdus." Il serra la mâchoire et prit quelques grandes inspirations par le nez.

Puis il dit : "Mesdames et Messieurs, restez vigilants. Ce combat ne fait que commencer."

UNE FORCE ÉCRASANTE

LES PLANIFICATEURS DE GUERRE N°5

Lorsque l'armée chinoise lance une attaque surprise contre les États-Unis, le monde est plongé dans le chaos.

La famille Manning, répartie aux quatre coins du monde, se bat corps et âme pour défendre l'Amérique.

Alors que la flotte chinoise progresse, l'amiral Manning commande le groupe aéronaval du porte-avions USS FORD près de Midway. L'agent de la CIA Chase Manning est envoyé aux États-Unis pour combattre une unité des forces spéciales chinoises. Le Lieutenant Commander Victoria Manning prend en chasse des sous-marins chinois au large des côtes de Guam. Et l'analyste de renseignement militaire David Manning tente de déchiffrer les plans des Chinois.

Le président Cheng Jinshan et son agent le plus loyal, la meurtrière Lena Chou, ont mis leurs plans à exécution. Une flotte chinoise gargantuesque, dotée de nouvelles technologies de pointe, se dirige inexorablement vers les forces américaines. Les deux superpuissances devront faire preuve de savoir-faire, de courage et de ruse pour gagner la bataille.

ÉGALEMENT PAR ANDREW WATTS

Série Planificateurs de Guerre

Les Planificateurs de Guerre

Le Théâtre de Guerre

Les Pions du Pacifique

L'Échiquier des Éléphants

Une Force Écrasante

Frappe Mondiale

Série Max Fend

Glidepath

La Connexion Oshkosh

The Firewall Series

Firewall

Agent of Influence

A Future Spy

Tournament of Shadows

severnriverbooks.com/foreign-language

À PROPOS DE L'AUTEUR

Andrew Watts a fait ses études à l'Académie navale américaine. Après l'obtention de son diplôme en 2003, il a servi en tant qu'officier de marine et pilote d'hélicoptère jusqu'en 2013. Pendant cette période, il a effectué des missions de lutte contre les stupéfiants dans le Pacifique Est et des missions de lutte contre la piraterie au large de la Corne de l'Afrique en tant que pilote. Il a également été instructeur de vol à Pensacola en Floride, et a aidé à diriger des opérations navales et aériennes à bord d'un porte-avions nucléaire déployé au Moyen-Orient.

Il vit aujourd'hui avec sa famille dans l'Ohio.

severnriverbooks.com/foreign-language

Printed in France by Amazon
Brétigny-sur-Orge, FR

13779479R00267